今日の花を摘む

田中兆子
Choko Tanaka

双葉社

今日の花を摘む

装画　ナガノチサト
装丁　鈴木成一デザイン室

1

私は、私を機嫌よくさせるのがうまい。他人に機嫌を取ってもらわず、自分をちょっと、甘やかす。そういうふうに自分を拵《こしら》えてきたのだと、布団の中で思った。

時計は四時半だった。夕方の四時半。途中トイレに起きたり、冷めたレモングラスティーを飲んだりしたが、十時間以上寝た。今しがた目覚めるまで、ただひたすら寝ていたのだ。

休日の大半を寝て過ごしてしまったことに対する罪悪感など、とうの昔に失《な》くしている。眠り切った満足感と疲れを取り去った晴れやかさのせいで、夕暮れ近くの薄暗さが、夜明け前のほの明るさのように見える。足元の湯たんぽはすっかり常温になってしまったけれど、近所の店で買った綿一〇〇％のパジャマはあたたかく、皮膚がかゆくもならない。これから何の予定もなく、家事をする義務もなく、また眠ってもかまわない。

だから、すぐに布団から起き上がらないで目をゆるくつむり、好きな人にもたれかかるように身体全体を布団にあずける。昨年打ち直した羽毛布団は、軽いけれどもしっとりと添うように身体を包み込み、ちょうどいい塩梅《あんばい》にぬくもっている。肌慣れした男性と抱き合っているときのように、また眠くなる。そのうとうとした状態が気持ちよく（短い二度寝をしているときは「脳内麻薬」が出ているという説があるらしい）、子供みたいに布団を頭からかぶり、身体をくねくね、足をばたばたさせてみる。

睡眠はセックスと同じくらい快楽だ！

年を取るにつれて睡眠時間は短くなり、自然と早く目が覚めてしまうこともあるらしいが、まだその兆候は見られない。ときどき眠れないこともあるが、それでもいつの間にか眠りに落ちている。単純で健康な頭と身体である。

日曜の夕方、だらだら寝ているというだけなのに、私は幸せすぎてはしゃいでいる。でもこれこそ、誰にも遠慮することなくおのれの身体と魂が欲するところを正直に生きている証拠だ。

独身ってなんて贅沢《ぜいたく》なんだろう！

この安上がりな贅沢は、歯をくいしばるような努力の結果ではなく、いろんな幸運や不運が重なったせいだろうと今は思う。だからこそ誰にも言わず、ひっそりと味わうのが大人のたしなみなのだ。

もう少し布団の中でごろごろしていようと思った矢先に、スマホが鳴る。画面を見てあわてて上半身を起こし、ベッドの上で正座してしまう。

「はい、草野《くさの》でございます」

「万江島《まえじま》です。今、よろしいですか？」

この紳士は、用事があるとメールではなく電話をかけてくる。

七十という年のわりには声に張りがあることが、電話だとよくわかる。さっぱりとした口調だけど、どこかやわらかさもある。

「はい。先日はありがとうございました」

「替茶碗《かえぢゃわん》が決まりました。檜皮色《ひわだ》のほうにします」

来月の三月に万江島氏の自宅で茶会が催されることになり、先日その打ち合わせをしたのだが、薄茶の替茶碗だけが決まらなかった。私はその茶会を手伝うだけでなく、茶会で使う茶道具などを記す「会記」を書く役目を仰《おお》せつかっていたため、万江島氏が電話をしてくださったのだ。

「高取《たかとり》ですね」

「ええ。奈良の窯《かま》の物も気に入っているのですが、こちらのほうが……」

「十三代味楽《みらく》の造りで、淡々斎《たんたんさい》の箱書《はこがき》もあって、良いものですよね」

「……」

一瞬、無言の間《ま》が広がり、私は間違ったことを言ったかとひやりとする。でも、何度も確かめたのだからそんなはずはない。

「草野さんは、梔子《くちなし》色の着物だとおっしゃってましたよね」

「はい……」

「檜皮色のほうが、あなたと茶碗の両方が引き立つと思いました」

打ち合わせのときに、万江島氏からさりげなく当日の着物のことを尋ねられたのは、そういう意図があったのか。堅物のように見えて、意外と女心をくすぐるようなことを言う。

「そんな、主役はあくまでもお茶碗ですから」

「……」

また返事がない。万江島氏が気にかけているのは、単に、私を含めた茶室全体の色の調和であり、私個人に対してではないということか。だから調子に乗るなと暗にたしなめているのか。

「では、よろしくお願いいたします」

あっさりと電話が切られた。

どっと疲れが出る。万江島氏という人物がまだつかめない。

直《じか》に会えば笑みを絶やさない人当たりのよい人なのに、基本的に無口で無駄な相槌を打つことがないせいか、電話だと冷淡な感じがする。こちらが褒めたりお愛想を言っても返事もなく聞き流されるのは、何の肩書もない平凡な人間は相手にしないという意思表示なのだろうか。とはいえ、万江島氏はお父上が数寄者《すきしや》だったらしく、茶道を習ったことがないのに茶の湯好きという変わった人であり、私とは住む世界が違う素封家だから、茶会だけのつきあいだと思えば腹も立たない。

尿意を催してきたので立ち上がる。寒い時期はどうしても膀胱炎気味になり、トイレが近くなってしまう。母が着なくなった毛玉だらけの赤いニットカーディガンを着る。ボタンを留めるときに、ヘバーデン結節のせいで節々《ふしぶし》がごつごつしてしまった指が気になったので、便座に座りながらふくらんだ節の部分を指でマッサージする。トイレを済ませて洗面所に行き、目の前の鏡を見ると、母そっくりの人間がいてぎょっとする。

肩までの髪を後ろにひっつめた白いうりざね顔。一重の細い目、鼻も口も小さくて、幸薄《さち》そうと言われる顔である。今日はよく眠ったせいでそれほどほうれい線が目立たないけれど、疲れが溜まっているときの寝起きの顔は、全体がくすんでたるんだ無残な年増《としま》女そのものだ。調子のいいときと悪いときの差が年々激しくなるのは、五十一歳ならば当然のことだろう。

ニットの赤色が何とはなしに目に残り、急に雛人形を飾ることを思いつく。桃の節句はまだ十日以上も先だけれど、今週末は認知症の母の誕生日を祝うために実家に帰ることだし、時間のあるうちにやっておいたほうがいいだろう。そう決めたら、明日から出勤という日曜の夕暮れも楽しくなってくる。パジャマを脱いで部屋着に着替え、カップラーメンで簡単に夕食を済ませる。たまにジャンクフードを食べるのも、ひとり暮らしの楽しみの一つである。

昨年めでたくローンを完済した築三十四年の2DKのマンションは、六畳の和室二部屋のうちの一つをクローゼットや物置に使っている。そこに、実家から運んだ、昭和の初め頃に買ったという古いお雛様が一式しまってある。

私の住まいは、大晦日《おおみそか》になると各地から狐が集まるという稲荷神社のそばにある。そんなところで、齢《よわい》を重ねた独身女がひとり、顔の一部が欠けている官女もいるカビくさい雛人形をしんねりと飾りつけているというのは、他人から見ればホラーに違いない。これまでの人生での悔いや恨みを人形に込め、一体一体を赤い毛氈《もうせん》に並べる……というのはまるで嘘だ。

私はまず腕まくりをして、寝室となっているもう一つの六畳にあるドレッサーを移動し、雛人形を飾る場所を作る。それから木の台座を運び出し、ひたすら組み立てていく。ひとりで組み立てるのはなかなか大変なのだが、このマンションで飾るようになってもう十年以上経つのでコツはつかんでいる。七段の台に緋色の布をまとわせてから、一番上にひと抱えほどの大きさの御殿をしつらえる。この御殿は京都の御所に見立てたものらしいのだが、屋根も柱も煮しめたように茶色く、かなりガタついている。この中にお内裏《だいり》様とお雛様、そして三人官女を飾る。

人形の顔を包んである和紙を丁寧にはずし、一年ぶりにそのお顔を見る瞬間は、雛飾りのクライマックスのひとつである。御殿の中に置くので、一体のサイズは手のひらに載せられるくらい小さく、顔立ちには人を寄せ付けないひんやりとした品位がある。最近の雛人形は、かわいらしさを優先させたり、現代人の顔立ちに近づけたりしているせいか、古色蒼然とした人形とは別の意味での気味の悪さがあると思うのは私だけだろうか。

私の雛飾りは誰に見せるわけでもないから、飾った結果よりも、ひとつひとつ、人形や道具を出す過程こそが楽しみだ。恐ろしいほど精巧で、身悶《みもだ》えするほど小さくて愛らしい道具類――鏡台や針箱、長持《ながもち》に箪笥《たんす》、茶道具に火鉢、御駕籠《おかご》に御所車《ごしょぐるま》、汁椀や煮物椀などのちまちました食器を載せた御膳――を並べているだけで、心がほかほかと満たされていく。

毎年同じように雛人形を飾るその行為のなかで、去年、あるいは数年前、いや何十年も前のときの様子や気持ちをふいに思い出したりする。幼稚園児の私と母が交わした会話や、人形を飾っていた昔の実家の座敷に敷いてあった絨毯《じゅうたん》の模様が鮮やかによみがえってくることもある。

季節の行事を大切にしていた昔の人は、毎年同じ営みを繰り返すことで、すっかり忘れていた何かを忽然《こつぜん》と思い出したり、あるいはもうたどりつくした思い出をまた最初からなぞってみたりするのかもしれない。そうすることで、今の人たちよりも記憶が濃いのかもしれない。

私の職場は、新宿区にある中堅の出版社だ。女性週刊誌とレディースコミック誌が有名だが、文芸やノンフィクションの書籍も出している。大学を出て入社したときの配属先は販売部で、それから広告部、宣伝部と一貫して営業部門を渡り歩き、今は製作部にいる。

製作部というのは、出版物の品質や刊行スケジュールの管理を行う部署だ。編集部が「出版物の内容＝ソフトの部分」に携わっているとすれば、製作部は「出版物の紙や印刷＝ハードの部分」に携わっており、出版物の原価計算や、印刷所や製本所への発注および価格交渉をする。

始業時間の二十分ほど前に出社し、コートを脱いでバッグを自分の席に置いた後、給湯室へ向かう。廊下に出たあたりですでにコーヒーのこうばしい香りがうっすらと漂ってきて、すると案の定、新実《にいみ》さんが背中を向けて携帯用の小さなコーヒーミルをがりがり回していた。白地にブルーの細かいストライプの入ったワイシャツは、肩のあたりにシワが目立ち、うまくアイロンがかかっていない。確か新実さんはアイロンがけはしないと言っていた。毎日着替えるワイシャツをクリーニング店に出すことはなく、アイロンがけがいまひとつな妻がそれでもやっているのだから、この夫婦はうまくいっているんだろうと思う。

「おはようございます。今日は遅いんですね」

新実さんは振り向いて私だとわかるとほっとしたような顔をし、それからヤクの売人のように声をひそめて言った。

「今なら間に合うよ。飲む？」

「はい！　ありがたく頂戴します」

新実さんは小さな透明のキャニスターを開け、コーヒー豆をコーヒーミルに追加し、またミルのハンドルを回し始めた。私は備え付けの棚から白地のマイマグカップを出して、流し台に置く。いつもなら自分用に買い置きしてあるドリップパックにお湯を注いでコーヒーを淹れるのだが、今朝は新実さんの御相伴に与《あずか》ることとなった。

「今日はどんな豆ですか？」

「ちょっとクセがあるんだよ。コスタリカ産で、フルーツみたいな香りがするけどチョコレートみたいな甘味もあって」

「そうですか、楽しみです」

廊下の奥まったところにある扉のない給湯室は、二人入れば満員という狭い空間だから、さして親しくもない人と出くわすと気まずくて、すぐに立ち去る。でも、二つ年上の製作部部長の新実さんといるときは、なるべく話をするように心がけている。

「おはよー。こだわりオヤジ、早くしてよね。邪魔だから」

製作部と同じフロアにある販売部の小澤《おざわ》さんが、右手にスープのカップを持って入口に立っている。

「お湯なら沸いているから、使っていいよ」

「あっそ。ありがと」

小澤さんは新実さんと同期で、双子を含む四人の子供を育てている肝っ玉母さんということもあり、会社にわざわざミルやドリッパーを持ち込んでコーヒーを淹れている新実さんをからかったり邪険にあしらう。けれども小澤さんのおかげで、新実さんは「うっとうしいこだわりオヤジ」から「おおっぴらに馬鹿にされているかわいそうなこだわりオヤジ」となり、誰からも文句を言われることなく一日に何度もコーヒーミルをがりがり回せるのであり、新実さんもそれがわかっているのだと思う。それでも朝は給湯室が混むので、いつもなら新実さんは気を遣って始業三十分前にはコーヒーを淹れ終えている。

「おはようございます。その明太子チーズポタージュっておいしいですか?」

私は新実さんの後ろを通って給湯室の入口に立ち、カップの蓋を開けている小澤さんに話しかける。

「初めてだからわかんない。でもこのシリーズはわりとどれもうまいよ」

「私、普通のポタージュしか買ったことがなくて」

「あのね、一番うまいのは完熟かぼちゃポタージュだから」

「わかりました。今度、買います」

小澤さんがニッと笑ってから「新実ちょっとどいて」と言い、ふくよかな自分の身体が通れるようにしてから給湯室の中へ入る。

「草野さんのコーヒー、僕持っていくから」

「いいですよそんな」

「新実は、それくらいやって当然なの。いつも草野ちゃんに助けてもらってんだから。家でもこんな感じだしね」

小澤さんに言われ、新実さんはばつが悪そうな顔をする。私は、じゃあお言葉に甘えて、と言ってその場を離れる。

新実さんには二度目の奥さんの連れ子である中学生の息子がいて、小澤さんの双子の息子たちと同い年ということもあり、家族ぐるみでつきあっていると聞いたことがある。たぶん新実さんは、小澤さんにも奥さんにも頭が上がらないのだろうけど、そういうふうに女を偉そうにさせてる男性のほうが、女を馬鹿にしないと気がすまない男性よりも、人間としてはるかに信用できるような気がする。

デスクに戻ると、私の対面の池田《いけだ》も、隣の松岡《まつおか》も席に着いていた。

「おはようございまーす」

松岡が、ルイ・ヴィトンのケースに入ったスマホを見ていた顔を上げ、こちらに一瞬笑顔を見せる。今日も隙のないメイクで、高級ブランドと思しき質のいいニットスーツを着ている。

片や、今日も髪の毛をワックスで完璧に整えている池田は、松岡の声に合わせるようにあごを突き出して、それで挨拶したつもりになっている。

「おはよう」

私は挨拶を返すが、松岡はもうスマホに顔を戻しており、池田はそっぽを向いてブルーボトルのマークが入ったステンレスのタンブラーからコーヒーを飲んでいて、私の言葉は宙に浮く。

松岡は二十七歳、池田は三十歳で、どちらも独身である。それほど若くはないものの古株ともいえないこの二人は、中高年がわらわらと集まる給湯室には近寄らない。社員や来客へのお茶汲みは、十年以上前になくなっている。

松岡は、自宅にあるウォーターサーバーの水で淹れたデカフェ紅茶の入ったマイボトルを持参し、「なんか給湯室の水ってヤバそうじゃないですか」と平気で言う。池田はもともとタンブラー片手に出社して一人悦《い》に入っているタイプだったが、半年前に松岡が異動してきてから、さらにブランドにこだわるようになった。松岡から「その中身、ブルーボトルのですか？」と聞かれて「いや、駅の近くのスタバかタリーズで入れてる」と答えていたが、会社の途中にあるセブンイレブンの百円コーヒーを買い、人通りのない路地で黒いカバンを股の間に挟みながらコーヒーをタンブラーに入れ替えているのを目撃したことがある。私は心の中で「池田、あんたも大変だね」とつぶやきながら、おおらかな気持ちで見ている。

私のスマホが震えているので、届いたメールを確認する。一昨日の土曜に会った鹿間隼人《しかまはやと》だった。個人で自動車整備業を営んでいる鹿間は、浮気の漏洩対策なのかスマホのＬＩＮＥは使わず、自分の会社にあるパソコンからメールを送ってくるので、仕事が休みである昨日は何の連絡もなかった。

鹿間は、今週会えないかと尋ねている。それは彼にとって一昨日の逢瀬が楽しかったことの証であり、悪い気はしないが、私は男性と毎週会うなどという愚行はしない。若者の恋愛じゃあるまいし、そんなことをすればお互いすぐ飽きるに決まっている。それに中年ともなれば、デートのその日が最良の状態になるようにもっていくために、時間をかけた入念な準備が必要なのだ。

どちらにしろ今週は帰省するので断ると、来週はどうかと返事があり、その週末は休養に充《あ》てたいので適当な理由をつけて断る。すると、その次の週は？ と畳みかけてくる。まだ三回しか会ったことがないが、こんな人だったのかと黄色信号がともる。再来週は茶会があるので三月最後の土曜でお願いできませんか、と返信してスマホをしまう。

松岡は今、『ワンケツ』というタイトルの単行本の原価計算に頭を悩ませている。ハムスターのお尻写真集がブームになったことがあるが、今回は犬のお尻（常にしっぽを上げているため肛門が丸見えの犬種を含む）写真集であり、担当編集者が、変わった判型と用紙でやりたいと言っているらしい。

彼女は、ほぼ毎日ヒール高めのパンプスを履いているのだが、仕事に熱中し始めると靴を脱ぐ癖がある。ハイヒールが窮屈なのは、女性なら大抵知っていることだ。今も、デスクの下にあるダンボール箱にストッキングだけの足を置き、パソコンとにらめっこしている。そこへたまたま、松岡の後ろにある棚の本を取ろうと、池田がやって来た。彼は、松岡のデスクのそばに脱ぎ捨てられたピンクの上品なグリッター素材のパンプスを見て言った。

「見せびらかしすぎー、松岡」

「え？　何ですか？」

松岡が、我に返ったように池田を見る。

「靴。わざわざ脱いじゃってさー。ジミーチュウって十万くらいすんでしょ」

「メルカリだと安いですよ」

さらっと答え、すぐにパソコンに視線を戻す。

松岡はコネ入社のお嬢様で、顔立ちが派手なこともあってわがままに見られがちだが、仕事のときは、相手との関係性やその場の状況を考えて振る舞うことのできる女性だった。

この靴だって、彼女はメルカリで買ったわけではないだろう（だからこそ言える台詞《せりふ》なのかもしれない）。逆に、一回使っただけの靴やバッグをメルカリで売ったり、愛車のベンツを個人間カーシェアに出したりしているというのを聞いたことがある。今の若い世代の堅実さに、バブル世代の私はびっくりしたものだった。

そうやってへりくだることのできる松岡に比べると、製作部に来て三年目の池田は、仕事ができるせいもあるのだろうが、何かと自分が優位に立とうとする。

「それに、隣は草野さんしかいないんだから意味ないでしょー。草野さん、ジミーチュウ知ってます？」

いつもなら「知らないです」と言ってあげるのだけど、今日は松岡のことで義憤にかられ、まともに返事してしまった。

「イギリスのブランドで靴が有名なんですよね。それから、松岡さんは別に見せびらかしてなんかいないですよ。仕事に集中すると、必ず靴脱いでるから」

「へーっ。草野さんって毎日似たような服で、ブランドなんか興味なさそうで、その分、ジャニーズとか韓流とかにものすごい金遣ってそうなんですけど」

「あら、そんなふうに見えるんだ」

うれしそうに笑うと池田は拍子抜けした顔になり、もう相手をするのはやめたとばかりにフロアを出て行った。松岡に関しては完全スルーで、後輩に謝ることはない。

毎日グレーの服を着ているけれど少しずつ違いはあり、ブランドも知っているということを言い返すのも大人げない。また、ジェジュンの追っかけをしている六十代の知人がとても幸せそうなのを知っている私にとって、アイドルおたくのように見えるということは、何の楽しみもうるおいもない不幸せが顔にあらわれているわけではない証拠にも思える。

人の上っ面しか見てない若造に、地味なおばさんだとなめられても軽く受け流すくらいの図太さはある。たかが三十年しか生きてない男に、五十を過ぎた女の人生の楽しみなどわかるわけがないと思うと、ひそやかな笑みが浮かぶ。

視線を感じて横を見ると、松岡と目が合った。彼女はお礼のつもりなのか小さく頭を下げ、一瞬、不可解なものを見るような目つきをした。

お昼になり、自分のデスクで弁当を広げる。曲げわっぱに入れたにぎりこぶし大のおにぎり二つと簡単なおかず。若い頃、新潟出身の販売部部長が「米だけは贅沢して良いものを買う」と言うのを聞いて年寄り臭いなと思ったが、自分もそんな年寄りになっている。地元石川県産のコシヒカリを取り寄せ、たまに玄米や五穀米を混ぜたのを土鍋で炊いて握り、自家製の梅干しや、焼いて保存しておいたシャケを中に入れる。今日のメインは作り置きしてあった筑前煮で、私はお弁当に心持ち濃味に煮含めた料理を一品入れることが多い。これは母の影響であり、子供のころはそういう茶色いおかずを恥ずかしく思ったが、出汁のしみたやわらかい肉や豆腐や野菜はおいしいし、どこかほっとする。自分好みの味付けというのも、自分を機嫌よくさせる方法のひとつである。

昔は同僚と外へ食べに行っていたが、今は誘うのも誘われるのもどこか億劫《おっくう》だ。新実さんが毎日、隣の部署の男性と一緒に打ち合わせテーブルで仕出し弁当を食べるのも（社員食堂がないので、仕出し弁当を注文するシステムがある）、松岡や池田がさっさと外に行ってしまうのも、かえって気楽である。ついでに年寄り臭いことを言うと、スマホを見たり本を読みながら食事している人を素敵だと思ったことは一度もないので、食べるときは食べることに集中して、終わったらスマホや本に向かう。

鹿間から、三月下旬に会うのとは別に、平日に会えないかとメールが来る。浦賀から車でそちらに行きますとのこと。

鹿間とは、去年の十二月に三浦海岸のビーチクリーニングで出会った。私は以前からビーチコーミング（海岸などに打ち上げられた漂流物を収集したり観察したりすること）に興味があったのだが、京急線の駅に貼られた文字だけの簡素なポスターを見て、ビーチコーミングと勘違いして応募してしまった。

そのイベントには五十人くらいが参加しており、大半が顔見知りのようだった。しかし、初めての参加者でも、支給されたトングを片手にゴミを拾いながら海岸を歩いていると、そばにいる人と何気なく会話を交わしたりすることもできて、意外と楽しいものだった。鹿間も初参加で、飲み屋で知り合った主催者に誘われて来たらしく、私がひとりだとわかると自分の居場所を見つけたようにずっと隣にいた。酒の上での誘いだからと、うっちゃっておく人はたくさんいるから、実際に来たというのは義理堅い人なのだろう。

釣りが趣味だと言い、私がこの辺りには不案内であることを話すと、いろいろな地元情報を教えてくれた。初対面でお互いのことを語り合わない、どうでもいい会話ができる人だった。海を見ながら「どんなお仕事されてるんですか」などと聞く男は（女も）、恋愛未熟者である。

冬の海風は冷たかったけれど、彼はそれを遮るように常に海側に立ち、手袋を忘れた私に自分がしていた軍手を貸してくれた。私の手はひどくかじかんでいたが、生理的に受けつけない相手ならきっぱりと断っただろう。ざっくりとした木綿の軍手に指を入れるとふんわりとあたたかく、そこですでに、この男の身体に包まれることを想像していたかもしれない。

四角い顔をした鹿間は、団栗《どんぐり》のような丸い目がよく動く愛嬌のある顔立ちで、背はそれほど高くないが腹は出ておらず、柔道部男子がそのまま大人になったようながっちりとした体型だった。

つやつやしたなめし革のような肌は中年男の味わいにやや欠けるが、つまりは体つきも含めて四十八歳にしては若々しいということであり、そのことを本人がさほど気にかけていないところが好ましかった。

年を取れば、確かに、若く見えるというのは悪くない。しかし、それを得意がっているのは問題外として、意識しているのが透けて見えるのは興ざめである。ときどき、ジョギングしたりジムに通っていることをさりげなくアピールする中高年男性がいるが、心ある女なら「意外とつまらん男だな」と思うだけである。

ビーチクリーニングは午前中で終わり、私は鹿間を昼食に誘ってメールアドレスの交換をし、年明けに横須賀で一緒にお酒を飲んだ。そして先週、私が前日から泊まっていた海の見えるホテルで数時間を過ごしたのだった。

鹿間は海が似合うから、海のそばで会うことで魅力的に見えた。また、普段は都会で過ごす私が海に行くことによって、どこかバカンス気分にもなれた。だからこそ、都心では会いたくなかった。「バカンス先で出会った相手と都会で会うとがっかりする」というあのパターンになりそうだから。

平日は仕事が忙しいので難しいです、と返すと、こちらを非難するような調子のメールが来た。もう返事はしなかった。

茶会が行われた日曜は、いつ天気が崩れるかわからないような肌寒い薄曇りの日となった。

主催者である万江島巽《たつみ》氏は、横須賀市内の高台にある約八百坪の邸宅にひとりで住んでいる。

敷地内の南側にある、いい感じに整えすぎていない築山泉水式《つきやませんすい》庭園の中には、腰掛待合《こしかけまちあい》や蹲踞《つくばい》を伴った今どき珍しい柿葺《こけらぶき》の三畳台目中板《さんじょうだいめなかいた》の茶室があるのだが、今回は五人が集まる気楽な茶会なので、邸宅内にある十畳の茶室を使うことになっている。

私のマンションから最寄り駅までは歩いて五分、それから電車で一時間半ゆられ、駅を降りたら万江島氏の家まではタクシーで行くしかない。その道中を着物で移動するのだから、雨さえ降っていなければ御《おん》の字である。また、茶会の手伝いは何かと動き回ることが多いうえに、更年期の多汗傾向が重なって、寒い冬でも着物の下に着ている長襦袢《ながじゅばん》の背中や腋《わき》が汗でしっとりとしてしまうこともあり、着物のお手入れ代が安くないことを考えれば、気温が低いほうがありがたい。

私は、髪を夜会巻きに結い上げ、防寒を兼ねた銀鼠《ぎんねず》の正絹《しょうけん》の雨コートに薄鼠《うすねず》のカシミアのストールをはおり、午前十時過ぎに目的地の駅に降りた。改札を出ると「愉里子《ゆりこ》さん」と声をかけられ、見ると、赤いダウンジャケットを着た鹿間が立っていた。

「どうして……」

「いやあ、着物すごく似合うね。女優さんみたい」

笑顔で褒められているのに、私は背筋が寒くなる。

「あの、どうしてここにいらっしゃるんでしょうか」

わざと他人行儀に尋ねる。そうしながらも、自分が今まで鹿間にどんな情報を与えていたのかを必死に思い出す。

「今日はお茶の会なんでしょう？　そこの家はバス停からさらに坂を上らなきゃいけないから、結局タクシーで行くしかないって言ってたじゃない。僕、車で送るよ」

初めて会ったとき、駅でポスターを見て勘違いして申し込んだことや、この辺りについて唯一知っていることである「茶会の主催者のお宅」について話した記憶がある。そこへはひどく急な坂道を上っていくことや、その途中に、山を切り崩した広大な真っ平らの住宅街が広がっていてびっくりしたことなどを話してしまった。

ひとり暮らしの約三十年の間に、好きでもない男が自分の住まいに突然やってきたことがないわけではない。だから自分の住所や勤め先はぼかすようにしている。でも、茶会までは気が回らなかった。

「いえ、そんな、申し訳ないです。タクシーで行きますから」

「せっかくここまで来たんだからさあ、そんなこと言わないでよ」

鹿間は、口調はおどけているが目は笑っておらず、一歩も譲らない感じがあった。一度身体を重ねただけでまだよく知らない人だけに、恐怖が先に立った。ここで揉めて茶会に行けなくなり、先方に迷惑をかけてしまうのが一番避けたいことだった。それで、「じゃあお願いします」と言ってしまった。

鹿間の車は後部に釣りの道具を載せた白のミニバンで、前回もそうだったが車内はきれいに掃除してあり、魚の臭いもしなかった。私を乗せるために気遣ってくれたのだと喜んだことが、遠い昔のようである。

「もう会いたいのが止められなくなっちゃってさー、こうして愉里子さんの顔見てるだけで幸せ。いつもよりぜんぜんきれいだよ」

いつもはきれいじゃなくて悪かったわねと思うが、私は恥ずかしそうな振りをしてうつむく。

内心は、いきなりやって来たことが怖く、また不快でもあるのだが、ここでそのことを責めて相手のプライドを傷つけてはいけない。

鹿間はいわゆるストーカーなどではなく、恋愛の初期段階で舞い上がってしまっただけなのだと思う。そういうことは性別も年齢も関係なく、普段は冷静で計算高くて控えめな人でもありうる。私も若かりし頃、突然夜中に会いに行き、ドアすら開けてもらえず冷たく追い返されたことがあった。あのときのみじめさを知っており、ドアを開けなかった相手の気持ちも今ならよくわかるからこそ、納得できる理由をきちんと話し、心をこめて断固として拒否しなければいけない。

「鹿間さんには家庭がありますし、私たちはもう会わないほうがいいと思うんです」

そう言うと、ちょうど信号が赤になった。車が止まり、鹿間が私の膝の上にある手を握ってくる。とても嫌なのだけどすぐに振りほどくことはせず、ゆっくりと逃れようとするが、意外な強さで握り返される。こういうとき、男は女より力が強いのだという事実が迫ってきて、身体全体に緊張が走る。私は逆らわず、もう片方の手で彼の手を包むようにする。信号が青に変わると、向こうから自然と手を離し、安心したように言う。

「でもまだばれてないからいいじゃない。僕はあなたが好きです」

「ばれてない」と言う卑劣さと「あなたが好き」という純粋さを同時に出してしまうのがだめなのよ、と冷静に思う。

「私は独身だから、やっぱり奥さんと子供がいる人は嫌です」

実際は、私はあなたが嫌です、と言いたいだけなのだが、思ってもいない言葉でごまかしてしまうのだから、卑劣さでは私のほうが上だ。

「……そうか」

私の強い口調に、鹿間はあきらめたような顔になった。

坂道をいくつか上り、車が万江島邸の裏門に到着すると、鹿間が〝あるひと言〟を放った。

私は「あなたとは二度と会いませんから」と告げ、急いで車を降りると扉の暗証番号を押して中に入った。

扉を閉めてようやくひと息つく。すると強い芳香がして、門のそばに咲いている白い沈丁花《じんちょうげ》が目に入った。もう一度、心がひきしまるようなその香りを吸い込み、鹿間のことを頭から追い払う。

露地の掃除や支度は、前日に伺って済ませていた。落ち葉を掃いたり腰掛待合を雑巾がけするだけでなく、蹲踞の鉢や役石《やくいし》やごろた石もたわしで洗う。茶室も前日に掃除しておいたが、今日改めてもう一度掃き掃除をするのは、通いの家政婦さんがやってくださることになっていたので、台所へ寄って御礼を言う。それから広間の茶室に行くと、床《とこ》にはすでに本日の掛物である、通称「二月堂焼経《やけぎょう》」こと「紺紙銀字華厳経《こんしぎんじけごんきょう》」がかけられてあった。万江島氏はまだ和服に着替えておらず、紺色のざっくりしたセーターにジーンズ姿であぐらをかいていた。彼の前には、全身黒ずくめの格好をした坊主頭の二十代くらいの男性がいて、二人で話をしていた。

その若い男性は痩せていて手足が長いが、それを行儀よくまとめ畳の上に正座している。こちらをちらと見た流し目が鋭く、そして妖しく、この男は何者かと身構える。

万江島氏が挨拶もそこそこに、男性を紹介した。

「僕の友人で噺家《はなしか》の柳柳亭半七《りゅうりゅうていはんしち》さん。まだ二つ目だけどなかなか面白くてね、今日は茶会の前に一席やってもらおうと思ってます」

「『今頃は半七さん……』の半七ですか?」

私は「艶容女舞衣《はですがたおんなまいぎぬ》」の台詞に引っ掛けて、漢字を尋ねる。

「いえ、『半七捕物帳』の半七を目指しております」

自分は女舞《おんなまい》の芸人と心中するような男ではなく、江戸前の粋な老人を目指しているということを物おじせずに答える。そのあと、こちらの頰をさらりと撫《な》でるような、婀娜《あだ》っぽい、柔らかい笑みを浮かべた。

この男、かなり危険。たくさんの女を弄《もてあそ》んできたような色悪の匂いがする。

「こちらは草野愉里子さん。今日の茶会のお手伝いに来てもらいました」

私が両手をついて一礼すると、彼も噺家らしく手をついて深く上半身を折りたたむが、どこか人を食ったようなお辞儀である。

「半七も一度、草野さんの点《た》てたお茶を飲むといいよ。そうすれば茶の湯が好きになる」

万江島氏が言うと、半七は顔の前で小さく手を振って言った。

「いえいえ、あたしはかたっくるしいことは苦手ですから」

「僕の『茶の湯』はあの大店《おおだな》の隠居とおんなじ、いや、君の落語とおんなじで何でもありだよ」

男性二人は笑いあい、また打ち合わせに戻った。私はそっと立ち上がり、水屋着《みずやぎ》を着るために隣の和室へ移った。

私の趣味は、男の人との肉体を伴ったかりそめの恋である。昔の言い方をすればアバンチュールなのだろうが、私はひそかに「花摘み」と呼んでいる(登山用語ではまた別の意味もあるらしいが）。昔、男性が花を手折《たお》るように女性と遊んだのに倣《なら》い、女性の私も、巷《ちまた》に咲き乱れている花を摘んで遊ぶのである。

　私は、これはという男性と出会ったら、まずぱっと相手の目を見て、その目の色を確かめる。仕事関係の男には絶対に手を出さないので、仕事中はそんなことはしない。自分の年や見てくれは充分承知しているので、こちらに興味がなさそうな男にも手を出さない。半七の目を見れば、私は対象外だということがはっきりわかった。私も、若い男は対象外だ。

　その後、私が隣の和室でいくつもの桐箱を並べ、水指《みずさし》や茶碗といった道具を出していると、半七が物珍しそうな顔をして近づいてきた。

「お姉さん、茶の湯のプロなんですか？」

　私は手を止める。

「茶の湯で報酬を受け取っているのがプロだとすれば、私はプロではありませんね。茶道を嗜《たしな》んでいる、ごく普通の茶の湯好きです」

「そうですか。道具を広げてるお姉さん、板前がイキのいい魚を前にしてるような顔してたから」

　私は思わず苦笑してしまう。

「自分ではとても手に入れられない素晴らしいお道具をこうして直に手に取らせてもらえるんですからね。舌舐《な》めずりするようなあさましい顔つきだったんでしょう」

「そんなことないですよ。今だって話しながらやってないでしょ？　道具を壊さないようにってことなんでしょうけど、集中してるのが身体じゅうから伝わってきましたよ。何より姿がいいや。

箱から道具を出してるだけなのに、流れるような手つきで、なんだか見惚《みほ》れっちまいました」

年上の女を臆面もなく褒めるのにあきれつつ、ちょっとドキッとしてしまったのが自分でもわかって、くやしい。

「さすが半七だね。目のつけどころがわかってる」

いつのまにか、万江島氏が戸口に立っていた。短い髪は整髪料できれいに後ろへ撫でつけられ、きりりとした顔つきになっている。利休色のお召しに、それよりも少し濃い色の博多帯を締め、まだ袴《はかま》はつけていなかった。着慣れてはいるが玄人《くろうと》っぽさがなく、もう老年なのにどこか書生のような清潔感があるところがこの人の稀有《けう》なところだろう。

「やだな、聞いてらしたんですか。失礼いたしやした」

半七はいたずらがばれてうれしい子供みたいな顔をして部屋を出て行った。この男たちは年が離れていても通じ合うものがあるように見え、女の私はそこへ入れない感じがする。

「半七さんとのおつきあいは長いんですか」

「あいつが十七のときから知ってます。えーっと、たしか十二年前かな」

ということは彼は二十九歳らしい。

「噺家さんって、普段でも落語みたいなしゃべり方なんですね」

「そういう人は少ないと思いますよ。半七は、あたしは浅草っ子だからなんて言ってますけど、実は赤坂生まれ。お祖母《ばあ》さんが浅草の芸者さんでね。僕もよくお世話になった方です」

「あれほどの男前なら、たくさんの追っかけがいるでしょうね」

すると、万江島氏の顔つきがちょっと変わった。

「草野さん。失礼ですけど、白のミニバンに乗ってる男性でお知り合いの方はいますか?」

すぐに鹿間のことが思い浮かんだ。

「その人が、何かこちらにご迷惑をおかけしたんでしょうか?」

「いや。親しい方なら茶会にお誘いしようかと」

「いいえ! 親しくなんかありません。二、三回会っただけです」

「ほんとですか? 恥ずかしがらなくてもいいですよ」

さぐるようないやらしい聞き方ではなく、目上の人がいたわるような尋ね方だった。それでつい、思ったままを口にしてしまった。

「恋人ならそうだとはっきり言います。私はあんな人、だいっきらいです!」

万江島氏はからりと笑った。

「そんなに嫌われたら相手はたまらないですね」

「もしまだ彼がいるんでしたら、私が行って注意して……」

「それには及びません。今は、彼のことは気にしないで、茶会に専念してください」

「……わかりました」

そうは言っても、私はますます鹿間のことが気になってしまった。

茶会に来た客は、六十代から八十代くらいの男性が四人、輝くような銀色の髪と葡萄《えび》色の着物のコントラストが美しい貫禄たっぷりの女性がひとりだった。

この五人に万江島氏を加えた六人で、かつて奈良のお水取りを見に行ったことがあるらしく、今日はそれに因《ちな》んだ茶会だった。奈良から取り寄せた主菓子《おもがし》は椿《つばき》の花を模した「糊《のり》こぼし」、茶杓《ちゃしゃく》はお水取りの松明《たいまつ》に使われた竹を使い、燃えて少し焦げた跡が景色になっていた。花入《はないれ》に鎌倉時代の閼伽桶《あかおけ》が使われたのもお客様にはご馳走だっただろう。

濃茶は万江島氏が点て、薄茶を私が点てた。

点前《てまえ》をする私が戸口で一礼すると、総礼の後、座が静まり、全員の注目が集まった。私は立ち上がり、建水《けんすい》に柄杓《ひしゃく》を組んで運び入れるとき、柄杓を畳に落っことすという初心者のような大失敗をしでかした。

ああ、これで私はクビだな。

昨年の秋、万江島氏は、区民祭りの茶会で点前をしていた私に突然、「うちの茶会でお点前をしていただけないでしょうか」と声をかけてきたのだった。そのときの彼は、白髪と黒髪が半分ずつくらいの髪は無造作なままで、グリーンと白のチェックのフランネルシャツにベージュのチノパンだった。私は彼を、定年後に地域デビューした六十代くらいの世話役の男性だと見当をつけ、区内の集まりや老人クラブなどの茶会でボランティアをやってくれないかという頼みだと思った。実際は、無手勝《むてかつ》流で茶の湯を楽しんでいる万江島氏が、自宅での茶会の手伝いができる人を探していたのだった。交通費や謝礼（あくまでも御礼の気持ちであり報酬ではない）を出してくださるというので、私自身はアルバイトのようなものだと思っている。

「あなたのお点前は目にうるさくない。程がいいですね」と万江島氏は言い、たぶん基本に忠実だということなのだろうが、そう評されるのはうれしいことだった。

でも、今の私には「点前がうまいと思われたい」という意識があった。鹿間のことで気持ちがざわついていて平常心も欠けていた。

それが、柄杓を落としたことですべて消え去り、肝が据わった。もう一度水屋に戻って予備の柄杓に替え、それからはただ、お客様においしいお茶を点てることだけを考えた。

主茶碗は彫三島《ほりみしま》で、檜垣文《ひがきもん》が外側に二段、内側に二段、見込みに花文《かもん》があり、白土の象嵌《ぞうがん》が全体的に薄くなっていて、けむるようなやわらかさがある。替茶碗は高取で、口造りが桃の形をしており、遠くから見ているときは落ち着いた風情の茶碗にしか見えないが、自分の目の前に茶碗が置かれて真上から見ると、愛らしい、ちょっとした驚きがある。私がこの茶碗を水屋で清めていると、万江島氏が「これは、あなたのような女性がお点前をする春の茶会にふさわしい茶碗だと思いました」と言ったが、そのときは茶会の準備に追われて余裕がなく、その意味を深く考えることはなかった。

正客《しょうきゃく》と次客が薄茶を飲み終わると、亭主である万江島氏の希望で、三客の槙野《まきの》さんには主茶碗の彫三島で薄茶を点てた。槙野さんは飲み終わって茶碗を拝見した後、茶目っ気のある笑顔を見せて言った。

「万江島さん、あのときのお詫びということですね」

「……今はお幸せなんですから、かえってよかったんですよ」

客同士の話を総合すると、十年ほど前、夫を亡くしてひとり身だった槙野さんは万江島氏に声をかけられ、奈良旅行に加わった。万江島氏もその数年前に夫人を亡くして独身だったため、まわりは槙野さんを万江島氏の恋人だと思っており、槙野さんもそういうつもりで誘ったのだろうと期待した。ところが万江島氏は、槙野さんが以前から「一生に一度でいいからお水取りを見たい」と言っていたのを覚えていて誘っただけで、槙野さんに指一本触れなかったのである。

有名な旅館の女将《おかみ》である槙野さんはその後、年下の男性と再婚し、亡夫との間に生まれた娘が若女将として働いているのだという。

「あのとき、お水取りに誘ったのは三島由紀夫の『宴《うたげ》のあと』を真似したんだろうってからかったら、こいつは知らなかったんだよ」

正客に座った一番年配の男性が言い、万江島氏が照れくさそうに笑った。

槙野さんは如才《じょさい》のない会話で他の客を楽しませていたが、半七の落語を褒めたときだけは、客の中で一番若い、六十代の男性と少し言い争いになった。私は裏方なので半七の落語を聞くことはできなかったのだが、その男性は「あいつは客をなめてる。噺を崩しすぎて古典への敬意がない、キワモノだね」とこき下ろした。万江島氏は二人の会話に一言も口をはさまなかった。

茶会が終わると、私は後片付けに入る。お客様を送り終えた万江島氏がやってきて「少し話があるので、片付けが終わったらここで待っていてください」と言われた。失敗を責められるのは覚悟しているが、それでも憂鬱な気持ちになる。

水屋の簀子《すのこ》の下を水滴が残らないように拭き清めていると、後ろから声がした。

「お姉さん、ちょっといいですか」

振り向くと、先ほどの黒ずくめの格好に黒のジャケットをはおった半七が立っていた。

「赤いダウンを着た男に、着物の女性はいつになったら出てきますかって聞かれたんですけど」

私はびっくりして、自然と頭を下げていた。

「申し訳ありません。その人は、他のお客様にもそのように声をかけてたんでしょうか?」

「その人はずっと裏門にいるから、表門から出て行ったお客とは顔をあわせてないはずです。たぶん彼は、お姉さんと話ができるまで帰らないだろうから、もしまだ時間がかかるんだったら、ひと声かけてあげたほうがいいんじゃないですかね」

私はほっとして大きく息を吐く。

「そうですね。これから裏門に行って、話をします」

立ち上がって、裏口へ向かう。

外に出ると朝と変わらぬ薄曇りだった。裏門の外に出てみるが、誰もいない。

あたりを見渡すと、門から七、八メートルほど離れた道路の脇に白いミニバンが停まっていた。運転席から鹿間が出てくるが、心なしか険しい顔をしている。こちらへ来るのを迎え撃つように待っていると、裏門の扉が開いて、半七が出てきた。なぜか黒いサングラスをかけている。

「どうしたんですか?」

私が声をかけると、半七は私の隣に立った。そして私の肩に左腕をまわし、私をぎゅっと抱き寄せ、おでこにキスするかのように顔を寄せた。その瞬間の半七の手の強さ、身体の熱さ、初めて嗅ぐ男の匂いに、私は全身がしびれたようになる。次に半七は、まるで胸元から拳銃を出すように、ジャケットの下にゆっくりと右手を入れた。鹿間はそれを見た途端、あわてふためいて車へ駆け込み、すぐに発車させて立ち去った。猛スピードで坂を下りる車のエンジン音がしばらく消えず、私は虚脱したようにそれを聞いていた。

音が途切れ、ようやく半七を見た。全身黒の格好に黒のサングラスをかけた坊主頭の男は、一見すると、反社会的勢力に関係のある人間に見えなくもない。

「私を助けてくださったんですか？」

半七はニヤリと笑った。

「意外と簡単でしたね」

若い男のくせに見事なまでに平然としている。半七に対してだけでなく、抱き寄せられて一瞬でもうっとりしてしまった自分にもむかついてくるが、ここでじたばたしては五十女がすたる。

「すごい機転ですね。ありがとうございました」

ゆったりと微笑《ほほえ》むと、半七はサングラスを外し、困ったように私を見た。

「勘違いしないでほしいんで言っちまいますけど、この筋書き書いたの、万江島の旦那ですから」

「万江島さん？」

「旦那の言う通り、あの男に見せつけるようにハグして、懐《ふところ》に手をやりました」

半七は楽しそうに笑う。

「……あの万江島さんがこんなことを考えるとは思えないんですけど」

「ええ。旦那はいたって誠実なお人柄の紳士ですよ。今回のことだって、旦那は『これが一番いい方法だから何とか頼む』って真顔であたしに言ってきたんですからねえ」

こんなことを思いつくほうも頼まれてやるほうもどうかと思うが、半七はきっと面白がってOKしたのだろう。

「それにね、あたしの柄の悪さだけじゃ説得力に欠けるってんで、旦那は家政婦の菱沼《ひしぬま》さんに頼んで、あの男と立ち話して『ここのお屋敷は、さる組の方たちの出入りも多くて、ここに来る女性はだいたいその人たちの愛人なんですよ』とかなんとか言ってもらってんです。あの男は、たぶんそれを確かめようとして、『聞く』前に『見て』わかっちまったってとこなんでしょうねえ」

助けてもらったのに、ドッキリに引っかかったみたいでますます腹立たしくなる。

「ねえ、そんなしかめっ面しないでくださいよ」

私はあわてて笑顔をつくろうとするが、うまくいかない。

「旦那には口止めされてんですから、知らん顔しててくださいまし。何より、誰も傷つけずに事を丸く収めたんですから、怒っちゃあいけません。では、お疲れ様でした」

半七は一礼すると、すたすたと歩き出した。

「半七さん、どうやって帰るんですか」

「駐車場に車とめてます。お姉さん、ああいう不器用そうな男をひっかけるなら、もっとうまくやらなくっちゃ」

半七は、噺家からひとりの若い男に戻ったような屈託のない笑顔を見せて去っていった。ひっかけるとは失礼な、と思ったが、まあまあ事実であり、半七の口調には私を同好の士と見抜いているような親しみがあった。

広間に戻ると、万江島氏が着物姿のまま炉の前で静かに正座していた。茶の湯では、「独座観念」と言って、客が帰った後ひとり釜の前に座り、今日の茶会や客に思いを馳せながら自服するのだが、今の彼もそのように内省しているのだろうか。

お客様はとうにお帰りになったのに、着物を着たまま待っていることに、私へのけじめのようなものを感じた。柄杓を落とした失敗を思い出し、すると先ほどまでの万江島氏に対する不満はまたたくまに消え、神妙な気持ちになる。

そしてこの広間を見渡すと、改めて茶会の光景がよみがえってきた。お客様がみな、互いに敬意を払い心通わせあう、清々《すがすが》しくもなごやかな会だった。そのような会で、こちらを信用していただき大切なお道具でお茶を点てることができたのは、私にとってこの上ない幸せだったこともしみじみと思い出されるのだった。

「万江島さん、お待たせいたしました。このたびは、貴重な体験をさせていただき、誠にありがとうございました」

私は彼の前に座り、扇子《せんす》を膝前に置いて真《しん》の礼をする。

「ご苦労様でした。手際がよく、こちらは安心して任せられました」

万江島氏は穏やかな表情で言う。やはり、半七に「ハグいたせ」と命ずるようなお殿様、いや旦那様には見えない。

「薄茶の点前では大変な粗相をして申し訳ありませんでした」

私はまた頭を下げる。

「じゃあ、そのお詫びをしていただきましょうか」

万江島氏が表情を変えずに言う。

「は？」

「私のあとに付いて来てください」

万江島氏は立ち上がると、裏口へと向かった。草履《ぞうり》をはいて外へ出る。天気がもったようで、今も雨の降る気配は感じられなかった。柿葺の茶室がある南側の庭ではなく北側の庭のほうにまわり、車庫を通り過ぎ、さらに奥へと向かう。

「階段を上がりますから、足元、気をつけてください」

私は、ここから先には行ったことがない。人がひとり通れるほどの幅のなだらかな階段は、草履でも歩きやすいように形の不揃いな平たい石が敷き詰められている。両脇に生えている苔や羊歯《しだ》は青々としており、木の葉も掃き清められ、手入れが行き届いている。右に旋回するように十メートルほどの距離の階段を上がり終えると、白い巨大なマッシュルームとでもいうような、木材と白い石材を組み合わせた、モダンな小屋があらわれた。

「もうひとつの茶室みたいなものです。どうぞ、入ってください」

中は洋風の造りで他にも部屋があるようだが、私が通されたのは二畳の茶室だった。炉が切ってあり釜がかかっているが、畳にはトライバルラグが敷いてあり、床に飾ってあるのはリキテンスタインのシルクスクリーンだった。青い服を着た女がひとり、こちらを見ている。

「そこの茶道口を出て右手に行くと台所がありますので、私に一服点ててもらえませんか？　ここでお茶を飲みたかったのです」

「……青衣《しょうえ》の女人《にょにん》と共に、ですね」

「あなたと三人で、ですよ」

「青衣の女人」というのは、鎌倉時代、お水取りの行事の際にあらわれたという幻の女のことである。万江島氏の澄んだ笑顔を見て、私は今日の失態を許されていることに気づく。

「喜んで点てさせていただきます」

茶室を出ると、古い山小屋風の六畳くらいのダイニングキッチンがあった。木の床も壁も艶のある飴色なので、この家は外観だけリフォームしたのかもしれない。台所は日常的に使っているようには見えないが、置いてある食器も家具もみな古めかしく、あたたかみのある室内だ。

テーブルの上には、すでにお点前をするための道具が並べられてあった。さきほどの釜も湯気が上がっていたから、前もって準備していたのは間違いない。なぜそこまでするのかという疑問が湧くが、茶の湯好きならば自分の茶室を見せたいのは当然だとも思う。私も今は茶を点てることに専心することにして、亭主の表徴である帛紗《ふくさ》を帯の左側に挟み付ける。すると、武士が腰に刀を差したように身が引き締まる。

二畳の茶室というのは初めてだった。おそらく国宝の茶室「待庵《たいあん》」を本歌としていると思われるが、それほど狭いとは感じない。むしろ、カメラのズームのように、自分の意識がこの空間に凝縮され、より集中して「相手を感じる」ことができるような気がする。

私の右斜め前に座している万江島氏は、すっきりと背筋が伸びているが、全体の構えはゆったりとしている。それでいて客と亭主の緊張感はほどよく保たれ、二人の間に茶室ならではの清浄な気が満ちている。

点前をしていると、言葉を交わさなくても、相手が自分のことをどのように感じているのかが伝わってくる。

たぶん万江島氏は、私が落ち着いてお点前をしていることから、自分の企みが成功し、トラブルが解決したことをわかっている。しかしその手柄を誇る気持ちはなく、ただ私が無事で、こうして茶を一服できることに満足しているようだった。

「裏門の外で待っていた男性のこと、ありがとうございました」

どうしても一言御礼をと思い、言ってしまった。

万江島氏は、小さくうなずいただけだった。半七がばらしたことなど気にしていない様子を見ると、それもすべて織り込み済みだったのかもしれない。

「でも、ああやってずっと女性を待っている姿っていうのはせつないですね。一回出直したっていいのに、ずっと張り付いてるんだから、一途《いちず》というか純粋な人ですね」

「純粋？　そんなことないです」

口調がきつくなってしまう。

「それはなぜ？」

私は下を向き、棗《なつめ》から茶杓で抹茶をすくい、茶碗に入れることで、返事をすることから逃れる。次に、水指に見立てたインド製らしい水瓶の蓋を開けようとする。

「あの男性が、セックスしたくてつきまとってたから？」

万江島氏にさらりと聞かれ、私は蓋を銅製の本体にぶつけてしまう。カーンという高い音が部屋に響き渡る。

ぷっと万江島氏がふき出す。こらえきれず、私も笑ってしまう。

上品な万江島氏が「セックス」という言葉を茶室で口にするその大胆さと、いきなり核心をついた鋭さに、私は驚愕し、うろたえた。でも、笑いが一気に距離を近づけた。私はもう取り繕うのをやめて「どうしてわかるんですか」と尋ねる。

「男はだいたいそうですよ」

「一回すればもういいじゃないですか」

私は柄杓で茶碗にお湯を注ぎながら答える。

「え、一回はされたんですか？」

「あ……」

お湯の量に気を取られ、万江島氏相手に何てことを！

「僕はてっきり、あなたたちはまだおつきあいして間もなく、彼はとにかく一度はセックスしないとおさまらないんだと思ってました」

「いえ、それはもうおさまっていらっしゃると思います」

反射的に返答し、柄杓を釜に戻す。

「では、その一回がとてもよかったんですね。後を引いて、もう一回味わわずにはいられないと」

「さあ、どうでしょうか……」

茶筅《ちゃせん》を茶碗に入れ、動揺を隠すように茶碗の中でしゃかしゃかと茶筅を振る。万江島氏の言い方にはまったくいやらしさがなく、まるで観劇体験を語っているようだが、私は勝手に顔が火照《ほて》ってくる。

「あなたとのセックスは素晴らしかった、と言われるのはうれしいことではないのですか？」

茶を点て終わり、茶碗を差し出すうちに鹿間の顔が浮かび、すると急に怒りが湧いてきた。

「そういう言い方なら私の気持ちも変わっていたかもしれません。でも彼は、『最後にもう一回だけ』と言いました。最低です」

ああ、言ってしまった……。

万江島氏は茶碗を引き取りながら、鷹揚《おうよう》な笑みを私に向ける。

「もう一回、と思ってしまうのは百歩譲ってしょうがないとしても、口に出すのは大馬鹿者ですね。あの男に同情して損しました」

そして、ゆっくりと飲み始める。

私たちはなぜこんな話をしているのだろう。茶室でこんなきわどい話をしているのが茶道の先生に知られたら、私は間違いなく破門だろう。けれども、万江島氏に心の内を話し、万江島氏がそれを受け止めてくださることで心が少し軽くなる。昔は、誰にも聞かせられない話こそ茶室でなされていたということを思い出す。

万江島氏は茶碗を傾け、一気に飲み干す。薄暗い茶室の中に、茶碗全体を押し包むように持つ彼の大きくて武骨な両手が浮かび上がる。放恣佚楽《ほうしいつらく》ができるお金持ちにしては意外な、たくましい生活感のある手に、私は信頼感を覚える。

「あなたもどうぞご自服を。おいしいですよ」

「あ、はい。ありがとうございます」

万江島氏から戻ってきた漏斗《ろうと》型をした銀色の茶碗に湯を注ぎ、湯を建水に捨ててから茶巾《ちゃきん》で拭く。すると万江島氏の穏やかな声が聞こえてきた。

「草野さんは、あの男とは反対で、もう二度とセックスしたいとは思わなかった。なぜなら……あの男はセックスが下手だったから」

私は驚いて万江島氏を見る。

万江島氏は平然として言った。

「あなたは満足しなかった。そういうことですね」

私はまた茶碗に視線を戻し、点前を続ける。自分を図太い女だと思っていたが、さすがに万江島氏の顔を見ながらは話せない。

「満足しなかったのは事実です。でも、最近読んだ小説に、セックスにうまいも下手もなく、セックスがよくないというのは自分にとってその男がよくないのだ、というようなことが書いてあって、私もその通りだと思うのです。つまり、よくなかったんです」

「なるほど、相性は大事ですからね。ではどういうところがよくなかったんですか？」

私は万江島氏を見ないようにする。性的な会話をしているというより、カウンセリングを受けているような気分だ。興味本位なのだろうと思う反面、性という話題から逃げず、女である私の話を真摯に聞こうとしているようにも感じた。

私も、ここまで話したからにはごまかしたくなかった。

「……前戯がほとんどなかったんです。初回で緊張していたとか、相手のことがまだわからないせいだとかおっしゃるかもしれませんが、この年にもなれば、そういうことくらい抱き合えばわかります。こちらに対して要求は多いのに、私の身体をさわるのはおざなりでした。どこをどういうふうに刺激すると相手の女性がどう反応するのか、ということにはほぼ興味がなくて、はいはい胸揉《も》んどきましたよ、もう挿《い》れていいよね、って感じでした。私は、彼がどんなに性格が悪かろうが私に対して愛情がなかろうがそんなことは気にしないのですが、女性の肉体に興味を持ち、自分の肉体と同じように尊重し、セックスを一緒に楽しもうという気持ちがないのは困ります」

私は一気に話し終えると、茶を点て、薄茶を飲み始める。

ありふれた男なら、不機嫌になったり、言い訳したり、女を責めたりするだろう。そうなるのは女に魅力がないから。そんなことを女が男の前で口にするな、など。

万江島氏は言った。

「女の人はもう遠慮や我慢などしないで、相手の男の人に、ここがよくないって正直に言っていいんじゃないでしょうか。どんな世界でも、欠点を指摘されてふてくされたり文句を言い返したりする人間は伸びないし、欠点を克服しようと努力する人間は、それだけで人として真っ当です。セックスも同じではないでしょうか」

私は、自分とは縁のない富裕層の少々変わった年長者だと思っていた万江島氏のその顔を、初めてひとりの男として眺めた。

夕暮れが近いけれども灯りをともすことはなく、二つの窓から広がる淡い灰色の光だけが二畳の空間を満たす。そのほの暗さが目にも心にもやさしく、そこに松風《しょうふう》と呼ばれる釜の湯の沸く音だけが聞こえている。

2

もう真夏のように暑くてよく晴れた日曜の昼間、私は我が家であるヴィンテージマンションの浴室で、松田聖子の「天国のキッス」を歌いながら手足をゆったりと伸ばして湯船につかっている。入浴剤はクエン酸と重曹、仕上げにヒバオイル。垂らせば、一瞬にしてヒノキ風呂。

十八年前にここを購入したときは、中古マンションによくある、膝を折りたたんで入るような真四角の小さな浴槽だった。それで、ローンの頭金を払ったばかりでお金はほぼなかったけれど、浴室だけ全面リフォームすることに決め、施工会社の反対を押し切って一五〇〇サイズの浴槽を無理やり入れた。結果、浴室の八割を浴槽が占める。洗い場は大人ひとり立てばそれでめいっぱい。しゃがむと尻が壁のタイルにぶつかりそうになるので要注意、髪を洗っているとシャンプーの泡が湯船に浮かぶことはしょっちゅうだ。

打ち合わせに来た中年の営業マンは、使いにくいし、後で貸したり売ったりするときのネックになるから絶対にやめたほうがいいと言い、普通のユニットバスをしつこく薦めた。でも、私しか使う人がいないのだから、私さえ良ければそれでいいのである。売るかどうかもわからない将来のため、毎回、これから先ずーっと、手足が伸ばせないのを我慢して風呂に入るなんてばかげている。

規格外の工事のせいか、なかなか工事日程が決まらず、やっと来た業者さんはおそらく下請けなのだろう、七十代くらいの足元のおぼつかない日本人男性と、東南アジア系と思しき大きな黒い瞳をもつ瘦せ細った若い男性の二人組だった。耳にタバコをはさんだ老人はいきなり玄関の段差につまずき、若者はそれを見ても手を貸さず、一言もしゃべらず、私はたちまち不安になる。

ところが、意外と力持ちで段取りがいい弟子と、年季の入った墨壺《すみつぼ》を使いコテさばきも巧みな親方のコンビはとても息が合っており、二日で終わった施工の仕上がりは見事なものだった。間口が狭い縦長の浴室に、オフホワイトの長方形の浴槽がすっきりと収まっている。特別に発注した大判のスカイブルーのタイルや、汚れが目立たないようにと選んだライトグレーの目地も、ゆがみひとつなく真っ平らかつ真っ直ぐに並んでいる。浴槽をぐるりと囲む部分や小さな隙間の部分は、タイルがぴったり収まるように大判タイルをタイルカッターで切って貼り付けられ、細部まで抜かりなく美しい。

私は湯船に入ってタイルを眺めるたびに、あの職人さんたちに感謝し、人生に幸あれと願う。老人はもうこの世にいないかもしれず、若者はさっさと別の仕事に鞍替《くら》えしているかもしれない。でも私の脳内ではいつも、引退したよぼよぼじいさんは、ベランダに座ってのんびりとタバコをふかし、あの大きな黒い瞳の男は、自分の国に戻って家族をつくり、親方から教わったコテさばきで次々とよそんちのタイルを貼り付けているのだ。

そうやってぼんやりと考え事をしていると、一時間くらいはあっという間に経つ。本を持ち込むと二時間は平気で経つ。イズラエル・カマカヴィヴォオレなんか流しながら野上彌生子《やえこ》の『秀吉と利休』を読んでいると（もう何度も読んでいる）、人生の至福を感じる。

茶道を習っていると言うと、二十代のころは「いまだに花嫁修業っぽいことをやっている古いタイプの女」に見られたけれど、十年くらい前からは「あー、ハイハイ」というちょっと揶揄《やゆ》の入った反応、翻訳すると「あー、都会の独身女あるいは子ナシ女によくある、中年になって和の世界にハマったパターンね」というのがある。

私の周囲でも茶道を習っている人が少しずつあらわれ、そういう人と話をすると、アイドルのファン歴と同様、長くやっているほうが立場が上になる。また、メジャーな流派よりもなぜか珍しい流派の人のほうがうれしそうに流派名を語る。同じ流派だとわかると、有名な先生や教室で習っているのをアピールして、マウントを取ろうとする人もいる。そういうのはまだ可愛いほうで、なかには、博覧強記で美術館クラスの道具も所有しているのに、多くを語らず、初心者のふりまでする人もいるから恐ろしい。

万江島氏はそこまで人が悪くはなく、やたらと蘊蓄《うんちく》を語りたがる骨董愛好家でもない。顔立ちも、人目を引く派手さはないが均整がとれていて、若い頃は「クラスの女子の間でひそかに人気のあるタイプ」だったかもしれない。その中身も、七十歳という年相応のクサミやアクのようなものが不思議と感じられず、かといって少年のような（これを褒め言葉と思っている男にろくな奴はいない）無神経さや頭の悪さとも無縁である。熟年男性のなかには、年下の女性と仲良くなるために気安くて飄々《ひょうひょう》としたムードを醸し出すものの実体は男尊女卑のオレ様、という人もいるけれど、彼の場合は、外側の硬い殻を割ってみたら中身はとても柔らかかったのだった。

だからこそ、私は三月の茶会の後、万江島氏に自分のセックスについて率直に話すことができたのだと思う。あのときの私たちは、セックスについて語ることで、自分自身について深く語っていたのだ。

私は、万江島氏の「正直に言っていい」という発言がうれしかった。自分よりかなり年上の男性でもこういう人がいるのだと、明るい気持ちになった。若い頃にこう言われたらやはり励まされただろうけど、人生の折り返し地点を過ぎ、死ぬまであと何回セックスできるのか、などと考えるようにもなった今、「年なんか気にせず、もっとセックスしていい」とお墨付きをもらったような気持ちになった。それはひとりよがりの解釈かもしれないけれど、早く次の「花摘み」で試してみたくなる。

そして私は、昨日のデートを思い出す。相手は、阿久津純《あくつじゅん》という五十一歳のサラリーマン。彼と出会ったのはヤフオクだ。

半月ほど前、洗面所の照明を変えようと思い、ヤフオクでアンティークランプを落札した。出品者は個人らしく、引っ越しなのかリフォームなのかわからないが、家具や照明器具などがいくつも出品されていて、どれも趣味がよかった。

ところが、取引ナビで、商品に傷があったことがわかったとお詫びの連絡があった。その後、詳細な画像が届いたのだが、傷は目立たないものであり、もし購入していただけるなら半額にしますという提案に心動かされたので、買うことにした。

御礼を兼ねて、相手にランプを取り付けた画像を送った。すると、そのランプは湿気に弱いから、浴室に近く窓もない洗面所には使わないほうがいいという返事が来た。しかも、自分はセルフリノベーションが趣味である、コンサル会社に勤めるサラリーマンにすぎないのですが、と断ったうえで、私の洗面所に合う防水・防湿機能のある照明をいくつか教えてくれたのだった。しかも末筆に「勝手に紹介してすみません」と書いてあり、教えたがりおじさんにありがちな押しつけがましさもなく、私は彼を好ましく思った。

彼のイチオシである中古の船舶用ランプを選び、洗面所に取り付けてみると、以前のランプよりもずっと洗練された雰囲気になった。そこで私は思い切って、心ばかりの御礼をしたいので会っていただけませんかと連絡してみた。

何度もやり取りをしているので、危険な人ではないことはわかっている。しかも私は、五十一歳の独身であることを伝えた。これでゲーッと思う男なら、体《てい》よく断るか無視するだろう。

阿久津さんの返事は「私と同い年ですね。こちらは妻と娘が二人おり、娘たちは地方にいたりバイトで忙しかったり、妻も仕事で不在のことが多いのです。ひとりで食事するのも味気なく、ご一緒できればありがたいです」だった。

これは脈があると思ってもおかしくはないだろう。逆に、娘や妻に「かまってもらえない」などと書いてあったら、その時点でお断りだった。そういう下心が見え見えな人と会うのはつまらない。

阿久津さんがワイン好きなので、私は八丁堀のワインバーを選んだ。約束の三十分前から来ていた彼は、「NHKのど自慢」の鐘があったら合格のメロディーを力いっぱい打ち鳴らしたいほどダンディーだった。ファッションセンスも良く、若い頃はおそらくつるりとした美男子だったのだろうけど、今は白髪やしわや目の下のたるみでさえもいい味わいとなり、精悍《せいかん》さと甘やかさと哀愁がちょうどいい塩梅にブレンドされていた。しかも、相手の目の色を確かめると、目の前の女性に対して好奇心を持ったときに放たれる、あの一瞬のきらめきを感じたような気がした。

カウンターでボトルワインを飲みながらの食事は楽しかった。阿久津さんはワインリストを読むときに恥ずかしそうに老眼鏡を出し、それを見て私も安心して老眼鏡を出し、二人で一緒に眼鏡をかけて笑いあい、そこから少しずつ場がほぐれていった。女性と二人で食事をするのは久しぶりだと言い、嘘のうまい遊び人かと思ったが、話をしていくうちに、それが納得できる真面目な人だとわかった。

彼はいわゆるDIYオタクで、自分が使っているレーザー墨出し器やインパクトドライバーについて話し始めると、早口で止まらない。こちらに話を振ることもない。私は面白く聞いたが、興味のない女性はつらいだろう。緊張しているのか、あまり食べずに話し続け、こちらのグラスが空いてもワインを注いだりしない。私から誘ったのでこちらが支払ったのだが、二軒目に行こうとも言わず、次の約束をすることもなく、さくっと帰っていった。こちらを勘違いさせるような、好意に満ち溢れた笑顔を残して。

私がこれまでつきあってきたのは、肉食系で不真面目な男たちだった。だから、阿久津さんのような人は新鮮だけどよくわからない。いまだに向こうから何の連絡もなく、つまり、私は彼にとって好みのタイプではなかったということなのだろう。けれども、最後に見せてくれた笑顔に懸ける気持ちで、お風呂から出てすぐに「昨日はとても楽しかったです。また会えませんか」とＬＩＮＥを送る。中年の恋とトイレは行けるときに行っとけ、である。

するとＯＫの返事が来る。私はすぐさま日時を詰める。ここではぐらかされたら脈なしだが、とんとん拍子で次に会う日が決まる。

勝負は二回目だと、村上春樹も言ってたっけ。

翌週の土曜の昼は、青山にあるオープンカフェで鷹山留都《たかやまるつ》と会った。ほぼ一年ぶりである。梅雨雲が広がっていて蒸し暑いが、店内にうるさい団体客がいるので雨が降ったら中に入ることにして、屋外の席に座る。

留都と私は高校が同じだけで、生き方はかなり違う。

高校時代から美女の誉れ高く、大学時代にはミス・キャンパスに選ばれ、日系大手航空会社に

CAとして就職、旧華族だという名家のエリート医師と結婚。自宅でフラワーアレンジメント教室を開き、上の息子はアメリカの大学の医学部に留学中、下の息子は日本の宇宙開発に携わるという、絵に描いたような勝ち組である。

「ゆーちゃん、パーマかけたんだ」

私をゆーちゃんと呼ぶのは留都だけである。

「うん。気分変えたくて、ゆるっと」

「昔みたいにショートカットにしないの?」

「短いと、着物のときも楽なんだけどね……」

先月、私の社中で風炉《ふろ》開きの茶会が行われたとき、十三人いた六十代以上の着物女性のうち、十一人がショートヘアかボブだった。年を取ると髪に艶とボリュームがなくなり、お手入れも面倒になるので、だいたいみんな髪を短くする。着物のときに髪を夜会巻きにするのも大変なのだけど、いずれそうなるのならばもうちょっとふんばりたい。

「私は短いの似合わないのよね」

「そんなことないと思うけど」

留都は高校時代から一貫してロングヘアであり、茶色の細くて柔らかい髪が人形のような可憐な顔立ちを引き立てている。脚のラインが美しく、昔はミニスカートや華やかなファッションを好み、それがよく似合っていた。今も若々しく体形も崩れていないが、結婚してからは婚家すなわち義母の流儀に従い、シックでコンサバなファッションに変わり、ジーンズは結婚以来はいたことがないらしい。

しゃべりかたもおっとりとしていて（昔はもっとさばさばしゃべっていた）、一見すると何の苦労もしてこなかった女性に見える。しかし、彼女の父親が事業に失敗して以来家計は苦しく、高校のときは新聞配達のアルバイト、大学では家庭教師の掛け持ちをしていた。手っ取り早く稼げるあやしげなバイトには決して手を出さず、仕事をしながら英語やフランス語を学び続け、習い事に励み、品川区に大きなお屋敷がある家に永久就職。息子を立派に育て上げ、今は、要介護の義父がいる介護施設に毎日通っている。私は留都を見るといつも、優雅に泳ぐその水面下で必死に足を動かしている白鳥、というイメージを思い浮かべる。

「ルツ、今日は何時まで？」

「三時半には出ていい？　お義母さまのお友達がいらしてるから、その方が帰る前に家に戻って、ご挨拶しなきゃいけないの。それから、これいつもの」

「うわー、ありがとう！」

留都は、ファッションに関して制約がある分、化粧品の新製品を手当たり次第に買って試すのがストレス発散になっている。そして、自分の肌に合わなかったり、使わなくなった商品を惜しげもなくこちらにくれる。私は、使いかけでも気にしない。

「このファンデーション、私にはちょっと暗かったんだけど、ゆーちゃんにも暗いかなあ」

「手が汚れるからいいよ。暗くてもへーき」

パッケージを開けて色を試そうとする留都を止める。私は色味が合わないものは会社用、ベストなものはデート用と使い分けている。

「伸びはいいし、乾燥もしないし、モノは悪くないのよ」

「これネットで評判いいよね。うれしい」

留都はいつもすまなそうに渡し、私はいつも堂々と受け取る。その呼吸は向田邦子の『あ・うん』の門倉と水田みたいな感じだ。

生活レベルに差があるのは自明の理なので、私からは、茶道を嗜む留都の義母用に知る人ぞ知る茶席のお菓子を買って送り、お互いにそれでよしとしている。

私は、留都がひとつひとつの商品について事細かに説明するのを聞きながら、カッカッカッカッと歯切れの良い下駄の音が近づいているのに気づいた。やがて留都の後ろを、真っ白のヘッドフォンを首にかけ、くすんだブルーのヴィンテージっぽいアロハシャツをはためかせた坊主頭の男が通り過ぎていこうとした。

「半七さん！」

自分でもびっくりするくらい大きな声が出た。

呼び止められた男は立ち止まり、こちらを見る。私が誰かわからないようなので、名乗ろうとすると、向こうが先に口を開いた。

「ああ、あんときのお姉さん」

「その節はお世話になりました」

二人で意味深な視線を交わす。留都は振り向いて半七を見て、そのまま動かない。

「お姉さん、着物のときとはまた感じが違いますね」

「半七さんも噺家には見えないですよ」

「まあ、噺家さんなの？」

留都がやっと私のほうを見る。

「こちらは、柳柳亭半七さん。三月に私がお手伝いしたお茶会で、落語を一席披露してくださったの。こちらは、鷹山留都さん。高校のときからの友人です」

「私、嘶家さんを生で見たの、初めてです」

留都の言葉に、半七は年長者のように微笑んで言う。

「このナリで嘶家を見たって言われるのもアレですねえ。今月の鈴本《すずもと》の中席《なかせき》に出てますから、っていっても毎日じゃあありませんけど、よかったら覗きに来てください。それじゃ、ちょっと急ぎますんで失礼いたします」

半七は留都にまず頭を下げ、それから私にも頭を下げ、足早に出口へ向かった。猫背気味のまま、ひょろっとした痩せた身体を大きめのアロハシャツのなかで泳がせるようにして歩き去った。

「……なんだか、不良っぽい人ね」

留都が眉根を寄せて言う。

「まあ確かに」

私は小さく笑う。不良という言い方を久しぶりに聞いて懐かしくておかしかったのと、彼にいきなりハグされたことを思い出したからだ。彼のハグには何の感情も込められていなかったけれど、私の中ではちょっとしたうれしい思い出となっている。

それから留都は矢継ぎ早に、お姉さんって呼ぶのはなぜ？　スズモトのナカセキってなに？と尋ねる。嘶家の世界では、年上の女性を全部「お姉さん」と呼んで済ませているようであり、私の名前を覚えていないからだね、と言うと、留都は「そうなの？　私はとても親しそうな感じがした」と言う。鈴本の中席については、スマホで鈴本演芸場のＨＰを開いて説明する。

私と留都は、二十代のころまではお互いの恋愛について語りあうこともあったが、五十代になった今、そういう話題からはすっかり遠ざかっている。留都は、結婚して子どもができてからは恋愛よりもっと関心のあることが増えており、その一方で、私に好きな人がいるのかはずっと気になっているようだが、あえて聞き出そうとはしないのが彼女の嗜みであり気遣いだと思う。私は私で、モテなかった二十代を経て三十代あたりから「かりそめの恋」をするようになり（男性にとって、結婚する気のない独身の私はちょうどいい遊び相手のようだ）、すると、自分の恋の話をしたいとは思わなくなった。私の趣味が「花摘み」だと知ったら留都は仰天するだろう。

留都は私と違い、浮気や不倫を許さない派である。それは、倫理観からというより、今までさんざん男性から言い寄られてきた自分が、結婚してからは一切遊び歩くことなく、浮気ひとつしていないことを誇りに思っているからのようである。実際なかなかできることではなく、私は大真面目にその禁欲を尊敬している。

私たちは恋の話だけでなく、お受験の苦労や会社の出世競争の話もすることはないが、最近読んだ本や観た映画の話はよくする。留都はもうすぐ公開される映画『新聞記者』をぜひ観たいと言い、私たちはその映画の主人公のモデルとなった人物について話し、「古い男社会でがんばってる女性は応援したいよね」と言い合う。

「久しぶりに会えてよかった、また連絡するね」

留都は三時半の十分前に店を出た。子育てや介護に限らず、彼女の時間の大半は自分以外の誰かのために費やされている。フラワーアレンジメントの講師も、好きで始めたわけではないと言っていた。茶道の正教授である義母から「鷹山家の女はみな、ただの主婦ではなく、何か一芸に秀で、それを活用して世の中に貢献しているのです」と言われ、義母の知り合いの多い和の世界ではないところで自分の得意分野を探し、生徒に教えることで「社会貢献」している。

留都を見ていると、二十四時間の大半をおのれのためだけに使っている自分のほうが恵まれているように感じる。一方で、そんな人間はひどく利己的で傲慢に思える。


毎月第一月曜の午前中は製作部の会議なのだが、新実さんの都合で二日後の水曜日に変更となった。

新実部長、課長の私、平社員の池田と松岡の計四名の部員が、それぞれ担当している仕事の予定や発生した問題について報告し、情報を共有する。

元漫画誌編集長である新実さんはコミックスを担当、製作部三年目の池田が雑誌関係を一手に引き受け、ベテランの私と若手の松岡が、書籍と文庫を担当している。

コミックス、雑誌、文庫は、基本の仕様が決まっているので、特殊な仕様や付録などをつけるとき以外はルーティンワークであり、難易度はそれほど高くない。一方、書籍の多くは一点ずつ仕様が異なり、ある程度の知識や経験が必要であるため、製作部十四年目の私が書籍を担当し、半年目の松岡を補佐役につけ、そのノウハウを教えている。

池田が仕事の予定だけを話して終わろうとするので、新実さんが「あの白ヌキの件は？」と尋ねる。

「もうみんな知ってますし、別に事故ってほどのことでもないかと」

「でも、報告するのは決まりだから」

池田は渋々という顔で、ざっくりと話す。

彼が担当している漫画誌の、新人漫画家が連載している作品の中で、白ヌキの手書き文字部分が一か所、印刷でつぶれてかなり読みにくくなってしまい、作者にお詫びをしたという件である。

最初に気づいたのは見本誌を読んだ私だったのだが、池田に当該箇所を見せると「まあでも、読めないことはないですね」と平然としていた。これが大御所漫画家のページだったら、すぐに大騒ぎしていたはずだ。それに、おそらく池田はこの中年男女の純愛を描いた作品をまったく読んでいないので、その白ヌキ文字のセリフの重要性をわかっていなかった。

ところがその後、この作品を毎回楽しみにしているという大御所漫画家から編集者にわざわざクレームが入り、それで大ごとになったという経緯があったのだった。

雑誌はコミックスと違って後々まで残るものではないので、よほどのことがない限り多少の印刷ミスは目をつぶることがあるのは否めない。とはいえ、池田は仕事に慣れすぎて緊張感に欠けているように感じた。私は、彼にアドバイスしてもうるさそうな顔をされるだけなので何も言わないことにしている。

一時間ほどの会議が終わると、松岡がいきなりこちらに顔を近づけてきた。

「草野さん、肌きれいですよね。しっとりしてて、ツヤもあって」

たぶん留都が譲ってくれた化粧品のおかげだ。

「ありがとう。実は最近、ファンデ替えたんだよね」

「どこのですか？　私、友達に誘われて今週婚活パーティーに行くんですよ。教えてください！」

「草野さん、ちょっといいかな」

新実さんが声をかけてきたので、松岡は「後で教えてくださいね！」と言って会議室を出ていく。二人になったところで新実さんが口を開いた。

「池田君のことなんだけど……」

「池田さんは新実さんマターじゃないですか」

「そんなこと言わないでさ」

池田はかつて私の下で製作の仕事を学んでいたが、私たちはそりが合わず、彼は新実さんに直訴して雑誌担当に替わっている。

「僕も指導はするけど、やっぱり製作のことは草野さんが一番詳しいんだからさ、もうちょっと面倒みてやってよー」

新実さんがおもねるように冗談めかして言うが、私は困った顔をするだけだ。私と池田の仲が良くないことは彼の悩みの種のひとつであり、申し訳ないと思う。

私は、嫌いな男にはたとえ上司だろうと露骨に冷たい態度を取りがちだ。そんなダメ社会人だから昇進とは無縁なことも承知している。池田は、頭の回転は速いが縁の下の力持ち的な製作の仕事を軽んじており、いまさらそんな部下と関係を修復するのも面倒だ。

「それに、草野さんが池田君に仕事を振らないってことは、結果的に松岡さんの仕事が増えるってことでね。先月の松岡さんの残業時間は池田君の倍だから、そこは少し配慮してもらわないと」

松岡の残業時間について、ここのところあまり気にしていなかったのは事実であり、私は急に不安になる。

「松岡さんからもそういう話はありましたか？」

「あ、いや、そういうわけじゃないけど」

新実さんは否定するが、もしかしたら、松岡からそれとなく彼に相談があったのかもしれない。

「すみません。残業時間については気をつけます。これからは、もう少し池田さんにも仕事を頼むようにします」

「うん、まあ、僕にも仕事振っていいからさ。よろしく頼むね」

新実さんが人の好さそうな笑顔を見せて、去っていく。

今日は阿久津さんとのデートだと浮かれていた気持ちが、いっぺんでしぼんでしまった。


遅くとも十八時半には会社を出なければならないのだが、私は新刊本のカバーの校正紙を印刷所に戻すことができずにあせっていた。

カバーの校正紙に印刷されているバーコードや定価は、営業部にも確認してもらってから印刷所に戻すのだが、営業担当がまだ帰社しておらず、携帯電話もつながらない状態だった。

こういうとき、私はつい松岡に後を頼むことが多いのだが、営業の確認が遅くなればそれだけ松岡の残業時間が増える。

時計は十八時十五分。新実さんは直帰、松岡は別室で打ち合わせをしており、目の前にいるのは池田だけだった。

「池田さん、仕事をひとつお願いしたいんですけど、いいですか?」

「えー、僕、校了で忙しいんですけど」

さっきからぼんやりとパソコンながめてただけのくせに!

「ええ、申し訳ないんだけど、頼めるのがあなたしかいないんです。松岡さんの先月の残業時間が多くて、部長から池田さんにも仕事をお願いしたほうがいいと言われてるんです」

「でも僕、書籍のこととかわかんないですし」

お前は私の下で書籍の担当をしたこともあるだろが!

「難しいことじゃないです。営業からカバーのバーコードと定価の確認をもらって、校正紙を印刷所に戻してもらえればいいだけだから」

私は池田の隣に行き、彼の机の上に朱字の入ったカバーの校正紙を広げ、説明する。

「これから所用で会社を出なくてはならないんです。悪いけどお願いします」

頭を下げると、池田はふんぞり返るような体勢のまま、口先だけで「はい」と言う。

「ありがとう。じゃあお先に失礼します」

阿久津さんとのデートを優先した自分を棚に上げて、池田の態度に怒り心頭だが、その表情を見せないように急いでロビーへ向かう。これから仕事を頼むたびにこんな不快な思いをしなければいけないのかと思うとさらにむかむかしてくる。

地下鉄に乗り、私が予約しておいた麻布十番のワインバーに向かう。

十九時ぎりぎりに店に着くと、カウンターとテーブル席が三つのこぢんまりとした店は半分ほどが埋まっており、阿久津さんはカウンター席で白ワインを飲んでいた。蒸し暑い日なのに、クールビズ系のシャツ姿ではなくクリーム色の細身のスーツを着ている。胸元にはピスタチオグリーンのポケットチーフがちらりとのぞいていて今日も素敵だ。

私は彼の隣に座る。私の横には「港区女子」という言葉を連想させるような二十代女性二人組がいて、私を盗み見て嘲《あざけ》るような目配せをする。隣の席との距離が近く店内も静かだから、ここではDIYの話だけに徹しようと決める。

阿久津さんに白ワインのボトルを選んでもらった後、私はあらかじめ考えておいた、自宅の本棚を作るための素材について尋ねる。

「最終候補としては、シナベニヤ合板とパイン集成材とSPF材なんですけど、ホームセンターの売り場を見るとSPF材だらけなんですよ」

「ああ、今の流行《はや》りですからね」

「材料に流行りがあるんですか！」

「ええ。SPF材はやわらかくてビスが打ちやすいし、組み立て用のパーツも豊富で手軽に作れる。色も白くてカントリー調にも合うから、DIY女子に人気があるんです。あっ、あと、ニスは塗ったほうがいいです。どうしても手垢がつきますから。僕は二回塗りです。一回塗って乾いた後、表面を二〇〇番か三〇〇番の細かいサンドペーパーでヤスる、あ、サンドペーパーでこするってことです。それからもう一回塗る。仕上がりがぜんっぜん違います。プロの大工に教えてもらったんですよ」

私が相槌を打つ間もなく、阿久津さんはしゃべり続ける。隣の女性二人は、私たちに肉体関係がないことをすぐに察知しただろう。

看板メニューの燻製《くんせい》料理を何品か頼むと、どれもシンプルだけど滋味があっておいしかった。阿久津さんも前回に比べるとリラックスして食べており、メイン料理を注文する前にボトルが空いた。彼が、どうします？　という感じでこちらを見る。

私のなかで、隣の二人がいることや、今日がまだ水曜であることや、今日の支払いはどちらがもつことになるのかなどがめまぐるしく交錯する。が、阿久津さんの形の良い唇を見ているうちに、つい言ってしまった。

「赤のボトル、頼んじゃいましょうか！」

「そうしましょうか！」

阿久津さんが心からうれしそうな顔をした。

彼にワインを選んでもらい、それに合う肉料理を私が頼む。私は酔っぱらわないように控えめに飲んだが、彼はどんどん飲み、長野あたりで古民家をリノベして住みたい、という将来の夢を語り続けた。

そして、今回も私が払った。店員が伝票を持ってきて私が財布を出しても、彼は「今日は私が」とも「割り勘で」とも言わず、黙って見ている。仕方なく「私がお誘いしたので、ここは」と言うと、「ありがとうございます」と屈託のない笑顔を見せた。

私と同世代で、こんなに平気で奢《おご》らせる男性も珍しい。「港区女子」みたいに相手にさんざん奢らせる新種の男？　あるいは根っから空気が読めない男？　お金のことでぐずぐず悩みたくないので、とりあえず今は考えないことにする。

店を出ると、あたりは静かだった。五、六階建てのマンションとオフィスビルが混在する一角だから、人通りも少ない。

阿久津さんがふらふらと歩き出す。

「二軒目、どこか適当に入りましょうよ」

と酔った目で笑いかける。うつむいた拍子にはらりと落ちた前髪をかきあげ、「あの、さっきの話ですけどね」と急に勢い込んで話す。

「僕、年を取るのがすごく嫌だったんです。だけどこの前、草野さんが僕のメールを読んで、若い男性にはない落ち着きがあって信用できる人だと思った、会ったらもっと素敵でした、って言ってくれて……何だかやっと、年、を取るのも悪くないって、思えたんです」

そう言って、ヒクッ、としゃっくりする。

「この年になると、褒め、られることってないじゃないですか。うれし、かったなあ」

そして、立ち止まる。

阿久津さんが私を引き寄せ、唇が重ねられる。

少し乱暴なキスが終わり、阿久津さんは離れる。

そしてまた歩きだす。私は冷静になってあたりを見回す。今の出来事を見ていたような人は見当たらなかった。彼の足取りはだんだんぐらぐらしてきて、私は彼の腕を取って支える。

「大丈夫ですか?」

阿久津さんは返事をしない。

顔が険しくなり、いきなり手を振りほどかれた。

彼は道路の脇の電信柱に駆け寄り、胃の中のものを地面にぶちまけた。

3

あくる日は、身体全体がけだるく、頭の奥が少し痛んだ。それほど飲んではいないが、二日酔いかもしれない。常備してある頭痛薬を二錠飲んでから家を出る。

駅に向かいながら阿久津さんからLINEが来てないかまたチェックしてしまう。やはり来てない。最初のデートからずっと、LINEするのはこちらからであり、彼から来たためしがない。

日差しが強く、向こうに見える稲荷神社の格子塀のベンガラが目に暑苦しい。せり出した屋根が日陰になっている正面の門を通り過ぎようとすると、神社内にある幼稚園の制服を着た小さな女の子が目をこするようにして泣いている。その子に向かい合って、小さな紺色のリュックを手にした父親がしゃがみこんでおり「わかった、わかったから」と言いつつ、空を仰いで途方に暮れた顔をしている。登園時間はとうに過ぎているが、この親子はいつからここにいるのだろう。

たまに早く家を出たときに、子供を叱りつけ、引きずるようにして登園させている母親を見かけることがある。片や、人の好さそうなこの父親は、こういうことに慣れていないだけかもしれないが、ぐずり続ける娘に辛抱強くつきあおうとしているように見えた。私は昨晩のことを思い出し、苦い気持ちになる。

阿久津さんは酔っぱらって道で嘔吐し、すっぱい臭いを口から吐き出しながら「僕、もうだめです」と言ってしなだれかかってきた。私は自販機でミネラルウォーターを買って渡し、自分より大きな身体を何とか支えながら広い通りまで出た。タクシーを止めて彼を中に押し込むと、彼の自宅の最寄り駅を告げ、自動ドアを無理やり閉めてしまった。

でも今朝になると、阿久津さんを最後まで介抱しなかった自分の冷たさを反省し、そばにいればよかったかもしれないと思っている。こちらから連絡しようか、でも今回は連絡が来るのを待ったほうがいいだろうと思いながら、駅の改札を通り抜ける。

出社すると、机の上に、営業部の担当者印が捺されたカバーの校正紙だけが置いてあった。営業部からの訂正がなかったので、私は、池田が印刷所にその旨を伝え終えた後、校正紙を私の机に置いたのだと解釈する。松岡ならば必ず伝言メモが添えてあるのだが。

ところがメールをチェックすると、印刷所から昨日の二十時の日付で、新刊本のカバーの校正紙を早く戻してくださいという催促メールが届いていた。池田はまだ出社していないので、とり急ぎ印刷所の担当者に電話をする。担当者は、昨日製作部の人から連絡はなかったと言う。池田が悪いと言えるわけもなく、戻しの期限が迫っていたので平謝りすると、草野さん、松岡さんじゃない人に頼んだんですか、と聞かれる。この担当者は、私や松岡が締切厳守を旨としていることを知っている。私は、ええまあ、と言葉を濁し、これからはこういうことがないようにいたします、と繰り返した。

始業時間ぎりぎりに池田が出社してきて、眠そうな顔で席に着く。私は池田に向かって「池田さん、出社早々悪いけど、ちょっと」と言い、パーティションで区切られた打ち合わせブースへ行くように促す。できるだけ穏便に話しかけたつもりなのに、新実さんも松岡も一瞬緊張が走ったような面持ちで私たちを見た。

池田は見るからに億劫そうにやってきて、テーブルをはさんで私の前に座った。

「昨日頼んだカバーの校正紙、印刷所に戻してくれましたか？」

彼は大きく目を見開いた。

「あー、忘れてました。すみません」

素直に頭を下げる。でも、狼狽することもなければ言い訳もせず、頭を上げるとテーブルを見ながらじっとしている。池田はいつも私と目を合わせようとしない。

私は、忘れたふりをしているのではないかとも思うが、そんなことを追及してもしょうがないので、忘れてしまったことを前提として話を進める。

「昨日中に戻す約束だったから、忘れられると困ります」

「でも、今日でも間に合いますよね。だいたいそうじゃないですか」

印刷所がある程度の余裕をもって締切を設定しているのは事実だが、校正紙を戻すのが遅れればそれだけ印刷所の作業時間がタイトになり、迷惑がかかる。

「池田さん、製作部の私たちがそんないい加減な態度で仕事をしていたら、編集部に示しがつかないじゃないですか。印刷所からの信頼も得られないですよ」

池田は、私の精神論めいた話を冷笑するように言った。

「少しくらい遅れたって、印刷所は文句言わないでやりますよ」

売れている雑誌や作家を担当しているだけなのに、それと自己を同一視して尊大になったり、締切を守らなくても何とも思わない出版人というのがいる。池田もだんだんそうなっているのだけど、朝からそんな話をしたくないし、私が言っても聞く耳を持たないだろう。

「私はあなたを信頼して仕事を頼んでいるので、頼まれたことは忘れないでください。お願いします」

「わかりました。これからは気をつけます」

池田は無表情で軽く一礼すると、ブースを出て行った。

私は自分に嫌気がさす。「あなたを信頼して仕事を頼んでいる」なんて、自分が言ったくせに吐きそうになる美辞麗句で、実際は信頼なんかしていない。池田もそれをわかっている。部下を指導するのが下手すぎて情けなくなる。

席に戻って気分がふさいだまま仕事をしていると、午後になって女性週刊誌の編集長であるモリジュンこと森潤子《もりじゅんこ》から社内メールが届く。

「結局、昨日はどの店に行ったの？」

麻布十番にあるお店を何軒か教えてくれたのが、同期のモリジュンだった。

「燻製の店にしました。雰囲気が良くて料理もおいしかった、ありがとう！」と書き、少し考えてまた書く。

「今日、校了明けだよね。よかったら軽く飲みに行かない？」

二日酔い気味なので、お酒を飲みたいというよりもひとり暮らしの部屋にまっすぐ帰りたくない気分だった。

「行こう！　今日は泡盛が飲みたい！」

ということで、十九時に会社の玄関で待ち合わせ、少し歩いたところにある沖縄料理を出す居酒屋に入る。

モリジュンは目も鼻も口も身体も大きく、白髪交じりの肩まで伸びた天然パーマの髪をワイルドになびかせ、社内ではひそかに「女ライオン」と呼ばれている。若い頃からガッツのある編集者だったが、男の子をひとり産み、離婚してシングルマザーになり、今は編集長として三十名の編集者を束ねている。

私たちはまずオリオンビールを頼む。モリジュンは店員がいなくなるやいなや、某医大のセクハラ事件の顚末《てんまつ》について話し始めた。

数年前、モリジュンが、ある医大教授へのセクハラ告発をスクープした。大学院生の三十代女性A子さんがB教授にホテルに呼びつけられて性的行為を強要された、というものである。大学側はそれをもみ消そうとしたのだが、モリジュンは週刊誌誌上でセクハラ撲滅キャンペーンを展開、結果、B教授は大学に居づらくなって辞めた。

ところが最近、その大学の関係者からA子のその後を聞いたところ、A子はB教授のセクハラについて、違う派閥のC教授に相談していたのだが、それがきっかけで二人は不倫関係となり、C教授は離婚してA子と再婚したという。

二つのビールジョッキがテーブルに置かれ、私が「へえー」と言う間にモリジュンはビールを一口飲み、先を続ける。

「B教授とC教授がそれぞれ、A子に対してどういうアプローチをしたのかはわかんないけど、B教授もC教授もA子という女性に性的魅力を感じたという点では同じだよね。でも、B教授はセクハラだと訴えられて失職、C教授は結婚してお咎《とが》めなし。何だか今になって、B教授がカワイソーになった。セクハラって、被害者の感情に左右される部分が大きいよね」

「まあねえ……でも、A子に対してどういうアプローチをしたかっていうのが、実は重要だと思う。セクハラしたB教授は、A子が指導教授に対して気を遣ってるのを好意だと勘違いして、ちゃんとした手順を踏まず、いきなり相手に迫ったんじゃない？」

「だとしてもだよ。A子はいくら断りきれなくても、ホテルに行っちゃだめだったんだよ。三十過ぎてんだから、ホテルの部屋に行く危険性くらいわかってて当然でしょ」

「うーん……」

そこに島らっきょうとミミガーとスクガラス豆腐が来たので、一旦話を中断して食べ始める。

「でもモリジュン。A子は、B教授を紳士的な男性だと心から信用していて、それでホテルの部屋に入ったのかもしれないよ。それで突然襲われたらショックは大きいよ。もう、男を見たらオオカミだと思うしかなくなるし、そういうびくびくした人生を歩まざるを得なくなるなんて」

と言ったところでモリジュンが笑った。

「A子、びくびくどころか不倫して、略奪婚に成功してる」

「それとこれを一緒にするのはよくないよ。略奪婚するような女は性的に奔放だから男に襲われるんだ、っていう見方は、ミニスカートはくような女は性的に奔放だから男に襲われるんだ、っていうのと同じじゃない？」

「まあ、そうだ。でもさ、もしC教授が違う派閥のB教授を失脚させようとして、A子を使ってセクハラ騒動を起こしたとしたら……」

「えーっ！　それは考えなかった。だとしたら、すごい策略」

「ハハハ、これはあくまでもアタシの妄想。それよりさ、その関係者が言うには、五十代から六十代の大学教授が三十代の教え子に手を出すパターンって結構多いんだって。二十代の学生はヤバいから手を出さない。まあ相手にされないってこともあるんだろうけど、院生や社会人ならイケるかな？　既婚者ならもっと安全かな？　みたいな感じなんだって。五十代から六十代の女は、いくら若い男が好きでもだいたい同世代の男とつきあってる場合が多いけど、男はやっぱり若い女とつきあえるんだねえ」

モリジュンはこりこりと音を立てながらミミガーを食べる。

「年取った肉体を若い男性にさらけだせる女性は、なかなかいないと思うよ」

私は、頭のネジが一本どこかへ行ってしまうようなことでもない限り、若い男の前では脱げない気がする。

「若くなくたって、アタシはもう男に自分の身体、さらしたくない。閉経して自分でもびっくりするくらい性欲がなくなった」

「え、そうなの？」

「強がりでも何でもなく、セックスにまったく興味が湧かない。もともと好きじゃなかったのかも。だから趣味とおんなじで、お好きな人はどうぞ楽しんでください、だけどこっちにまで強要すんな、って感じ」

モリジュンは女を捨てたような殺伐とした感じはなく、たまに真っ赤な口紅をつけると、はっとするほど美しく、みずみずしくなる。男の人を包み込むようなおおらかさもあり、恋人がいてもおかしくないと自分で勝手に思っていたのだが。

「クサノはまだ生理ある？」

「かろうじて。どんどん間隔は空いてるけど。あ、そうだ、この前聞いた、女性ホルモンのクリーム。あれ塗ってみたら、ヘバーデン結節の痛みが減った！　あと、いきなり生理が来た。若いときみたいな量でびっくりした」

「へえ。他に副作用とかなかった？」

「うん、大丈夫。教えてもらってよかった、ありがとう」

モリジュンは、芸能スキャンダルから社内の不倫関係まであらゆることの事情通であるが、何でもかんでもぺらぺらしゃべったりはしない。たまに大物芸能人のすごい情報を教えてくれるが、それは私が誰にも言わないことをわかっているからである。私たちは、膣炎《ちつえん》だの切れ痔だの尿漏れだの、そういうことについてあけすけに話すことはあっても、どういう男性とつきあっているかという話はしない。

以前のモリジュンは独身である私の恋愛事情をよく聞きたがった。私は、いくら仲がよくても同じ会社の人に「花摘み」を打ち明けるつもりはなく、適当にかわしているうちにやがて彼女もあきらめたようだった。そして、恋を打ち明けようとしない相手には自分の恋の話もしなくなるのが自然の流れであり、私もまたモリジュンに恋人がいるのかどうか知らなくてもかまわなかった。モリジュンとは、そんなことより他に話したいことがたくさんあるのだった。

十一時まで店にいて、地下鉄の駅で別れる。店にいる間はスマホを見ないようにしていたが、モリジュンと別れてすぐにスマホをチェックした。

阿久津さんから短めのＬＩＮＥが届いていた。昨晩はすみませんでした、来週の金曜日の夜に会えませんか、とのこと。彼からのお誘いは初めてで、すっかり気分がよくなる。すぐにＯＫの返事をする。

妹の佐保子《さほこ》から留守電も入っていた。老齢の母か父に何かあったかと、あわててかける。

「こんな時間に話すことでもないんだけど、いま大丈夫？」

のんびりした声なので安心し、うんいいよ、と返事する。

「お姉ちゃん、お見合いする気ない？」

「ええっ？」

佐保子の夫の知り合いが、二年前に妻を亡くし、再婚相手を探しているのだという。横浜在住で現在六十六歳、子供はすでに独立し、家事ができて親の介護をする必要もないので、純粋に一緒に暮らすパートナーが欲しいらしい。

「六十六ねえ」

五十一歳の私でも、その男性にとってはひと回り以上も若い女性だ。三十代や四十代のときはお見合い話など皆無だったのに、五十を過ぎるとひとり身となった高齢男性の後添えとしてまた需要があることに笑ってしまう。私はひとりでいるのが好きであり、昔も今も結婚願望がほぼないので興味のかけらもなかった。

「ここまで来たら、もう他人と一緒に住むのはしんどいな。結婚はしたくない。せっかく話を持ってきてくれて悪いんだけど」

見合いして佐保子の夫の顔を立てることより、義弟の知り合いだとかえって面倒だという気持ちが先に立った。

「よく謝っといて。私はひとりがいいの」

「でも、病気のときとか、ひとりぼっちで心細くなったりしない？」

「そりゃもう、さびしくてわびしくて死にそうになるよ。でも、夫の親や夫の認知症、介護の苦労は一切しなくていいんだと思うと、元気が出てくる」

「もー、お姉ちゃんったら」

「ひとりでもさびしくない」と言えばあれこれ反論されてしまうので、すぐに同意しておく。

私はある時期まで、佐保子を唯一のきょうだい、家族のひとりだと思って安直に頼りにしていた。だが数年前、初期の乳がんが見つかった佐保子に「万が一私が先に死んだら、年取ったお姉ちゃんの面倒は旦那や娘たちが見ることになるんだから、お金のこととかちゃんとしといてね」と、わりと強く言われた。妹にとっては夫や子供が家族なのであり、それは当たり前のことなのに、新しい家族をつくらず昔の家族関係を引きずっている自分の甘さをぴしゃりとはねつけられたような気がした。

実家の近くに住んで両親を見守ってくれている妹には頭が上がらず、そのうえ姉の老後の世話までお願いするのはさすがに申し訳ないので、施設で暮らせるくらいの資金は用意するつもりだった。でも、お金だけの問題ではないのだろう。独身の老いた兄弟姉妹がいるだけでリスクであり、たとえ結婚相手が高齢者でも所帯を持ってくれたほうが安心なんだろう、と思うのはひとり者のひがみか。

「お母さんは、見合いの話、喜んでるよ」

「お母さんに話したの⁉」

母は認知症が進んできてはいるが、簡単な会話をすることはまだ可能である。

「ちらっとね。お姉ちゃんが結婚したらうれしい！　って、表情もぱーっと明るくなって」

「お父さんは何て？」

「んー、あんまり乗り気じゃなかった……ユリコには無理だろって」

私はそれを聞いてほっとした。私という人間を理解しているならば、そう思うほうが正しい。

母は、私の前で結婚のことを口にすることはなくなったが、認知症になっても長女の見合いや結婚の話題が理解できるというのは、それだけずっと思いを溜め込んできたことのあらわれのようでもある。五十を過ぎた独身の娘の結婚をいまだに望んでいる親というのは、ちょっと勘弁してほしいというか、長寿社会ならではのグロテスクさすら感じる。

私は結婚に興味がないとはいえ、昭和に生まれた地方出身者だから、長女として婿を取らず後継ぎも産まず、十八代続いた草野家を自分の代で絶やして墓じまいする罪悪感がまったくないわけではない。中年になってようやくそういうことから解放されたと思っていたのに、すっぱりあきらめてくれたわけではなく、親が亡くなるまで（亡くなっても？）その罪悪感から逃れられないのかと思うと、真綿で常に首をそっと絞めつけられているような感じがある。娘より息子のほうが年を取っても孫を見せられる可能性があるから、男性のほうがよりつらいかもしれない。

妹に、もう見合い話は持ってこないでほしいと念を押して電話を切ると、どんよりとした気分になる。私は私なりの生き方しかできないとふっきれているつもりだが、こうしてたまに世間の価値観というものに対峙すると、自分が揺さぶられ、不安になる。

結婚せず「花摘み」を楽しむ自分を、これでいいのだと肯定してきた。でも、以前ほどあっけらかんと楽しむことができず、どこかむなしさも感じている。それは更年期を迎えたことと関係があるのだろうか。

土曜日は、横須賀にある万江島邸へ行った。万江島氏が、祝日の海の日に「海原《うなばら》」を茶趣とした朝茶事を催すため、その打ち合わせと準備である。

薄物の季節なので、濃藍《こいあい》の夏大島風の洗える着物に、墨で瓢箪《ひょうたん》の花と実が描かれた鳥の子色の絽塩瀬《ろしおぜ》の帯を締める。洋服でも構わないのだが、着物を着るのは、茶の湯の場における私なりのけじめであり、楽しみのひとつでもある。

着物と帯をコーディネイトするだけでなく、半襟の色、帯締めの色、帯揚げの色、長襦袢の色、足袋《たび》の色など（茶席では半襟と足袋は白と決まっているが）、ひとつひとつの色にこだわり、組み合わせを考えるときりがない。昔はさまざまな組み合わせを楽しんだが、今は自分の似合う色合いを優先している。

「何だかバアさんみたいな拵えだなあって思ったんですけど、桜色がちらりと見えるんですね」

水屋で私が茶を掃いていると、後ろに立っていた半七が、私の袖の振りから見える長襦袢の色に目ざとく気づく。半七はこの日、横浜にぎわい座で仕事があるらしく、その前にこちらに寄ったということだった。

「ああ、そうですね」

私は聞き流すように返事をする。いつもなら白の長襦袢なのに、薄桜色に染めた絽の長襦袢を着たのは、ぱっと見は思い切り地味だけど、ふとした拍子に女らしさが感じられるようにしたのだ。こういうことは、相手に気づかれなくてもさみしいし、あからさまにわかってしまったらかっこ悪くて恥ずかしい。来週の阿久津さんとのデートに向けて、徐々に女としての気分が高まっているとの反映だが、万江島氏という男性を何とはなしに意識して、というのも事実である。それをずばりと指摘するような、半七の乾いた言い方だった。

話を変えるために、私は先月、留都から、半七の高座を観に行ったというＬＩＮＥが来たことを話す。そのＬＩＮＥを受け取ったとき、あの多忙な留都がわざわざ上野の寄席《よせ》に行ったことに驚いたが、気になる映画は時間をつくってちゃんと映画館で観る彼女だから、きっと生の落語を聴いてみたかったんだろうと思った。

「半七さんの落語を聴いてびっくりしたって言ってました。昔の噺をするだけだと思ってたのに、最近の話題がどんどん出てきて、笑いすぎて涙が出ちゃったたって」

半七は一瞬、これまで見たことのないようないい笑顔になったが、すぐにいつもの生意気そうな表情に戻った。

「いやあ、参りましたよ。留都さんって見かけによらず、肝っ玉のふてえ人ですねえ」

「どういうことですか？」

半七がいきなり、留都さん、と言ったことにも驚いた。

「花束の話、聞いてないですか」

「ええ、何も」

「高座の後、楽屋の入口まで、こーんな大きな花束持ってきてくださったんですよ。そしたらそこに、たまたま私の御贔屓《ごひいき》さんもいましてね、『そういう大きな花束は野暮の極み、噺家にはありがた迷惑なんだよ！』ってピシャリと言っちまった。まあ、下町育ちの、仕切りたがりの社長夫人でしてね。若い娘なら泣き出してたかもしれない。でも彼女、『なにぶん寄席は初めてでございまして、丁寧にご教授くださりありがとうございます』って深々と頭を下げて、それから何食わぬ顔で『この花束受け取っていただけますか』ってあたしに聞くんですよ」

留都が半七に花束を贈ったと聞いてふと昔のことを思い出し、私の心にさざ波が立つ。

「それでどうしたんですか？」

半七はニヤリと笑う。

「留都さんは、社長夫人に堂々と喧嘩《けんか》売ってるわけですよね。で、あたしに対しても、あなたは初対面の客にいきなり居丈高な物言いをするファンの肩を持つ噺家なんですか、って試してるわけですよ。こりゃあね、留都さんに一本取られました。花を受け取りました。それがまた、次の仕事が入ってたって受け取りたくなるような、まことにセンスのいい花束なんですよ。祖母が小唄の会なんかで花をもらうことが多い人ですから、あたしは花束にはちとうるさくて、使っている花材を見てだいたいの値段もわかっちまうようないやらしい男なんですけどね。翡翠《ひすい》色と白のグラデーションでまとめて爽やかで、まあ見事でした。いやあ、あなたも留都さんも、面白い」

「面白い？」

「うすっぺらくないってことです。万江島の旦那もそうですけど、会うたびに違う一面を見せられて、でもまだまだあたしが知らない一面があるんだろうなって思わせる奥行きがあります。それに……」

簾戸《すど》が開け放たれた和室に、洋服姿の万江島氏が桐箱を持って入ってきた。

「草野さん、ちょっとこれ開けてみてください」

真田紐《さなだひも》を解いて開けてみると、食パンの焼き型を少し横に太らせたような、直方体のずっしりとした陶器が収められていた。茶褐色の飴釉《あめゆう》が上から下へどろりと流れ、そのしずくの先が灰色から暗緑色《あんりよく》に変わっていく様が美しい。桐箱には「鰊鉢《にしんばち》」と書かれ、平水指《ひらみずさし》に見立てて使うために黒塗の割蓋《わりぶた》が添えられてあった。

「恐れ入りますが、鰊鉢というのはどういうものなんですか」

日本の陶磁器は、壺や茶碗や皿など、手びねりか轆轤《ろくろ》を使った丸みのあるものが大半である。こんな、厚い板を貼り合わせた箱のような、真っ直ぐで角張った陶器は珍しい。

「福島県会津地方に、鰊の山椒《さんしよう》漬けという郷土料理があります。戻した身欠《みが》き鰊と山椒の葉を交互に重ね、酢と醤油と酒と味醂《みりん》で味をつけて二、三週間漬け込むんですが、それを漬け込む器がこの鰊鉢なんです。柳宗悦《やなぎむねよし》が『健康な仕事』と評した民藝です」

「柳さん、うまいこと言いますねえ」

半七が感心し、私もうなずく。

「作為がなくて、おおらかで、正直な感じがします。魚を入れるものですから『海原』のテーマとも合いますね」

「ああ、そうとも言えますね。これを焼いたのは、約三百年の歴史を持つ『宗像窯《むなかたがま》』なんです」

「宗像！　ということは宗像大社と関係があるんですか？」

「宗像窯の先祖は、福岡県の宗像大社の神官だったそうです。水指は、ギヤマンも涼し気でいいんですけど、今回は男性客だけですし、こういう豪気なものも合うんじゃないかと」

「こうして見ていると、航海の神である宗像三女神の御加護を受けて、海へと滑りだす方舟《はこぶね》にも見えます」

万江島氏と私の目が合い、笑みをかわす。それを見て半七が言う。

「茶の湯ってのは、ただお茶を飲むだけなのに決まりごとの多い、窮屈で気取ったもんだと思ってましたけど、実は、季節やテーマに合わせていろいろな道具を選び、それを組み合わせて遊ぶゲームみたいなもんなんですねえ」

「そういう一面もあるけれど、それだけじゃない。ある人にとっては精神修行だし、ある人にとっては自己表現だし、ある人にとっては癒しになっているかもしれない」

万江島氏がそう言うと、半七が私に向かって尋ねた。

「愉里子さん、あなたにとって茶の湯とは？」

私は半七に名前で呼びかけられたことにドキリとし、目を伏せてしまった。そして、目の前の男たちにそんな動揺を悟られるのがいやで、さも思案しているように目を伏せたままで言う。

「それは……ちょっとひと言では言えません」

その場凌《しの》ぎの言葉ではなく、偽りのない気持ちだった。

「もったいぶらないで教えてくださいよ」

「まあ半七、そんなことを尋ねるより、愉里子さんの点てた一服をいただくほうがいいよ」

何と、万江島氏も私を「愉里子さん」と！

思わず彼を見ると、不自然なくらい素知らぬ顔をしている。もしかすると彼は、無意識に私の名前を口にしたのではなく、こういうチャンスを待っていたのであり、間合いの詰め方のうまい半七に乗じてさりげなく言ってみたのではないか……。私は心の中だけでキャッ！　とはしゃいだ。すぐに気安く名前を呼んだりしない、照れ屋な男性だからこそ、名前を呼ばれたときの喜びはひとしおだった。

それから私たちは広間に移動し、私が洗い茶巾の点前で薄茶を点てた。洗い茶巾の点前では、あらかじめ平茶碗に水を入れておき、そこへ白い茶巾を折りたたんで入れる。客の目の前で、茶碗から茶巾を持ち上げると、ちろちろと水がしたたり、その音色と景色が清涼感となる。

広間の茶室は、緑が生い繁る南側の庭に向かって開け放たれており、下げられた御簾《みす》から薄く陽が差している。半七と万江島氏が座っている畳の上には水面のようにつややかな琥珀《こはく》色の油団《ゆとん》が敷かれ、映り込んだ御簾の影が揺れている。まだ蝉の季節ではない。山の上にある茶室は静かで夏の香りを運ぶ風のそよぐ音さえ聞こえてきそうだ。私は丁寧にゆっくりと点前を進めていく。

普段の私は、俗情に囚《とら》われ煩悩だらけである。会社の部下に対する不満をくすぶらせ、阿久津さんとの一夜を妄想し、どんな流れにもっていけば身体を重ねられるだろうかなどと考えている。けれども、茶の湯の空間に身を置けば、それらはすべて遠い世界の出来事となる。私は客のためにおいしいお茶を点てることだけを考え、そのために身体を動かす。すると私というものは消えてゆき、どんどん空っぽになる。

「暑いときに、熱いお茶ってのもおいしいもんですね」

半七もどこかさっぱりしたような顔つきになっている。

「気持ちのいい一服がいただけて、幸せです」

万江島氏がひとりごとのように言う。気持ちのいい一服というのは、私の点前のことを言っているのではなく、この光や風や静けさや相客など、すべてを総合しての言葉だと思われ、私は点前座から見える庭の青々とした楓《かえで》をぼんやりと眺めている。

点前が終わり、鰊鉢を片付けていると、半七に「それじゃ愉里子さん、お先に失礼します」と声をかけられた。手を止めて声がしたほうを向いたときには、もういなくなっていた。

これまでは「お姉さん」と呼ばれていたのに、今日初めて「愉里子さん」と呼ばれた。それは留都と関係があるのではないかと思った。

結婚前の留都は常に男性から言い寄られていたので、今の私のように自分から異性に対して積極的に動くことはなかったが、フランス語を教わっていたフランス人男性だけは自分から花束を贈ってアプローチし、その彼としばらくつきあったことがあった。

もちろん、今回の半七への花束は、舞台に立った演者に贈るというよくあることなのかもしれない。それでも、友人に紹介されただけで知り合いというわけではなく、それまで高座で演じているのも見たことがなかった噺家に、いきなり楽屋まで行って大きな花束を贈るというのは只事ではない。しかも、花束を渡そうとしたときに御贔屓さんとひと悶着があったことを私に知らせなかったのは、単に恥ずかしいだけかもしれないが、やはり隠しておきたい気持ちが働いたのではないか。

私はいつになく大胆な留都の行動に驚いたが、それよりも気になったのが、留都のことを聞いたり話したりするときの半七の表情だった。本人はまったく気づいていないだろうけど、恋の始まりに特有の、相手のことを思い出すうちに知らず知らずこぼれてしまう笑みがそこにあった。私がそれを見て少々落胆したのは事実である。

阿久津さんとの三回目のデートを終え、それから三日後の万江島邸で、私は鰊鉢を割ってしまった。

朝茶事が無事終わり、水屋で鰊鉢を布巾で拭いていたとき、ほんの一瞬だけ別のことを考えてしまい、手が滑って鰊鉢を床に落としてしまった。鰊鉢は、真ん中からぱっくりと二つに割れた。

「壊れるのが嫌だったら、ずっと蔵にしまい込んでおけばいいんです。使えば壊れることもあります。さあ、もう頭を上げてください」

万江島氏は恬淡《てんたん》としていたが、私はただただ、自分が情けなかった。阿久津さんとのことがふと頭をよぎってしまったのだった。

片付けをすべて終え、茶室にいる万江島氏にその旨を伝えると、彼が言った。

「愉里子さん、今日はこの後、お急ぎですか」

「いえ」

「ではまた、一服点てていただきましょうか」

万江島氏と私は、三月の茶会のときと同じように、北側の庭の階段を上がった小高い丘にある白い巨大なマッシュルームのような建物に移動した。

「今日は夜明け前から起きて大変でしたよね。まずは座って、お菓子をいただきましょう。私が準備しますから」

万江島氏は、茶室に私を座らせ、台所へ行った。

茶事の席入りが午前六時だったので、私は家政婦の菱沼さんと一緒に前の晩から万江島邸に泊まった。そして午前三時に起床し、準備を始めた。

集まったお客様はみな年配で普段から早起きなのか、朝から元気で声も大きく、会話もはずみ、お点前の間違いなど誰も気にしない、闊達《かったつ》でにぎやかな茶事だった。

それにしても、茶道具を壊すというのは人生で初めてである。壊した瞬間に全身が凍りついたような感覚がまだ残っている。

長年茶道を習っていれば、生徒が先生のお道具を壊したというのを耳にすることはままある。が、本物の先生であれば、故意でもない限り生徒を叱責したり弁償を求めたりはしない。今回の鰊鉢は明治時代の民藝の品であり、茶道具の世界においては高級品ではないが、こういった古い器は一点物であり、お金をどれだけ積んだところで弁償にはならない。万江島氏が決して私を責めないことがわかっているから、なおさら、自分で自分のいたらなさをきりきりと身体に食い込ませる。もうお手伝いを辞めるしかないのではないか。

そんなことを思いながらも、床飾りを見てしまうのは茶の湯好きの習いで、シンプルな額装がほどこされた小さな絵画に目が留まった。まず最初に気になったのが、床にかけられた絵画が少し傾いていることだった。万江島氏は、掛物をかける際には何度も離れたところから眺め、掛物が曲がっていないか確かめるのが常なので、こういうことはまずなかった。私は絵の傾きを直しながら、もしかしたらこの絵は急いでかけられたものであり、もともとかけてあった掛物と交換したのかもしれないと思った。

描かれているのは、白い紙に墨を含ませた太い筆を使い、一筆書きのようにざっくりと描かれた女の裸である。胸がぺたんこだから、少女にも大人の女にも見える。色気があるのに清らかで、挑発しているようにも無心であるようにも見える。今の私の心に添うものではなく、自然と目をそらした。

「お待たせしました」

万江島氏が私の前に置いたのは波の絵が描かれた古染付《こそめつけ》の皿で、その上にあるのは、なんと白とピンク色の「くじら羊羹《ようかん》」だった。

「これは……茶事のお菓子とは別に、作られたのですか」

「女性のために、ピンクくじらをこしらえてみました。ピンクの部分は塩漬けした桜を使って白餡に色をつけてます」

万江島氏がはにかむように微笑んだ。

先ほどの茶事で出された主菓子は、宮崎県佐土原《さどわら》の伝統菓子である「くじら羊羹」だった。黒い餡の間に薄く白い餅が挟まっており、見た目が鯨に似ていることからそう名付けられている。日持ちがせず、地元に行かないと買えない幻のお菓子だが、万江島氏が、今朝手作りしたのだ。

菱沼さんによると、万江島氏は台所仕事もまめにする性質《たち》で、らっきょう漬けや柚子胡椒《ゆずこしょう》や白菜漬けなどもひとりで作るという。それを聞いた私は、一緒にらっきょうの皮をむいたり白菜を干したりしたらきっと楽しいだろうなと思い、そう思う自分に戸惑ったりもしたのだった。

その大ぶりな菓子を見て、私は自分が空腹であることに気づく。黒文字で菓子を大きく二つに切り、そのひとつを口に入れる。

「……ああ、おいしいです。少し塩が効いた餡の甘味が、身体に沁みわたります」

「やっと笑いましたね」

万江島氏は、菱沼さんと私のためにこんなかわいらしいお菓子を作ってくださり、道具を壊した私を元気づけようとまでしてくださる。そのやさしさと思いやりもまた、胸いっぱいに沁みわたる。

「鰊鉢のことはもう忘れましょう。そしてこれからも、茶事を手伝ってくださいね」

「でも、それではあまりにも……」

万江島氏はまあまあと手でさえぎる。

「昔の戦国武将は、出陣前に『かわらけ』に注がれた酒を飲み、それを割って厄落としをしたそうです。今日鰊鉢が割れたのも、もしかしたら愉里子さんの厄落としだったのかもしれませんよ」

すぐに考えたのが、阿久津さんのことだった。でも口にしたのは別のことだった。

「私の母の郷里では、花嫁が婚家の玄関でかわらけに注がれた水を飲み、それを割って嫁入りするという風習があります」

「なるほど。新しい人生に進むぞ、という覚悟を感じますね。愉里子さんも、これで何か吹っ切れるといいですね」

私は黒文字を懐紙に包む手を止め、万江島氏を見る。

「どうかしましたか?」

「何か吹っ切れていないように見えましたか」

万江島氏はそれには答えず、明るく言った。

「そろそろ一服いただきましょうか。眠気覚ましに濃茶を点ててください」

私は台所に行き、テーブルに準備されているお道具を確認する。

水指は繊細な切子鉢《きりこばち》で、その柔らかな質感から江戸時代のものと思われた。あんなことがあっても高価な品を惜しげもなく私に使わせてくださる万江島氏の大人《たいじん》ぶりに敬服し、心が引き締まる。私は帛紗を付け、大きく深呼吸してから茶室に入った。

万江島氏ただ一人のための濃茶は、黒飴釉の古瀬戸茶入《ちゃいれ》、現代作家の手による黒楽《くろらく》茶碗だった。江戸ガラスの淡い光と黒い影のような対比が静謐な涼しさとなっている。

濃茶を飲み終わると、万江島氏は言った。

「では、席を交代しましょう。私が一服点てます」

万江島氏のお点前はいつも通り、無心に身体が動いていて、水が流れるようだ。濃茶も、少し薄めでたっぷりの量があり、飲み干すと少し元気が出てきた。

私は、万江島氏という巧みに櫓《ろ》を使う船頭の舟に乗り、ゆったりと運ばれるうちに、暗いうねうねとした細流からはるばるとした大海に出たような気持ちになっていた。すると、もっとこの船頭に頼りたくなるというか、少し波を立て、どんなところへ私を連れて行ってくれるのか試してみたくなった。

「……つい先日、ある男性に振られたんです」

「そうですか」

万江島氏は、釜に水をひと杓差しながら悠然と答える。

「もちろん、これまでだって振られたことはあります。でも、いつになく引きずっています」

私は阿久津さんと出会ったきっかけやこれまでのデートについて、手短に話す。

「三回目のデートで食事をした後、私はバーのカウンターの下で彼の手を取り、私の太ももに引き寄せたんです」

そう言うと、私より万江島氏のほうがほのかに気恥ずかしげになる。

「そしたら彼は、乱暴に手を振りほどき、『そんな人だなんて見損ないました』って言ったんです。私のことは、大好きな趣味を分かち合える友達だと思っていたそうです」

「なかなか珍しい男ですね」

万江島氏がいたって真面目に言う。

気がつくと、茶入と茶杓と仕覆《しふく》が畳に並べられていた。彼は「拝見は後にしましょう」と言い、先を続けてくださいと目で促した。

「二回目のデートで彼が私にキスをしたのは、酔った勢いでしかなく、私のことはまったく好みじゃなかったんでしょう。でも、そんなのはたいしたことじゃないんです」

阿久津さんは二十代のころモデルをしていたことがあり、今は年上の妻が経営する会社で働いているという。これまでの言動から察するに、彼は部下を率いたり組織を動かしたことはなく（妻の会社ならそんな社員でもリストラされることはない）、実は人見知りで自分から女性を誘ったこともなく（若い頃から年上の女性にリードされていたようだ）、家に籠《こも》ってＤＩＹしているときが一番好き、という男性だった。

「彼が、私とセックスしたいと思っていないことは、うすうす気づいていたんです。でも、強引に迫って玉砕しました。この先、男性と出会うチャンスはどんどん減っていくだろうし、これを逃したら、こんなルックスの良い男性とは二度とセックスできないんじゃないかって……いやしい女ですよね」

万江島氏は首を横に振り、肯定的な口ぶりで言う。

「愉里子さんはおしとやかに見えますが、男性に対して積極的なんですね」

「誰に対しても、というわけではないんですけど。あれこれと駆け引きするより自分の気持ちをはっきり伝えるのが好きですし、失敗してもまあいいか、というか」

「そういえばさっきから、愉里子さんは彼に対する思いを話しませんね」

痛いところを突かれた気がする。そして、拝見に出ているゆるぎない存在感を放つ茶入を眺めているうちに、だんだんわかってくる。

万江島氏が所有する茶道具について語るとき、家元の箱書といった他人からのお墨付きを誇ることは一切ない。自分の眼がどのようにこの茶道具を見たか、感じたかを、語るだけだ。

「私、本当は……彼のことが好きじゃなかったんです」

万江島氏は、穏やかに私を見る。

「私は、彼を利用しようとしたんだと思います。自分が、誰からもうらやましがられるような男性とセックスできる女で、同じ五十代よりも若くて魅力的なのだと思いたかった。例えば、若い子とセックスすることで男や女としての自信を取り戻す人がいるように、私は自分のために相手を利用しようとしたんです」

万江島氏は小さくうなずいて、言った。

「利用しなくてほっとしてるんじゃないですか」

「……そんな善人ではありません」

「少し喉が渇きませんか」

「はい、私ばかりしゃべってすみません」

「いえ、愉里子さんの話は非常に興味深いです」

万江島氏は拝見に出ていた道具を引き取って茶室を出る。そして、ワインクーラーに入ったペリエ ジュエ ベル エポックのボトルとオールドバカラのクープグラス二客を持ってきた。

私が目を丸くしていると、彼は言った。

「私は、よくないことがあったときこそいい酒を飲みます」

そして、天井にある突上窓《つきあげまど》を開ける。すると茶室全体に開放的な明かりが広がる。万江島氏が慣れた手つきでコルクを開けてグラスに注ぎ、私たちはそれを一気に空ける。

昼間のシャンパンというのは、どうしてこんなにおいしいのだろう……。

私はうれしくなり、さらに口がなめらかになる。

「あのですね……彼のキスがよくなかったんです」

「下手ということではなく、よくなかったと？」

「キスが下手でも、口臭や体臭が良い匂いでなくても、すーっと受け入れられる人もいるんです。でも、彼はだめでした」

「それは動物の勘ですね。生身の人間として五感が鈍ってない証拠です」

私は宣言するように言う。

「これからは、本気で寝てみたい男性にだけ、迫るようにいたします」

「それはよかった。もう男なんかこりごり、なんて言われたらさびしいですから」

万江島氏は愉快そうに言った。

私が万江島氏のグラスにお酒を注ぎながら彼をちらと見ると、彼は付け加えた。

「愉里子さんは、私のシェエラザードですので」

「性愛の話ばかりですけど」

二人で笑いあう。

床にかけられた絵は、『100万回生きたねこ』で有名な佐野洋子が描いたものだそうだ。

「谷川俊太郎の『はだか』という詩集のために、佐野さんが描いた絵です。その詩集の最後のページに出てくる言葉を、愉里子さんに贈りたかったんです」

私は、帰りに大型書店に行き『はだか』の詩集を買った。

最後のページに出てくる言葉を読んでみた。

しらないうちにわたしはおばあさんになるのかしら
きょうのこともわすれてしまっておちゃをのんでいるのかしら
ここよりももっととおいところで
そのときひとりでいいからすきなひとがいるといいな
そのひとはもうしんでてもいいから
どうしてもわすれられないおもいでがあるといいな
どこからかうみのにおいがしてくる
でもわたしはきっとうみよりももっととおくへいける

4

もうじきブリの命日です、というメールが安念源太《あんねんげんた》から届き、七月最後の土曜日の昼下がりに、東急田園都市線に乗って郊外の駅で降りた。

一年に一回しか訪れないせいか、駅の構内もその周辺も、来るたびにどこかが変わっているように見えて戸惑う。でもそれは、「再開発」という名の「日本全国どこでも同じような景色に見える選手権」のせいかもしれない。

待ち合わせまで時間があるので、駅に隣接した巨大な商業施設をひやかしてから、駅前の大通りに面したアパレルショップに入る。洋服を見ながら、ときどきウィンドウのディスプレイ越しに道路を眺めやる。道路脇に黒の日産セレナが停まったのを確かめて、するりと店を出る。殺人的に暑い屋外に居る時間を少しでも減らすための、大人の知恵である。

ドアを開けると、運転席の源太が心《しん》からうれしそうな顔をして出迎えてくれた。こんなふうに、あなたと会えて幸せ！　という感情をあけっぴろげに出せる男は珍しい。若い頃の私は、源太のそういうところを幼さや田舎っぽさと受け取り、少々、いやかなり馬鹿にしていたのだけど、五十を過ぎてもそれが変わらないとなると、これはこれでたいした美点だと認めざるを得ない。

「ゲンちゃん、元気そうだね」

「いやいや、ウチでも外でも気苦労が絶えなくて、心身共に痩せまくり」

「いや、横から見ると、ほっぺたの肉がまた厚くなった」

「セクシーだろ？　さわっていいよ」

「いい。ゲンタの呪い、おそるべし」

大学時代に知り合った源太は、二十代までは痩せていて、ジャニーズ系の甘い顔立ちもあって女の子にモテた。が、今は体重百キロ超えで、会うたびに腹まわりがふくらんでいる。

かつて、源太が自分の名前を口にすると、年上からは「『池中玄太80キロ』のゲンタ？」と聞かれ、子供からは「『名探偵コナン』のゲンタだ！」と言われ、本人がそれらのキャラクターに近づくかのようにどんどん太ったことから、私たちはそれを「ゲンタの呪い」と呼んでいる。

「ササは変わんねえなあ」

ササという昔のあだ名で呼ばれると、最初はいつも懐かしい。と同時に、私たち二人の本質的な関係性はずっと変わっていないのだと安心する。

「でもね、目の下のしわが着々と増えてんの。だから半径五〇センチ以内には近づかないこと！」

「そんなもん、いちいち見てねえし、近くはよく見えん」

「老眼鏡は？」

「めんどくせえ」

「はは、ゲンちゃんらしいわ」

「いつも花ありがとな」

源太が、バラ、ガーベラ、バーゼリアなどの白一色でまとめられた小さな花束を見て言う。

車は新興住宅地をすいすい抜け、あっという間に目的地のペット霊園に着いた。

源太は飼っていたメス猫のブリが死んだ当時、安アパートに住んでいた。亡骸《なきがら》を埋められるような庭はなくスマホもない時代だったので、タウンページで調べ、この霊園で葬儀と納骨をした。

この霊園はサッカーコート二面分ほどの広さで、そこに、犬や猫やハムスターといったペットと動物園で飼育された動物だけが埋葬されていることに、毎回不思議な心持ちがする。花壇のように区画された墓地には、長方形の黒いタイルのような墓石が平らに敷き詰められており、ヒトの墓石のように立て置いたりはしていないので見晴らしがいい。でも、別の区画には人間様と同じような墓があり、建物の中にはロッカー式の納骨堂もあるという。

私は日傘を差し、これも毎回同じように、墓石に刻まれたペットの名前と命日を見ながら歩く。隣の源太は身長一八〇センチの図体に直射日光をまともに浴びながら、広い額と太い首筋を汗でテカらせている。

源太は、大学時代の私の彼氏の友人だった。私と彼氏は陶芸サークルの仲間で、彼氏と源太は語学クラスの同級生だった。私たちカップルは、源太とその彼女と一緒に、四人で海水浴や映画館や美術館に行った。源太の彼女はころころと替わった。女に不自由しない源太は見映えのしない私など眼中になく、私は源太を見た目だけが取り柄の能天気な男だと軽んじていた。

霊園の奥の奥のほうまで歩き、ようやく合同墓地に着いた。

没年ごとの合同墓が並んでおり、ブリが死んだ年の墓に花と線香を手向《たむ》け、手を合わせる。ブリという名前は、富山県出身の彼が魚の鰤《ぶり》にちなんでつけた。捨て猫だけど、出世魚のブリのように大きく立派に育つように。そしたらほんとに、ブリみたいにでっかくて、むっちりとやわらかい抱き心地のいい猫になった。

「先週久しぶりに北陸新幹線乗ったんだけどさ、やっぱ『かがやき』ってつまんねえ名前だよな」

「うん、私たちの力が足りなくて残念だった」

私たち、という言葉に源太が微笑む。

北陸新幹線の東京〜金沢間開業に伴い、新しい新幹線の列車名が公募されたとき、私と源太は断然「ブリ」がいいと意見が一致し、家族親族友人知人を総動員して応募活動を行ったのだ。東京駅のホームで「ブリ」の名前が響き渡るのを、私たちはどれほど楽しみにしていたことか。

「あいつらセンス悪いんだよ」

「攻めの姿勢が足りないよね」

と言ったら、源太は、広げたまま地面に置いてあった日傘を差し、人目を隠すようにしてから私の目じりにちゅっと唇をつけた。

「いじくらしい！」

うっとうしいという意味の方言なのだが、私たちは隣の県同士、説明しなくても通じるので、二人だけのときに使う。

「ササのことが好きだから！」

今度は日傘を持っていないほうの手を私の背中にまわし、かかえ込むようにぎゅっと抱きしめ、私の髪に顔をうずめる。

「ああ、いいにおい。むらむらする」

「お墓の前で不謹慎！」

そう言いながら私はされるがままになっている。

線香が燃え尽きたのを確かめてから、私たちは来た道を戻るようにまた長い参道を歩いた。

私は猫好きで、ブリが大好きだった。それもあって、大学卒業後、私が彼氏と別れても源太とのつきあいは続いた。彼が出張で不在のときは、アパートの合鍵を借り、ブリの食事と排泄の世話をした。たまに会ってお互いの仕事や恋人について語り合い、ブリが死んだときは一緒に埋葬し、彼の結婚式にも参列した。

「ササ、最近はどう?」

源太は、私の趣味が「花摘み」であることを知っている。

「こないだ、めっちゃかっこいい男に拒否られた」

「そいついくつ?」

「おない年」

「へーっ! そりゃぜったい若い愛人がいるな」

源太らしい発想。阿久津さんはそういうタイプではないのだが、それを説明するのが面倒なので逆に質問する。

「源太は愛人できた?」

「まさかー。オレを愛してくれるのはササだけだから」

「いやマキちゃんもだし」

マキちゃんというのは源太のひとつ年下の奥さん。結婚式以来会ってないけど、公務員で、二人の間には大学生と高校生の子供がいる。

「マキちゃん冷てえもん、もう何年してないかなー」

私は無言で聞き流す。そう言いながらも、ここの夫婦は仲がよく、毎年二人だけで結婚記念日をお祝いしているのだ。

「もうね、オレのすべてがササ仕様だから。このぽちゃぽちゃの脇腹もアレのやり方も」と言って、いきなり歌い出す。

「始めはスローで入るの〜 少し優しげにイキやすいように」

清水ミチコの『松任谷由実作曲法』という歌である（本来の歌詞は「少し優しげに聴きやすいように」)。私たちはミッちゃんの大ファンなのだが、お下劣でごめん！ と思いつつ、私も歌う。

「ＯＬいちころよ〜 フェードアウトなの〜 くりかえすだけよ〜 これであと八年はもつわ〜」

「オレたち八年以上もったな！」

「一年に一回っていうのがちょうどいいんじゃない」

私たちはこの後、都内のホテルへと向かう。

源太とそういう関係になったのは、ひと言で言うと、もののはずみである。映画『恋人たちの予感』にもあるように、仲のいい友達と一夜を共にしちゃった、まずい！ ということは、世の中においてそう珍しいことではないようである。以前、ネットのアンケートを見ていたら「何事もなかったかのようにその後も友達としてつきあっている」という女性が大半らしく、おそらく、「もののはずみ」で寝てしまったりする女性は、セックスしたことをそれほど大ごとだとは思っていないような気がする。

私の場合は、源太がとても気持ちよくしてくれたために、すっぱりとやめられないでいる。自分の人生に、肌が合う、気のいい男がいるというのは何ともいえない安心感があり、年を取れば取るほど贅沢なことのように思う。肌が合う相手はそれなりにいても、そのうえ陽気で親切、というのはめったにいない。

五十を過ぎても強い性欲がある私にとって、源太は、男性に対してむやみに色目を使ったり、さもしい気持ちにならないための大切な安全弁である。また、彼とのセックスは年に一回の性の健康診断でもある。

ホテルを出たら、私と源太はその辺りにある、いわゆる町中華に入った。

昔、源太の安アパートの近所に老夫婦がやっているうらぶれた中華料理店があり、大学時代はよくそこへ食べに行った。外見とは裏腹にその店はとても流行っていて、レバニラとオムライスがおいしかった。蕎麦屋のカレーライスもそうだけど、本流のメニューではないのに、その店ならではの味付けでいやにおいしかったりすることがある。

セックスしたらさっさと別れるのではなく、腹をすかせて町中華に入り、大いに食べて飲んでから別れるというのは、ひとり暮らしの部屋に帰る私に対する源太なりの思いやりなのだと思う。非日常から日常へ、未練なく明るく戻らせてくれるが、それでいて親密な感じ。

ビールメーカーのロゴの入ったガラスのコップが二個と、瓶ビールとノンアルコールビールが出され、私たちはブリに献杯してから一気に空ける。源太は酒好きだが車を運転しているときはもちろん我慢。すぐに源太が二杯目を注ぎ、そのあたりで突き出しのザーサイの小皿が出る。餃子、鶏の唐揚げ、レバニラはどの店でも頼み、ビールはやがてレモンサワーかホッピーに替わる。

私は身体も心も満たされ、高級フレンチを食べているのと同じくらい幸福な気持ちになるのだが、今日はその幸せに陰りがある。

健康診断は黄色信号。

ベッドで、なかなか濡れなかったのだ。

若い頃は、気が乗らないといった精神的な事情で濡れにくいときもあったが、そういうときは脳内で違うシチュエーションをつくって気分を盛り上げ、膣をうるおわせ、やがてシーツにまでしっとりと浸みとおった。相手は自分のテクニックのおかげでこんなに濡れたのだと喜ぶが、要は自家発電であり、たぶんどんな女性もそういうときは正直に言わない。

しかし、一か月に一回来ていた生理の間隔が空き始めた頃から、濡れ方が少なくなってきた。最初のうちは充分濡れるのだが、それが持続せず、挿入が長引くと膣内に痛みを感じるときもあった。それでネットで調べ、ホテルに行く前に注射器型の潤滑ゼリーを注入するようにした。そうしておけば、特に問題はなかった。

でも今日は違った。最初から濡れにくいのだ。しかも、濡れたと思ったらすぐに乾いてしまうので、強くさわられるとちょっと痛い。潤滑ゼリーはすでに注入してあるが、それは膣の中であり、入口一帯まではうるおっていない。これではいけないとあれこれ性的妄想をしてみるが、身体の反応は薄い。大事なときに身体がいうことをきかないなんて年寄りみたい！　いや、二十代に比べれば五十代は充分年寄りだ。

私は源太に悟られないよう、急に催してしまったかのように「ごめんなさい！　ちょっとトイレ」と言って、ベッドを離れた。広いバスルームに入り、化粧直しをしながら対策を考える。まず、今後は、性器に塗る潤滑ゼリーも用意しておく必要があるだろう。でも、今は何もない。ここで自慰《じい》をおっぱじめて何とかして湿らせるという方法もあるが、時間もかかるし、うまくいくか自信がない。正直に言うのが一番手っ取り早いが、いくら親しい男友達であっても、女としての老いを告白したくなかった。

今日はたまたま調子が悪いだけかもしれない。と思ったところで、似たようなセリフをどこかで聞いた記憶がよみがえる。最近読んだ小説に出てくる、初めて勃起不全になった中年男性の独白だったことに気づき、さらに情けなくなる……。

そんなことを思い出していると、店のお姉さんが「ハイ、蒸し豚ネ！」と料理を持ってきたのだが、テーブルの上にたくさんの皿が並んでいて置く場所がないのに私がぼんやりしているので、源太が代わりに皿をどけて蒸し豚の皿を置く場所を作る。彼女がいなくなると源太が声をかけた。

「どうした、ササ。元気ないな」

源太は細かいことは気にしないように見えて、意外と人のことはよく見ている。

「そんなことない。ね、ここ、ついてる」

源太の唇の端に何かがついたままになっていて、指摘するのもあれなので知らん顔していたけど、ずっとそのままだから気になってしょうがなく、ついに私が自分の唇を指で示し、源太は舌でぬぐった。高齢者に限らず、中年になると会食中に口元や唇に食べかすをつけてる人が増えてきて、ああ源太も同じように老化してんだなと今日は何だかあたたかい目で見る。

ホテルにいたら彼の唇に直接触れただろうけど、一歩外に出たらそんなことはしない。源太は、セックスする前はやたらといちゃついてくるが、終わると憑《つ》き物が落ちたように触れてこない。

そんなわかりやすい男が小声で聞く。

「今日、良くなかったか」

「ううん、良かったよ」

こういうときは褒めるに限る。

「早くつけないでしたいなあ」

源太は笑って言うが、私は笑えない。

濡れなかった私は、結局、化粧ポーチに常時入れているベビーワセリンを女性器に塗り、そのねばねばした感触を気取《けど》られないよう、指や舌で触れられる前戯をすっ飛ばし、こちらから果敢に攻めて挿入に至った。だから、ばれてないはずだ。

挿入前、私が、持ってきた避妊具を源太に渡すと、源太は「まだ生理あんの？」と言い、それはいかにもわずらわしいという口調で、男の身勝手さを感じるのだった（この発言から、彼は、妻かどうかはわからないが閉経後の女性とセックスしていると想像がつく）。閉経すれば、避妊具無しで膣内射精もOKくらいにしか思っていないのだろうし、ちょっと前の私もその程度の認識だった。が、こうして濡れなくなり痛みが気になりだすと、閉経してもセックスを楽しむというのは、なかなかハードルが高いと思わざるを得ない。同期のモリジュンをはじめ「もうセックスはしなくていい」と言うのは、男性より女性のほうがはるかに多いけれど、それは性欲の問題だけではなく、性交痛という苦痛も関係があるのではないか。

いくつになっても「花摘み」を楽しみたい、若い男には興味がないのだから素敵なおじいさんを探せばいいなどと、いい気になっていた。しかし、性的な衰えを突きつけられ、来年の源太との逢瀬が今から憂鬱になっていて、こうして女という舞台から徐々に退場していくのかと思うと暗然とする。

七月下旬に少し長めの夏休みを取った新実さんが、休み明けに出社した早々、トラブルに見舞われた。

ある女性漫画家の数年前に出したコミックスが、人気女優のツイートによって急激に売り上げを伸ばし、重版がかかることになった。ところが、そのコミックスは通常あまり使用しない紙を使っており、代理店に確認したところ、重版分の紙が確保できない恐れがあるという。新実さんはコミックス担当だけでなく、資材担当として紙の供給管理を一手に引き受けており、資材担当が最もやってはいけないことが「紙を切らす」ことだった。

出版業界全体の売り上げの減少に伴い、昔に比べて製紙会社における出版用の紙の比重が下がり、紙の確保が難しくなっていた。それに加え、自然災害や工場の火災などといった事情で、紙自体の生産減にも見舞われている。従って、普段あまり使わない紙の在庫が潤沢にあるということはなく、工場に発注してすぐに紙を生産してもらうというのも難しい状況だった。

新実さんが自分のデスクで受話器を握りしめ、電話の向こうの代理店に何度も頭を下げながら頼んでいる。私も松岡も池田も、聞いていないふりをしながら聞き耳を立てている。私は、新実さんに向かって「ちょっと借りますね」という口パクとポーズをしてから、彼の机にあるそのコミックスを手に取った。そして、親指と人差し指で紙をはさみ、さわりながら紙質を確かめる。我が社が主に使用しているコミックス用紙に比べると上質でやわらかく、少しクリームがかった色で、これは文芸書で使われている紙に似ていると直感した。

製作部のキャビネットから、大きな単語帳のような、製紙会社から提供されている横長の紙見本帳を取り出し、似ていると見当をつけた紙を探す。コミックスの紙の色と照らし合わせ、さわったり透かしたりしながら、最も近い紙をピックアップする。

電話を終えて席をはずしていた新実さんが、憔悴した顔でデスクに戻ってきたので、すぐさま駆け寄る。

「ちょっと見ていただきたいものがあるんです」

私は打ち合わせブースに新実さんを誘い、今回のコミックスとそれに最も近い文芸書用の紙を見せ、この紙を使ってはどうかと提案した。

「メーカー、替えちゃってもいいの?」

資材担当になってまだ二年ほどの新実さんが困惑している。

「いいんです。会社にとって一番重要なことは、タイミングを逃さずに重版し、売り上げを伸ばすことです。必要な紙を確保するためなら、メーカーを替えても大丈夫です。それに、紙が替わったことに気づく読者はまずいません。束《つか》と重量が近ければ問題ないんです。以前、ビジネス書で、初版の紙の色がホワイトで二刷目がクリームになってしまったんですけど、何のクレームもなかったです」

「そうか! 似た紙がすぐにわかるなんてさすがだね。ありがとう! さっそく価格と在庫を確認してみるよ」

新実さんは顔をくしゃくしゃにして喜び、デスクに戻って代理店へ電話をかけた。そして、その紙を使えることがわかると打ち合わせブースに残っていた私にまた御礼を言い、おそらく編集部へ報告に行くのだろう、フロアを飛び出していった。

長年製作部にいれば、いろんなトラブルを経験し、見聞きしている。誰かが困っているときにそっとアドバイスし、その問題がうまく解決したとき、私は深い満足を覚え自分の存在意義を感じる。

席に戻ろうとしたら、床にスマホが落ちていた。黄色の革のケースで、新実さんのものだとすぐにわかる。彼の机に置いておけばいいかと思うが、なくしたことに気づいて慌てる前に渡したほうがいいだろう。まだエレベーターの前にいるかもしれない。

廊下に出ると、エレベーターはすでにコミックス編集部のある五階へと向かっており、気分の良かった私は二階から階段を上った。

役員室のある三階に差しかかったところで、廊下から新実さんの声が聞こえた。製作部の元資材担当で今は役員になっている大河内《おおこうち》常務の声も聞こえ、私は足を止める。大河内さんは私の元上司だったが、紙を扱う仕事に興味がなく、製紙会社や印刷会社からの接待だけが楽しみだった彼のことを、私は嫌っていた。

「草野さんがアドバイスしてくれて助かりました」

新実さんが、大河内さんに経緯を報告した最後に言った。

「あの口うるさい小姑《こじゅうと》か」

「いやあ、頼りになる小姑です」

太鼓持ちのような口調。

一瞬、間があき、男同士でニヤついている顔が浮かぶ。

「君、よくやってるよ。ボクは受け付けなかったけどね。まあとにかく、これで一件落着だ」

「すみません、ご心配かけて」

次に何を言うかと耳をそばだてていたら、いきなり新実さんが階段を下りてきて、互いにびっくりして顔を見合わせた。

「……新実さん、これ落としてました」

彼のスマホを突き出す。笑顔がつくれない。

「あーっ、あっ、はいっ、はいっ、ありがとう！」

新実さんは、今の会話を私に聞かれたと気づき、情けないほどうろたえている。うろたえるくらいなら言うな！　と私はついカッとなってしまう。

「小姑で悪かったですね！」

捨て台詞を言い、階段を下りていく。自分のデスクに戻る気分にはなれず、イライラしたまま一階まで下りる。そのままの勢いで玄関も出て、曇り空の下を歩き続ける。立ち止まったら、人や物に当たってしまいそうだ。今日はそれほど暑くないが涼しい所へ行こうと思い、近くのコンビニへと向かう。

歩くうちに、少し気持ちが落ち着く。コンビニに入り、買うわけでもない雑誌を開く。内容は頭に入ってこず、考えることはさっきの出来事。やがてじわじわと、後悔と自己嫌悪が湧き上がってくる。

新実さんは、私を信頼し認めてくれている。ただ、気が弱い人だから、社内で力のある大河内さんに言葉を返すことができず、話を合わせてしまう。そんなことはわかっているのだから、あんな会話を聞いても「小姑なんてぜんぜん聞こえてないですからね～」などと笑って返しておけばよかったのだ。それなのに、まともに腹を立て、相手に弁解の余地すら与えなかった。

私から新実さんに声をかけ、謝り、もう何とも思ってないことを態度で示そう。彼とこれからもうまくやっていかなくては。大河内さんのときのように、重要な仕事を外されてはかなわない。

気持ちが決まったところでコンビニを出て、会社へと向かう。

会社の正門に、救急車が停まっていた。何があったんだろうと足早になる。玄関に入ると、正午過ぎということもあり、何人もの社員がここで何が起こるのかを見届けようとたむろしていた。

四十代の編集の男性が、私を見て声をかける。

「新実さんが倒れたそうです」

「えーっ！」

ちょうどそのとき、目の前を、ストレッチャーを運ぶ救急隊員が通った。一瞬だけ、新実さんの顔が見えた。目を閉じて眠っているみたいで、顔色が悪いとか苦しそうとか、そういう感じではなかった。思わず駆け寄ろうとしたら、販売部の小澤さんが新実さんと自分のバッグを持って後ろから駆け込んで来て、ストレッチャーと一緒に救急車に乗り込んだ。

後ろのドアが閉まり、車はサイレンを鳴らして門を出て行った。

「バターンと倒れて、そのまま意識失ったらしいよ」

「心臓？　脳梗塞《のうこうそく》？」

「新実さん、お子さんまだ中学生じゃなかったっけ」

「痩せてるし、血圧高そうって感じじゃないのに」

「ねえ、何で小澤さんが付き添いなの？　こういうときって総務部が行くんじゃないの？」

社員があれこれ話している。

「草野さん、大丈夫ですか？」

編集の男性が、心配そうに声をかけてきた。

「あ……ええ、さっきまで普通にしゃべってたからびっくりしちゃって」

「最近、体調悪いとか聞いてました？」

「いいえ。夏休みは伊豆に行って、子供と泳いで楽しかったって」

「新実さんにもしものことがあったら、オレ、ダメージ大きいかもです」

かつて新実さんと同じ編集部だった彼は、暗い顔で立ち去った。新実さんはえらぶったりしないので、後輩たちからも好かれていた。

私も、あんな捨て台詞が新実さんと交わした最後の言葉になってしまうなら、悔やんでも悔やみきれない。どうか助かりますように！　と心の中で祈っていると、あっ、新実さんの仕事をフォローしなくては、と気づき、二階の製作部へと急ぐ。

松岡と池田は、お昼も食べに行かず、立ったまま話をしていた。私を見るなり松岡は、「草野さん！　新実さんが倒れて救急車で運ばれたんです！」と今にも泣きそうな顔で訴える。池田は、こんな大変なときに一体どこに行ってたんですか、というような責める目つきをする。

「今、下で、運ばれるの見たところ。どこで倒れたの？」

二階のフロアの入口で突然頭を押さえながら倒れ、最初は会話ができたけれど、そのうちに返事をしなくなった、と松岡が説明する。同じフロアの小澤さんが真っ先に駆け寄って対処し、付き添いも買って出たという。

池田は「あの二人、何かあやしいですよ。小澤さん、尋常じゃない取り乱しようだったよな」と松岡に同意を求め、松岡は「誰だってああいうときは取り乱しますよ」とまだ興奮が収まっていない顔つきで言う。

私はそのことについては触れず、新実さんが担当している仕事で取り急ぎ対応が必要なものを確認し、三人がそれぞれすべきことを話しあう。といっても、話すのはほとんど私と池田だ。午後イチでそれを局長に報告し、万が一の事態についても相談しなくてはならない。

「新実さんの無事がわかるまで、今日は、ちょっと仕事ムリです」

松岡が思いつめたように言う。

新実さんをそれほど慕っているようには見えなかったが、若い彼女にとって、さっきまでピンピンしていた人が目の前で急に倒れた衝撃は大きいのだろう。高級ブランドで身を固めたお嬢様にしてはしっかり者だが、このような生死に関わる出来事には慣れているはずもなく、子供じみたことを言う。

普段の私だったら、社会人なんだからしっかりしなさいよ、くらいは言うかもしれない。しかし私もかなり動揺しており、松岡の気持ちがわからなくもなかった。さっきの新実さんとのこともあり、これ以上、きつい物言いもしたくなかった。

池田が先に口を開いた。

「新実さん、ああ見えてしぶといところがあるから、きっと助かるよ」

皮肉屋の池田らしからぬ、やさしく励ますような口調だった。松岡への思いやりもさることながら、池田が新実さんを心から案じているのが伝わり、もし私が倒れてもこういう言い方はしないだろうなと苦く思う。

「心配で仕事が手につかないのもわかるよ。でも、できるだけ落ち着いて、社外の人にもあまり大げさに言わないように」

私がそう言うと、二人は素直にうなずいた。

昼休みということもあり、噂を聞きつけた社員がちらほらとやってきて、倒れたときの状況などをこちらに尋ねてくる。そうやって来るのは、やはり新実さんと同年代かそれ以上の社員が多く、頭を押さえていたなららくも膜下出血か脳出血ではないか、意識を失ったというのはまずいのではないか、などと素人談義を繰り広げる。

松岡がそれを聞いてどんどん顔を曇らせていくので、私は二人に、お昼を食べに外へ出て気分転換するように言う。年配の社員たちは、自分の親や知人が倒れた時の話や、その後の治療、後遺症の話を延々と続けている。中高年は病気の話が好きだが、そうやって話すことで不安を共有し、気を紛らわせているのだろう。

夕方近くに、新実さんの手術が成功し、一命をとりとめたとの連絡が入った。

「新実さん助かったって」

「キャー！　ヤッター！」

私と松岡は思わず抱き合ってしまう。その直後に、こういうことでもなければ部下と抱き合うなんてないな、と妙に冷静になる。それでも、映画『アポロ13』の生還場面のようにフロア全体で拍手が起こり、みんな陰ながら心配し応援してたんだ、とじんとなる。やがて、どういうわけかぐったりしたような眠気のようなものが起こり、それでようやく、ずっと呼吸が浅く、緊張で身体を強張らせていたというのがわかった。

気分転換も兼ねて下に降り、一階の自販機で炭酸飲料を買う。そこで、モリジュンとばったり会った。

「新実さん、よかったねえ！」

「ほんっとによかった！」

さすがモリジュンは情報が速い。そのまま、廊下の隅で立ち話になった。

「でも、これだけ手術が長引いたということは軽症じゃないだろうし、すぐに仕事復帰ってわけにはいかないだろうね」

「うん。それでも、助かっただけで、私はうれしい」

「そりゃそうだ。それに、仕事中に亡くなったってことになると、何となく後味が悪いし」

私は少し躊躇したが、やはり言うことにした。

「実は、新実さんが倒れる前、ちょっとカッとなったことがあって、新実さんに感情的な物言いをしてしまって……もし万が一のことがあったら、一生引きずっちゃうだろうなって」

言いながらうっすらと目がうるんできて、モリジュンが一瞬戸惑うような顔になる。人前で泣くことなどない私も内心驚いてしまい、笑ってごまかすと、モリジュンはいたわるように言った。

「新実さんが、このままじゃ死ねねえ、ってがんばったんだよ」

私はうなずくだけだ。

「新実さんはたぶん、草野のやつ、今日は虫の居所が悪かったんだろうなって思ってるだけで、気にしてないと思うよ」

モリジュンは、私が具体的なことを言わないのを察して、あえて細かいことは尋ねない。私は、目のきわにゴミでもついてるかな、という感じでそこをさっと指の先でぬぐってから尋ねる。

「あのさ……ささいなことでカッとなったりして、これって更年期かもって思うこと、ある？」

「もうね、ありまくり、だった。過去形ね。アタシ、言ってなかったけど、四十四で閉経してんだ。早いよね。結構ショックだった」

日本女性の閉経平均年齢は約五十歳と言われている。「私、まだ生理があるわよ」と自慢気に言う女性を見て何だかなあと思うものの、私自身、生理があること＝女の証という古い考えをまだ引きずっていて、あんなにわずらわしかった生理がなくなるのを残念にも思っている。だから、モリジュンが自分の閉経時期を今まで言わなかった気持ちはよくわかる。

「だから四十過ぎでもう更年期が始まってて、仕事には集中できないし、なーんにもしたくなくなったり、落ちこんだり、イライラしたりしてた。でも、ちょうどその頃に離婚はするわ、子供は不登校になるわで家の中も最悪だったから、心身共に不調なのはそのせいだと思ってた。更年期だとわかったのは、閉経という事実を突きつけられてから。それまでは、認めたくないって部分もあるんだよ。だから婦人科に行くどころか何の対策もしてなくて、子供相手にキレまくって、つかみ合いのケンカもしたことがある。感情的な物言いなんてかわいいもんよ」

私はこの十年のモリジュンのことを思い出していた。離婚のことで確かに疲弊して少しすさんでいたときもあったけれど、それを更年期だとは思ってもいなかった。更年期症状は、発症する時期も期間も程度も個人差が大きい、というのが納得できる。

「今は？」

「すっきり快調だね。明けない夜はないってこと！」

「いいなあ、もう終わって。私はこれからもっとひどくなるのかと思うと、怖い」

「あんまり気にしすぎないほうがいいよ。几帳面で真面目な人のほうが症状が重いらしいから」

「じゃあ私は大丈夫だ」

「それは自己認識が甘い。クサノは、本人が思っている以上に融通が利かない。アタシなんか傍で見てて、もっと適当にやればいいのにっていつも思ってるよ」

「そうかな……」

考え込む私をモリジュンが笑い飛ばす。

「そこで悩まない！　そっか、適当でいいのかって思えばいいの。もしかしたら、新実さんの後任で製作部部長になるかもしれないんだから、ここはドーンと構えて」

「それはないでしょ」

「そんなことない。クサノが男だったら、とうの昔に部長だった」

「大河内さんがいる限り、無理だよ」

コミックス編集部の若い社員二人が、自販機へとやって来た。

私たちは話をやめ、来月飲みに行こうと約束して別れた。

週末は厳しい暑さとなるでしょうという予報通り、朝五時に起きると、デジタル時計の気温表示はすでに二十五度を超えていた。

私は軽く朝食をとり、厚塗りの化粧をして髪を後ろでひとつに縛る。着替えなどを詰めた大きめのバックパックを背負い、ジーンズに白いリネンシャツという服装で家を出る。

今日は、茶の湯好きにとって苦しくも楽しい一日なのである。

八時過ぎに万江島邸に到着すると、Tシャツにハーフパンツ姿の万江島氏が出迎える。私を見て、ほう、という表情になる。

「愉里子さんのそういう姿、新鮮ですね」

洋服で万江島氏と対面するのは、これが初めてだ。

「恥ずかしいので、あまり見ないでください」

「裸でもないのに、面白いことおっしゃいますね」

「……作業着を持ってきてますので、着替えさせていただけますか」

和服という、私にとっての茶道の制服であり、女としての勝負服でもある鎧《よろい》を脱いでいるせいか、どうにも落ち着かず、自信がない。その一方で私の目は、万江島氏のハーフパンツから出ている、よく日に焼けていて体毛のない意外と太い脛《すね》を盗み見している。

廊下を歩いていると、喩《たと》えて言うなら枯草を燻《いぶ》してしばらく経った後のような、煙った香りがしてきた。

「これは何の香りですか」

「京番茶です。私はいつも、これで色をつけてます」

「普通の番茶のこうばしい香りとは、かなり違いますね。私の先生は、普通の番茶と丁子《ちょうじ》の煮出し汁をブレンドしてます」

「湿《しめ》し灰《ばい》の作り方は、みなさんそれぞれこだわりがあるみたいですね。私も先輩のやり方を見たり聞いたりしながら、工夫してます」

湿し灰というのは、炉の中に撒《ま》く、番茶などで着色した湿った灰のことである。湿った灰を撒くことでその水分が蒸発して空気対流が起《おこ》り、火が熾りやすくなると言われている。またそれだけでなく、乾いた灰の上に湿し灰を撒くと、その濃淡のコントラストが美しい。それがよい景色となるには、上手に撒く技術は無論のこと、湿し灰そのものの質も重要なポイントなのである。

今日は、その湿し灰を作るために万江島邸へ来たのだ。

最近では、炭を熾さず電気の炉で稽古をする教室も増えており、茶道を習っていても炭や灰を一度もさわったことがない人もいるという。今は、茶道具店に行けば灰も湿し灰も売っているが、昔の茶人はみな自分で灰を作った。何代にもわたって丹精した古い灰ほど貴重であり（どこぞのお家元の所には四百年前の灰があるとか）、茶の湯の世界でよく耳にするのは「茶人は火事になったら真っ先に灰を抱えて逃げる」という言葉である。

「愉里子さん、ここでどうぞ。ひと休みして涼んでから来てください。私は裏で作業を始めていますが、急がなくていいですよ」

案内されたのは、広間の隣にある六畳の和室だった。茶事のあるときは、客が身支度を整えたり荷物を置く待合として使われる。冷房が効いていて、窓に御簾を下ろしてあるので中は薄暗い。茶事のときには待合掛《がけ》がかけられている床には、花一輪だけがある。

仏教の法会《ほうえ》のときに撒く、生花や蓮の形の色紙のことを散華《さんげ》というが、その散華を入れる、鈍く黒光りする竹製の華籠《けこ》の中に、息を呑むほど清浄な白一色の槿《むくげ》がひとつ。見るだけで目が洗われ、束の間、時と場所を忘れる。

このところ、我が身の老化の兆しに鬱々としていたけれど、その霞《かすみ》のようなものがすうっと遠ざかっていくような気持ちになる。

「宗旦槿《そうたん》」と呼ばれる、白い花弁の中央に底紅《そこべに》が冴える品種はよく見かけるが、この「大徳寺」という純白の大輪は珍しい。

畳の隅には我谷盆《わがたぼん》が置いてあり、その上にはステンレスのウォーターポットとうすはりのグラスがある。ポットの中にはよく冷えた水が入っていて、立て続けに三杯も飲んでしまった。

急いで着替えて裏庭に出ると、万江島氏が今度は破顔した。

「これはまた大変身で」

「年季のはいった農家の嫁です」

襟足が隠れる小花柄の布のついた麦わら帽子に、膝当てを縫いつけた絣《かすり》のモンペ、腕カバーにエプロンにゴム長靴。灰をさわるのでゴム手袋にマスクも着けている。麦わら帽子もモンペも姉弟子からもらったものであり、ここ二十年ほど、茶道の先生宅で湿し灰を作るときは、この一式で臨んでいる。

万江島氏はさっきと同じ格好で、首にタオルを巻いてキャップをかぶり、素足にギョサン。

「私、重装備でかっこ悪いですね」

「いえ、愉里子さんは色白だから、それくらいしないとダメですよ」

「しっかり働きますのでよろしくお願いします！」

まずはじめに、炉の灰を洗うため、バケツに灰を入れ、そこへ水を投入してかき混ぜる。しばらくすると灰が沈殿するので、浮いてきたゴミを取り除き、水を流す。水が濁らなくなるまで、同じことを数回繰り返す。八リットルのバケツに小分けして作業するが、水を含んだ灰はずっしりと重い。

次に、その洗った灰をブルーシートの上に広げ、乾かす。なるべく早くまんべんなく乾かすために、小さな熊手を使って塊《かたまり》を砕いたり、手でほぐしたり、篩《ふるい》にかけてさらに乾燥を促進させる。これを、炎天下の屋外でしゃがんだ姿勢のまま、ちょうど良い湿り加減になるまで延々と続けるのである。篩にかけると乾き始めた灰が舞うので、マスクをしていても鼻の中、耳の中が黒くなる。熱中症にも注意しなくてはならないので、こまめに休憩して水分を摂る。

昔から、湿し灰作りは灰が乾きやすい真夏の土用の頃が適していると言われている。だからこそ、こんな酷暑の中を灰まみれになっているのである。

「半七は、もう今日は来ないでしょうね」

ヤンキー座りで作業している万江島氏が言う。去年手伝った半七は、「来れたら来ます」というい加減な返事をしていたらしい。

「一回で懲《こ》りたんでしょう」

私は、半七がいなくてさびしくもあり、半七がいないことで万江島氏と二人きりで過ごせるのがうれしくもあった。

「それが意外と楽しそうで、泥遊びみたいですな、なんて言ってたんですけど……まあ、若い人は当てにならないし、近頃は顔も見せに来ない」

「そうなんですか？　今が一番いい季節なのに」

　ここは海が近いから、私などは夏だけ住みたいくらいだ。

「例年だと、女性とドライブしている途中でうちに寄るんですよ。わがままが言える喫茶店か何かだと思っているみたいで」

「その女性って、毎回違うんじゃないですか？」

「その通り」

「万江島さんに自慢したいっていうのもあるし、その女性を見てどう思うか聞きたいっていうのもあるのかも」

「どうなんですかね。とにかく、今年はそれが一度もない。彼の祖母に聞いたら、元気で、仕事の量も変わらないらしいですけどね」

　彼は立ち上がってシートの灰を見渡すと、「今日は乾きが早いから楽ですね。これからお昼の準備をするので、食べた後で灰に番茶をかけましょう」と言い、裏口から母屋へ入っていった。

　私は、源太のことを思い起こしていた。若い頃の源太も、たくさんの女性を私たち友人に紹介したが、本命のマキちゃんは、結婚が決まってからようやく紹介した。もちろん、源太と半七はタイプが違うが、ひょっとしたら、半七は今、かなり本気で好きな女性がいるのではないか。あるいは、万江島氏に紹介すると、いろいろとややこしいことになりそうな女性。

　留都の顔が思い浮かんだ。

　私は半七から留都の花束の件を聞いて以来、二人のその後をあれこれと想像するようになっていた。留都からは寄席に行った報告以降ＬＩＮＥはなく、私からも特に連絡はしていない。

半七が留都に特別な好意を持ち始めているのは間違いなく、あの時すでに「留都さん」と呼んでいたことから、たぶん、彼は花束をもらってそれほど間が空かないうちに、御礼を兼ねて留都と会って話をしたのだろう。私が半七の立場だったら絶対にそうするし、その後も会いたいと連絡する。それに対して留都はどういう反応をしているのだろうか？

彼からアプローチがあったことで満足し貞淑な妻としてもう会わないとつっぱねているのか、それともファンとして寄席に行ったり昼間にお茶したりしているのか、あるいは「かりそめの恋」に向かっているのか……。

今の私は単純に、二人の間に何もないよりは何かあったほうが楽しいと思っている。半七が才色兼備の留都を好きになるのは納得できるし、ぴちぴちの若い女性ではなく五十代女性に惹かれているというのは同世代として胸がすっとする。また、私は悪友として留都に「花摘み」を勧めたことはないが、一回でもその仲間に入ってくれたらうれしいなあとも思うのだった。

お昼ごはんは、干し椎茸で取った出汁《だし》のつゆで食べる冷やしそうめん、茄子《なす》とズッキーニとかぼちゃの揚げ浸し、スティックきゅうりの肉味噌添え、冷やしトマト、ゆでたとうもろこしなどが並んだ。家政婦の菱沼さんが休みなので、万江島氏が普段食べているものを並べたという。

万江島氏は汗じみができたTシャツのままで、その構わなさが逆に好ましくもあり、あまり汗のにおいがしないのは体質だけでなく年のせいもあるのかな、と思う。私は、ボディシートで汗を拭いてから長袖シャツを交換した。最近は上半身だけ異様に汗をかき、しかもあまりよろしくないにおいがしているような気がするので、汗をかいたままの格好で食事などありえない。

「ビールが飲みたいところですが、終わってからにしましょう」

「はい、ここで飲んだらやりたくなくなってしまいますから」

私たちは、食堂にあるサンスイのラジオから流れるＦＭブルー湘南を聴きながら旺盛に食べた。干し椎茸は自家製、野菜は近所の人が採れたてを分けてくださったものらしく、どれも素材そのものの味が濃く、味付けが薄いのに食べると満足感が大きく、元気が出てくるのだった。

こういうときについ思い出してしまうのが、利休と蒲鉾《かまぼこ》の話だ。

ある茶人のところへ突然利休が訪れた。その茶人は驚きながらも、酒の肴として庭の柚子を採って柚子味噌を出し、利休は喜んだ。次に蒲鉾を出すと、当時、蒲鉾は取り寄せないと手に入らない贅沢品であり、利休は興ざめしてそのまま帰ってしまった。

この逸話の要点は、「あらかじめ利休が来ることを知っていたのに、わざわざ驚いてみせて、不意の客でももてなせることをアピールした主人の見栄に、利休が失望した」ことである、と言う人もいる。しかし、私の茶道の先生によると、この話は「金さえ出せば手に入る高級品ではなく、普段食べておいしいと思っている手作りの品でもてなすほうが尊い」ことを伝えており、それが侘茶《わびちゃ》の精神なのだという。

私などは、自分がもてなすとなれば「取り寄せないと手に入らない逸品」に頼りがちだから、こうしてなんでもない手作りの品をさらりと出せる人にはかなわない、といつも思う。

食事が終わるとまた、日差しが容赦なく照りつける外へ出た。

灰を一箇所にまとめ、私がそこへ、やかんに入った熱い京番茶をかける。

「私の先生は冷めた番茶なんですが、熱いほうがいいんですか？」

「どっちでもいいんじゃないですか……熱いほうが、少しは早く乾くからなのかなあ」

万江島氏は常に、私の茶道の先生だけでなく、他の茶人のやり方を否定する言い方はしない。かけ終わると、彼はすぐに、灰と茶を素手で混ぜてもみ始めた。

「ええっ、熱くないんですか？」

「それほど熱くないですよ。手の皮が厚いんでしょう」

灰は強いアルカリ性なので、皮膚の弱い人が素手でさわると肌が荒れ、私の場合はひりひりと痛む。だからゴム手袋が必需品なのだが、万江島氏は素手が当たり前のようだ。

灰全体に京番茶を充分浸み込ませ、また乾かす。お茶と天日の二重の殺菌効果で、カビを防ぐらしい。そしてまた京番茶をかける。色の濃さや香りは好みがあるので、一回だけの人もいれば三回やる人もいるという。そして、こまめに手で灰をもみ混ぜながらある程度まで乾かす。万江島氏が素手でやっているのは、さわった手の感触で湿り具合を確かめているのだろう。

ちょうどいいところまで乾燥したタイミングで、灰を篩にかけて粗目に仕上げる。私は篩を古い茣蓙《ござ》の上に斜めに置き、しゃがんで灰を篩っていた。すると蜂が一匹、いきなりこちらに向かって飛んできた。私はすぐさま身体を傾けたが、その拍子に身体のバランスを失い、篩った灰の上にガマガエルのように仰向けに倒れた。呆然として、すぐには起き上がれない。蜂は私をあざわらうかのように一周してから飛んで行った。

すぐ近くで作業をしていた万江島氏が、手を差し出す。

「大丈夫ですか！」

そう言いながら、笑うのを必死でこらえているのがわかる。

私は恥ずかしさで返事ができず、万江島氏の手を借りるのも癪《しゃく》で、自力で身体を起こそうとするがスムーズに立ち上がれない。仕方なく万江島氏の手を借りる。見ると、灰が私の身体でしっかりと押しつぶされていた。

「せっかくの湿し灰が」

「全然問題ないです。それより、頭や腰、打ってないですか」

「ええ、何ともないです」

「すみません、あちら向いてください。背中の灰、払いますよ」

立ったまま万江島氏に背を向けると、彼は、まず私の麦わら帽子を軽く撫で払い、その手が順番に下へ降りていった。灰が湿っているせいで服にくっついているのか、パン、パン、と勢いよく背中をはたかれる。これくらい強いほうが、いやらしい感じがしなくていいのかもしれない。お尻はどうするのか、と思ったら、腰から太ももにかけてゆとりのあるモンペを引っ張って生地だけをはたかれ、少々がっかりする。私は一体、何を期待しているのだろう。

はたき終わると、万江島氏は私の心の内などまるで知らず、さわやかに言った。

「愉里子さん、先に上がってひとっ風呂浴びてください。あとは私がやります」

「でも片付けもありますから」

「さっきの愉里子さんを見てると、結構疲れてる感じがしました。余力を残して終わりましょう」

「……では、お言葉に甘えて」

実際、しゃがむ姿勢が続き、足腰が痛くなっていた。シャツも汗と灰にまみれて気持ちが悪い。裏口の前で、帽子や腕カバーやエプロンなどをはずし、灰をはたく。それから中に入り、着替えを取りに和室に向かう。歩くたび、廊下に細かい灰が落ちる。このまま和室に入れば、当然、きれいな畳が灰で汚れる。いぐさの隙間にもぐりこんだ灰は、掃除をするのも大変だろう……。

後から考えると、ここからすでにまずかったような気がするが、私は、風呂場で灰まみれの服を脱ぎ、シャワーを浴びてしまうことにした。

前もって風呂場には案内されていたので、私は回れ右をして台所の脇の廊下を通り抜け、風呂場へ行った。八畳ほどの洗面所を兼ねた脱衣場は、壁も天井も檜と思われる木材が使われており、年月を経て上品な赤茶色になっていた。廊下側の壁の上部には、明かり取りとして細長いステンドグラスがはめ込まれ、昭和モダンといった趣だ。昔の銭湯にあったような籐《とう》の脱衣籠の中には、客用の白いバスタオルと浴用タオルが置いてある。

私は汚れた服を脱ぎ捨てて床にまとめ、浴室へ行く。

視界が急に明るくなる。目の前の約二メートル四方のガラスには、マーク・ロスコの絵のように、水色と青色の横長の長方形が縦に並んでいた。

ここの窓からは、空と海しか見えないのだ。

脱衣場の雰囲気そのままに、浴室も、檜や御影石《みかげいし》などを使った和風旅館みたいな感じを想像していたのだが、ここだけ全面リフォームされていた。白いタイルに白の丸いジェットバス。そんな白だけの世界に青いモダンアートがぽっかりと浮かびあがるような、クールで軽やかな浴室だった。

まずはシャワーで全身を洗う。私の古いマンションとは違い、肌が痛くなるほどの勢いのある太くたくましい水量だった。

それが終わると、窓に向かって仁王立ちになり、海を眺める。

ここは高台にあるので誰からも見られることはない。

洗い場よりも一段高くなっている目の前の浴槽には、ちょうどいい湯加減のお湯がはってあり、光を受けてゆらゆら揺れている。そこに入って手足を伸ばし、気泡の入った水流でマッサージされながら海を眺めたら、さぞかし気持ちのいいことだろう。

しかし、私はジェットバスに入らなかった。遠慮したわけではない。丸い浴槽は二人で入るのにちょうどいい大きさである。こういう浴室にリフォームしたということは、万江島氏がここで、女性と一緒にくつろぐことが多いということではないか。

あんな紳士然とした万江島氏が……。私は勝手に、裏切られたような気分になった。そんな浴槽にひとりで入るというのは、何となくおもしろくなかった。

浴室を出て、髪と身体を拭く。髪を浴用タオルでまとめ、バスタオルを身体に巻いてから、自分の汚れた服をかかえ、急いで和室に向かう。自分の家では、バスタオル一枚どころか、裸のままでうろうろしがちな私である。

和室の前で、汚れた服を一旦廊下に置き、中に入って襖をしめる。自分の部屋に戻ったようでほっとする。襖を開け、風呂敷を広げ、汚れた服を廊下から取り込む。襖を閉めて、風呂敷にくるんだ服をリュックにしまい、これでようやく落ち着いた。

汗がまだ出てくるので、すぐに服を着替えず、バスタオル姿で涼む。水を飲もうとしたら、ウォーターポットに少ししか残っていなかった。家から持ってきたミネラルウォーターのボトルは、とうに空である。

無いとわかったら余計に飲みたくなるのが人情である。昼食のとき、台所にウォーターサーバーがあるのはチェックしていた。あそこから冷たい水を汲んで、今すぐ飲みたい。時計を見たら、母屋に入って三十分ほど経っていた。私が裏口から母屋に入るとき、万江島氏はまだ灰を篩にかけていた。その灰をちょうど良い粒の大きさと湿り加減に仕上げ、それを全部保存用の壺に入れ、ブルーシートや茣蓙や篩なども片付けることを考えれば、万江島氏が母屋に戻ってくるまでにはまだ時間がかかりそうである。

ポットとグラスを持って、バスタオル姿のまま台所へ向かう。

まず、サーバーの水色の注ぎ口からグラスに水を入れ、一気に飲む。ああ、なんておいしいんだろう！　グラスをテーブルに置き、今度はポットに水を入れ、入れ終わって蓋をしていると、廊下を歩く足音が聞こえた。

やだ万江島さんだ！　どうしたらいい？　なんて言う？　ストップ？　何がストップ？　来ないでー？　彼の家なのに？　ああ、どうしよう！

そのとき、和室は裏口と逆方向だから、今から走れば間に合うかも、とひらめいた。なぜかテーブルのグラスをつかんだ。

右手にグラス、左手にポットで走り出そうとした途端、バスタオルがはらりと落ちた。

「あーっ！」

思わず声を上げる。

床にバスタオル。

拾いたいが、グラスとポットを放り投げるわけにはいかない。

「どうしたんですか！」

台所に駆け込んできたのは、万江島氏ではなかった。半七だった。

5

台所に立っていた全裸の私は、半七の姿を目の端に捉えた瞬間、右手で乳房、左手で股を隠して、しゃがみこんだ。

「見ないで！」

両手だけでは中年のたるんだ身体を隠し切れないので、前かがみの体勢になる。三メートルほど離れたところに、半七の裸足の足元だけが見えた。大きいけれどほっそりした白い足。けれどもそれに似あわない黒くて長い毛が親指にも足の甲にも生えている。こちらに向かって立ったまま、動こうとしない。

「あっち行って！」

強く言う。なのに、半七は動かない。何も言わない。こいつは一体何を考えてんだと頭にきて、半七の顔を見ようと上体を起こしてしまう。

ベーシュ色のヴィンテージアロハに砂色のアンクルパンツをはいた半七は、大きく目を見開いていた。私はハッとして下を向き、隠していたはずの右の乳房の真ん中あたりが、ほんのわずか見えていることに気づいてまたかがみこみ、上目遣いで半七をにらみつけた。

半七は私と目が合っても、あわてて逃げたり目をそらしたりしなかった。やさしく微笑むと、床に落ちていたタオルを私の身体にかけてから、ゆっくりと立ち去った。

「ストップ！　ちょっと待って！　そこで止まってよ！」

私は怒りと恥ずかしさで混乱しながら、廊下に向かって叫んだ。

「はい、止まりました」

冷静な半七の声を聞き、さらに頭にきた。

「どこまで見た？」

我知らず、ドスの効いた声になった。

「どこまでって言うと……」

「だから、その、私のハダカ、しっかり見た？」

「まあ、目の前に女の人のきれいな裸があったら、そりゃあもう舐めるように見るってえのが、男のサガなんじゃないですかねえ」

きれいなどとぬけぬけと言うこの若造にあきれ返りつつも、相手の思惑通り、怒りの感情が削がれた。

「……今見たこと全部、すっぱりと頭の中から追い出してよね」

「そう言われても、しみひとつない白くてすべっとした背中が、目に焼きついちまいました」

背中……。褒められてうれしかったが、ビミョーでもあった。

「とにかく、あなたが私のハダカを見て何を感じようと勝手だけど、それをべらべら他人に言わないでほしい」

「そんなこと言いませんよ。いやあ、愉里子さんって、ほんと予測がつかない人ですね。ますます好きになりました。じゃ、どうぞごゆっくり」

廊下から、半七が去っていく足音が聞こえた。

私は一気に力が抜けて、両手をだらりと床についた。それからすぐに、肩にかかっていたバスタオルを取り、身体にきつく巻き付けた。改めてポットとグラスを両手に持ち、廊下をのぞき込んで誰もいないのを確かめてから和室に行き、襖を閉め、畳にへたりこんだ。

一生の不覚。

畳につっ伏して大声であーっと叫びたいのをこらえ、目をつぶり、両手で顔を覆った。

なぜ、喉が渇くのをほんの少し我慢できなかったのか。なぜ、服も着ず、他人様の家の中をバスタオル一枚でふらふらと歩いてしまったのか。夏のせいだから、ということにしたい。でもやっぱり、普段のはしたない生活が露呈してしまったにすぎない。眉とアイメイクを落としてなかったのがせめてもの救いだ。もう二度と、絶対に、自分の家の中でも真っ裸で歩き回ったりしません……。

窓の向こうから大量のミンミンゼミの激しい鳴き声がする。ときどきうねるように大きくなる。私は顔を上げ、着替えもせずにただそれを聞いている。

そのうちに、十代の夏、二十代の夏の私が、映画のカットバックのように脳裏に浮かんだ。するとどういうわけか、私は、バスタオル一枚で台所に行ってしまったことよりも、自分が五十代であることを激しく憎むようになった。昔は、ナイスバディ（もう死語）とまでは言わないが、少なくとも今よりはもっと胸もお尻もぷりっとして、腰もくびれていた。どうせなら若い頃の裸を見られたかった。

くやしい。

そこまで考えたところで、自分はバカじゃないかと思った。

半七に三十年前の裸を見せて、私はどうしたいのか。昔はきれいだったと自慢もしくは言い訳したいのか。心の底では、半七とセックスしたいと思っているのか。

それはない！　……たぶん。

私は、ふいに女の裸を見てしまったのに平然としている男など大嫌いである。でも。半七は私のことを「ますます好きになりました」と言った。もしかして半七のほうも、万が一そういう流れになった場合、私とセックスしてもいいかなと思っているのだろうか。……いやいや、まさか。

グラスに水を注ぎ、一気に飲む。もはや取返しはつかず、くよくよしてもしょうがない。服を着ることにする。へその下のこんもりとした脂肪の山を見ながら、外側に流れ落ちているお尻の肉をかき集めるようにしてショーツをはき、若いときに比べて胸元の肉がそげ、乳首の位置が低くなり、全体がやわらかくなった乳房をブラジャーのカップの中にまとめこむ。そうするうちに、ゆっくりと腑に落ちるものがあった。

半七が私に見せた無言の反応にこそ、彼の本心があらわれていたのだ。全裸の私を見て、彼はニヤッでもドキッでもなく老女をいたわるように微笑んだのだ。

つまり半七にとって、私は完全に恋愛対象外なのである。彼は「ますます好きになりました」という言葉を残すことで、全裸を見られた私が落ち込まないように気を遣ってくれたのだ。なのに私は、自分はまだまだイケると思い込んで半七のことを考えていた。かなり、イタい女。

フランス人で五十歳の某男性作家が「五十歳以上の女性は私にとっては見えない存在だ」「二十五歳の女性の肉体は素晴らしいけれど、五十歳の女性の肉体に特別なことは何もない」と雑誌で語り、SNSで大炎上したというネットの記事を思い出す。その男性作家は、うっかり本音を漏らしてしまったのだろう。

半七は、最初から私の肉体など見ていなかったのかもしれない。一瞬見た背中について語ることで、おばさんの肉体から目をそらしていたことをうまく隠したのだろうか。

襖の向こうから軽やかな足音が聞こえ、私のいる和室の前で止まった。

「愉里子さん、いらっしゃいますか」

万江島氏の声だった。

私はペパーミントブルーのリネンシャツとジーンズに着替えていたので、入ってもいいですよと言おうとして、いや、メイク直しはしてないし髪も濡れたままだと思い直す。

「すみません、お風呂から出たばかりで、着替え中です」

そう言うと、万江島氏は襖を開けずに言った。

「早かったですね、もっとゆっくり入ってらしてもよかったのに」

「いいお湯でした、眺めが素晴らしかったです。ありがとうございました」

私は型通りの返事をした。ジェットバスに入らなかった理由など言えるわけがない。

「さっき半七がふらっと来たんですが、すぐに帰っちゃいました」

半七の名前を聞き、私は尋ねずにはいられなかった。

「半七さん、何か言ってましたか……その……私に関して」

「いえ別に。愉里子さんは入浴中だから少し待てば会えるよって言ったんですけど、急いでたみたいです」

「そうですか」

万江島氏のよどみない話しぶりからすると、半七が全裸事件を告げたとは思えない。だがこの二人は、鹿間の件でぐるになって私を担いだことがあった。そうやすやすと信用はできない。

「愉里子さん、私もこれからひとっ風呂浴びさせてもらいます。食堂の右手を出たところにテラスがあって、ビールとグラスを用意しておきましたから、どうぞ先にやっててください」

「そんな、万江島さんが来るのをお待ちしてます」

「いえいえ、私、結構風呂が長いんです。待たせていると思うと私も落ち着かないから、先に飲んでてください」

「わかりました……お気遣い、ありがとうございます」

あれほど飲みたかったビールなのに、自分でも驚くほど声に張りがなかった。万江島氏は「疲れたでしょう、ゆっくりくつろいでください」と言って、襖の前から離れた。

私はメイク直しをして、まだ濡れている髪をタオルドライしてからゆるくひとつに束ねた。ドライヤーは脱衣場にあるので、万江島氏がこれから入浴すると聞けばそこへ行くわけにはいかない。洗った髪をおろしたままでは、若い子ならばいいかもしれないが、中年以降は清潔感に欠けて見苦しい。こういうことをいちいち気にして女であることを捨てていない自分が、ときどきすごくいやになる。

裏口に置いてある自分の長靴や帽子、腕カバーなどをリュックにしまい、帰る準備を整えてから食堂へ向かう。

北向きの広い食堂は、冷房を入れず窓のすべてが開け放たれているが、入るなり空気がひんやりとしていて涼しい。北と西にもうけられた小さな採光窓と、東側のテラスから差しこむ光は硬くて白っぽく、黒味を帯びた焦《こげ》茶色の天井と床、西側に置かれた存在感のある水屋簞笥の沈んだ赤銅《しやくどう》色の欅《けやき》の扉も、明るすぎる夏の光にさらされていた瞳には心地いい。普段なら、北向きの暗い台所や食堂は、古い日本の陰気さの象徴にも見えて嫌いなのだが、真夏のときだけは人心地がつく場所である。

テラスの入口に、臙脂《えんじ》色のデザインが古めかしい女物のつっかけがあった。実家の母も同じようなものをよく履いていて、おそらく家政婦の菱沼さんのものだろう。私のスニーカーはホールド感の強いものなので今は履く気になれず、それを拝借して外に出る。

北東向きのテラスの前には、茶室に面した南向きの立派な日本庭園とは対照的な、カジュアルでこぢんまりとした庭があった。半日陰のせいかそこは緑色の楽園となっており、ヤツデ、シュロチク、ヒメシャラ、タカノハススキ、ギボウシ、クマザサ、シダなど、旺盛に育った草木のさまざまな濃い緑、薄い緑が重なり合い、夏の午後三時のおもだるい日陰のなかで休息していた。

屋根のないテラスにはうすいオレンジ色のテラコッタタイルが敷かれ、直線的なデザインの木の椅子、背もたれからお尻までの部分がゴムのような素材でできたロッキングチェア、大人が横になれるような大きなラタンのソファと、同じくラタンのローテーブルがあった。そこに置かれた家具は素材も形も違うのに、どれもチョコレート色で統一感があり、テーブルクロスやクッションなどのファブリックも灰色がかったブルーのグラデーションで揃えられていてとてもシックだ。万江島氏はセンスのいい人だが、自分の趣味からはずれた物は一切置かないといったかたくなさはなく、私が履いているつっかけに彼のおおらかさを感じる。

テーブルの上には大きな透明のアイスバスケットとリーデルのビアグラスが置いてあり、氷が詰められたアイスバスケットの中には、さまざまなビールが冷やしてあった。それと、白い皿に盛られた鮮やかな緑色の枝豆。

私は、修道僧が描かれたラベルのビールを選び、ソファに座って飲む。放心してビールを飲み続ける。あまりのおいしさに脳がとけそうだ。

自宅ではもっぱら発泡酒なので、本物のビール、しかもドイツのヴァイスビールはやっぱり違うなあと思いながらもう一度飲み、しばらく庭の緑をながめた。草木の間から風がそよぎ、目もくらむような暑さはやわらいでいた。私は、これから万江島氏と対峙する緊張感と（さっきまでずっと一緒にいたのに！）、半七に裸を見られてしまったかなしさとが混然一体となり、いつもより早く酔いがまわりそうな気がして、それからはあまりビールに口をつけなかった。

万江島氏があらわれたのは、それほど遅くはなかった。私が長靴などをリュックに詰めたりしてテラスに行くまで時間がかかったせいか、ビールを飲み始めて十分ほどでやってきた。

「ああ、さっぱりしました」

万江島氏は、淡いブルーと白の細かいチェック柄で涼しげなサッカー生地の長袖シャツにジーンズという、肌の露出を抑えた服だった。短めの髪は洗いざらしで、彼をさらに若く見せていた。

「フランツィスカーナーが飲めて、とっても幸せです」

私はビールの瓶を小さく掲げた。

「それ、うまいですよね」

しかし、万江島氏が選んだのはノンアルコールビールだった。

「どうしてですか」

「……愉里子さんを駅までお送りしないといけないので」

「私なら、タクシーを呼んで帰ります。どうぞ飲んでください」

「いや、まあとりあえず、これにします」

そして私たちは乾杯した。万江島氏はグラスを一気に空け、顔をほころばせた。私は湿し灰の作り方について、気になったことをひとつふたつ質問し、その流れで半七の名前を出した。

「半七さんは、湿し灰の手伝いに来たわけじゃないんですよね」

「ええ。あたしがいたらお邪魔でしょう、なんて言っときながら、気になって顔を出すんだから、ああ見えてまだ子供っぽいところがあるんですよ」

半七は、あえて私と万江島氏を二人きりにさせたということだろうか。

「彼は帰るとき、何か変なこと言ってなかったですか?」

万江島氏は、私の顔をほんの少し、じっと見た。

「愉里子さん」

「はい」

「あなたが先ほどからずっと半七を気にしているのは、半七のことが好きだからですか?」

えええ?

「そういうことでしたら……くやしいけど、僕も考えを改めなくちゃいけないなと思いまして」

今度は、私が万江島氏をじっと見る番だった。万江島氏の顔は真剣そのものだった。

あのー、今、くやしいっておっしゃいましたが、それは半七に対してやきもちを焼いていると
いうことでしょうか。つまり、万江島さんは私のことが好きなのでしょうか。

ということを、私はその通りには言えず、口から出たのは次の言葉だった。

「私、さっき、半七さんに素っ裸を見られてしまったんです」

万江島氏は小さく息を吞んだ。彼が動揺しているのが見て取れたので、私のかなしい気持ちは霧散した。そしてはっきりとわかった。昼間の食堂で全裸になっている私を見たのが万江島氏ではなくて半七でよかったのだ。もし万江島氏に見られていたら、かなしいどころではなく首をくくりたくなっていただろう。

私は調子に乗って、半七との会話まで、こと細かにおもしろおかしく語った。しかし、万江島氏は大笑いしてくれるどころか、笑顔すら見せなかった。

「風呂上がりにすぐに服を着るより、裸でいるほうが爽快なのはわかります。でも、半七に見られるなんてうかつですよ。それに愉里子さんは、そのことをうれしがっているように見えます」

「そんなことありません！」

私がうれしがっているのは、万江島氏が半七に真面目に嫉妬していること、その万江島氏に、あのとき全裸を見られなくて本当によかったということに対してだ。でも、それをうまく説明できない。

「私が好きなのは、半七さんじゃなくて万江島さんなんです」

ああ、言ってしまった。私はやっぱり、思わせぶりや駆け引きができない。だからときどき、

あけすけでつまらないとも、女としての慎《つつし》みに欠けるとも言われる。自分でもそう思う。そして、年々それに拍車がかかっている。なぜなら、これからの人生、今日が一番若く、残り時間はそう多くない。ローマの詩人のホラーティウスも言っている。

――今日一日の花を摘み取ることだ。明日が来るなんてちっともあてにはできないのだから。

万江島氏は、戸惑っているのか照れているのか困っているのかわからない面持ちで、しばし私から視線をはずした。それから、はにかむように私を見た。目には喜びだけがあった。私は、その顔に一瞬、青年のときの彼が浮かび上がったような気がした。ういういしく、飾り気がなく、含羞《がんしゅう》があり、それでいて男の生気に満ちている。

「愉里子さん、まだ時間はだいじょうぶですか？」

「はい」

これからの予定はなく、今日中に、都内にあるマンションに戻ればいいだけだった。

「一時間ほど、私につきあっていただけますか」

万江島氏は私を裏庭へ出るようにうながした。邸内にある離れの茶室に行くのかと思ったら、裏庭の横にある大きなガレージに案内された。なかには、昔の「００７」シリーズに出てきたようなクラシックなアストンマーティンとトヨタプリウスが停めてあったが、万江島氏が立ち止まったのは、スカイブルーとクリームのツートーンの、小さなバイクの前だった。

「これで、海辺を走りませんか」

万江島氏が遠慮がちに言う。

「最初は、襖越しに聞こえてきた愉里子さんの声が何だか元気がないなあと思いまして、この時間ならもう暑くないから、バイクで走ったら気持ちよくてスカッとするかも、なんて思いついたんです。でも、今はただ、あなたを後ろに乗せて走りたいんです」

「わあ、うれしい！」

私が無邪気に喜ぶと、万江島氏はようやくほっとした顔になった。

「バイクは怖いって言われたらどうしようかと思ってました」

「平気です。バイクの免許は持ってませんが、昔はよく友達の後ろに乗って遊びに行きました」

高校時代の友人や大学時代のバイト仲間にバイク好きの男の子がいて、地元で遊ぶときやロックコンサートに行くときなど、気軽に乗せてもらっていたことを思い出した。

「このあたりを走るだけですからスピードは出しませんし、菱沼さんもこのバイクは乗り心地がいいって言ってくださいました」

「菱沼さん乗ったんですか。すごい」

彼女は確か、七十五か六のはずだ。

「一度乗ってみたいって言われましてね、後ろに乗っけたんです。菱沼さんは昔、スクーターに乗ってたそうです。この辺は坂が多いから、近所のスーパーにも年配の女性がよくスクーターで来てますね」

「久しぶりのバイク、ドキドキします」

万江島氏のヘルメットはゴーグルが付いたおしゃれなジェットタイプだが、私のヘルメットはほとんど使った形跡がない、頭部全体をすっぽりと覆う黒くて頑丈なフルフェイスだった。万が一バイク事故が起こったら顔の骨が折れることもあるから、女性のヘルメットはフルフェイスじゃないとだめだとバイク店の店主が力説するのを聞いたことがある。万江島氏もそれを遵守しているのだ。

バイクは90ccのホンダジョーカーで、ポップなカラーは横須賀のバイクショップでカスタムペイントしたのだとか。車体は低く、シートも広めで、後ろまでほぼフラットなので乗りやすい。しかも、後ろに乗る人のためのバックレストまでカスタマイズされていた。

二人でシートに乗り、私がどこをつかもうかと逡巡していたら、

「腰にしっかりつかまってくださいね」

と言われる。それで手をまわしてみると、見た目よりも腰回りが太く、男の身体のたくましさを感じる。しっかりと抱きつくのはまだ早いと思い、万江島氏の背中と自分の胸に少し隙間を開けておいたが、走り出した途端、そんな余裕はなくなった。

怖い。

すぐさま万江島氏にしがみついた。バイクは軽快にカーブの多い山道を下っていくが、私は身を守るものがなにもなく道路に全身をさらしていることの恐ろしさに震えた。少しアクセルをふかしただけで猛スピードで走っているように感じる（後で聞いたら時速四十キロだった）。バイクを楽しんだ若い頃からもう二十年以上経っていることを、今さらながら思い出した。

ところが、坂を下りて目の前に紺青《こんじょう》色の海が見えると、魔法がかかったように怖さが薄らいだ。ひろびろとした海からの、さわやかな風。甘い夕暮れが始まろうとしている。

海沿いの真っ直ぐな道を走るうちに、ようやく、バイクのスピードやエンジン音、振動や風圧に慣れてくる。道路の右側は、山を背に、小さな民家や別荘やアパートなどが、空き家も含めて

とぎれとぎれに立っている。左側は、遠くのほうに貨物船が行きかう海が見え、その向こうには房総半島の低い山々が薄い影のように連なっている。万江島氏に触れている手の感触やバイクに乗っている身体の感覚が自然なものとなり、全身で風を感じることが快感になってくる。

東京へ向かう車線は渋滞となっているが、私たちは逆方向なので、空いた道をのんびりと走る。初めて信号で止まると、万江島氏が少し顔を後ろに向けて声をかけてきた。

「大丈夫ですか」

「最高です」

万江島氏は、革のベルトをつかんでいる私の手の甲を、バイクグローブをはめた手でぽんぽんと軽くたたいた。言葉をかわさないそんな会話に、くすぐったいような幸せを感じる。

私の返事を聞いて、万江島氏はスピードを上げた。あたりの音が消えてエンジン音だけが響き、二人だけの世界がバイクに乗って運ばれていく。景色が輝いて見える。青春という文字がぽっかりと頭に浮かぶ。

海沿いの道は二手に分かれ、万江島氏は山へと向かう道を選んだ。民家の立ち並ぶなだらかな坂を上がると、徐々に畑のほうが多くなっていく。やがて一車線の細い道になり、上がり切ると、見晴らしのいい丘の上に出た。

あたり一面、畑しかない。赤茶色の土に、背の低い緑色の苗が整然と並んでいる。田んぼの多い北陸の人間にとっては、新鮮な景色だ。周囲に高い山がなく、見渡す限り薄暮の空と緑の畑が広がるばかりで、そのスケールも大きい。

海が見下ろせるところまで来ると、万江島氏はバイクを停めた。

「ちょっと降りてみましょうか」

フルフェイスのヘルメットを脱ぐと、窮屈な靴を脱いだような解放感があった。人は誰もおらず、薄桃色が西のほうから広がり始め、小高い丘の上にはやさしい風が吹きわたってている。

「畑しかないんですけど、僕はこの風景が好きなんです」

「日本っぽくないですね。グアム島の町はずれをドライブしたとき、こういう感じだったのを思い出しました」

「ああ、似てますよね。気候も温暖で、のどかだし」

「私も観光地よりこういう何でもないところが好きです。バイクで来るのにぴったりですね」

そうして目と目が合うと、万江島氏はすうっと顔を寄せて短いキスをした。よい香りのする花の匂いをもっと味わおうと顔を近づけ、ふいに唇が触れたかのようだった。

遠くから車のエンジン音が聞こえた。私たちは少し離れ、音のする方を見た。農家のおじいさんが運転する古い軽トラがゆっくりと坂を下って行った。それを見送ると、万江島氏が言った。

「戻りましょうか」

「……はい」

私たちはヘルメットをかぶり、またバイクに乗って走り出した。

私は素直に従ったけれど、本当は物足りなかった。おじいさんがいなくなって再開してもよかったのに、万江島氏はそうしなかった。周囲にはさえぎるものが何もなく、いつまた車が来るかわからないのだから、それはそれで納得できるのだけど。

でも、万江島氏の腰にまたぎこちなく手をまわしているうちに、これでよかったのかもしれないと思った。あの口づけが一瞬だったからこそ、一生忘れられない、夢のようなひとときに思われた。

さわやかな夏の夕暮れにふさわしい、忘れていた青春のきらめきが二人のもとを訪れ、すばやく通り過ぎたようだった。

翌朝、私はよく眠れないまま、自分のベッドで目覚めた。

あのあと、万江島氏が夕食を一緒にと引き留めるにもかかわらず、私は家に帰った。これは駆け引きなどではなく、苦渋の決断である。

キスだけの今なら引き返せる、とまず思ったのだ。

私は万江島氏を茶の湯の先達として敬愛している。茶の湯を通して深く語り合いたいと願う唯一無二の存在である。その関係が、性愛を介在させることで濁り、万が一こわれてしまうならば、ここで踏みとどまったほうがいいのではないか。

でも、そんな理由はきれいごとだった。たとえ今の関係がこわれても、私は万江島氏とセックスしたかった。プラトニックなんてちっとも楽しくない。私は男の肌に触れ、身体を使って会話したいのだ。

なぜこれほどまでにセックスを求め「花摘み」を続けているのか、自分でも不思議に思うことがある。昔の言葉でいうならば「好色」であり、現代ならば「ニンフォマニア」だという人もいるかもしれない。私としては、多くの男性から好かれたい＝モテたいということではなく、自分の好みの男性とセックスしてみたいだけである。

私がぼんやり思うのは、セックスをしているとき、私は私から離れることができて、それが気持ちいいということである。日々の生活で、私は私でいることに疲れているのかもしれない。もしも、万江島氏と夕食を共にしお酒を飲めば、たぶん私は万江島氏に迫ってしまうだろう。でも若い子のように、初めての相手と「ありのままのわたし」でベッドインするのは危険である(最近濡れなくなっていることだし)。また、彼の自宅という生活圏内でセックスしたくなかった。

今まで見た限りでは、万江島邸に亡くなった妻の存在を感じさせるものはなかった。すでに十七回忌を終えており、しかも妻は茶の湯を好まず、菱沼さん曰く「奥様はやんごとなき御家庭で育ったせいか、まったく家事をなさらなかったそうです」ということだから、茶室や台所などに女あるじの趣味を感じさせるようなものも見かけなかった。とはいえ、二人の間に子供はいないが、万江島氏の茶の湯友達の口ぶりから察するに、夫婦仲は良かったようである。だから、寝室といった最もプライベートな空間に行けば、妻の思い出の品がさりげなく置いてあるかもしれない。それだけでなく他の女性の存在も感じられれば、とても平常心ではいられない。また、菱沼さんと親しくしているからこそ、彼女がいないときに寝室に出入りするような行為をして、後からそれを知られてしまうのも避けたかった。

そして、いつになく感じたのは、怖れだった。

万江島氏も私のことを好きだとわかった途端、いつものようにすぐに前へと進めなくて、おろおろしている。少女のように何かを怖がっている。

いや違う。私は少女なんかじゃない。大人の私は、セックスしたら終わりが来ることをわかっている。結婚が終着点ではない私にとって、男女の関係はセックスで始まり、いつか終わるものである。セックスしなければ、永遠に始まらないかわりに、終わりもない。

これまで、終わりを怖れたことなど一度もなかった。いつ終わってもいいと思いながら、この一瞬を楽しみ、今日の花を摘んできた。

でも、昨日はなぜだか、小さな花を咲かせたままにしておきたかった。

私はいつもの月曜の朝よりもさらに休日を引きずっていた。のろのろと出勤の支度をし、家を出た。

先月、新実さんがくも膜下出血で入院してからまだ人事異動が行われていないため、製作部の三人は新実さんが担当していた仕事もカバーしなければならなかった。私は、モリジュンから次の製作部部長は私かもしれないと言われ、それを意識するようになり、忙しいのを苦にせず残業もこなしてきた。それでも今日は、仕事にいまひとつ身が入らなかった。

午前十一時過ぎにモリジュンが製作部のフロアにやってきた。

「クサノ、ちょっと今いいかな?」

「いいよ」

話があるのだろうと私が席から立ち上がると、モリジュンは下へ行こうと言った。昼食や飲みに誘って話すことではないのなら、何か急ぎの用件なのだろうか。

一階の打ち合わせ用のスペースに座るのかと思ったら、モリジュンは自販機の奥のほうへ向かった。ここはよく二人で立ち話をする場所である。

モリジュンは私の斜め前に立ち、硬い表情で言った。

「言いにくいことなんだけど、直に話したほうがいいと思ったから言うね……次の製作部部長は、アタシになった。たぶん今週中には辞令が出ると思う」

私はかろうじて「そう」とだけ答えた。がっかりしたのは確かである。でもすばやく立ち直り、同期の心情を慮《おもんぱか》った。

「モリジュン、いいの？　ずっと編集しかやってこなかったのに、いきなり製作部なんて」

モリジュンは入社以来、女性週刊誌だけでなく、書籍、かつてあったアイドル誌、レディースコミック誌にいたるまで、さまざまな編集部を渡り歩き、実績もつくってきた辣腕《らつわん》編集者である。ずっと編集畑にいた人間からすれば、製作部への異動というのは都落ちに近い感覚ではないか。

「新実さんだって、製作部の前はずっと編集だったじゃない。おんなじもんでしょ」

「雑誌の売れ行きが悪いわけじゃないのに」

「でも売り上げが伸びてるわけでもない。会社としては、ここで一気に若返りを図りたいんじゃない？　新編集長はナガノだから」

「えっ」

長野さんはモリジュンの部下で、別の出版社から中途入社した四十代前半の女性だ。

「それより、クサノが今度は部長かもなんて言って、それでこんなことになって、本当に申し訳ないと思ってる。ごめん」

モリジュンが頭を下げた。

「やめてよ。そんなこと気にしてないって」

私だけでなく、モリジュンにとっても人事異動はままならぬものである。モリジュンの発言で変に期待を持ってしまったのは事実だが、そこには私への励ましが含まれていたのもわかっているから、謝られるとかえって恐縮してしまう。でも、こういう小さなことでもうやむやにしないのが、彼女らしくもあった。

「製作部の他のメンバーの異動はあるの?」

「ない。今の三人はそのまま。資材担当もアタシがやる。クサノは、アタシが上司になることでやりにくいことも多いだろうけど、アタシもがんばって紙のこと覚えるから、助けてほしい」

モリジュンの率直な言葉に、私は好感をもった。

「わかった。直に聞いて私もすっきりした。話してくれてありがとう」

「ああ、よかった」

モリジュンはようやく肩の荷が下りたという表情になり、じゃあ、これから出かけなくちゃいけないからまたね、と言ってすぐにその場を離れた。

私は自分が部長になれなかったことよりも、同期入社の仲のいい女性が自分の上司になることのほうが、気が重かった。これまで、同期たちがどんどん出世していくのは心穏やかではなかったものの、自分とは違う部署であり、一緒に仕事をしない限りあまり上下関係を感じなかった。しかし、直属の上司ともなれば今までと同じタメ口というわけにはいかない。プライベートでは切り替えて、同期として対等につきあうというのもなかなか難しいのではないか。

一方で、モリジュンが製作部異動を受け入れたことに感心もしていた。編集者としてのプライドが高かったり、編集現場で働き続けることにこだわる人だと、営業部門への異動を拒否し、退社してしまうことさえある。モリジュンの息子は大学生でまだお金がかかるから、今、退社するわけにはいかないのだろうけど（会社はそれを見越して異動させたのかもしれない）、五十を過ぎてまったく知らない部署に配属されるというのは、いくら部長職とはいえかなり大変ではある。

モリジュンの「新編集長はナガノだから」という吐き捨てるような言い方には、編集長を交代させられたくやしさが滲みでていた。彼女自身は、私との関係もさることながら、今はそういう感情をコントロールすることに、より意識が向いているのではないかと思った。しばらくは、他の社員たちからの好奇な視線や口さがない噂にも耐えなければいけないだろう。立ち話にしたのは、編集長解任についてあれこれと聞かれたくなかったのかもしれない。

モリジュンは、私が部下として助けてくれると思ったから、新しい部署に異動する決心がついたのではないかとも考えた。それはあまりにも自分を買いかぶりすぎかもしれない。でも、今回の異動でつらいのは私よりもモリジュンであることは確かであり、これからもモリジュンと仲良くやっていこうと思った。

そしてどういうわけか、昇進できなかったことで、万江島氏との関係を前進させる踏ん切りがついた。部長となって働くはずだったエネルギーを万江島氏に向けようと思ったわけではないが、この人事の知らせは、仕事ではなく恋に集中するのは、今でしょ！　というお告げではないかと都合よく考えた。

万江島氏を食事に誘おうと決め、スマホでスケジュールを確認しながら、ふいに思い出して留都にＬＩＮＥしようと文字を打ち込んだ。

「お久しぶり！　六月に寄席へ行ったとき、花束を贈ったことを半七さんから聞いたよ」

と書いて、もう二か月も前のことを今さら持ち出すのもおかしな感じがしたので書き直す。

「お久しぶり！　六月の寄席の後も、半七さんの落語を聴きに行ってる？」

と書き、少し考えてそのメッセージも削除する。いきなり半七の話題を出し、いかにも留都と半七との間に何かあったのではないかと気にしているように見える。実際その通りなのだが、こういうことはやはり直接顔を見て話したほうがいいだろう。

もし、留都が半七の一ファンとして寄席に行ったり交流をしているならば、義理堅い彼女のことだから私に対して何らかの報告があるはずである。でもそれがないということは、何も交流がないか、もしくはこちらに言えないもっと深い交流があるのではないか。私は何となく後者なのではないかと感じている。結局、

「元気？　よかったら今週か来週の土曜、ランチしない？」

という無難なメッセージしか送れなかった。すると昼休みに、

「お誘いありがとう。ごめんね、しばらく忙しいのでまたこちらから連絡するね」

と返事が来た。今は静観するしかないだろう。

そして、家に帰った夜の九時ごろに万江島氏へメールした。キスされた翌日、すぐに食事に誘うというのはがつがつした女だと思われるかもしれないが、構わなかった。

昨日のキスの後、夕食を誘われて断っているのである。その際、努めて明るい調子で「夕食をご一緒したいのはやまやまですが、明日からの仕事に備えてこれで帰ります」と言ったのだから、彼に不満を感じているわけではないことは伝わっているはずだと思う。

しかし、もし私が万江島氏の立場だったら、キスをした相手がすぐに帰ってしまえば不安になる。キスしたこと自体が失敗だったのか、もう会わないと言われたらどうしようか、などと考え

てしまう。もちろん、万江島氏はそんなことは露ほども考えないかもしれないが、私は相手の不安をできるだけ早く取り除きたいと考えるほうだった。好きでもない人は焦《じ》らしてもいいが、好きな人は早く安心させたい。

もっと早くメールを送りたかったが、どこで食事をして、どこのホテルに部屋を取っておくかを、天候や状況をシミュレーションしながら、ずーっと、ずーっと考えていたのだった。以前、留都が「そういうことは考えたことがない。だって、それは男性が考えることでしょ」と言ったが、それは美女ならではの発言である。私は、たいして楽しくもないのにニコニコして奢られるよりも、自分のお金で食べたい料理と飲みたいお酒を注文し、好きな男性を相手にニコニコしているほうがべらぼうに楽しいことを知っている。

万江島氏からは、翌日の夜八時過ぎにメールがあった。彼はＬＩＮＥやメールのたぐいはあまり好きではないようだが、平日は私が残業で電話に出られないことが多いので、メールになる。

「お誘いいただき、とてもうれしく思っています。日時、場所、承知しました」

もう少し、色めかしくとまでは望まぬものの、感情の動きや私への想いが窺える文章を読みたいと思うが、贅沢を言ってはいけない。私の「花摘み」を知りすぎている万江島氏にとって、この返事はセックスをしてもいいという意思表示に等しい。今、ここから、万江島氏とのデートは始まっているのだ。


土曜の夕方、私は約束の時間の六時より三十分ほど早めに店に着いた。

日本橋にあるその料理店を最初に訪れたのは二十代、仕事の接待だった。小さなすがれた数寄屋門をくぐると、たっぷりと水が打たれた木の葉や苔が美しい坪庭が出迎えてくれる、趣のある日本家屋である。料亭というには小さく、個室のある割烹《かっぽう》というのが正しいかもしれない。派手さはないけれど丁寧な会席料理を出し、値段も安くはないがそれほど高くもない。四人も座ればめいっぱいになる小さな個室は、床の間にいつも時季の花が控えめに活けられ、静かで居心地がよく、若くない男女が差し向かいでごはんを食べるのにちょうどいいのだった。

私は入口に近い席に座り、気持ちを落ち着かせるためにヱビスの小瓶を頼んだ。割烹にはビールの小瓶がよく似合う。子供のころ、金沢の割烹で父や叔父がそれぞれビールの小瓶を飲んでいるのを見て、その洒脱《しゃだつ》さにあこがれた。この店には両親を招待したこともあり、父と一緒にビールの小瓶を飲み、自分がようやく一人前になったという感慨を持ったのだった。

ほぼ六時ちょうどに万江島氏が来る。グレーのクラシックなスーツに白いシャツ、そしてスーツより明るめのグレージュのネクタイを締め、手ぶらであらわれた。万江島氏のスーツ姿を見るのは初めてである。定年後の男性のなかには、体形や流行が変わってしまったのに会社員時代のスーツをそのまま着ている人もいるが、彼のスーツは今の体形にあった最近のオーダーメイドと思われた。かつて不動産会社の社長であり、神奈川県下の海運会社の社外取締役も務めていたというだけあって、上質な生地が身体に馴染み、端正で風格を感じさせる着こなしだった。

映画『タイタニック』でタキシードを着てあらわれたディカプリオと同じくらい、惚れ直してしまうような格好良さだった。今日が土曜ということもあって、デートにスーツというのは正直びっくりしてしまったが、誘った私や店に対しての礼儀という大人の配慮なのであり、カジュアルな服よりスーツのほうが男振りが上がるのを自覚しているようにも思えた。とはいえ、あまりにも社長然としており、私はこれから接待が始まりそうな錯覚を起こした。

「お待たせしました」

万江島氏は、私のビールの小瓶とグラスを見て言った。

「いえ、少し早く着いただけです。この店の場所、わかりにくかったんじゃないでしょうか」

私は、ピーコックブルーのシルクシャツに光沢のあるパールグレーのワイドパンツを合わせていた。シャツのボタンを二つ外していたのだが、万江島氏のスーツ姿を見るとやりすぎのように思えてしまい、後でわからないようにボタンをひとつ留めることにする。

「実を言うと迷いました。髙島屋のあたりならたまに来るのですが、この辺は馴染みがなくて、細い通りを行ったり来たりしました」

髙島屋のあたりというのは骨董店があるからだろう。たとえ迷っても時間通りに到着するのだから、やはり元ビジネスマンだ。

「落ち着いたいいお店ですね」

「ありがとうございます」

私たちはそこで初めて、正面からお互いの顔を見た。私は最初、恥ずかしくてちらりとしか見なかったのだが、万江島氏が思いつめたような表情でこちらをひたと見つめたので、私は自信を取り戻し、ゆっくりと彼を見つめることができた。見たくてたまらなかった顔を前にしてこみあげるものがあり、目が自然とうるんでしまう。

「会いたかったです」

また正直に言ってしまった。本当は相手に言わせたいのに、辛抱ができない。

万江島氏はそれを聞いてなぜかうつむいてしまい、考え込むような間ができる。堂々としたスーツ姿に似合わない、はにかみとぎこちなさ。打てば響くように「僕も会いたかった」とは言ってくれない。

私は万江島氏の気持ちを読み取ろうとしてじっと顔を見る。恋をするというのはひたすら見つめることなのだろう。顔をあげた万江島氏は、怒っているような表情だったが、それは緊張していたせいのようでもあり、私を見ると、やさしい目で言った。

「愉里子さんは……かわいい人ですね」

それを聞くなり、万江島氏と同じようにうつむいてしまう。いくつになっても、好きな人からかわいいと言われたら痺れるようにうれしい。その言葉を、そのときの声のトーンや響きも含めて、すばやく胸の奥にしまいこむ。

そこへ着物を着た仲居さんがやってきて、お茶とおしぼりを置き、飲み物を尋ねた。

「私も同じものを。愉里子さんはどうされますか」

私の小瓶はもうすぐ空になりそうだったが、まだ日本酒には早いような気がした。

「もうすこしビールが飲みたいです」

「じゃあ二本お願いします」

万江島氏がそう言い、仲居さんは部屋を出て行った。

私と万江島氏はどちらからともなく苦笑に近い笑みを浮かべた。

それは、仲居さんが入ってきたことで、息もできないほどの気持ちの高まりと緊張感がほどけたのをお互いに確認したからだった。まったく、七十代と五十代の男女が十代のような、こんなつたないやりとりをしているというのは滑稽きわまりないのだろうけれど、それだけ、共に想いが深いのではないかという予感が私の身の内に広がる。

ビールが来て私たちは乾杯する。今日の最高気温は三十三度で夕方になっても蒸し暑く、万江島氏は小さなグラスのビールをあっという間に飲み干した。

「ああ、うまい」

なんてうれしそうな顔をするのだろう。

「こんな遠くまで来てくださり、ありがとうございます」

私は、言葉や口調がまだ硬いままだ。

「いえ、京急だと乗り換えなしですから、楽なもんです」

「車じゃないんですか」

もちろん、今日はお酒を飲んで泊まることを想定しているのだろうけど、車はどこかに預けておいて、明日それに乗って帰るのではないかと予想していた。

「僕は、電車に乗るの好きですよ。京急は特に好き」

スーツ姿の万江島氏が電車に乗っている様子を想像して違和感を持ったが、京急には二列シートの車両があることを思い出す。そして、今日のデートにアストンマーティンやプリウスではなく電車で来るというところに、改めて、万江島氏のバランスの良さのようなものを感じる。

「……かわいいなんて言われたの、何十年ぶりかなあ」

私もようやく平常運転に戻る。

「愉里子さんのことを、落ち着いた大人の女性だと思っている人は多いでしょう。でも中身は、素直で、はつらつとしていて、かわいらしい」

「中身であって、外側ではないんですね」

照れてしまい、つい冗談めかして言う。

「いえいえ、普段は、中身が外側に滲み出ないよう、隠してる。かわいいの安売りは若い子に任せておけばいいんです」

万江島氏がさらりと言う。

コース料理を頼んでいたので、まずは八寸が出てきて、それに合わせて冷酒を頼む。お造りが出たころには、ぬる燗《かん》に替わる。私は燗酒のほうが悪酔いをしないので、夏でも御燗をしてもらうことが多い。

「一日社内にいて冷房で身体が冷えていると、熱燗がおいしく感じられるんです。若い頃は、真夏に燗酒を飲む上司をおじいさんみたいだと思ったんですけど、理にかなっているんですよね」

「外に出る仕事ではないんですか？」

「取引先が来ることがほとんどですね」

私たち二人は、お互いの職業についてきちんと話したことはない。

利休の弟子である山上宗二《やまのうえそうじ》が記した言葉に「我が仏　隣の宝　婿舅《むこしゅうと》　天下の戦　人の善悪」というものがある。これは茶会において「宗教　人の財産　家のなかのごたごた　政治　人の悪口」について話すのは避けたほうがいいということを伝えたものだ。

私は、同じ社中で十年以上つきあっているお稽古仲間が、どんな仕事をしているのかは何となく知っているものの、会社名や役職などはまったく知らない。万江島氏の会社については、有名企業だからネットで調べればすぐにわかるものの、私自身は万江島氏に出版業の会社員であることは伝えたが、詳しいことは話していなかった。

話の流れで、私は自分の会社や仕事について簡単に説明し、これまでの失敗談に話が移った。

「一番ぞっとしたのが、ある小説の単行本のカバーの最終校正を終え、これから印刷が始まる段階で何げなく校正紙を見たときのこと。なんと、カバーに、作家の名前が無かったんです」

「カバーに作家名が無いって、見たことないですね」

「絶対にありえない。あってはならないことなんです」

「誰も気づかなかったんですか？」

「ええ。初校には作家の名前がちゃんとあったんですけど、デザインを変更したりするうちに途中で抜け落ちたみたいで、どういうわけか、私もデザイナーも編集者も営業担当も、誰も気づかなかったんです。作家は、カバーの校正紙までは見ませんから」

「もし、それが印刷されて、本屋さんに並んだら……」

「即回収で刷り直しです。作家さんにも平謝りです。でも一旦流通してしまったら、その事実は残るわけです。前代未聞の大失態ということで、きっと末代まで語り継がれるでしょう」

「じゃあ、発見した愉里子さんは大手柄だったんですね」

「いいえ。それまで、作家名が無いのを見落としていたわけですから……」

勢い込んで言ってから、はっと気づいて口ごもった。

私は、仕事のこととなると、几帳面すぎてキツい部分が口調も含めて表れ出てくる。要するに、かわいくない。日本酒の入ったお猪口《ちょこ》を口に運び、調子を変えた。

「運がよかったんです。ミスを見つけたときは、喜びよりも恐怖でした。血の気が引くってほんとなんですね、貧血みたいになって、視界がぼやけるんです」

「僕も『サン・トワ・マミー』の歌詞は事実なんだって思ったことがあります。ほんとにかなしいと、目の前が、陽が翳《かげ》ったように暗くなりますね」

私は、どんなかなしいことがあったんですか、と聞きたいけど聞けず（死んだ奥さんの話だったら今日は聞きたくない）、その歌詞のところを小さく歌った。

タイトルにもなっているフレーズだけ、合唱になる。二人でくすっと笑う。それから万江島氏は、二十代の頃、叔母に連れられて越路吹雪の日生劇場のリサイタルへ行った話をした。今でいうプラチナチケットで、芸能人や著名人がこぞって観に行ったというのは聞いたことがある。

「僕はまわりのお洒落な女性たちに気を取られていたけど、叔母はロビーで見かけた越路さんの夫の内藤さんがステキって、そればかり言ってましたね。一高出のピアニストだったそうです」

私は内藤さんのことより、お洒落な女性たちに気を取られたという言葉がひっかかる。

「その当時、万江島さんは独身だったんですか」

「ええ。自動車会社で気楽なサラリーマンでした。あのころは楽しかったな」

「その後、お父様の不動産会社へ」

それを聞いた万江島氏の顔が薄く曇った。彼は、長男として父親の不動産会社を継いで社長となり、今は、万江島氏の弟の息子が社長となっている。

「はい。まあ、ビジネスにおいて世襲なんてものは諸悪の根源ですね。仕事嫌いの人間にとっては、そりゃもうつらくて」と笑いにまぶしてから、「もう一本、いきましょうか」と付け加えた。

「いいですね、飲みましょう」

　私が明るく返事をすると、万江島氏は、トイレに行くついでに頼んでおきます、と言って席を立った。菱沼さんによると、万江島氏は順調に会社を大きくしたのだが、身内以外の人間を後継者にしようとして、社内や一族の間でかなりもめたらしい。そういうこともあって、これ以上、会社の話はしたくなかったのかもしれない。

　万江島氏が戻ってくるのが少し遅かったのだが、それは先に勘定を済ませていたからだった。デザートの水菓子を食べ終え、私がトイレに立って仲居さんにお会計をお願いしたら、もう済んでおりますと言われて驚いた。でも、万江島氏ならそうするだろうとも思った。

　席に戻り、正座して言った。

「私からお誘いしたのに……ありがとうございました」

「いいえ」

「お礼がしたいので、もう一軒つきあってくださいますか」

「はい」

　万江島氏は、さっぱりと返事をして立ち上がった。

　この後の展開がわかっているはずなのに、いっこうに色っぽいムードへ持っていこうとしない。しっぽりとした密室にいたのに、彼は私を引き寄せてキスするどころか、手も握らなかった。

　そこでようやく気づいたのだが、万江島氏はずっと上着を着たままだった。噺家ならば、羽織を脱いでからが本題だ。万江島氏も、上着を脱いでからが本番なのではないか……ということにする。

店からホテルのバーまでは歩いて五分くらいなので、人通りの少ない日銀通りをのんびりと歩く。夏の夜風が気持ちいい。そのせいか、私も万江島氏もどことなくリラックスしている。

「あぶないですよ」

万江島氏が、車道に寄っていた私を片手で抱くように自分のほうへ引き寄せる。後ろからシルバーの古いポルシェがあらわれ、通り過ぎた。万江島氏は私の二の腕を包む手にぎゅっと力をこめる。私をまた思いつめたような目で見る。それから、手を放す。

私はその目でもう安心したのだった。

「愉里子さん」

「はい」

「私はあなたからたくさん話を聞いているので率直に言いますが、バーに寄らずそのまま部屋へ行きませんか」

「……ええ」

「凝ったカクテルは飲めませんが」

「私、ウイスキーソーダが飲みたいです」

「ああ、それならうまく作れます」

そして、私たちは東京スカイツリーが眺められる部屋に入った。

入った瞬間、万江島氏は私を荒々しく抱き寄せ、長いキスをした。

抑えていたものが爆発したような、好ましい激しさだった。キスもめためたによかった。何十年もつきあっている仲のように、しっくりときた。

私はほんの少しだけ、七十歳という年齢を恐れていたのだが、万江島氏はキスも若々しかった。こう言っては何だが、年を取るとたいていの男の人は、キスに変なねばりがでる。唇に弾力がなくなるせいなのか、残り少ない機会を惜しんでいるのかはわからないが、妙にまとわりつく感じがある。

万江島氏はすぐにベッドに向かわず、お酒を飲みましょうと言い、上着を脱いだ。私たちは窓際にサイドテーブルと椅子を寄せ、グラスやおつまみをセットし、私たちだけの小さなバーを作った。二人ともウイスキーソーダを飲む。喉が渇いていたのでとてもおいしかった。

「最近の僕は、眠れないとき、愉里子さんのことを考えるんです。すると楽しくなって、眠れないことなんかどうでもよくなって、そのうちに寝てます」

「うれしい……」

私は、部屋に入ったのと万江島氏の告白を聞いたのとで、すっかりのびのびとしてしまい、つい「でも、昂奮はしないんですね」と言ってしまう。

万江島氏が急に真顔になった。

「すみません、すぐにセクシャルな話題になっちゃって」

私はあわてて、おどけてみた。

「気持ちは高ぶるんですけど、残念ながら身体は無反応です。私はインポテンスで、もう勃《た》たないし挿入もできないんです」

万江島氏が淡々と言う。

私は、グラスを持とうとした手が止まってしまった。

6

万江島氏に笑顔はなく、やや緊張した面持ちで私を見つめている。

その表情からは、絶望や深刻な苦悩というものは感じられず、彼がその事実をすでに冷静に受け止めていることがわかった。しかし、笑ってすませられることではないとも思っている。それは男として当然なのだろうし、私への誠意のあらわれなのかもしれない。

万江島氏は、ホテルに誘った男がインポテンスで挿入ができないことを知らされた私が、どんな反応をしめすのだろうと、注意深く観察しているようにも見えた。

「そうなんですか」

私はできるだけ平静な口調で言い、宙に浮いていた手をさりげなく膝に戻した。あっさりした返事だと思うが、今は自分の感情をストレートに出すことも偽ることもしたくなかった。

正直な感想を言えば、がっかりである。

私が万江島氏との初夜をどれだけ楽しみにしていたか。昨晩は布団に入ってから三時間も眠れなかったとか、新しい下着と全身のメンテナンスに何万円もかけたとかはさて置き、世界一周旅行が直前でキャンセルされたようなそれくらいの落胆である。

でも、それを表に出してはいけないのはわかりきっている。勃起不全は誰にでも起こることであり、特に、老化による勃起不全は生物として自然なことであり、恥ずべきことではない。彼を責めるのは一〇〇%間違っている。むしろ正直に告白してくれて感謝している。

それなのに、私はその気持ちを素直に言えなかった。そんな当たり前のことなら、三十、四十の女だって言えるじゃないか。うわべだけのなぐさめも言いたくなかった。私が、セックスすることを殊《こと》の外《ほか》好んでいるのを、万江島氏は知っている。そんな女が、手のひらを返したように「インポテンスなんか気にしない」と言うのは欺瞞《ぎまん》ではないか。

私は万江島氏にどういう返事をするのが最も正しいのか、ひたすら考える。しかしどんな言葉も思い浮かばなかった。彼は表情を変えることなく、私が何を言うのかただ黙って待っている。

あせった私はとりあえず話し始めた。

「私はそろそろ閉経を迎える時期に来ており、いわゆる更年期真っ只中です。精神的な症状としてイライラはありますけど、仕事をしていればよくあることですし、ホットフラッシュやめまい、関節痛や喉の渇きといった身体的な症状はそれほどひどくはないんですね。ただ、一番困っているのがセックスするときに濡れなくなったことです」

万江島氏は少しだけ驚いたようだったが、すぐに真面目な顔つきに戻った。

「最初は濡れにくくなったという程度で、前もって注射器型の潤滑ゼリーを挿入しておけば何とかなりました。でもあるとき、ベッドの中でどんな刺激を与えられても、自分の脳内でいやらしい妄想を繰り広げても、まったくうるおわなかったんです。私は、相手に知られないように一旦トイレへ逃げ込みました。セックスしたいのに、身体がどうにも反応しないんです。いくら努力してもだめ。あせればあせるほど、肉体が緊張し、膣が乾き、セックスから遠ざかっていくのがわかるんです」

万江島氏は何の相槌も打ってくれず、私はどうしてこんなことを話しているんだろうと思いながら、それでも話し続ける。

「そのときは、ゼリーの代わりになるベビーワセリンを塗って急場をしのぎました。それ以来セックスはしていません。だから今日は、ちゃんと濡れるかどうかとても……とても不安でした。もし濡れなかったときのために、ゼリーのチューブも持ってきていて」

そう言いながら手元のバッグを開けて商品をちらと見せ、情けない気持ちで笑みを浮かべた。

万江島氏は私に向かって手を伸ばす。

私の髪をそっと撫で、ようやく笑った。

「ありがとう、愉里子さん」

私のいびつな笑みは、溶けて柔らかくなる。万江島氏の手を取る。彼とキスをしたことはあっても、こうして直に手をさわるのは初めてだ。でも彼が点前をしているのをいつも見ていたから、その手の姿形はよく知っている。茶の湯を嗜む男性には珍しい、おいしく焼けた食パンのような色で、年相応のちりめんじわもあるけれど、とても大きく厚みがある。その手を両手で包んで頬を寄せる。すると万江島氏が私の左手を自分に引き寄せ、目を伏せたまま唇で手の甲に触れる。

私たちは座ったまま、ゆっくりとお互いに触れ合う。隣には広くて清潔なベッドがあるが、そこにたどりつけるかどうかはまだわからない。

万江島氏は挑むように私を見つめたまま、今度は手の甲に強く唇を押し当て肌を吸った。私はぞくりとして、電流のようなものが手の甲から女性器に達した。万江島氏は焦らすためなのか、それとも自らを抑制するためなのか、すぐに唇を離す。そして宝石を扱うように私の手をこちらの椅子のひじ掛けにそっと戻すと、グラスを手に取り、悠然とウイスキーソーダを飲んだ。

「僕は、三年前に前立腺がんの手術をしました」

「えっ」

「ああ、早期でしたから、命に別状はありません」

私は安堵の息をつく。

「ただ、僕の場合は、前立腺の全てを摘出するのが最も効果が高いと言われました。勃起機能に関わる神経も切除することになり、手術後は勃たなくなることもわかっていましたが、医者の提案をそのまま受け入れました。……そのときは、もうこのへんでいいだろうと思ったんです」

私はウイスキーソーダを一口飲み、それから思い切って尋ねてみた。

「一般的に、男性はできることなら手術を回避して、機能を温存したいと願うんじゃないでしょうか」

「そうでしょうね」

他人事のような突き放した言い方だった。

「もうこのへんでいいだろう、というのは、どういう意味なんでしょうか」

万江島氏の表情がふいに険しくなり、私はうろたえる。

彼が妻を亡くしたのはまだ五十代であり、その後、誰ともセックスしないというのはありえないというのが私の考えだ。だから、彼は他の女性ともそれなりにセックスを楽しんだので「もういい」という心境に至ったのだろうと考え、そのあたりを話してもらえたらいいなあという期待を込めた質問だった。しかし、万江島氏は返事をしない。

「さぞ、おモテになったんでしょうね」

私は彼の無言が怖くなり、明るい調子でまぜっかえしてしまう。

彼は、私の軽薄な言葉など聞いていなかったかのようにぽつりとつぶやいた。

「まさか七十を過ぎて、本気で女性を好きになるとは思ってもいなかった」

急にそんなことを言われ、言葉が出てこない。

万江島氏は我に返って私を見ると、話し始めた。

「愉里子さんにどんどん惹かれていくにつれて、自分がこういう状態であることがやるせなくなってきました。手術のとき、泌尿器科の先生が僕のことを気遣って教えてくださったんだと思うのですが、前立腺全摘の手術をした夫を持つ妻の七割が『勃起の改善の必要はない』と考えているというアンケート結果があるそうです。まあ、前立腺がん手術をする男性は五十代以上が多く、妻もほぼ同じ年代でしょうからね。でも、僕たちは出会ったばかりだし、愉里子さんは男性に対してアグレッシブな女性ですから」

そう言われ、私は決まりが悪いような笑みを浮かべる。

「この二週間、僕の気持ちは荒波に揉まれたように揺れ続けました。愉里子さんからデートのお誘いをいただいた時点ではただうれしく、とにかく愉里子さんと会いたかった。だから最初は、食事だけご一緒しますと伝えようとしたのです。でもやはり、インポテンスを隠し続けるのは誠実ではないと思ったのです。いつか話さなければいけないのなら、この機会に話したほうがいいのではないかと考え直し、愉里子さんにあのメールを送ったんです。でもそれからすぐに、こんな素晴らしいチャンスはもう二度とないに決まっているのだから、今からでも勃起できるかどうか試してみるべきではないか、と思いついたんです。そうしたら、もうそのことしか考えられなくなり、ありとあらゆるネット情報を調べ、執刀した医師にも相談しました」

「……それまで、一度も試したことはなかったんですか」

「ないですね。そういう必要性を感じたことがなかったので」

「初歩的な質問ですが、神経を切除しているのに、……できる方法があるんでしょうか」

「勃起できる方法があるかってことですか?」

私が不自然な感じでうなずくと、万江島氏は、はっと気づいたように言った。

「ああ、申し訳ない。僕は泌尿器科の医者と話すことが多いから『インポテンス』や『勃起』という言葉は普通に使うけど、女性は聞いてて不快に感じるかもしれませんね」

「いいえ、不快ではないんです。ただ、私から言うのはちょっと……」

私は性に関することをかなりあけすけに話すタイプではあるけれど、言いにくい言葉、使いたくない表現というのもあるのだった。

「そういう感覚はわかりますよ。そんな愉里子さんだから、僕は信頼して話せるんです」

「ありがとうございます。私も同じです。こうして率直に気兼ねなく話しあえるのがうれしくて、だから、その方法も知りたいんです」

「本当に?」

「ええ」

「最善の方法だけでなく、ちょっと驚くような方法も?」

「ものすごく知りたいです」

私が思わず身を乗り出すと、万江島氏は大笑いした。私は彼が笑ってくれただけで幸せな気分になり、もうこのままおしゃべりだけしていても構わないとも思う。

「まず、神経を切除した場合、いわゆるバイアグラなどの薬はほとんど効かないそうです。では他にどんな方法があるかというと、ひとつは『陰圧式勃起補助具』です。太い注射器の先にブロワーが付いているような器具を男性器に装着し、減圧して陰茎に血液を充満させることで勃起させる方法があります。でも、ホテルまでその器具を持参して、ここで装着しなきゃならないんですから、何というか、ムードもへったくれもないじゃないですか！」

万江島氏が陽気に話してくれるので、私も安心して笑う。でも、もし彼がいきなりそんな器具を持ってきたら、笑えない。もちろん彼のことだから隠して使うだろうけど、それを想像すると、自分がトイレで股にベビーワセリンを塗りたくったときと同じような哀愁を感じる。

「また、『陰茎プロステーシス』という曲げ伸ばしのできる棒状のものを埋め込む方法もあります。日帰り手術が可能、手術をした人の九〇％以上が満足しているというデータもあるんですけど、これは後戻りのできない最終手段と言われていて、自分で勃起する力は永遠に失われるらしいです」

「その場合、セックスするときは……」

「手で、その棒状のものを勃起しているような角度に曲げ、挿入するわけです」

「そういう、体内に人工物を埋め込む手術は、美容整形と同じような勇気が必要な気がしますね」

「検討してみたけれど、残念ながら僕にはその勇気がなかった」

「私がもし男だとしても、すぐには決心できないです」

「でも、愉里子さんがどうしても手術してほしいというのなら、しますよ」

万江島氏がこともなげに言う。

「とんでもない！　そんな大それたこと、言えないです」

私はあせってしまい、ウイスキーソーダをぐっと飲み干す。万江島氏はおもむろにグラスを空け、私は気を落ち着かせるように二人分のウイスキーソーダを作る。ゆっくりとマドラーを回すうちに、私はつい聞いてしまう。

「ちなみに、おいくらくらいかかるんでしょう？」

「あ、やっぱりしてほしいですか？」

「違います。後学のために」

「保険がききませんから、百万前後でしょうか」

「まあ……」

万江島氏は金額のことなど気にしないだろうが、決して安くない値段である。

万江島氏が話したその二つは、以前からある改善方法であり、『陰圧式勃起補助具』が一番手軽な方法で、『陰茎プロステーシス』が一番ハードルが高い方法なのだそうだ。

その他にも方法があるらしく、万江島氏は丁寧に説明してくれる。

ひとつは、最近の新しい治療法である『低出力体外衝撃波治療』というもので、陰茎に衝撃波を与え、新しい血管を作る働きを助けることによって勃起力を回復させる。痛みも副作用もなく、これから主流になるのではないかと言われているが、一回につき約二十分の照射を間隔を空けて定期的に行い、一か月から三か月ほどの時間を要する。つまり、二週間先のデートには間に合わないので、今回は却下せざるを得なかったということだった。

また、最先端の治療として、再生医療のひとつである『幹細胞治療』という方法もあるそうだ。基本的には自分の幹細胞を培養し、抽出した培養上清液を陰茎に直接注射して、内皮細胞を再生し、勃起に必要な機能を根本的に改善する。しかし、まだ研究段階の部分も多く、一〇〇％安全というわけではないらしい。

私は万江島氏の話を聞きながら、二つのことを考えていた。

ひとつは、彼の話しぶりが、膀胱がんになり陽子線治療を受けた親戚の男性と似ていることだった。世の中には、自分の病気をまるで「推し」のように調べ尽くすオタク気質のある人がいるようで、二人とも専門家のように治療法を詳しく説明してくれるのに少々驚いたのだった。

もうひとつは、彼の話すインポテンスの治療方法が、「若返り」を目指す美容医療と重なる部分があるということだった。美容医療の分野でも『幹細胞治療』が行われていると聞いたことがある。また、高周波電流や超音波などを照射して顔のたるみを取る治療があり、定期的に照射しダウンタイムの期間が必要なので、即日に効果が出るわけではないのも同じである。

「私の執刀医から薦められたのは、薬剤を陰茎海綿体に直接注射する方法です。これは前立腺がん治療後の重症ED患者にも効果があると言われているのですが、先進八か国のなかで日本だけがまだ認可されていないそうです。これまでお話しした方法の中では最も即効性があり、注射して五分から十分ほどで勃起し、一時間から二時間持続します。ただ、即効性があるということは、医者から注射してもらったらすぐにベッドに向かうか、もしくは自己注射を覚えなくてはならないのです」

「自分で注射をするということですか？」

私の叔母が長く糖尿病を患っており、自分でおなかのあたりにインスリン注射をしているのを見たことがある。

「そうです。その自己注射も日本では認可されていないのですが、学会が認めた性機能専門医の指導を受ければ可能です」

「万江島さんは指導を受けたのですか」

「病院に行って、薬剤も注射してみたんですけど」

そこで言葉が途切れる。

「結論から言うと、インポテンスは治っていません。それなのにホテルまで来てしまい、愉里子さんには申し訳なく思ってます」

一瞬にして気まずい雰囲気になる。

「そんな、謝らないでください。治療がうまくいかないことだってあります。万江島さんのせいじゃないんですから」

万江島氏は口元に手を当て、窓の外に目をやった。私もつられて外を見る。漆黒の夜空に、白とスカイブルーの光で彩られた細長い東京スカイツリーがはかなげに立っていた。

万江島氏が大きなため息をつく。

「愉里子さんには嘘がつけませんね。ごまかそうかと思ったんですけど、やっぱり本当のことを言います。治療がうまくいかなかったわけではないんです。試しに打った薬剤は効果がありましたし、副作用もなかったんです。でも、最後の最後で、僕から断りました」

「なぜ？」

万江島氏は顔をしかめてしばし言い淀んだが、意を決するようにして言った。

「注射が怖いんです」

私は息を呑み、そのまま、表情を動かさないように努める。

「こんな年なのにお恥ずかしい話ですが、注射を打たれるとき、針を刺すところを見ることができないんです。必ず顔をそむけます。そんな奴が自己注射しようというんですからね。がんばってやってみようとしたんですが、針を見ただけで動悸がして、気持ち悪くなってきて、どうしても無理でした」

さっきまで堂々たる社長然としていた万江島氏が、叱られた小学生のように肩を落としている。私は立ち上がると、椅子に座っている万江島氏の肩に両手をまわし愛情を込めてハグした。お互いに顔は見えない。

「その努力、お気持ちだけで充分です」

「愉里子さん」

「はい」

「肩がふるえてません?」

「……すみません。かわいらしくて、笑っちゃいました」

いじらしくて抱きしめたくなったのも事実なら、いきなり笑ったら悪いと思い、ハグして顔を隠したのも事実だ。

「笑うしかないですよね」

万江島氏のからりとした声を聞いて私が身体を起こすと、万江島氏は私の手を取り、さっきまで座っていた椅子ではなくカウチタイプの長椅子に座らせる。万江島氏がここでおおいかぶさってくるのかと思いきや、彼も私の隣に座る。私たちはお互いの片膝が触れ合う感じで向き合う。

「これから先は、愉里子さんのお気持ちに従います。どんなことでも僕は受け入れます」

私は迷うことなく言った。

「万江島さん。私はあなたに抱かれたい。裸になって抱き合いたいんです。それはずっと前から願っていたことですし、こうしていろんな話を聞けば聞くほど、あなたのことがもっと好きになりました。……あの、正直に言っていいですか」

「どうぞ」

「さっき、手の甲に唇を押しつけられたときから、私の身体はすっかり準備が整っています」

私の声が少しかすれてくる。

「あなたに私の身体をさわってもらいたい。私もあなたの身体にさわりたい。そして、私たちは最後にはどうなるのか試してみたい。新しいことに挑戦するみたいでわくわくします」

「……期待通りの結果にならないかもしれませんよ」

万江島氏が冷静に、少しなだめるように言う。私は自分を鼓舞するつもりで言った。

「私も、本当は不安のほうが大きいです。だって私のほうは、女性の最終兵器、と言ったら大げさかもしれないですけど、ヴァギナが使えないわけですからね。それでも万江島さんを気持ちよくすることができるかしらって、今、とても緊張してます」

そして彼を強く見つめる。

万江島氏は私の両手を握ると、小さく上下に振った。

「セッセッセ、知ってます？」

「えっ？　……ええ」

「じゃ、やってみましょう。はい、セッセッセーのヨイヨイヨイ」

二人でつないだ手を交差させると、万江島氏は言った。

「巌流島《がんりゅうじま》で戦うわけじゃないんだから、そんな怖い顔しないで」

私はびっくりして手を離しそうになるが、万江島氏は握り続ける。

「……そんな顔してました？」

「この勝負、絶対負けられないって顔してました。ロートルが現役に敵うわけないんですから、勘弁してください」

私は手をつないだまま下を向いてしまう。万江島氏に「愉里子さんとのセックスは最高だ」と思われなければダメなのだと、我が身のことばかり考えていた。自分が彼よりもほぼ二十歳も年下で未熟であることを思い知り、また顔を上げる。

「ごめんなさい……負けられないっていうより、失敗できないって、そればかり考えてました」

「うまくいかなくてもいいじゃないですか。一緒に一晩すごせるだけで僕にとってはもう大成功なんです。リラックスして楽しみましょう」

万江島氏は私の身体をゆっくりと押し倒していった。

そうして月曜を迎え、仕事用のグレーのセットアップを着て地下鉄に乗っているのに、私はまだ万江島氏に酔っていた。

交わった後にシャワーを浴び、別れてから二十時間以上経っているのに、ふとしたときに私の身体のどこからか、万江島氏の匂いが立ちのぼってくる。錯覚のはずなのにそれはとてもリアルで、私は突然、二人ですきまのないように身体を密着させ、からませあい、こすりあわせていたことを思い出し、ひとりで勝手に顔を赤らめる。万江島氏の匂いだけではなく、彼の皮膚の感触、手足の重み、声の響きが全身にまとわりついていて、まるで透明な膜に覆われて目の前の世界と隔離されているような、ひとりだけまだ別の世界にいるような気分になる。

あれは確かに新しい、今まで体験したことのないものだった。だから最初は戸惑った。これまでの性の営みが、目的地を目指して直線的に、あるいは螺旋《らせん》状に突き進むものであるとすれば、あの交わりは終わりのない円環だ。喩えるなら、サビのあるポップミュージックとクラシックのカノンを比べるようなものだろうか。明確な終わりがないから(絶頂に達したら一旦終了というのはペニスの都合であり、女性は絶頂に達してもそのままセックスし続けることは可能である)、レズビアンの方たちのセックスと似ているのかもしれない。であるから、急ぎすぎると良くない。わき目もふらず一所懸命というのもつまらない。ゆっくりと穏やかにほどほどに、途中で休憩したりお酒を飲んだりおしゃべりしたりして、じんわりじっくりと味わっていくうち、何かの拍子に思いがけない快楽が降りてくる。それは一昨日が私たちにとって初夜だったからであり、慣れてくればもっとペースがつかめるだろう。

でもそんなまろやかな快楽よりも、朝の光が入る開放的なバスルームで万江島氏が真っ白なタオルを腰に巻き、上半身裸のまま髭を剃っている後ろ姿のほうが鮮烈に思い出されたりもする。海が見える高台に長年住んでいる人らしく、太陽に馴染んだ両肩には大小のシミがちらばっている。姿勢の良さに品位を感じるものの、背中全体はうっすらとついたぜい肉が下に向かって垂れ、ハの字の筋を描いている。けれども、そんな背中と筋肉がまだしっかりついている太めの二の腕や脛《すね》との対比が不思議とセクシーであり、そういう老いをさらけ出しながら髭を剃るという男にしかできない行為を粛々と行っているところに、ホテルの上質な白いタオルに負けない、年月を重ねた男の確かな存在感があった。

電車に揺られながら週刊誌の中吊り広告を眺めていると、歌舞伎役者の艶聞《えんぶん》が見出しになっていて、私はふと四代目坂田藤十郎を思い出した。あれは歌舞伎座で観た『京鹿子娘道成寺《きょうがのこむすめどうじょうじ》』だと思うが、七十代の彼の後ろ姿が正面にも増して若々しく、妖艶で、目を奪われたのだった。後ろ姿こそごまかしがきかず、その人の本質があらわれるのだろうか。背中のたたずまいの若々しい人が、真に若い人なのかもしれない。

その一方で、万江島氏があんな濃厚な一夜を過ごしたにもかかわらず普段と変わらない朝の支度をしているところに、男の神経の太さというか、私の知らない彼の人生の厚みのようなものも感じた。

五十代の私は朝が怖ろしい。夜の暗さが隠していたものが容赦なくあらわになり、一気に現実に引き戻される。「花摘み」のときも朝まで一緒に過ごすことはほぼなく、明け方にひとりだけ先に帰ることが多かった。今回もそうしたほうがスマートで、それによってより長くつきあえるのかもしれない。しかし私は、万江島氏とのつきあいにこれまでと同じやりかたを持ち込みたくなかった。

そうは言っても自分を取り繕うことは忘れず、浅い眠りのまま万江島氏よりも早めに起きて薄化粧を整え、備え付けの浴衣を着る。残酷な朝の光の中で裸をさらす度胸はないし、長年のデスクワークでつぶれてしなびたピーマンみたいになった尻は絶対に見せたくない。

私は準備万端整えたうえで万江島氏の横にもぐりこみ、屈託のない彼の寝顔を見ながら昨夜の余韻に浸りつつ、朝食はどうしよう、チェックアウトを延長しようと言われたらどうしよう、ホテルを出るのは一緒がいいのか別々がいいのか、などを考えたのだった。

それなのに万江島氏は、目覚めるとしばらくベッドの中で私を抱き寄せ、普段よりは少しくぐもった声でこれからの予定を話したが（彼は、朝食をルームサービスで一緒に食べ、約束があるので先にホテルを出たいと言い、私は素直に従った）、一旦ベッドから出ると、このホテルが自分の住まいで私が昔からの恋人であるかのように、憎らしいほどリラックスし、慣れた様子で物事を進めていった。

この男性は、想像していたよりもはるかに女性との場数を踏んでいるように思われた。が、だからと言って彼への気持ちが変わるわけではない。私という女は色事についてはそれなりに経験があり、余裕のある行動が取れると思っていたが、七十代の万江島氏の前ではまるで小娘のようにまごつき、どきまぎしてしまい、それがくやしくもあり楽しくもある。

昨日の夜は、万江島氏に送るメールの文章を考えていたら、先手を打たれたように電話がかかってきた。他人行儀な挨拶と御礼を交わした後、万江島氏が言った。

「愉里子さんの声が聞けてよかったです。この家にひとりでいると、昨日の出来事が本当にあったことのように思えなくて、何と言えばいいか……あやしうこそものぐるほしけれ、という気分になります」

ひとり暮らしの部屋でじっとしながら、こころもとない孤独を感じていた私は、万江島氏の言葉を聞いて、ああ自分だけではなかったのだとほっとした。

「おそらく、愉里子さんはこれからメールを送ってくださるつもりだったと思うんですが、うまく返事を書けそうにないので電話にしました。茶の湯の先輩に言わせると、僕は、ビジネス文書ばかり書いてきて自分の感情というものを書いたことがないから、メールの文章が下手なんだそうです。実際、自分の気持ちを書いたつもりでも、書けば書くほどそれが本心からかけ離れていく感じがして、ならばいっそ書かないほうがいいと思っているのです。ですから、今後も用件だけのメールを送りますが、それはこういうひとりよがりの理由であり、愉里子さんへの感情とはまったく関係ないので、どうぞ気にしないでください」

「ほんとのこと言うと、またそっけないメールが来たらどうしようって思ってました」

「あなたのことは誰よりも大切に思っているのですから、それだけは忘れないでくださいね」

万江島氏は照れくさいのか、じきに電話を切ってしまった。私は、物足りないとは思うものの、しばらくスマホを胸に当てて万江島氏の言葉をしみじみと反芻《はんすう》した。

電話では女を喜ばせる言葉が出てくるのに、文章にするのは苦手というのも変な感じがするが、万江島氏はこれまで、手紙やメールやＬＩＮＥを使わなくてもスムーズに女性と親しい関係をつくることができたのだろう。次に会う日も決まっており、私はその点でも不安がなかった。

会社に着いて自分のデスクに座ると、隣の席の松岡が話しかけてきた。私の向かい側の席の池田はまだ出社しておらず、斜め前に座っている部長のモリジュンは始業前なのにすでに仕事を始めていた。

「草野さん、何か今日、違いますね」

「そう？」

松岡は、観察力があるだけでなく妙に鋭いところがある。

「何かめっちゃキレイですよ！」

「やめてよ。そんなことないって」

私は、万江島氏とのことがばれてしまったかのようにあせる。

「いやほんとですって！　絶対いつもと違います、ねえ森さん」

松岡が珍しくモリジュンに話しかけ、モリジュンに背を向けていた私は振り返って彼女を見る。

「……ああ、そうかもね」

作業していたモリジュンは関心がなさそうに返事をして、またパソコンに視線を戻した。私はいつものモリジュンと違うなと思ったが、月曜の朝は気分が冴えないことも多いし、プライベートで何かあったのかもしれない。

「何でだろ。メイク変えました？　それとも高級エステとか？」

「行ってない。休日、ほとんど寝てたからじゃないかな。ねえ、松岡さんのその靴、面白いね、どこのなの？」

私は強引にこの話題を終わらせる。今日の松岡の靴は、一見すると普通の黒革のストラップパンプスだが、よく見るとつま先の部分が足袋のように二つに割れている。

「『メゾン・マルジェラ』のTabiシューズです。日本の足袋にインスパイアされたデザインで、ここのブランドの定番なんですけど、私、ジョン・ガリアーノのファンでもあるので」

「履き心地、いいの？」

「快適です。下は普通のストッキングじゃなくて、足袋ストッキングを合わせなきゃいけないですけど。意外と外国人が気に入るみたいですよ。つま先割れてるってサイコー！　みたいな」

「日本人は足袋とか下駄とか履き慣れてるけど、外国の人はそうじゃないものね」

「でもブラジルの『ハワイアナス』も人気だし、外国人だって、下駄は履かなくてもビーサン履いてるわけですし」

私は「ハワイアナス」について尋ね、松岡のスマホで公式サイトを見せてもらう。大人の女性に合う繊細なデザインのビーチサンダルがたくさんある。万江島邸のテラスでくつろぐときに履いたらいいだろうなとつい真剣に見てしまい、松岡も一緒になって検討してくれる。

「草野さん、これ似合いますよ」

「そう？　買っちゃおうかな」

「買っちゃえ買っちゃえ〜」

「話し中ごめん。草野さん、ちょっとこの見積もり確認してもらえるかな」

モリジュンが毅然とした声で話しかけ、私と松岡は話をやめる。

私は始業時間が過ぎていたことに気づき、モリジュンに「すみませんでした」と言って書類を受け取る。松岡に、また後でね、と目配せすると、松岡はうなずいた後、モリジュンの席から見えるのにわざとらしく首をすくめる。いつの間にか池田が席に座っていて、私と松岡に冷ややかな一瞥《いちべつ》を投げた。

モリジュンが製作部部長として異動することが公表されると、池田は静観の構えだったが、松岡は私と二人になったとき「同期が上司ってやりにくいですよねえ」と言った。そこには同情が込められており、陰でこそこそ言われるよりも面と向かって言われたほうがましだったが、やはりあまりうれしくはなかった。

そして先週、モリジュンが製作部に配属されると、池田は非常に好意的な態度を示し彼女へ積極的に話しかけた。逆に松岡は、距離を置いて接しているように見えた。そしてなぜか、モリジュンへの態度と反比例するかのように、私に対して以前よりも親しげに話しかけてくるようになった。

モリジュンは、松岡の態度に温度差があることを敏感に察しているはずだ。もちろん池田にも差はあるのだが、私と池田が不仲であることは私から聞いて知っているので、それほど気にしていないと思われる。松岡は、私と仲が良いことを女性部長にことさらアピールしているように見えた。それは小学校時代、クラスの中心的女子が、特定の子との仲良しアピールをすることによって他の女子を牽制《けんせい》していたことを思い出させ、私はどこか居心地が悪かった。しかしいつもだったら、さきほどのモリジュンのそっけない態度も含め、あれこれと気をもむのだが、今日はすぐにそれを忘れた。万江島氏とのことがうまくいって、あまりにも幸せだったからだ。

モリジュンから頼まれた見積もり確認をきっちりすばやく終え、十時から文芸編集者との打ち合わせを行った。

いま最も注目されている新人作家の新刊を出すにあたり、そのベテラン男性編集者は大御所デザイナーに装幀を依頼した。当のデザイナーは、気合いを入れて凝った造本を提案してきたのだが、とても採算が合わないものだった。私はデザイナーの熱意に応えるべく、採算に見合ってなおかつ見劣りのしない代替案を提案した。

「デザイナーは風合いのある紙で雰囲気を出したいんだと思いますが、採算的には厳しいです。カバーの箔押しと二度刷りのほうは何とかしますから、紙はこちらでお願いできませんか」

「そうだなあ、印刷がママでいいんなら何とか説得できるかもしれない。これから電話してみる」

編集者はその場でスマホからデザイナーに電話する。そして、カバー、帯、表紙の紙のひとつひとつを、どうしてこの紙に変更したいかを説明し、印刷だけはデザイナーの希望を死守したことを強調した。私は最初から印刷については反対していなかったのだから、死守は違うだろ、とは思うけれど、それでこだわりの強いデザイナーが納得してくれるのであれば問題ない。

「OKだってさ！　カバーの紙、いい紙だって褒めてたぞ」

「ありがとうございます！」

製作部はデザイナーと直接会うことも話すこともないが、こういうときは、こちらの思いが通じたという満足感がある。

打ち合わせが終わるとお手洗いに行き、鏡に映る自分を見る。やはり私はいつもよりキレイかもしれない。

仕事も「花摘み」も楽しいけど、好きな男性と両想いになるというのはまた格別だな、と思う。正確にいうと、私にとって「花摘み」＝恋愛ではない。だから「花摘み」をするうちに恋愛に至ればもうけもの、という感じである。たとえば、「あの人とちょっと寝てみたい」は「好き」とは別ものであり、私の万江島氏に対する想いは「何が何でも寝てみないことにはおさまらない」というものだった。それこそが私にとって、「恋に落ちた」ときなのだろう。

現代は、恋愛しなくてもいい時代である。そんなことより、推し活やアニメやゲームやおいしいものを食べることのほうが大事な人はたくさんいる。だから、若者だろうが年寄りだろうが恋愛したい人はして、他に楽しいことがある人はしなくてもいいだけである。二十一世紀において、恋愛はもはや人生の必須項目ではなく、娯楽の一種であり、だんだん廃《すた》れていく趣味なのかもしれない。恋愛している人をうらやましがったりバカにしたりするのも、家柄や学歴のある人をうらやましがったりバカにしたりするのと同じようなものであり、そういうことに囚われ続ける人はこれからも残っていくのだろうけど。

恋愛が、したい人だけがする趣味だとすれば、中高年や老年が恋愛するのを特別視するのも、もう古すぎる価値観だろう。

「老いらくの恋」というのは、昭和二十三年、六十六歳の男性歌人・川田《かわだ》順が三十九歳の人妻の弟子と恋に落ちたときに彼女へ贈った恋歌の一節「墓場に近き老いらくの恋は怖るる何ものもなし」から取られたそうだ。川田順は当時、平均寿命よりも十一歳も上であり、今の時代に置き換えてみると、九十二歳くらいである。生きてるだけですごいのに、二回り以上も年下の女性と恋愛しているのだからたいしたものである。だからもう、「老いらくの恋」という言葉は九十代以上の恋愛に対して使うということにアップデートしたらいいと思う。

そして、万江島氏と褥《しとね》を共にしてようやくわかったのだが、膣が濡れなくても、ペニスが勃たなくても、挿入を伴うセックスがなくても、人は肉体で愛を交わすことができるのだ。十年以上前に読んだ、九十四歳の宇野千代が小説のラストに書いた一文の、その何とも言えない情感を私はやっと理解できたような気がする。

二人とも、決して身動きはしない筈なのに、激しく抱き合ひ、そして裸のまま、股を合はせた。どちらが佳世の体か達吉の体か分からなかつた。音のしない、その暗闇の中で、二人はいつまでも股を合はせてゐたのである。

今の日本は、女性の二人に一人が九十歳まで生きるらしく、病気ひとつしたことのない五十一歳の私は、あと三十年も生きてしまうのはほぼ確実である。閉経し、女性器が萎縮してカラカラになっても、股を合わせるだけであと三十年恋愛ができると思えば、少しだけ心がなぐさめられないでもない。誰かに話すことは一生ないだろうけど。

そんなことを考えながらデスクに戻って席につくと、留都から突然会いたいというＬＩＮＥが来た。「海外通販で買ったシワやたるみに効く美容液、いる?」とも書いてあり、それは、買ってはみたものの自分には合わなかった化粧品をあげようか? という意味なので「いる!」と返事する。留都はいつも上品な表現と相手への配慮を心がけており、もし私が他人に「シワやたるみ」という言葉を使おうものならば「その人が気にしているかもしれないんだから、もっと違う言い方をしたほうがいいんじゃないかしら」などと言うはずなのに、この直截《ちよくせつ》的な表現はどういう心境の変化なのだろうか。

その週末の土曜の昼、私は留都と新宿にあるホテル内のフレンチレストランで待ち合わせした。

少し早めに着いた私は、予約してくれた留都のおかげで窓際の眺めのいい席に通され、ウェルカムドリンクのスパークリングワインを飲みながら待つことができた。約束時間より十分ほど遅れて、レオナールと思しき黒地にカラフルな花がプリントされたワンピース姿の留都がやってきた。私は、留都の膝から下の、長く美しいまっすぐな脚のラインに注目する。華奢でヌーディなサンダルが足の甲をあらわにしているが、でこぼこや黒ずみもなく若い女性のようにつるつるだ。義母から勧められた茶道を断りフラワーアレンジメントの講師の道を選んだのは、本人は言わないけれど、脚の美しさを保ちたいということもあったのではないかと思う。もし茶道教授を目指すことになれば、何時間も正座し続ける稽古は避けられず、脚のラインは変わっていき、足の甲には醜い正座ダコができる。

留都は相変わらず可憐で、彼女がテーブルにつくと途端に華やかな雰囲気に変わるが、その表情はどことなく硬かった。

「ごめんね、お待たせして」

「ううん、いい席を取ってくれてありがとう」

私は、少し曇った空の下、遠くのほうにぼんやりと見える東京スカイツリーを眺めながら、万江島氏のことを考えていた。

留都と乾杯し、LINEで触れていた美容液など化粧品を何点かもらう。留都はその効能の説明を終えた後、急に姿勢を正し、改まった表情になって言った。

「ゆーちゃん。私いま、半七さんとおつきあいしてます。寄席に行ってから、二人で何度か会うことがあって……その時点で話したほうが良かったのかもしれないけど、私もいろいろ悩んじゃって、やっと話す決心がついたの。報告が遅くなってごめんなさい」

留都は下げた頭をゆっくりと上げると、こちらを見つめた。私がこれから何を言うのか固唾を呑んでいる一方で、たとえ何を言われても気持ちは変わらないという意志の強さが瞳にあらわれていた。

留都のこういう表情は見覚えがあった。花束を贈ったあのフランス人男性が妻子持ちであるとわかったときだ。留都は私の「やめたほうがいい」という意見に耳を貸さなかったが、結局二人は仲違いして別れたのだった。

私は、留都が自分からきちんと話してくれたことでこれまで彼女に対してもやもやしていたことがきれいさっぱりなくなり、明るくはずむように言った。

「やっぱりそうか！　気にはなってたんだけど、こっちからはなかなか聞けなくて。ま、半七さん、かっこいいもんね」

留都がまじまじと私を見る。

「何？」

「やめろとか言わないの？　二十二歳も年下の男性とつきあうなんて気持ち悪いとか……」

「そんなこと全然思わない。これまで夜遊びすらしなかったルツがこうなったんだから、本気で好きになっちゃったんだよね？」

留都は、嫣然《えんぜん》と微笑んだ。

「五十年も生きていると、心から好きになれる人と出会えることなんかめったにないってわかる。だから、出会えて良かったねって思う。二十歳以上も年下の男性と恋愛できるっていうのも拍手喝采だよ。それ以外のことはもう、本人に任せる」

留都は小さく息を吐き、気が抜けたように言った。

「半七さんの言った通りだった」

「どういうこと？」

「ゆーちゃんは真面目な人だから、私と半七さんのことを知ったらきっと軽蔑するって私は言ったの。でも半七さんは、そんなことないよって」

「彼は、何でそんなふうに思ったのかな」

「何となくそんな感じがする、って言うだけなんだけど……」

半七は、鹿間のことも私の全裸事件もすべて、腹に納めてくれたのだ。

「それだけじゃなくて、愉里子さんも恋をしてるからたぶん大丈夫だよって。そのお相手は万江島さんっていう方で、彼もゆーちゃんにぞっこんだって聞いたんだけど」

私は急に自分の話になってうろたえる。留都がそんな私を見てうれしそうに言う。

「今日はね、その話も聞きたかったの。万江島さんって素敵な方なんですってね」

私はすぐに大きく肯首してしまい、留都がはじけるように笑う。それから万江島氏の話になる。

留都は、私に恋人ができたことを心から喜んでくれたが、自分と半七のことになると顔が曇った。

「私はね、半七さんとこうなってから、世の中の人はみんな敵なんだと思ってた」

ネットを見れば、正義を振りかざして有名人や他人の不倫を叩く言説があふれかえっている。

「そんなことないよ」

私がはげますように留都を見ると、留都は感謝のこもった目でうなずく。

「半七さんのおばあさまの艶子《つやこ》さんも、自分の孫がこんな年上の人妻を連れてきても平気で、『あなた、こんな見るからに女を騙しそうな男のどこがいいの？』って」

「ははは。万江島さんの話では、もう八十近いんだけど、とてもお綺麗な方だって」

半七の祖母は元芸妓《げいぎ》で、今は浅草で小唄の師匠をしている。若いころは伊藤深水《しんすい》の絵から抜け出したような楚々とした和風美人だったらしく、でも中身は気風《きっぷ》がよく姐御《あねご》肌なので、その人柄を慕ってたくさんの女性たちが稽古に来ているという。

「威厳があって上品なのに、話をするとギャップが大きいの。私の年を聞いていきなり、『あなた、セックスするとき痛くない？』っておっしゃるの。『あなた、空也《くうや》のもなか召し上がる？』っていうのと同じ口調で。びっくりでしょう？」

留都の口から「セックス」という言葉が出る日が来るとは夢にも思わなかった！　ＬＩＮＥにあった「シワとたるみ」など、留都にとってはもう何ほどのものでもないのだろう。

「あ、ごめんなさい」

留都は口がすべったと思ったらしく、ぽかんとしている私に向かって決まり悪げな顔になる。

「ううん、もっと聞かせてほしい。私も、気になってるから」

私は、彼女が話しやすいよう、自分も万江島氏とつきあうにあたりセックスのことで悩んでいるのだという意味を含ませ、留都はそれを察したという合図の視線を私によこした。

そのとき、若い男性の給仕係がテーブルに近づいてきた。前菜の色鮮やかな野菜のテリーヌがテーブルに置かれ、彼の姿が厨房へと消えてから留都は話し始めた。

「私、夫とは七年近くセックスレスなの。ある晩、あまりに痛いから途中でやめて、それ以来、怖くてもうできなくなっちゃったのね。でも、夫も理解してくれて、普通に仲良く暮らしているから、もうできなくても構わないって思ってた。そしたら半七さんと知り合って、もちろん誘われることもあったんだけど断り続けてたの。一線を越える勇気がなかったからそれで良かったんだけど……そんなときに、自分が悩んでいたことを艶子さんにずばりと言われたから、思わず『そうなんです』って言っちゃった」

留都がセックスレスだというのは衝撃的だったが、私は話の腰を折らないよう、無言で相槌を打つ。

「そしたら艶子さんが、女は四十過ぎると痛くなる人が多いのよって。痛いのに我慢するなんてもってのほか、今はいいお薬があって、自分にあった薬を使えば劇的に改善するから、そういうことに詳しい婦人科で診てもらったらどう？　って。女優の岸恵子さんも、七十近いお年で、そのために婦人科に行ったんですってね」

留都が言っているのは、その女優さんが書いた小説の中でのエピソードなのだが、私はただうなずく。

「私は男性医師には抵抗があるから、ネットで調べて評判のいい女医さんのところへ行ったの。私より少し年配の方なんだけど、とても親身になって相談に乗ってくださってね。私の場合は、エストロゲンを補う錠剤を処方されたんだけど……」

「効いた？」

留都が首を大きく縦に二度振る。二人同時に、にんまりする。

「それにね、膀胱炎にならなくなったの」

「それいいね！」

「膀胱炎やかゆみって、膣の乾燥が原因ってことも多いらしくて、女性ホルモンを補うことで解消される場合もあるんですって」

「へえ！　私が通ってる泌尿器科の医者はそんなこと教えてくれなかったな……っていうか、相手が男性だからっていうのもあるけど、何となく話しにくかったりする」

「私は、自分の身体やセックスについて話すなんて、ずっと、はしたないことだと思ってたの。でも艶子さんや女医さんに話すことで、悩みが解決するだけじゃなくて何だかすっきりして、自分を縛っていたものから解放されて、救われたような気がしたのよね」

私たちはその後も、五十代女性の身体について、お互いが好きになった男性について、語り合った。万江島氏のEDは、彼のプライバシーに関わることなので話したりはしない。

私も留都も、今の幸福だけを語り、未来には触れなかった。私が話さなかったのは、先のことはあまり考えていないからであり、留都が話さなかったのは、先のことは考えたくなかったからかもしれない。でもたぶん私たちは、正しさや世間体や自分の価値観を相手に押しつけることには敏感で、それをしないことで相手の恋を認め合い見守りあっているのだと思う。


茶の湯を嗜んでいると季節の移ろいや風情に敏感になり、日本の伝統行事を大切に思うようになる。九月の時期に外せないのは、お月見だ。

私の社中では、旧暦八月十五日の「十五夜（中秋の名月）」と旧暦九月十三日の「十三夜」に必ず月見の茶会が行われる。九十二歳の先生が、どちらかひとつの月しか見ないのを「片見月」と言って縁起がよくないということを、固く信じていらっしゃるからだ。

九月に行われる「十五夜」は、別名「芋名月」なので里芋や衣かつぎを模した主菓子が出ることが多く、十月に行われる「十三夜」は「栗名月」や「豆名月」とも呼ばれるので、先生が栗や小豆《あずき》を煮た善哉《ぜんざい》を作ってくださる。

万江島氏は、九月の第二週の土曜日がちょうど満月なので、その日に「月見の茶事」を催した。ちなみに、中秋の名月と満月は一致しないこともあり、今年は一日ずれたおかげで、私は社中の茶会と万江島氏の茶事のどちらも手伝うことができた。

いつもならば茶事の前の週に万江島邸に行き、打ち合わせや準備を行うのだが、社中の茶会の準備などもあって忙しく、伺うことができなかった。万江島氏も、古い友達三人だけの気軽な集まりなので大丈夫ですと言った。

今回は柿葺の三畳台目中板の茶室を使うことになった。懐石を食べてから一旦茶室の外に出たときに月の出が眺められるよう、夕方から席入りする「夕ざりの茶事」だった。

通常の茶事は初座《しょざ》が掛物だが、夕ざりの茶事では花になる。床の間にはダイナミックに割れている大壺の残欠が横に倒れた形で置かれ、その中に小さな白い月見草が活けられている。その割れた大壺のシルエットが北斎の黒富士を思わせ、ひっそりと咲く月見草の背景となっているのだ。

私が「太宰ですね」と万江島氏に言うと、彼は「ちょっとベタですが」と笑った。

「今日の客は学生時代からの友人三人でして、太宰治ファン、元野球部のキャッチャー、熊本出身、なのでこういうことに」

元キャッチャーのために、ノムさんの代名詞である月見草をもってきたことまではわかったが、熊本がわからない。

「この大壺を焼いたのは、熊本のお殿様の血を引く元総理です」

「そうでしたか！」

私は、その三人が腰掛待合に座っているのを母屋の窓からちらと見た。スーツを着た色黒で小太りの男性、長い白髪を後ろでひとつにまとめて派手なシャツを着た男性、お公家《くげ》さんのような顔に銀縁の眼鏡をかけた和服の男性と三者三様だった。彼らは小さな茶室に席入りすると、大声でしゃべり、盛大に笑った。懐石を食べながら日本酒をかなり聞《きこ》し召し、万江島氏手作りの月見だんごもぺろりとたいらげた。

懐石料理を作るのは家政婦の菱沼さんに任せ、私は母屋と茶室を往復して料理を運んだり、水屋に控えて亭主の万江島氏を助けたりした。そのため彼らと顔を合わせることはなかったが、男性四人が親しげに会話しているのを襖越しに聞いているうちにふと、「万江島氏はなぜお客様に私を紹介してくれないのだろうか」と思った。万江島氏の催す茶事でこんなことを思ったのは初めてだった。今まではどうだったかと思い返してみると、万江島氏が改めて私を客の前に呼んで紹介したことはなく、私自身もあくまでも裏方なので紹介される立場ではないという認識だった。

そこまで考えて、恥ずかしくなる。今の私は、万江島氏の恋人なのだから彼の友人に紹介されて然るべきだと思っているのだ。一方で、紹介されないのはまだつきあって間もないからか、それとも紹介するに足るほどの女性ではないと思われているからなのか、いや、茶事が滞りなく終わってから紹介されるのではないか、などと気をもんだ。

そして、空いた器を持って母屋の台所へ行こうとしたとき、母屋の廊下で、トイレから戻ってきた和服の男性と鉢合わせした。私はこちらから名乗って挨拶すべきかと思ったが、彼は正客をつとめ茶道を習っていることが窺えたので、会釈にとどめた。茶道においては、裏方が見ず知らずの正客に直接話しかけ、自ら名乗ることはない。

私は、伽羅《きやら》色の色無地の上に、白い割烹着を裾まで長くしたような水屋着を着ていた。その男性は、私の頭のてっぺんからつま先まで舐めるように見た後、口をゆがめるようにして笑い、「今度はお茶漬けだな」とつぶやいて去って行った。彼は、酒で顔が赤かった。

発言の真意はわからなかったが、私を揶揄しているのはその口調と目つきでわかった。推測するに、「今度は」というのは「今度の女は」という意味であり、彼は万江島氏の亡き妻と私を比べ、彼女のほうが比較にならないくらい素晴らしかったと言っているのではないか。やんごとなきご家庭で育った亡妻は名料亭の懐石料理で、私はお茶漬け。

私は深く傷ついた。万江島氏の仲の良い友人の発言というのが余計につらかった。自分が「お茶漬け」であることは事実だし、亡妻に嫉妬するのが無益なこともわかっているのに、氷水をぶっかけられたような気分だった。

中立《なかだ》ちになり、茶室から庭に出た彼らは、まだ暮れ切っていない明るい群青《ぐんじょう》色の空の低い位置にうす赤い丸い月を見つけ、月だ月だと子供のように声を上げた。茶室の準備が整い、腰掛待合で待つ彼らの話し声がおさまったあたりで、万江島氏が喚鐘《かんしょう》を打つ。満月の光がほのかに庭の内を照らし、そこに鐘の音が厳かに響き渡る。やがて手燭《てしょく》を持った亭主があらわれ、正客も手燭を持って枝折戸《しおりど》で出会い、お互いの手燭を交換、その瞬間に一同が無言で礼をして心を合わせる。亭主が茶席に戻ったのち、客たちは露地を雁行《がんこう》して再び席入りする。

万江島氏は、竹檠《ちくけい》と手燭だけの灯りのなかで、濃茶、薄茶と続けて点てた。三人の客は満腹のせいなのか月の光を浴びたせいなのか、暗闇のなかに溶けるような時間を思いのほか静かに過ごし、正式な茶事に倣って茶室を出るとそのまま帰った。元キャッチャーの派手なシャツを着た男性が下戸《げこ》なので運転手を引き受け、太宰ファンの小太りの男性と熊本出身の和服の男性を自分のレンジローバーに乗せて帰っていった。万江島氏は私を彼らに紹介することはなかった。

私は沈んだ気持ちのまま片付けを始めた。茶室のほうは万江島氏がやると言い、私もあまり万江島氏のそばにいたくなかったので、菱沼さんを手伝うために台所へ行く。

菱沼さんは手際がいいので、私が行ったときはほぼ洗いものを終えており、今はテーブルの前で懐石料理に使った漆器を布巾で拭いていた。私も隣に並んで同じように漆器を拭く。時計を見ると八時近かった。

「これから食事をすれば帰りが遅くなるから、泊まっていくんでしょ?」

菱沼さんが、こちらを見ずにさりげなく尋ねる。

「はい」

私はこのタイミングで、菱沼さんに私と万江島さんのことを話そうと思い、菱沼さんを見ると彼女もこちらを見た。

「私ね、巽さんと愉里子さん、結婚したらいいのになーって思ってんの」

私は武蔵野蒔絵《まきえ》の煮物椀を落としそうになり、あわてて両手でつかみ直す。

「おっ、セーフ! それね、春海藤次郎《はるみとうじろう》が発注したお椀なんだって」

「あの春海バカラの?」

「そう。あとで箱書見るといいわよ」

私は話しながら拭かないほうが良いと思い、お椀をテーブルに置く。菱沼さんはそれとは別の吸物椀を拭きながら言う。

「巽さんの兄弟とか親戚とか、茶の湯仲間とか御学友とかがあーだこーだ言うだろうけど、そんなの気にしないで、巽さんだけ見てればいいのよ」

私は煮物椀の蓋に描かれた、大きな丸い月と尾花を見ていた。

「愉里子さんどうした？　私、何かまずいこと言った？」

「あ、いいえ」

「巽さんと何かあった？」

「いいえ。あの、えっと、結婚なんて全然考えてなかったから」

それは本当のことだった。自分のペースで生活したい私は結婚に向いていないし、この邸宅に自分が住むことも想像できなかった。

「そうなの？　まあねえ、そんな面倒な家に今から嫁入りするのはいやだって気持ちもわかる。それに、結婚したと思ったらすぐ介護っていう可能性もまったくないわけじゃないけど、でも、二人はとってもお似合いだと思うのよねー」

菱沼さんは軽い調子で言った。菱沼さんは裏表のないさっぱりした人で、それでいてプロの家政婦としての細やかな配慮もできるから、おそらく、「私はあなたたちの関係をわかっていて応援しているので、これからは私に気遣いは無用です」ということを伝えたかったのではないかと思った。

「愉里子さん見てると、料理も上手なんだろうなって思うし」

「いいえ、菱沼さんや万江島さんのようにはとてもとても」

すると、菱沼さんはくすっと思い出し笑いのような笑みを浮かべてから言った。

「いつだったかなあ、急用でこちらに突然お邪魔したら、巽さん、ごはんにマヨネーズかけて食べてたの。びっくりでしょう？　おかずだってたくさんあるのに、どうして？　って聞いたら、これ意外とイケるんだよ、なんて言うの。奥様が料理しなかったからその名残かもしれないし、とにかく、食べ物にはうるさく言わない人だから、その点は気にしなくて大丈夫よ」

万江島氏が手作りした和菓子や料理はどれも味付けが繊細だったから、彼自身は味に敏感な人だと思う。ごはんにマヨネーズは、妻を思い出すよすがなのかもしれない。

片付けを終えた菱沼さんは、万江島氏に挨拶して自宅へ帰った。万江島氏と私は、順番にお風呂に入って着物から洋服に着替え、菱沼さんが用意しておいてくれた二人分の軽食とお酒と手燭を持って裏庭に出た。さっきからずっと鳴いていたはずの虫の声がくっきりと聞こえ、私はようやく緊張がほどけたことに気づく。

「少し雲が出てきましたね」

万江島氏の言葉を聞いて空を見上げると、満月には雲がかかってはいないものの、西のほうから、白色だったり灰色だったりする少し厚みのある筋状の雲が徐々に広がり始めていた。

万江島氏が先導して、裏庭の奥にあるなだらかな階段を上がる。夜露で湿った土からひんやりとした冷気が立ち上り、ときおり吹く風も心地よく、単衣の着物が汗ばむような昼間とは打って変わった涼しい秋の夜だった。

小高い丘の上に出ると、白いマッシュルームのような小さな離れに入る。今日は、廊下の突き当たりにある部屋に案内された。

ドアを開けると、そこは三方がガラス張りになっている八畳の和室で、正面は海に向かってウッドデッキを張り出した「月見台」となっていた。万江島氏はデッキの上にラグやクッションやブランケットを置き、料理と酒をセッティングしてあっという間に月見の宴を調《ととの》えた。

私たちはビールで乾杯し、日本酒に替えて肴をつまむ。

「愉里子さん、お疲れですか」

口数の少ない私に、万江島氏が尋ねる。

「そうですね」

目の前には、大海原にゆらめきながらこちらへまっすぐに延びている、銀色に輝く月光の道があった。そして、私の大好きな万江島氏がそばにいる。これ以上私は何を望んでいるのだろう。今は何も思いわずらうことなどないではないか。

私が万江島氏に微笑むと、万江島氏は私の身体を引き寄せた。そして、こちらの頭を自分の膝に乗せ、私を横たわらせた。

「少し休むといいですよ」

私は、万江島氏に膝枕をしてもらう。虫の音《ね》と遠くの波音がまざりあう調べが聞こえる。

「あ、雲が」

ひとすじの灰色の雲が満月にかかり始めた。

「月も雲間のなきは嫌にて候」

万江島氏はそう言って、私の頭をゆっくりと撫でている。

7

目が覚めて瞼《まぶた》を開いたのに、何も見えなかった。瞼を閉じて、それからまた開いてみても、目の前が何も変わらなかった。

こういうことは、昔にもあった。小学生のころ、ガールスカウトの全国キャンプで戸隠《とがくし》村に行ったときのことだ。消灯時間になりテントのなかで明かりを消すと、目を開けても閉じても景色は同じ、黒色しか見えなくてびっくりした。人生で初めて体験した正真正銘の暗闇が、怖いというよりは面白くて、目を何度もぱちぱちさせたものだった。

そして今もまた、小さな灯りはもちろん、遠くからのかすかな光すら届いていない真っ暗闇のなかにいるのだ。

あれ？　私はいったいどこにいるのだろう？

ここがどこなのかわからない。自分の家ではないことだけは確かだ。なぜこんな暗闇で寝ているのかわからず、少々当惑する。まずは身体を動かさず、眼だけを動かした。暗さに慣れるうちに、筋のようなものが見えるようになり、やがて、壁の三方がガラス張りになっている部屋にいることがわかった。

それでようやく、ここは万江島氏の敷地内にある離れであり、昨日泊まったことに気づく。

昨晩は、満月があたりを睥睨《へいげい》するかのように部屋のすみずみまで光を行き渡らせていたのに、その月は、もうこちらからは見えない西の空へと行ってしまったのか、あるいは厚い雲が空を覆ってしまったのか。ガラスの向こうは、空と海との区別もつかない、ただ黒ぐろとした空間が広がるばかりだ。

壁がなくて守られていない感じがするから、その空間を見つめていると少し不安になる。そこから視線をそらし、横を向くと、うすぼんやりとした暗がりのなかに黒い塊が見えた。目を凝らすと、隣の布団に万江島氏が寝ていた。息が止まるほど驚いた。寝息を立てることなく、仰向けのままひっそりと眠っているから、今まで人のいる気配を感じなかったのだ。

彼の家なのだからそこに寝ていても何の不思議もないのに、意外な感じがした。

今の私は素っ裸である。でも、布団の中は寒くも暑くもなく快適だ。裸でいるのは、万江島氏と寝たということである。

昨晩、ガラスの向こうの「月見台」で日本酒を飲みながらお月見をしているうちに、私が眠くなってしまったので、こちらの八畳へ移動した。万江島氏が手早く布団を敷き始めたのを、私は気が利かない女のようにぼうっと突っ立って見ていたのを記憶している。あのとき、敷いた布団は一組だけだったはずだ。

布団が敷かれると、酔っていた私は自分でどんどん服を脱ぎ、裸になって布団に入った。今から思うと赤面ものだが、万江島氏は「大胆で、率直で、愉里子さんらしくていいです」と笑ってくれた。

服を脱いだ万江島氏も、布団にもぐりこんだ。裸で抱き合うと、高まってくるものがあるというよりは、万江島氏のしっとりとした肌と、大きくてあたたかいものに包まれている感じが心地よく、自分の帰るべき場所に落ち着いたような気持ちになった。

何度も唇を重ねた後、目を開けた。私たちは、肩から上はむき出しになっていて、万江島氏のうっすら伸びた髭の白髪が月明かりで光った。

「すみません……月の光があかるくて、何となく落ち着かないんですけど」

私の顔も月明かりに照らされてると思うと、怯えすら感じる。

万江島氏は、頭《こうべ》をめぐらして月の出ている方角を見た。

「今は雲の切れ間から月がのぞいていますが、もうしばらくすれば雲に隠れてしまいますよ」

「はい……」

私は顔を隠すようにうつむいた。すると、彼は私の背中にまわしていた手をはずし、私の両目を覆った。

「ブラインドを下ろせばいいんですけどね。でもとても気持ちがいいので、ここから出るのが少々億劫で」

「ええ。離れないで、そばにいてください」

私は、万江島氏の両手のあたたかさを瞼に感じながら、万江島氏のもう片方の腕に頭をあずけた。私のほうこそ、万江島氏の両目を隠したいのだけれど、どうでもよくなってきた。

やがて、万江島氏が言った通りに月明かりが消え、あたりは闇に沈んだ。

そして私は、眠ってしまったのだった。何もせずに。

ああ！　なんたる失態！

初めて身体を重ねてからまだ一か月も経っていない、大事な二回目なのに。しかも、万江島氏の家で初めて二人きりで過ごす夜であり、美しい景色が眺められる贅沢な部屋で同衾《どうきん》したにもかかわらず、私は疲れてぐうぐう寝てしまったのだ。まさに気力体力に欠けるおばさんではないか。

もしいびきなどかいていたら最悪だ。

私は布団の中で身悶えした。隣に気づかれないように。

むかし読んだ小説に、いつも、これがこの人との最後、と思いながらセックスするという女性がいた。若い頃はその潔さに憧れたが、五十一歳の今はもう少し切実だ。

同年代の知人や友人が、ひとり、ふたりと、病に冒され、動けなくなったり亡くなったりしている。男と女の関係はうつろいやすいうえに、この年になると、いつ何が起こり、どんなことで終わってしまうかわからない。だからこそ、会うたびに、今日が最後かもしれないという気持ちで、彼とゆっくりといつくしみあいたかった。それなのに……。

目覚めたら、その男の存在すら忘れ、どこにいるのかもわからないのだから、相当深く眠っていたものと思われる。セックスでオーガズムに達すると熟睡できるのは経験として知っているが、好きな男の肌に触れながら眠るだけでも、充分効果があるのかもしれない。

でも、そういうことではなく、私はひとりきりに慣れ切っていて本質的にエゴイスティックであり、深い眠りから覚めた時点で、どんなに愛する男や家族であっても他者のことなどすっかり忘れている人間なのかもしれない。

そんな私でも、今、隣に万江島氏が寝ているだけで、ひどくなぐさめられているのだった。

このガラス張りの和室は、海を望む崖から張り出したように建てられている。周囲に民家がないから人目を気にしなくていいのはありがたいが、もしこの部屋でひとりきりで目覚めたら、崖の上に置き去りにされたように感じたかもしれない。何より、彼がセックスもせずに眠りこけてしまった私に幻滅し、自分の寝室に戻ってしまったのではないかと思っただろう。

私は、彼の寝室には行きたくなかった。もし寝室に誘われたらどうしようと思っていたら、このような離れの一室を用意してくれたのだった。

彼もまた、私という新しい恋人を、すぐに自分の寝室に引き入れたりはしない人だった。月見の茶事に訪れた親しい友人に、私を恋人だと紹介しない人でもあった。傍目には、ただのお手伝いの女性には見えないはずなのに、そしておそらく、私がいない時にそういう話題が出たと思われるのに、彼は見事にスルーした。あくまでも正式な茶事のように、私を半東《はんとう》として処した。私にくどくどと言い訳もしなかった。それが、彼の属する世界での当たり前の振る舞い方なのかもしれない。

彼は思いやりがある一方で、裕福な家に育ち社会的地位も高い男性ならではの冷徹さを持ち、親しい人に対しても一定の距離を保つところがある。私と同じ布団ではなく、もう一枚布団を敷いて寝ているのも彼らしく、好ましくもあり物足りなくもあった。

それでも、万江島氏が隣にいるのは私への愛情だということが、今は、はっきりと感じられた。万江島氏は、亡き妻と長年暮らしていたこの敷地内で眠っている私のそばにいて、私を何かから守り、私が目を覚ましたときに、不安になったりさびしくなったりしないようにしてくれたのではないか。

どんな言葉よりも、彼が隣で寝ていることに、私は深い喜びを感じた。

万江島氏は、おもむろに寝返りをうち、私の布団のほうへ顔を向けた。何の心配もなさそうな穏やかな寝顔。しばらく、じっと見る。まぎれもなく私の大好きな人であり、手を伸ばせばすぐそこにいるのに、実は何ひとつ知らない、はるか遠い他人のようにも思える。

すると、何の前ぶれもなく万江島氏が目を開いた。

「あっ、起きてたんですか？」

「いや……」

彼はまどろんでいるのか覚めているのかわからない目でこちらを見ている。ふいに掛け布団の端を持ち上げ、自分の隣が空いているのを示し、おいで、と言った。

私は言われた通りに動いた。

彼は、上半身はふっくらと私を抱きながら、下半身は太い足をからませてきた。その重みと股のあたりのざらっとした毛の感触が、壮年の男のように猛々《たけだけ》しい。

けれども、こういうときに否応なしにこちらの肌に触れてくる、あるいはこちらの肌を濡れさせる、男の股の間にある高まりはない。

まだ明けていないこの暗がりのなかで、私たちは触れることでしかお互いの存在を確かめられないように、熱心に抱き合う。万江島氏は私の身体にかぶさってきて、唇と舌と指で私を愛撫した。私もそれに応えようとすると、手で軽く押しとどめられる。

いつのまにか布団ははぎとられていて、靄《もや》のような薄闇におぼれないように私は彼の片腕をつかんでいた。やがてそれはお互いの指と指をからませた形にかわり、彼はそうしながら私の股を押し広げ、湿ってふくらんだところへ舌を差し入れた。肉厚の生きものが、糸を引くように蠢《うごめ》きながら獲物を狙う。急所に到達してからは、ゆっくりと、容赦なく、貪《むさぼ》るように動いた。それは執拗に長く続き、私は何度も声を上げた。

果てても終わらず、次は指だった。深いところと浅いところを同時に刺激するために両手が使われ、攻めぬかれた。私はどうにかなってしまいそうで、つらくて怖くて恥ずかしくて、泣き声のまじった声でやめるように頼むが、その動きは止むことがなかった。どれくらいの時間、そうしていたのかわからないが、私はこれまでの人生で経験したことのない忘我に達した。たぶん、恐ろしい声と形相で果てたのではないかと思う。

そのときの万江島氏は、服を着ているときの彼とは違っていた。男が女をねじふせるという感じであり、征服という言葉がふさわしかった。ここにいるのは男なのだ、男根というものが役目を果たさなくとも、ゆめゆめみくびるではない、という無言の響きが天井から降りそそいでいるようだった。

終わったあと、介抱されるように抱かれた。それからの万江島氏はやさしかった。気がつけば空は明けていた。

私は少し休んだあと、シャワーを浴びたいと言った。しかし、離れにはシャワーがなく、母屋に行かなくてはならなかった。

服を着て、曇り空の下、小高くなっている丘から裏庭へと降りた。裏口から母屋に入る。台所の横を通ると、テーブルの上に茶事で使っていた塗りの椀が整然と並べてあるのが目に入り、すっと身体が冷えた。

母屋に来てはいけなかった。さっきまで離れで繰り広げられていた行為が、とてもいけないことのように思えてしまう。セックスという行為そのものを汚らわしいとはまったく思わないが、茶の湯の場であるこの万江島邸の母屋にその匂いを持ち込むのは、私には耐えがたかった。しかし、若いときならいざ知らず、性愛の濃厚な残滓《ざんし》をまとわせながら、家に帰るまでシャワーを浴びないという選択もなかった。

私は急いでシャワーを済ませ、母屋に置いてあった自分の荷物を手に取り、「今日はこれで帰ります」とメモを残して万江島邸を出た。

どうしてそんなことをしたのか、よくわからない。たぶん、いろいろと混乱していたのだと思う。私は自分が思っているよりはるかに、弱くて臆病だった。


週が明け、朝、会社に行くと、モリジュンと池田が打ち合わせブースに座って談笑していた。いつもぎりぎりに出社することの多い池田にしては珍しい。彼はマイタンブラー、モリジュンはスタバのトールサイズのカップを手にしている。ときおりモリジュンの大きな笑い声が聞こえ、とても打ち解けた様子だった。私は、異動してまだ間もない新部長が部下と仲良くやっているのを喜ぶべきなのに、彼女が私の嫌いな池田を難なく受け入れていることがおもしろくなかった。

給湯室に行くと小澤さんがいて、濃厚きのこポタージュのカップスープにお湯を入れていた。

「おはようございます」

「おっ、ナイスタイミング」

「お願いしまーす」

私は、持っていたドリップパックをマグカップにセットし、小澤さんにお湯を注いでもらう。

二人で湯気の立ったカップを持ち、ゆっくりとすすった。

「きのこですか。秋ですねえ」

「おととい、栗ごはん炊いたんだよね。栗、剝《む》いてたら、ほら」

小澤さんが絆創膏を貼った左手の親指を見せる。

「大丈夫ですか。栗の皮、硬いですからね」

「熱湯に浸したんだけど、やっぱ硬かった。けっこうざっくりやっちゃって今も痛くてさ。でも、取り寄せたもち米入れて、今年はうまくできたんだよね。前の家だったら、草野ちゃんにも持ってってあげられたんだけど」

「ざんねーん。私、今でも、あのときは楽しかったなあって思い出します」

「私も。でもねえ、あそこに家族七人は無理だし」

小澤さんは、以前、私のマンションの近くに住んでいた。料理好きなので、夕食に招いてくれたり、ひとり暮らしの私におかずを分けてくれたりした。その後、すでに二人の子供がいた小澤さんは双子を産み、ひとり暮らしだった実母を呼び寄せることにして、みんなで郊外のほうへ引っ越したのだった。

「ちょうど新実のとこに行く予定だったから、そっちに持ってった」

「新実さん、その後、どうです？」

二か月前、くも膜下出血で倒れた新実さんが、今はリハビリに励んでいるというのは小澤さんから聞いていた。左半身に麻痺があるものの、それほど重篤ではなく、訓練すれば日常生活も一人でできるようになるので、仕事に復帰できる可能性は高いということだった。

「うん、リハビリは順調で、もう片手でパソコンを打つ練習もしてるんだって」

「すごいじゃないですか。後遺症、ひどくなくてよかったですね」

小澤さんの目元が、少し翳った。

「身体的な機能はそうなんだけど」と言って、声をひそめる。「感情の起伏が激しくなっちゃってね。何てことないことでいきなり怒鳴ったり、そのあとで急に泣き出したりして……たぶん、高次脳機能障害なんだろうけど、奥さんがかなり参っちゃってる感じで」

脳の怪我や病気の後、高次脳機能障害の一例として、性格が変わってしまうというのは聞いたことがあった。

「新実さんが怒鳴るなんて、ちょっと、想像つかないです。超が付くくらい温和な人だから、奥さん、ショックが大きいんじゃないですか。もちろん、本人が一番つらいんだろうけど……」

「新実は早く仕事に復帰したいみたいだけど、私はあせらないほうがいいと思うんだよね」

この給湯室で、新実さんによくコーヒーをご馳走になった。

会社にコーヒーミルとドリッパーを持参し、豆からコーヒーを淹れるのは、決して格好をつけていたわけではない。あれは、常に他人の顔色を窺い、気を遣いすぎるほど気を遣う新実さんが、会社でひと息つくための大事な時間だったのではないか。私もまた、新実さんの淹れたコーヒーやその香りに、ささやかではあるけれど何度となく助けてもらったことがあったのだ。

「もしよかったら、小澤さんの都合のいいときに、私も一緒に新実さんに会いに行きたいんですけど、どうでしょうか？　倒れてからお見舞いにも行けなくて、ずっと気になってたんです。元部下から、ゆっくりリハビリして体調整えてください、復帰されるのを待ってますって聞いたら、少しは気持ちも楽になるかもしれない」

入院中は治療第一ということもあり、局長が代表として病院に行き、私たちはお見舞いを控えたのだった。

「ああ、それいいかも！　草野ちゃんのこと頼りにしてたから、きっと喜ぶよ。私が何か言うより、かつての部下から冷静に話してもらったほうが、あせらなくなるような気がする。あと、この話は」

小澤さんが唇に人差し指をつけたので、私はうなずく。もし新実さんの今の状況が変な噂となり、会社復帰に何らかの影響が出てはまずいだろう。

「新実に話してみるね。ありがとう、じゃお先」

小澤さんは飲み終わったカップをゴミ箱に捨て、給湯室を出て行った。私は、小澤さんから御礼を言われたことに、一瞬、ん？　と思ったが、身内のように彼のことを心配しているのであり、同期というのは特別な関係だとも思う。

半分だけ飲んだマグカップを持ってフロアに戻ろうとしたら、まさしく私の同期であるモリジュンが、スタバのカップを持って給湯室に入ってきた。私が立ち止まると、モリジュンは私を見てちょっと躊躇したようだったが、カップのコーヒーをシンクに捨てながら言った。

「池田が買ってきてくれたんだけど、朝はあんまり食べないから、コーヒーもこんなにたくさんは飲めなくて。これ、内緒ね」

「うん」

久しぶりにモリジュンと二人きりになったので、少し話がしたかったところ、向こうのほうから話しかけてきた。

「クサノはいつもここでコーヒー淹れてんの？」

「うん。家ではソイラテ飲んでるんだけど、会社に来たらブラックが飲みたくなるんだよね。で、節約のためにパックを買い置きしてる」

「そうか。アタシはまだ、朝から出社するのも、ずっと社内にいるのも慣れなくて。午前中は必ず一回外に出て、コンビニ行って飲み物とか買ってる」

異動してから初めて、モリジュンの弱音らしきものを聞いた気がする。

「適当に息抜きしたほうがいいよ。モリジュンが製作の仕事をしっかり覚えて、チームの一員としてやっていこうって思っているのはみんなわかってる。松岡も好意的に受け止めてる」

「ほんと？」

モリジュンが勢い込んで尋ね、私はうなずく。松岡は少なくとも、私の前で批判めいたことは一度も言っていない。モリジュンは見るからにほっとした顔になる。

そこへまた、小澤さんがやってきた。私とモリジュンがいることがわかると、廊下に立ったまま声をかけてきた。

「ちょっとごめん。草野ちゃん、そこらへんに私のボールペンない？」

見ると、台の隅のほうに、小澤さん愛用のボールペンが落ちていた。私が渡すと、小澤さんは私に「サンキュ」と笑顔を見せ、すぐに立ち去った。

「そういえば、新実さんって退院してからどうしてんのかな？」

モリジュンが尋ねる。

「元気なの？」

「リハビリしてるってのは聞いてるけど」

「そうなんじゃないかな」

「小澤さんは何て？」

「いや、別に」

「そうなの？　クサノ、小澤さんと仲いいのに」

「そういう話は特にしてない」

「ふうん」

　モリジュンが何となく不審そうな目でこちらを見るので、私は腕時計に目をやる。もう始業時間だという顔つきをして、その場をさりげなく離れる。

　モリジュンの聞き方は、新実さんを心配しているというよりは、彼の現状について探りを入れているのが透けて見え、あまりいい気持ちがしなかった。ついさっきまで、昔の仲の良さが戻ってきたように感じ、近いうちに二人で飲もうという話もしたかったのに、ちょっとしたことがきっかけでまた気持ちが変わってしまった。

　同期のなかでは一番仲のいい女性だけれど、たまにしか顔を合わせないのと、毎日上司と部下としてつきあうのとでは関係性が変わってきており、難しいものだなと思う。

　そしてまた、もうひとつの難しいことである、万江島氏についても考える。万江島邸からこっそり帰り、家路に向かう途中、万江島氏から電話があったのだった。

　何かあったのかと心配しているような口調だったので、私は、

「ご心配おかけしてすみません。あのあと、あなたと顔を合わせるのがどうにも恥ずかしくて、こそこそと逃げてしまいました」

　と努めて明るく言った。万江島氏は、

「頼みますから、これからは黙って帰らないでください」

とこれも努めて明るく言う感じで、お互いにそそくさと電話を切った。二人とも、肝心なことは何ひとつ話していないと思った。

月見台にいたときの親密な感じは、もう消えていた。

それは、黙って帰ってしまった私のせいである。そんなことをするべきではなかったし、それでも帰ってしまった理由も自分なりにわかっているが、正面から向き合うのは気が進まなかった。

すると、その翌日。

午後二時過ぎに、会社の代表電話を通して知らない女性から電話がかかってきた。

その人は、北川《きたがわ》すみれと名乗り、万江島巽さんのことについて、会って話がしたいと言った。

「恐れ入りますが、そちら様はどういったご関係なのでしょうか」と尋ねると、十年以上親しくつきあっているということだった。仕事中ということもあり、詳しいことは後日確かめることにして、会う日時と場所を聞いて電話を切った。

声の感じは二十代後半から三十代。落ち着いた口調だったが、緊張し、気負っているのがひしひしと伝わってきた。平日のこんな時間にかけてくるのだから、会社員などではなくフリーターや自由業だろうか。もしかして主婦だったりして。

万江島氏につきあっている女性がいることがわかっても、意外な感じはしなかった。しかし、思ったよりも若い女性で十年以上の関係だと言われたことに、少なからずダメージを受けていた。

一方で、そういう女性から直接連絡があり、会うことができるのは悪いことではないと思った。誰かからほのめかされたり、どんな女性なのかがわからずにやきもきするよりは、すっきりする。

当然、万江島氏にこのことを話したりはしなかった。

翌週の土曜の午後、北川すみれが指定した日比谷公園のそばにあるホテルのラウンジに行った。指定の時間ちょうどに到着したが、係の人に彼女の名前を言うと相手はまだ来ていなかった。ラウンジの奥にある、四つのひじ掛け椅子が等間隔に配置された丸いテーブル席に案内された。

こういう話し合いに、一流ホテルのラウンジを予約するというのはどういう女性なのか。声が若いだけで案外年がいっているのかもしれないと身構え、自分でも気合いの入れすぎとは思ったものの、お気に入りの藤色の文久小紋と常磐《ときわ》色の御所解きの帯で乗り込んだ。そしたら呼び出した側が遅刻していて、それってどうよ、とむっとする。

まわりを見れば、婚活やお見合いのカップルだらけだった。週末なのに男性はプレスのきいたスーツ、女性は清楚なワンピースやセットアップを着ており、双方かしこまった様子で話をしているのですぐにそれとわかる。なぜこんな場所を選んだのかと思ったが、カップルたちは緊張していたり自分たちの会話に夢中だったりして他の席のことなど気にする余裕もなく、これはこれでありなのかもしれないと思った。

待ち合わせ時間から五分ほど過ぎたころ、身長一七〇センチは優にある、スタイルのいい、サングラスをかけた女性がこちらに向かって大股で歩いてきた。艶のある豊かな栗色のロングヘアに、最近店頭で見たことのあるグッチの最新モデルのバッグ、見るからに上質なスモーキーピンクのシルクツイルのコートを羽織り、膝下のスカートから見える脚のラインも美しい。姿勢もよく、人から見られることに慣れている。只者ではないと感じさせる独特のオーラがあり、一般庶民ではなくモデルかタレントのように思われた。

「遅くなって申し訳ありません」

その女性の息遣いは少し荒く、お詫びが口先だけではないことがわかった。

彼女はまずコートを脱いだ。シルエットがとても美しいライトベージュの上質な無地ニットに同じ色の革のタイトスカートというコーディネイトは、上品でセンスが良いうえにあきらかにお金がかかっていることが窺われたが、私はそれよりも、ニットの上からでもはっきりわかる豊かなバストに目が釘付けになった。

彼女はコートを空いた椅子に置くと、私の隣の椅子に座った。他の丸テーブルに座っている二人連れはみな、正面ではなく斜めに向かい合うように座っている。

そして、ヴィンテージ風の大きくて丸いレンズのサングラスをはずし、軽く頭を下げた。

「初めまして。北川すみれです」

ほれぼれするほど、美人だった。しとやかな大和撫子《やまとなでしこ》という感じではなく、強くて迫力のあるアメコミのワンダーウーマンに近い。若さだけで押し切っていた時期を過ぎ、全体からしっとりした色気のようなものが感じられる年代に入っている女性のように思われた。

「草野愉里子さんですね？」

「はい、そうです……」

彼女の非の打ちどころのない外見を見て、私は打ちのめされてしまっていた。

そのまま彼女の指輪に目が吸い寄せられる。オーバル形の爪はナチュラルなピンクベージュに塗られているのだが、右手の中指には、シンプルとはいえ普段使いにはゴージャスすぎる、エメラルドカットの大きなダイヤモンドが光っていた。雑誌で似たような大きさのハリー・ウィンストンの指輪を見たことがあるが、確か一千万くらいではなかったか。

若くしてこんな宝石を身に着けられるのは、実家かパートナーがお金持ちか、大成功した女性実業家くらいだろう。万江島氏に買ってもらったというのは……考えたくない。

「今日は来てくださってありがとうございます」

北川すみれに礼儀正しく頭を下げられ、私はいい年をしてどぎまぎしてしまう。今までたくさん「花摘み」をしてきたが、恋のライバルや妻といった女性と直接対決したことは一度もない。北川すみれのほうがはるかに堂々としており、こういうことに慣れているような感じがあった。

私にコーヒー、彼女にタンドレスというハーブティーが運ばれると、私は聞きたいことだけは聞いておかなくてはならないと思い、雑談する余裕もなくすぐに話を切り出した。

「どうして私のこと……私の勤め先までわかったんですか」

「あなたのことは彌富《やとみ》さんから聞きました。フルネームと出版社に勤めているということがわかれば、勤め先を探し出すのはそんなに難しくないです」

彌富さんというのは月見の茶事にいた和服の男性であるが、熊本出身で茶道を嗜んでいるということくらいしかわからない。私の勤め先については、ネットなどを丹念に検索すればたどり着ける可能性はある。

彌富さんに対して良い印象はなかったが、告げ口するなんてやっぱり軽薄な男だなと思った瞬間、あっ、と声が出そうになった。

酔ったあの男に「今度はお茶漬けか」と言われたとき、私は万江島氏の亡妻と比較されたのだと思った。しかし彼は、濃厚なソースのかかったボリュームのあるステーキのような北川すみれと私を比較したのであり、のっぺりして淋しい日本的な顔と肉体を持つ私を、お茶漬けだと笑ったのかもしれない。

「彌富さんとはどういうご関係なんですか」

するると、北川すみれはなぜか苦笑して言った。

「私と巽さんが出会うきっかけをつくってくれました」

何ら具体的な説明はされず、そんなことより私は、巽さんという呼び方にまた打ちのめされる。

「草野さんはいつもお着物なんですか？」

「いえ。でもわりとよく着るほうです」

「とってもお似合いですね！」

北川すみれが微笑む。お愛想やお世辞ではなく、本当にそう思っているような表情であり、彼女の人の好さを感じさせた。

「ありがとうございます。あなたも素晴らしい着こなしで……もしかしてモデルさんですか？」

「いいえ」

「じゃあお仕事は」

「毎日働いてはいませんが、しいて言えば不動産投資ですね」

「失礼ですが、おいくつですか」

「三十四です」

とてつもない美人というのはだいたい年齢不詳だが、見た目よりも若かった。けれども、年に似合わず胆《たん》が据わっていて余裕があるのは、ビジネスで得た経験によるものだと思えば納得ができた。不動産会社社長だった万江島氏とも、仕事の関係で知り合ったのだろうと見当を付ける。北川すみれは万江島氏と同様に実家が裕福であり、その資産を元手にして不動産売買をしているのだろうか。しかし、松岡のようなブランド好きのお嬢様がいるのは知っているものの、昔からの資産家は、普段の生活でこんなにも高価な宝石はつけないような気がする。私への対抗意識なのかもしれないが、それでもどこか成金的なものを感じた。

互いにテーブルに置かれた飲み物を一口飲み、私はまた質問した。

「私に話したいことって何でしょうか」

北川すみれは、少し気取りが見える手つきでティーカップをソーサーに戻してから言った。

「巽さんがあなたとつきあってることについては、私が口を出す問題じゃないと思ってます。それは巽さんの自由ですから。でもあなたには、私という存在がいることを覚えておいてもらいたかったんです」

「あの……あなたと万江島さんって、今もつきあっているんですか」

北川すみれは、落ち着いた口調で話し始めた。

「私、巽さんとは死ぬまで離れないって決めてるんです。結婚とか夫婦とかそういうことはどうでもよくて、私は巽さんがよぼよぼの寝たきりのおじいさんになっても、ずっとつきあって、できれば最期を看取りたいと思っています」

北川すみれはまっすぐに私を見ている。私は思わず目をそらしてしまい、コーヒーカップを取って口をつけた。

予想だにしない展開だった。

「私は巽さんの愛人です」とか「巽さんと別れてほしいんです」とか言うなら、聞き流せばいいと思っていた。北川すみれは確かに恋のライバルとしては最強だが、それとこれとは話が別である。しかし、万江島氏とは二回りどころか三回りも年下の女性が、死ぬまで離れない、最期を看取るなどとご大層なことを言うのである。若さゆえの大言壮語《たいげんそうご》、と笑うのは簡単だが、彼女の口調には、ずっと前からそう決めていた覚悟のようなものが感じられた。

　私は、万江島氏をはじめ、過去の恋人に対しても「死ぬまで離れない」などと思ったことは一度もない。今現在、どんなに好きであっても、先のことはわからない。自分で自分を信用していない。もっと言えば、他人の気持ちも信用していない。人間世界において「永遠」「永久不滅」などありえないと思っている。

　そんな世間ずれした私からすると、北川すみれは間違いなく若くて純真でまぶしいのだった。一方で、万江島氏に対してそこまで思いつめている彼女が、結婚はしなくていい、彼の浮気も許すというのも、物分かりが良すぎるというか、昔風の耐える女のようで違和感を持った。

「どうして、万江島さんと結婚したいとは思わないんですか」

　北川すみれの視線がわずかに揺れる。

「彼は、私とは結婚しないとはっきり言いました」

「どうして」

「……したくないからでしょう」

　北川すみれが今日初めて言いよどんだ。何か訳がありそうだった。

　彼女は沈痛な表情を隠すようにハーブティを飲む。私は、「結婚とか夫婦とかそういうことはどうでもよくて」という彼女の発言は強がりであり、彼女の本心ではないような気がした。そして、万江島氏が結婚をはっきりと断ったことにほっとする反面、そんな断られ方をした彼女をかわいそうだとも思った。同情した分、気持ちに余裕が出てきた。

「北川さん、私も万江島さんと結婚したいとは思ってません。ずっとひとりで楽しく暮らしてきたんだから、もう誰とも一緒に暮らせないと思います。私は、結婚なんかしたくないんです」

「それ、本気で言ってます？」

北川すみれは、結婚したくない女が現実にいるのが信じられないというような顔つきをする。やはり彼女の心の奥底には、結婚という文字が大きく横たわっているのではないだろうか。

「ええ、結婚したくないです」

「彌富さんはあなたのこと、しれーっとした顔して、茶室から茶道具までぜーんぶ自分のモンになるよう狙っとる、って言ってました」

あのヤロー。

「自分がそうだからといって、私までそう思われるのは迷惑です。あの人こそ、床に飾られた高価な壺をしつこくねだって、万江島さんがやんわり話を変えても、自分の何とかの壺と交換しようってずっと言い続けて。なんて品のない人だろうって思いました」

「……確かに、あの人下品だわ」

北川すみれが思い出したように、つぶやく。

私はちょっとうれしくなって言い足した。

「それに、ああいう大邸宅、私には向いてないですね。落ち着かなくって」

「私、行ったことないです」

北川すみれがあっさり言う。

「え、そうなんですか」

「普通は、好きな人の家に行きたいものなんでしょうけど、私、相手のテリトリーに入るのって、何だか苦手なんです」

「ああそれ、わかります。知りたくないことまで知ってしまうのが、何となくいやなんですよね。でも、好きな人のことなら全部知りたいっていうのが、普通みたいですね」

私は、北川すみれと自分には何か似たところもあるように思い、彼女に対して好感を持ち始めていた。そして、これは自分でもまったく愚かしいと思うのだが、あの万江島邸の眺めのいいジャグジーバスに彼と北川すみれが一緒に入っていたわけではないことを知って、さらに気分がよくなったのだった。

北川すみれがゆったりと微笑みながら尋ねた。

「草野さんはどちらのご出身ですか？」

「金沢です」

「じゃあ滋賀県の雄琴《おごと》ってご存じですか？」

「……ええ」

「私、そこのソープランドに勤めてました。一回十万円レベルの最高級ソープランド。当時、関西に住んでいた彌富さんが巽さんを店にお誘いして、私たちはそこで出会いました」

私は自分の耳を疑った。

「それが十年前で、巽さんはお客さんとして何回か来てくださいました。私は彼がすっかり好きになって、もっと彼と会うために東京に引っ越して、吉原《よしわら》に店替えしました。もちろん、彼は吉原のお店にも来てくださいました。店以外でも会うようになり、とても良くしていただきました。私は以前から不動産に興味があったので、それについても教えてもらいました。そして、一億円貯めたらやめることに決めていたので、三十手前で引退しました。その後は、自分で不動産投資を始め、充分に儲けています。私はまったくお金には不自由していません」

美味しそうなモンブランのケーキが、ウエイターの盆に載せられて私の目の前を通りすぎていった。普段ケーキはあまり食べないのに、急に食べたくなった。

そして、この女性はどうして自分がソープ嬢だったことを私に話しているのだろうと思った。それこそ、普通なら絶対に隠しておきたいことではないか。

「巽さんは、私を風俗嬢としてではなく、ひとりの人間として尊重し、接してくださる唯一の男性でした。彼のおかげで私は自分に自信が持てるようになり、引退後も、変な劣等感に悩まされることなく自立した女性として生きています。私はあの人を愛してます。一生愛し続けるつもりです。私からあの人を引き離そうとしても無駄ですから」

この女性は、万江島氏がソープに通うような男であること、その店に勤めている女性と親しくなりずっとつきあい続けていること、それを私が知って、万江島氏に幻滅すると思ったのだろうか……。

「草野さん？」

「え」

「元ソープ嬢を見たのは初めてですか？」

「……ええ」

「もっと薄汚い女性を想像してました？」

北川すみれが挑発的に言った。

風俗の世界など知らず、のほほんと平凡に生きてきたこちら側を揺さぶるような目をしている。

私は首を小さく横に振り、言った。

「正直に言うと、芸能人やモデルのような、こんな美人が働いているのかって、驚きました」

「それくらいの女じゃなきゃ、一億なんて稼げない」

彼女の美しい顔が少しゆがんだ。

私は彼女に、どうしてソープ嬢になったのか聞きたくてたまらなかった。でも同時に、それはいかにもありがちな興味本位の質問であり、他人の過去に土足で踏み込むことのような気がした。

北川すみれは無言で固まっている私を見て、くすっと笑った。

「草野さんは、こういう素性の女を前にどうしていいかわかんなくなってるんでしょう？　私、ソープ嬢だった話をして、相手がどんな反応をするのか見るのが大好きなんですよね。何ていうか、踏み絵みたいなもの？　目つきとか表情とかがぱっと変わって、一発でわかる。それまでオドオドへコへコしてたのに、急に態度がデカくなってこっちを見下して、そいつの本性が出るのがおっかしくって！」

しゃべりながらけたたましく笑う。彼女こそ隠していた本性があらわになったかのようだ。ぎらぎらと目から強い光が放たれて、勝気で、危険で、生き生きとしていて、虎のように魅力的だ。

私はいたたまれなくなる。私の内に、風俗嬢に対する偏見がないと言えば嘘になる。自分はどんな目つきをしたのだろうか。

北川すみれは、目を伏せて何も言わない私に焦れて、

「何だか、生真面目なおばさんをいじめてるみたいね」

と言った。私は着物姿だとおとなしい女性に見られやすい。

「あなたは別に、いじめてなんかいません」

私が言い返すと、北川すみれが、ほう、という顔をする。

「ふーん……おばさんってとこに反応するかと思ったんだけど」

「そんなの、会社やいろんな所でさんざん言われてますから、いちいち反応しないですよ。それに、あなたの話を聞いて私は確かにびっくりしたけど、だからと言って万江島さんもあなたも軽蔑しないし、歌舞伎で言えば『助六《すけろく》と揚巻《あげまき》』みたいな関係でしょ」

北川すみれは喩えがわからなかったみたいで、一瞬きょとんとした顔になる。

私はようやく自分のペースで話せるようになったので、言いたいことを言う。

「あなたという存在がいることはわかりました。私も、万江島さんとあなたがつきあうことに対してとやかく言うつもりはありません。万江島さんの自由ですから。でも、私と万江島さんとのことは二人だけの問題で、あなたとは一切関係ありません。それだけは言っておきます」

喧嘩腰のような言い方になってしまい、北川すみれの目つきも鋭くなる。

「あっそう。だったら私と巽さんも、あなたに関係なく、これからも仲良くやっていきます」

「わかりました」

話が終わってしまい、妙な間が流れる。

「それじゃ」

北川すみれが立ち上がった。

私は、彼女をもっと見ていたい、もっと話がしたいと思う一方で、これからさらに衝撃的なことを聞かされるのは勘弁してほしい、こちらのエネルギーが吸い取られそうなこの人間から離れたい、という気持ちもあって、引き留めることができなかった。

北川すみれは、バッグとコートを持つと「会計は私が」と言った。

「はい、ありがとうございます」

素直に頭を下げた。割り勘だと言い張って、もたもたしたくない。

北川すみれはレジに向かう前に、座っている私のそばに来た。そして左手を出し、ニットの袖を少したくし上げ、手首の内側を見せた。

深い、一本の傷跡があった。

「巽さんと別れることになったら、私、死にますから」

そう言って、大輪の花が開くような鮮やかな笑みを浮かべ、ゆっくりと去っていった。

私は彼女の姿が見えなくなると、椅子に深く座り直し、大きく息を吐いた。すぐに席を立つ気にはなれなかった。

周囲を見渡してみると、さっきと同じ男女だったり違う男女だったりするものの、カップルだらけなのは変わらず、こちらの胸の内とは関係なく平穏な時が流れている。

ウエイターを呼びとめ、モンブランのケーキとグラスシャンパンを頼む。変な組み合わせだけど、今の私が欲しているのはそれだった。美味しいものでも口にしないと、北川すみれの最後の強烈なパンチにやられてしまう。

まったく、こんなややこしい女性がやってくるとは。

北川すみれに対して、あなたの存在など気にしない、というような啖呵《たんか》を切ったが、それはあのときの勢いで言ったに過ぎない。こうして一人になると、彼女の存在が重くのしかかってくる。

若くて素晴らしい肉体をもった美人というだけでくじけそうになるのに、思いも寄らぬ経歴があり、一見強そうに見えて精神的にあやういものを抱えているのが、さらに気を滅入らせる。女性がうらやむものをほとんど手にしているのに、本人が死ぬほど欲しいものは手に入らず、あんなことまでしてもがき苦しんでいるというのは、何ともいたましい感じがした。

おそらく彼女にとって、万江島氏は、自分を生まれ変わらせた恋人であり師であり親であり、唯一無二の神様のようなものかもしれない。でも、私にとっての彼は、特別な人ではあるけれど、金を払って女を求めることもある、なまぐさいまでの生身の男である。

テーブルにモンブランが置かれ、私はすぐにぱくつきながら万江島氏について考える。

会社の同僚や男友達が風俗に行っている話を聞いても何とも思わないが、自分の好きな人が風俗通いをしていたとなると、さすがに穏やかではいられない。しかし、若い女性のようにキーッとなったりはしないし、北川すみれが「巽さんは、私を風俗嬢としてではなくひとりの人間として尊重してくれた」と言うのを聞いて、万江島氏がそういう男性でよかった！　と心の底から思ったのだ。しかし彼が「あなたとは結婚しない」とはっきり言ったのは、彼側にも事情があるとはいえ、やはり彼女がソープ嬢だったことと関係があるのではと考えてしまい、その結論に対して「致し方ないかもしれない」と思う自分は、風俗嬢に対して差別意識があるのだろう。

北川すみれに看破されたように、私は今まで風俗嬢と呼ばれる人を自分とは別の世界に生きる人だと思っていた。そして彼女に会って初めて、身近な存在として考えざるを得なくなった。風俗の仕事をする女性について、私はほとんど何も知らず、マスコミやネットからの一方的な情報しか知らない。

私はこれから、北川すみれと元ソープ嬢という事実を切り離して考えたほうがいいのか、そもそもこういうことを考えるのすら偏見なのかもわからなかった。一旦、思考停止してシャンパンをぐっと飲み干した。しばらくぼんやりしていると、ふと気づいた。

北川すみれの圧倒的な存在感のためにすっ飛んでしまったのだが、万江島氏のインポテンスについて彼女がどう思っているのか、そのことを聞かなかった。きっと北川すみれなら、上品ぶってはぐらかしたりせず、率直に話してくれたのではないか。ああ、ぜひ聞きたかった！

勝手に想像すると、ソープの仕事は肉体的にハードであるから、挿入を伴うセックスなどもう辟易《へきえき》しており、インポテンスはかえって好都合だと思っているかもしれない。しかし、彼女はまだ三十四なのだ。私から見ると、これからが女の盛りである。彼女は万江島氏だけで満足できるのだろうか……。いやいや、そんなことは私の関知するところではない。彼女が万江島氏に操《みさお》を立てようが、他に男がいようが、そんなことはどうでもいい。

私の意識は、むしろこれまでの万江島氏の一挙一動のほうに向かった。

初めて二人が結ばれた夜の、荒々しいキスのなかにあった、現役感。

明け方に目覚めたとき、まどろみながらも女性を引き寄せる、その慣れた手つき。

朝起きると、濃厚な夜の出来事を引きずることなくさっぱりと支度を始める、その神経の太さ。月見の夜の、技巧に満ちた激しい一方的なセックス。

うすうす気づいていたが、そこには他の女性の影が色濃くあった。それも含めて、万江島氏という男性の魅力であることも確かなのだが。

それでも、この前のセックスには、強く抵抗を感じた。今まで知らなかった万江島氏の一面を見てしまったような気がした。

後になってはっきりとわかったことだが、あのときの私は、自分と相手に対して怒りさえ覚えていた。そして傷ついていた。

絶頂に達しても、そこに幸福感はなかった。やめてほしかったのに遠慮してしまった自分に怒り、相手の思うままにあられもない姿でいかせられたという怒りがあった。私はあのセックスに心の底では同意していなかったし、受け入れてもいなかった。だから、気を失いそうな境地に達しても、それから醒めれば、不快感しか残らなかったのである。

こんなことは初めてだった。好きな人から素晴らしい快楽を与えられたはずなのに、それは身体の快楽だけで心の快楽ではなかった。

こんな言い方は不遜で不道徳だと思うが、さして好きでもない人の前では、どんなぶざまな顔や格好で絶頂に達しても、そんなことよりも身体の快楽を優先させたのであり、お互いに楽しんだのだと割り切ってすぐに忘れることもできる。しかし、どんなに性欲に対して忠実な私であっても、好きでたまらない人に対して、そんなことは望んでいない。

あのときの万江島氏は、私の気持ちというものを置き去りにして、男としての自分の欲を優先させたように感じた。私は、身体だけの関係の女のように扱われたと思い、それでいたたまれずに帰ってしまったのだった。

これは私の一方的な思い込みであり、男の万江島氏はそんなことなどこれっぽっちも思っていないのかもしれない。私はただ、万江島氏のなかに、女というものに対する無意識の冷ややかさを感じたのであり、それは、女を買うことに慣れているという事実と関係があるのかもしれないし、無いのかもしれない。

いずれにせよ、私は次に万江島氏と会ったときに、そして万江島氏とセックスするときに、北川すみれのことを思い出さずにはいられないだろう。彼女のことを忘れて何食わぬ顔をして万江島氏と過ごすというのは、私にはたぶん無理だろう。ということは、私は万江島氏に北川すみれと会ったことを伝えないわけにはいかないのだろう。無論、北川すみれのほうからすでに伝えられているかもしれないが。

万江島氏に北川すみれのことを話したところで、私の嫉妬が消えたり気持ちが軽くなることはない。また万江島氏は、私が彼女と別れてほしいと言っても、手首を切るような彼女と別れられるはずもなく、これまでと変わることなく私とも北川すみれともつきあい続けるに違いない。

結局は、私の気の持ち方次第なのだった。

ホテルを出た後、そのまま家に帰りたくなかったので地元の居酒屋でひとり飲みをし、そのあとバーに寄り、十時過ぎに戻った。六時間近く飲んでいたことになる。

翌日はひどい二日酔いだった。

幸い、予定が入っていなかったので、一日中家の中にいてパジャマを着たまま寝たり起きたりした。野菜ジュースや飲むヨーグルトなどの水分はいくらでも摂れるが、食欲はなく、夜になってようやく少しおなかがすいてきた。

うどんをゆでたり、冷凍ごはんでおかゆを作るのは億劫だった。冷蔵庫の中を見ると、三日前に買ったお彼岸のおはぎが一個残っていた。食べようと思ってすっかり忘れており、冷蔵庫に入れてあったのだから大丈夫だろうと思い、レンジで温めて食べた。

それで満足し、歯を磨いて布団に入ったら、しばらくして猛烈な腹痛に襲われた。

トイレに駆け込む。下痢だった。終わって出て、ベッドに寝たらまた催してくる。何往復もする。トイレから出てもまたすぐに行きたくなるので、便座にずっと腰かける。その体勢では腹痛に耐えられなくなる。かといってベッドどころか居間に行くことすらできず、トイレのそばの床に横たわる。身体を海老のように曲げて痛みに耐える。

たぶん、おはぎにあたったのだ。消費期限は過ぎており、もったいないからといって食べた私が悪い。これまで、消費期限が多少過ぎたものを食べても平気だったし、食べ物が傷んでいたら味か匂いですぐにわかるつもりだったが、今日はそのセンサーが鈍っていたのか。

牡蠣《かき》に一度だけあたったことがあるが、そのときよりも激しい腹痛と下痢だった。何となく、身体がしびれてきたような気がする。動けない。でも、催してくる。ああ、トイレが遠い。倒れこむようにトイレに入る。

間に合わなくてちょっと漏らしてしまう。情けなくて泣きたくなる。トイレから出てズボンを脱ごうとするが、ふらついて倒れてしまう。尻を出したまま起き上がれない。ますます身体がしびれてくる。

こういうときは救急車を呼んだほうがいいのだろうか。

でも、こんな姿を他人に見られるくらいなら死んだほうがましだ。

朦朧《もうろう》としながら、ズボンを脱ぎ、それを洗濯機にぶちこむ。洗う余裕などまったくない。壁にすがるようにつたいながら寝室へ行き、新しいズボンを出す。それだけで体力を使い果たし、床に倒れる。寝そべったまま、何とかして新しいズボンをはく。

手を伸ばして枕元のスマホをつかんだ。

8

小澤さんは、狛江《こまえ》から車で来てくれた。

そしてすぐに、持ってきた経口補水液を私に飲ませる。私は五百ミリリットルをあっという間に飲み干し、もう一本も飲み始める。手足がしびれたように感じたのは脱水症状だったのか、ある程度飲むと少し身体が楽になってきた。

「下痢止め飲んでなくてよかったよ。食あたりは、全部出し切って一日寝てれば治るから」

小澤さんが持ってきた大きなエコバッグからは、たくさんの経口補水液、りんごやバナナやレトルトのおかゆだけでなく、タッパーウェアに入ったお惣菜、大人用の紙パンツまで出てきた。

「きんぴらと浅漬けは今日の夕飯の残り。日持ちするから、元気になったら食べてね。こっちはうちのおばあちゃんのなんだけど、念のため持ってきた。ほら、我慢できなかったり漏らしたりすることもあるじゃない」

「……さっき間に合わなくて、ズボン替えた」

「じゃ、つけとく？」

　小澤さんがはかせてくれようとしたけど、自分でできるくらいの元気が戻ってきたので、大丈夫、と答える。小澤さんは気をきかせて台所へ行き、私はベッドに座って紙パンツをはく。ベッドから起きたときに、布団の中にあった赤いくまのぬいぐるみが床にころがり落ちる。五歳のときから一緒にいる、ベロア生地の毛が抜けたくたくたのくま。子供じみているとわかっているが、捨てられない。小澤さんに見られなくてよかったと胸を撫でおろし、またくまを布団の中に隠す。

　最初に紙パンツを見たときは大げさだと思ったが、はいてみると、多少間に合わなくても大丈夫だと思えるせいか、催したらすぐに起きてトイレへ直行！　という切迫感のようなものがなくなり、ほっとして眠くなってきた。小澤さんが来てくれた安心感もあると思う。

　台所にいた小澤さんが戻り、布団に入ってとろんとしてきた私を見て言った。

「気持ち悪いとか、どこか変だとかない？」

「ない、です」

　そう言いながら、もう瞼が開けられなくなってくる。

「眠いの？」

　私はうなずく。

「それなら大丈夫だね。たぶんこのまま安静にして寝てたら治るよ。私これで帰るから、ゆっくり休んで。もし何かあったらすぐに連絡して」

「ありがとうございます……」

「じゃ、鍵かけたらドアのポストに入れとくから」

小澤さんは私の布団を軽くかけ直しながらにっこり笑い、部屋の電気を小さくした。私はすとんと眠りに落ちた。

それから夜中に何度か起きてトイレに行き、そのたびに経口補水液を飲んだ。翌朝には下痢はほぼ治まっていたが、大事を取ってその日は会社を休み、寝たり起きたりした。

北川すみれのことは常にうっすらと頭の中にある。でも、考え始めると気が重くなり、具合まで悪くなってくるので、スマホやテレビを見て頭から追い出した。

そうしていても、万江島氏のことはふいに思い出してしまう。彼とは用事のあるときにしか連絡を取りあわないから、こちらが知らせない限り、私の具合が悪いことはわからない。万が一、私が事故にあって急死しても、彼がすぐにそれを知ることはない。

じゃあ今、万江島氏に連絡をしたいかと自問自答してみるが、したいわけではない。私と万江島氏をつなぐ糸というのは、思ったよりも細く頼りないということが身に沁みるだけだ。その細い糸にしがみつこうとすると、あの『蜘蛛の糸』の話のように、いきなりぷっつりと切れてしまうことがあるのも知っている。三十代くらいのときはその寄る辺《べ》なさに心が乱され、独身でいることに不安も感じた。しかし今は「ああ、またこの暗い気分がやってきたけど、明日になれば何とかなるだろう」とやりすごせる。

小澤さんが、会社帰りの六時半ごろに寄ってくれた。

食欲がないとＬＩＮＥで伝えていたにもかかわらず、彼女は、プリンや野菜スープやなべ焼きうどんなどを買ってきて「私、足りないと思うと不安になるタイプだから、スーパーでもつい買いすぎちゃうんだよね。トイレットペーパーも物置に大量に置いてあるから、ダンナによく叱られんの」と言い訳するように話す。代金については、小澤さんは昔気質《かたぎ》の先輩だから受け取ったりしないので、それは別の形でお返しすることになる。

こういう現金の授受を避けるやり方を、若い頃は面倒だと思ったし、今ならライフハック的に無駄だと論破されるだろう。でもこの年になると、それもまた奥ゆかしい情緒ではないかと思う。どういうお返しをするかということに人柄やセンスがあらわれるのだから、そのような機会があることで、大人として鍛えられているような気もする。自分が先輩に良くしてもらったから、今度は後輩に同じようにするのも、別の形でお返し、というもののひとつではある。

私自身は必要な分しか買わないタイプだから、一緒に住んでいたらたぶん小澤さんの夫のような態度を取るのだろうけど、こういう先輩や友人がそばにいると、ほかほかとあたたかい気持ちになる。

とはいうものの、並べられた食べ物を見ただけでお腹いっぱいのようになってしまい、困ったなあと思っていると、小澤さんが言った。

「今日は何か食べた?」

「いえ。お腹すいてないわけじゃないんですけど……」

「じゃあ、りんごのすりおろしだったら、食べれる?」

「あ、懐かしい」

私がうれしそうな顔つきをしたのだろう、小澤さんはぱっと立ち上がる。

「おろし器は……」

「あーわかる。食器とか適当に使うね」

小澤さんは私のマンションに何度も来ているので、勝手知ったる他人の家という体《てい》で、てきぱきと包丁やまな板を出している音が聞こえた。

病気などで困ったときに私が頼るのは、いつも、元ご近所の小澤さんである。彼女がいま住んでいる狛江から北区の我が家までは車で四十分くらいかかり、決して近くはないけれど、小澤さんは若い頃からスバリスト（スバルの車が好き）で運転歴三十年以上なので、頼めば気軽にうちまで車をすっ飛ばして来てくれる。小澤さんの夫とも顔なじみであり、彼も気のいい人だから、ひとり暮らしの中年女がこうして助けを求めると快く送り出してくれるらしい。

りんごのすりおろしはすぐに用意され、私は小さいスプーンで一口ずつすくって食べる。それを、子供を見守るようにしてながめていた小澤さんが、鴨居にひっかけた着物ハンガーに吊されている着物へと視線をうつす。部屋の隅には、大衆演劇の楽屋裏のように、長襦袢や帯、裾除けや伊達《だて》締めのような下着類もハンガーにぶらさがっている。普段は、着用した着物類は一晩陰干しして湿気を取り、それから片付けることにしているが、この二日間は何もできなかった。小澤さんとご近所だったころ、小さい子供がいる彼女の家の中は「かちゃかちゃ」（金沢弁で散らかっているの意）で、こういうことを気にしないのがわかっているから平気で見せられる。

「昨日、お茶会だったの？」

「あ……はい」

そんなざっくばらんな間柄の小澤さんだけど、正直に、いえいえ土曜日に恋のライバルと対決してきました、という話はしない。モリジュンにもしない。

モリジュンとは、双方の家を行き来することもない。それは、二人とも外で飲むのが好きということもあるけれど、お互いにどこか、だらしないところを見せたくない気持ちがあるような気がする。私とモリジュンは似ているのだ。

私たちは人を観察するのが好きで、そういう二人だからこそ、人についてああだこうだと勝手にコメントしあうのが面白くてやめられない。他人の本棚を見れば、絶対にタイトルを一通り確認しないではいられない。他人の家に行けば、洗面台に置いてあるソープやスキンケア用品のブランドを目ざとくチェックしてしまうような、感じの悪い人間である。

「いいねえ、ずっと続けている習い事があるっていうのは」

「そういうことでもしてないと、休日がつぶれないですから」

私は自虐とも本音ともつかないことを口にする。

「……やっぱりさ、今の時代に子供四人は大変だよ。先月かな、元広告局局長の宇山《うやま》さんに会ったんだけど、あの人子供四人いて、全員私立の大学だったたって聞いてびっくりした。八十近いから、出版業界の一番いい時代にいたわけじゃない？　うちの会社もすごく儲かってた時期にいて、ボーナスも多い時は六か月分もらってて、定年退職した後はつきあいのあった広告代理店に再就職して……今じゃ誰だってそんなの無理だもんね。うちの会社は副業ＯＫだから、私、定年になったら雇用延長して、バイトもする。そうしないと下二人、大学行かせられない」

独身の私はどう返事したらいいのだろうかと考えながら、「でもタケさんは経営者で定年のない仕事だし……」とおずおず言う。小澤さんの夫のタケさんは司法書士として個人事務所を経営しており、五十三歳の小澤さんの少し上ではなかったか。

「つきあいのあった人たちがどんどん年を取って、事務所の売り上げが落ちてるんだよね。がんばって営業はしてるみたいだけど」

「家事も子育てもやって、あの世代としては珍しいほどよくできた夫じゃないですか」

「まあね。浮気もしてたけど」

「あのタケさんが！」

夫に対する愚痴はよく聞くが、浮気話は初めてだった。彼は子煩悩で、謹厳実直を絵に描いたような人なのだ。

「子供の教育費のことが心配になって、こないだ、あの人のいないときに事務所の帳簿とかちょっと調べたんだよね。そしたらクレジットカードの明細書も出てきて、去年の分を何気なく見たら、都内のホテルに泊まってんの。そんなの浮気に決まってるよね。でも二か月の間に三回だけなわけ。あーこりゃ、短期間で終わったんだなあって。どうせだから日付も調べたら、最初の日は高校時代の同窓会があった日でね。久しぶりに会った同級生と盛り上がって、そういうことになったけど、すぐに冷めたんだなってね。もう、ありがちすぎっ！」

小澤さんが笑いながら話すので、私はそれほど深刻な話じゃないんだなと安心する。

「タケさんには、そのこと話したんですか」

「こっちはちゃあんと気づいてんだからね、って言おうと思ったんだけどさ。でもあっちは、足がつくカードで払って、明細書まで残しておくくらいヌケてるっていうか、慣れてないわけだし。だったらこれからも、もしそういうことがあったら明細書見ればわかるんだから、こっちの手の内をわざわざ明かす必要はないなって。それに、もう終わったことを蒸し返すのって、アイツが一番嫌うことだし」

「さすが。今回は見逃してやる、って感じですね」

「一瞬腹は立ったけどね。でも、何ていうか、夫の浮気をわめき立てるほどの愛情はもうないのかも」

小澤さんは、意地を張って言っているようには見えなかった。不本意ではあるけれどそうなってしまったというような、でもまだあきらめきれないような、揺らぎが感じられた。

「うちはもう男と女っていうより、子供を一緒に育て、生活を維持していくための仲間、いろんな苦労を一緒に乗り越えてきた戦友なんだよね。愛情がないわけじゃないけど、それは家族愛とか友情に近くて……だから、私はそういうことをアイツとするのはもう無理だから……知らないふりするしかないのかなあって」

私は不謹慎にも、そのときぱっと頭に浮かんだのが新実元部長だった。新実さんと小澤さんが昔から仲がいいのは知っていたけれど、ひょっとしてそれ以上のものがあるのではないかとも思っていた。

「じゃあ小澤さんも、恋愛感情みたいなものは外で発散するようにしてるんですか？」

私はなるべく冗談めかして聞いたつもりだったのだが、小澤さんは、いつもの柔和な顔をひきしめて言った。

「草野ちゃんさ。女がみんな、恋愛や男を必要としてると思ったら大間違いだからね」

小澤さんは内心、私が浮気するような女に見えるわけ？　とむっとしているような感じがした。

「すみません。小澤さんにも、ジャニーズとかそういう推しがあるのかなと思ったんですけど」

私は話をずらした。

「私、若い男もイケメンも苦手だから」

小澤さんは私を見ておらず、自分で自分のことを確かめるように続けた。

「若い頃は人並みに恋愛しなきゃと思ったし、男の目も気になったけど、もうそういうの、どうでもいい。恋愛なんかめんどくさいし、ヤルとかヤレルとかそういうことしか頭にない男も嫌いだし……あのさ、言っとくけど、私と新実はそういう関係じゃないからね」

「あ、はい」

そのことが念頭にあったのはお見通しだったのか。

「新実に悪いからここだけの話だけど、新実って、むかし家で飼ってたシロっていう犬に似てんだよね。紀州犬の雑種で、痩せっぽっちでおどおどしてて、でも私になついてて……新実見てると、何となくほっとけなくて」

「犬ですか」

「私からすると、人間の男より、犬のほうがはるかに愛情を注ぎたくなる存在なんだけど」

新実さんは、小澤さんの「お世話したい欲」をくすぐる存在だということか。それも一種の恋愛感情のような気もするし、一方で、何でも恋愛感情に結びつけられるのが迷惑だという気持ちもわかる。

小澤さんは帰りしな、さも思い出したように言った。

「結婚する前、新実に告白されたことがあった」

「えっ」

「断ったけどね。だって、男として見てないっていうか、見られないからさ。でも、そういう関係にならなかったからこそ、ずっとつきあえるんだと思う」

私は、気になっていたことを尋ねた。

「そのシロちゃんは天寿を全《まっと》うしたんですか」

小澤さんは小さく首を振った。

「小学生だった弟の手を噛んでね。悪いのは犬にいたずらした弟だって私が言ったのに、怒った父親が保健所に持ってっちゃった」

小澤さんはあえて軽く言った。

「……そうだったんですか、すみませんでした」

「ううん。こっちこそ、お見舞いに来たのに変な話しちゃってごめん。じゃあ、お大事に」

小澤さんが帰ると、さまざまな思いが湧き上がったが、今日みたいな日はもう寝るに限ると思い、睡眠改善薬を飲んで布団に入った。腹式呼吸を繰り返していると、やがて眠りについた。


食あたりから復活した途端、良くないことが次々と起こった。

母の認知症が進行し、自宅で一緒に暮らしている父が母を施設に入れたいと妹に提案したところ、妹が反対し、もめているという。

私は父に賛成だった。父から、妹と話し合ってほしいと言われたこともあり、四つ年下の妹に電話をした。

妹の佐保子は、いつもより不機嫌な声で出た。そして、母は我が家が一番好きなのであり、自分やヘルパーが手伝えば自宅介護は可能なのだから、最後まで面倒を見たいと一方的に主張した。

「サホちゃんの気持ちはありがたいけど、一緒に住んでるお父さんが限界だって言ってるんだから……お父さんも八十過ぎて、無理がきかないんだよ」

「お父さんなんか、何もやってないよ。自分がラクしたいだけなんだから。お母さんのことほっといて、テレビばっかり見て」

「でも料理はできなくても掃除や洗濯はしてるでしょ」

「あんなのやってるうちに入らないよ。老眼で見えないって言い訳してるけど、トイレだっていっつも汚くて、結局、私が全部やんなきゃいけないんだもん」

母も私も妹も、几帳面できれい好きである。父は家事全般が苦手で何事も大雑把だから、妹はカリカリしてしまうのだろう。

「しょうがないじゃない。年寄りなんだから大目に見てあげようよ。それに、もしお父さんまで倒れたら大変じゃない」

「お父さんはすっごく元気。限界だって言うのはお姉ちゃんに甘えてるんだし、お姉ちゃんも、昔からお父さんに甘いの。だからお父さんはすぐにお姉ちゃんを頼って、そばで面倒見てる私の意見なんかちっとも聞いてくれない」

「そんなことないよ。お父さんが頼りにしてるのはサホちゃんだから」

「ほら、そうやってお父さんまで私に押しつけようとしてる」

「押しつけてなんかないよ」

父と何かあったのだろうか。今日の妹は、ちょっと考え方がねじけているようだ。

「じゃあ、会社休んで介護手伝ってよ。今までお姉ちゃんが東京で自由気ままに生きてこれたのは、妹の私がいたからでしょ。たまには交替して」

「それは……」

介護休業は九十三日まで取ることができる。しかし、一年間に九十三日ではなく、介護が必要な家族一人に対して通算九十三日なのだ。つまり、私が母の介護のためにその約三か月間を休んだとしたら、もうそれ以上、母のための介護休業は取れない。

この制度は、本人が介護をするための休みではなく、介護サービスを受けるための準備としての休み、という定義らしい。しかし、介護サービスの慢性的な人手不足のなか、家族が介護をしなければならない時も多く、その期間も、ときには数年以上と長くなる可能性もあり、そういう意味では少なすぎる。

私の会社も申請すれば取得できるだろうが、最少人数で業務をこなしている製作部に迷惑がかかるのは必至である。何より、仕事に復帰したとき、五十過ぎの出世からはずれた女にどんな仕事があてがわれるのか。そのままリストラされるのではないかと思うと、ぞっとするものがある。

私がいま会社にしがみついて稼いでおかないと、老いた自分の介護費用が出せなくてサホちゃんに迷惑をかける……なんてことを言えば、売り言葉に買い言葉になってしまうだろう。

私が口ごもると、妹が言い放った。

「そんなのする気ないよね。お姉ちゃんは、何も知らないで口だけ出す親戚と一緒なの。介護したことないくせに、できないくせに、口はさまないでよ！」

そして電話がブツッと切られた。

妹とは、小さい頃から喧嘩もしたけれどわりあい仲が良かったのに、母の認知症が始まってから、妹は私に突っかかることが増えた。妹の子供は社会人と大学生で手がかからなくなったとはいえ、近隣に住む義父は病気がちだし、パートも続けていて、そのうえ母の介護と父の世話が加わったのだから肉体的にも精神的にも大変なのはよくわかっている。介護費用については両親の貯金でまかなえているから、金銭的にもめることはないのが救いだが、だからこそ私に求められているのは、やはり父母の世話の一端を担うということになる。しかし、介護休業はあまり現実的ではなく、近いうちに一度金沢に帰省し、両親の様子を見た後、妹と直に顔を合わせて話をしようと決める。

母や父のことが心配なのもさることながら、妹とどんどん険悪になっていくのが憂鬱だった。両親が亡くなれば、妹は、独身の私が最も頼れる身内である。金銭面、生活面で頼ろうとは思わないが、いざというときには妹がいるという安心感は大きく、それが揺らいでいるのは何ともつらいものがあった。

会社では、後輩の松岡の様子がおかしくなった。ほがらかで明るい子なのに、笑わなくなった。新部長のモリジュンとはまだ馴染めていないものの、池田や私とはしょっちゅう雑談していたのに、誰とも話さなくなり、仕事中にも席をはずすことが増えた。

私は、松岡と二人だけになったとき、それとなく尋ねてみた。

「最近、何か疲れてるような感じがするけど、体調悪いの？」

「いいえ、大丈夫です」

つくり笑いのようなものを返される。何か悩み事があり、それを隠しているような気がした。

「仕事のことで、何か困ってることとない？」

「いいえ、ないです」

即答だった。

「そう。ちょっと心配になったから。仕事の量が多いとか、何かやりにくいことがあるとか、もしそういうことがあったら言ってね」

「……はい」

松岡はそれ以上私と話をしたくなかったのか、机にあるマイボトルを手にすると、席を立って行ってしまった。もし恋愛などのプライベートな悩みなら、私の出る幕ではない。もう少し様子を見て、仕事ぶりに変化があればまた声をかけるしかないようだった。

私だって、ふとした拍子に北川すみれのことを考えている。嫌いな人間のツイッターやインスタをわざわざ見てはムカつきを募らせるように、あの魅力的な美女をわざわざ思い出しては嫉妬心を燃やし、私なんかダメだと苦しんでいる。万江島邸には十月中旬に茶事の準備のために行くことになっているが、万江島氏はそこで会えればいいと思っているのか、最後に会ってからもうすぐ一か月経つのに会いたいという連絡はない。その代わり、彼は北川すみれと逢瀬を重ねているのではないか。

会えない時間は愛を育てるのかもしれないが、不信も育てる。こんなふうに煩悶するくらいなら、自分から会いに行き、北川すみれのことを問い詰めればいいのに、それができない。

ひとりで家にいるとぐるぐると同じことばかり考えてしまうので、仕事が終わると映画館に行き、物語に没頭するようにした。

あるとき、新宿三丁目の映画館へ向かっていると、偶然、源太に会った。旅行代理店の営業マンである彼も仕事帰りだった。

「ササ、良かったら一杯行く?」

「いいよ。映画はいつだって観られるから」

二人とも新宿三丁目には詳しくないので、私たちが若い頃からある老舗の居酒屋に入った。

源太のスーツ姿を見るのは二十年ぶりくらいだったが、安っぽい生地のせいかゆるんだ身体の線が目立ち、あれ、こんなにくたびれたおじさんだったっけと思う。それでも、気の置けない男友達と急に飲めることになったのはうれしく、最近の憂さを発散したい気持ちもあり、私の酒のピッチは速かった。源太もたくさん食べて飲み、お酒はビールから日本酒の燗酒へと移った。

今日の私は、できるだけ自分とは関係のない話をしたかったので、EDの治療法について語った。万江島氏からの受け売りだが、もちろん彼の話はしないし、源太がそういうこととは無縁なのがわかっているからこそ、できる話ではある。

「『陰茎プロステーシス』ってすごいよね。あの部分にシリコン棒みたいのを埋め込むんだから」

「女が、巨乳になるためにシリコン入れんのと一緒だろ」

「そう言われたらそうだけど」

「男にとってあれは男の象徴なんだから、女が思うよりずっと切実な問題なんだよ。俺もそうなったら、どんなに痛かろうが費用がかかろうが、やるときゃやるさ」

「そうなんだ……」

源太は盃をぐっと飲み干し、その手をしばし止めて「いや違うな。ナニが無くなったわけじゃないんだよな。てことは……」とひとり言のようにつぶやいた。そして私を見ると「つまり、あれだな、あれ」と言って片手を出し、親指と人差し指を合わせながら「よよよい、よよよい、よよよいよい」、それからポン！　と胸を叩き「めでてえなっ」とにっこり笑った。

「何それ」

「『伝七捕物帳』。中村梅之助だよ、知らねーの？」

「知らない」

「何《なん》つーの？　三本締め？　要するに、それをやんないと最後が締まらねーんだよ。シリコン棒でも何でもいいから『はい、挿れました！』っていう目に見える形が欲しいんだよ。それをやる男は」

「そうなの？」

「その棒には血が通ってなくて感覚もないんだろ。挿入してピストン運動しても、皮膚なんかが摩擦で少しは気持ちいいかもしんないけど、勃起してるときのあれの、内側から爆発するような快感はないわけで」

私は両手を下に動かして、声を小さく、というしぐさをしてから、源太に顔を近づけて言う。

「ちょっと調べたんだけど、シリコン棒はあまり太くできないから、女性側はそれほど気持ちいいってわけでもないらしいよ」

「だろ？　だから、お互いの気持ちよさを求めてるわけじゃない。挿入至上主義、形式主義なんだよ。男の自己満足」

へえー、と私が源太の洞察力に感心していると、彼が言った。

「でもまあ、細かろうが太かろうがさ。男は挿れたら」

そしてまたポン！　と胸を叩いて、

「めでてえなっ、てなるんだよ」

「ったく、男って単純だね」

そうやって二人で大笑いし、私はもしこの後ホテルに誘われたらどうしようかな、とも考えていたのだった。

しかし、源太はラストオーダーのお銚子を私の盃に傾けながら、妻のマキちゃんが子宮頸がんのステージⅢと診断され、現在、放射線療法と抗がん剤投与の同時進行で治療している話をした。

「だからササ、来年のブリの命日は無し。つーか、今年で最後ってことにしよう」

そんなことを聞かされたら、同意するしかなかった。

私はマキちゃんのがんにも驚いたけれど、そんな苦悩を露ほども見せず、私を楽しませ、最後にこのことを告げる源太に、大人の男の強さと思いやりを感じた。

「俺、好き勝手やってきて、バチが当たったのかなあって。自分でも非合理的だってわかってるし、いまさら何言ってんだって話なんだけど」

おそらく源太は、私以外の女性とも婚外セックスをしてきたのだろう。けれども、これを機会にすっぱりとやめるつもりなのだ。

「改心したんだから、きっとよくなるよ。私も祈ってる」

「まあ、こうやって会ったら酒くらいは飲もうや。ササも元気でな」

そんな話をして別れたけれど、たぶん、よほどのことがない限り源太から連絡が来ることはないだろうし、私もしない。でも、源太とのひそかなつきあいが終わったことに、自分でも意外なほど落ち込んでいた。

いつかは終わるだろうと思っていたが、まだもう少し先だと思い込んでいた。源太に安心しきっていて見くびっていた分、急にいなくなってやっと、「誰も相手にしてくれなくても源太がいる」と心の支えにしていたことに気づいた。でもこれって、男が古女房のことを言うみたいではないか。そう考えると、愚かで情けなくて、少しだけ立ち直れる。

源太だけでなく、妹も松岡も、私から離れていくように感じた。年老いて、自分でも気づかないうちに、独善的で不快な人間になっているのではないか。もちろんすべてが、私の人格が理由で起こったことではない。でも、万江島氏との恋愛にどこか浮かれていて、周りの人を大切にしてこなかったのではないか。

自分に自信がなくなってきて、重い足取りで家に帰った。

茶の世界では、炉の季節が始まる十一月のことを、晴れやかに「茶人の正月」と呼んでいる。そのため、前月の十月はこれまで使っていた風炉を惜しむような名残の気持ちで臨み、茶道具も一層侘び寂びたものが好まれる。

抹茶は、去年の十一月に口を切った茶壺に残っている「碾《てん》茶」（抹茶になる前の葉茶）を使い切ることになっている（現在は缶に保存した抹茶を使うので、茶壺に碾茶を入れていることはほぼ無い）。茶花は、「残花」と言って、この時期に咲いているたくさんの花を集めて宗全《そうぜん》籠などに入れたりする。風炉は、「やつれ」と呼ばれる、一部が破損したり欠けたりしているものを使うのもよく、茶碗もこの時季ならば、継ぎをしたものを使うのも一興だと言われている。

「名残の茶事」の準備のため、当日の前週の土曜に万江島邸へ行くと、菱沼さんに「愉里子さんはそういうお着物もよく似合うのね」と言われた。母が着ていた木綿の久留米絣で、深い藍色に細かな白の絣模様が入ったレトロな着物なのだが、柔らかく身に添ってくれて、着物を着る元気がないときもこの着物ならば袖を通す気持ちになれるのだった。

万江島氏は私を見るなり、まず見せたいものがあると言った。私は、くすんだオレンジ色のコットンセーターにチノパンの万江島氏と一緒に広間に向かった。

廊下を歩きながら、私は二つのことを考えた。まず一つは、二人きりになるとすぐに「会いたかった」と抱きしめられるのではないかということ。もう一つは、北川すみれに関する何かを見せられるのではないかということ。

しかし、どちらもはずれだった。広間に入った万江島氏は、いそいそと桐箱を私の前に置く。中から出てきたものは、この夏に私が割ってしまったあの鱇鉢だった。

茶褐色のどっしりとした陶器の鱇鉢が、縦に真っ二つに割れていたのだが、いまは鉄の鎹《かすがい》で継がれ、食パンの焼き型のような元の形に戻っていた。

「……馬蝗絆《ばこうはん》みたい」

「珍しいでしょう。これができる職人さんがなかなかいなくて」

東京国立博物館にある「青磁茶碗・銘馬蝗絆」は、かつて将軍足利義政が所有しており、ひび割れが生じたために中国に代わりの品を求めたところ、同等の優れた茶碗はもうないため、鎹で修理して送り返されたという逸話が残されている。その鎹を蝗《いなご》に見立て、馬蝗絆という銘が付けられたという。

「漆継ぎも考えたんですが、それだと景色がよくない。それで、鎹を思いつきました」

「確かに、金や銀や漆で継ぐと、そこばかりが目立ってしまいますね」

「鎹があることで、この器がますます方舟のように見えませんか」

「ええ……私が言ってはいけないことですが……」

と言い淀むと、万江島氏がウインクするように目配せする。

「言いたいことはわかります。この継ぎがあることによって、魅力が倍増したんです。愉里子さんのおかげです」

二人で新たな美を発見し、互いにわかりあえたと思った瞬間、えもいわれぬ快感が身体を貫く。私たちは手を取り合って歓喜するかわりに、深くうなずきあう。

それとは別に、私は冷静に考える。割れた部分は隙間なくぴったりと継がれ、鎹の数も、位置も、考え抜かれている。腕の立つ職人によるこの繕いのために、それ相応のお金がかかっているはずだ。

「私のおかげなんてとんでもないです。こんな素敵な器に生まれ変わらせ、私の心を軽くしてくださり、ありがとうございます」

私たちは、男女の仲になる前と同じように折り目正しく会話をする。万江島氏がそのように振る舞うからであり、私もそれに従うのだが、先月の荒々しい性交などまるでなかったかのような顔つきをして、どこまでも温和で紳士的な万江島氏を見ていると、あれは夢か幻だったたような気持ちになってくる。

「愉里子さんに気に入っていただけてよかった。ちなみに、銘はさくら丸です」

私はしばし考えて、言った。

「安部公房の『方舟さくら丸』ですか?」

「はい。この鎹のついた武骨な器に、さくら丸という柔らかい名前がついてるのも悪くないかと」

私は小さくうなずく。この鰊鉢は初めて見たときから好きであり、この継ぎも非常に良いと思う。けれども、茶道具としては決して上等ではないこの素朴な器を見るたび、万江島氏が私のことを思い出すのかと思うと、ゴージャスな北川すみれが頭に浮かび、ついひがんでしまう。しかし「さくら丸」という女性的でもあるその銘によって、そのイメージの先に私の存在を置いてくれたのではないか、いや、あの小説の方舟には確か四人の男女が乗り込んでいるから、私の存在などまったく気にしていないのではないか、などと深読みしてしまう。

その鰊鉢は仕舞われ、私は、今度の茶事に使う志野の呼び継ぎ茶碗などを出すのを手伝った。中置《なかおき》という点前に使う、細い備前の水指の入った桐箱を見ると、人間国宝の作だった。

「これは、彌富に買わされたんです」

万江島氏が弁解するように言う。私は、彌富という名前でまた北川すみれを思い出してしまう。

「彌富さんとはとても仲がいいんですね」

万江島氏はいくぶん困ったように微笑んで言った。

「わがままなボンボンに振り回されてる感じなんですが、ああいう面白い男と一緒にいると、私の知らない世界を教えてもらえたりします」

私は、この流れに乗じて北川すみれのことを万江島氏に尋ねるかどうか迷っていた。すると、広間の襖が開いて背の高い男があらわれた。

「これはこれは愉里子さん。ご無沙汰しております」

半七が私の前に座り、両手をついてざんぐりとお辞儀した。今日は黒ずくめの格好で、黒いサングラスを頭にのっけていた。

「こちらこそ。お変わりないですか?」

半七が取ってつけたような挨拶をするから、こちらもちょっと気取って言う。全裸事件以来、初めて会うが、私はもうそのことは気にしておらず、半七を留都の彼氏という認識でつくづくと眺めた。

「いやもう、忙しいの忙しくねえのって毎日てえへんですよ」

口調のわりにはどこかゆったりとしていて、しかも万江島氏に向かって意味ありげに笑っている。それを受けて万江島氏が言った。

「今度の茶事の正客は槙野さんですけど、あの方のたっての希望で、中立ち前、半七に一席やってもらうことになりました」

私は、美しい銀髪をすっきりと結い上げた槙野さんを思い出す。

「お水取りに因んだ茶会のとき、槙野さんは、半七さんをけなしたお客様に対して、あの人は本物だって一歩も引かなかったんですよね」

「あたしの色香にやられちまったんですよ」

「ま、しょっちゃって」

槙野さんは、祖父に連れられて子供のころから人形町末廣《すえひろ》で落語を聞いていたそうだから、いわゆる通なのだろう。そんな人が色香に惑わされたとは思わないが、それでも今日の半七は疲れているのか、憂いをおびており、うつむいたときのあごのラインなども艶めかしい。

「あたしはもう寄席なんかやめちまって、黒門町《くろもんちょう》みたいにしっきりなしにお座敷に呼ばれるってえのを目指しましょうかね」

半七が投げやり気味に言うと、

「黒門町は、二つ目のときに寿司屋の娘と駆け落ちしたっていうじゃないですか」

と、万江島氏が意味深なことを返す。私は、駆け落ちってもしや……と胸が騒ぐ。

「あの人は内縁やらなんやら、女がたんまりいて、少なくとも五回は結婚してんですから」

そこまで半七が話したところで、菱沼さんがやって来て万江島氏に声をかけた。

「槙野さんからお電話です」

「噂をすれば何とやら、だね」

万江島氏が広間を出て行き、私と半七だけになった。

「半七さん、最近何かあったんですか？」

半七は立川談志みたいに頰を撫でるしぐさをして、それから膝に両手を置いて私のほうにぐっと顔を突き出して言った。

「愉里子さん。留都さんを怒んねえでくださいましよ」

「どういうこと？」

「留都さん、家出して、あたしんとこに駆け込んで来たんです」

私は目を瞠《みは》って半七を見つめ返す。

留都と半七との仲が留都の夫の知るところとなり、半月ほど前、留都は離婚覚悟でひとり暮しの半七のところへやってきたという。ところが、半七の祖母の艶子さんが「本気で旦那と別れたいんなら、今はまだ一緒に住んではいけない」と言い、現在、留都はホテル住まいをしている。

「おそらく、ばあさんは留都さんの将来を思って言ったんですよ。ホテルに一人きりでいるうちに冷静になって、やっぱり私、夫と子供が一番大事だわ、ってなるかもしれないじゃないですか。だったら、男のところからより、ホテルから家に戻ったほうがやり直すのも楽でしょ？　そういうことですよ」

留都の恋はあくまでもかりそめでいつかは終わるものであり、家庭を捨てるなど思ってもいなかった。半七は魅力的な男だが、二十二歳も年下である。噺家としてはまだ二つ目で収入も少なく、一匹狼で変わり者のせいか敵も多いらしく、しかも女性関係は派手である。

留都は必死につかみ取り守り続けていた上流階級の暮らしを手放すほど、この男にのめりこんでしまったのか。あるいはよほど今の暮らしが耐えがたいものだったのか……。

「留都さんはまだ気持ちが揺れていて、だから愉里子さんへ連絡できないんだと思います。不人情ってことじゃねえんですよ。で、愉里子さんはこの事実を他所《よそ》から知らされるより、あたしから聞いたほうがいいんじゃないかと思いましてね、こうして話してるわけです」

半七は、留都が私に何も話していないことを気にしてくれているのだった。でも、私も留都も、人生において大事なことは自分ひとりで決めるしかないとわかっている。

私たちはもう五十を過ぎているのに、いまだに恋に悩み、人生に迷っている同志なのだ。留都のことを心配こそすれ、怒ったりなんかしない。

「さっき『寄席なんかやめちまって』なんて言ってましたけど、ルツとのことで、半七さんの仕事に何か影響があったんですか」

「影響っていうより、あたしがしくじったんですけどね」

半七のツイッターに、留都の家出の後、留都とのことを匂わせるようなリプが来るようになり、いつのまにか半七と留都の不倫が仕事仲間に知れ渡ることとなった。仲間から厭味を言われるくらいはいくらでもやり過ごせたのだが、あるとき寄席に出ると、客から掛け声がかかった。

「最初、女ったらし、ってかかったんですよ。それくらいならいいんですけど、噺の途中で、ドロ沼不倫！　とか、年増殺し！　なんてくるんですよ。嫌がらせ以外の何もんでもないですよ、ねえ。それで、客席に下りて一発ガツンとね」

「やっちゃったんだ」

「それで出入り禁止です」

「師匠からも……破門？」

「うーん、首の皮一枚って感じですかね」

「半七さんのことだから、そのうち、武勇伝とか笑い話になるんじゃないの？」

「愉里子さんも言いますねえ」

半七が力なく笑う。元気がないのは、仕事のことだけでなく、留都と今後どうするかということで悩んでいるのだろうか。

「ねえ。半七さんは、ルツと一緒になりたいの？」

「こりゃど直球」

私は黙って半七を見つめる。半七が音《ね》を上げたように言う。

「あたしはずっと、結婚なんてするもんじゃないって思ってたんですよ。相手にしたって、こんな男と所帯持ったって何もいいことないですよ、まったく」

半七は、留都の前では違うことを言っているのかもしれない。それでも、覚悟を決めて男のもとへと走った留都のことを考えると、男がそれに感激したり、すぐさまその愛に応えたりすることもなく、こんなふうにのらりくらりされたら、さぞかしつらかろう、心細かろうと思う。

でも、今日の半七の態度や言葉の端々に、留都のことを大事に思っているのが何とはなしに感じられる。それこそ、ど直球なことを言うのは野暮という、彼なりの照れがあるのかもしれない。あるいは、留都が元の鞘《さや》に収まっても大丈夫なように、自分をそういう中途半端なところへ置いているのかもしれず、もしそうなったとしても留都が悪者にならないようにという、彼なりの愛情なのかもしれない。

そこへ万江島氏が戻ってきて、私に言った。

「槙野さんが、九州の知り合いからおいしいお茶をいただいたそうで、今度の茶事で茶通箱《さつうばこ》をしませんかっておっしゃるんですよ」

「それは珍しい茶事になりますね」

茶通箱というのは二つの茶入がちょうど入るくらいの大きさの箱であり、亭主が用意した茶と客から頂戴した茶との二種類の濃茶を点てるときに用いられる。

「それで、二つのお茶のバランスもあるから、味見のために今から一服飲みにいらっしゃいっておっしゃって……すみません、私、断り切れなくて。これから三人で行きませんか？」

鎌倉にある槙野さんの家までは、ここから車で往復すると一時間はかかる。しかも槙野さんはもてなし好きと聞いているから、きっと釜をかけ、美味しいお菓子なども用意して待っているはずである。行けばすぐには帰れないだろう。

「いやあ、あたしはお茶は苦手ですし、遠慮しときます」

半七は即座に断る。

「じゃあ愉里子さん、一緒に行きましょう」

万江島氏が屈託なく笑いかける。

「せっかくですが私も。夕方からちょっと用事がありますので」

「そうなんですか？」

万江島氏が驚いた顔をする。

「ええ。お誘いくださったのに申し訳ありません」

用事などなく、槙野さんも良い方だけど、万江島氏と二人で行くのは億劫だった。槙野さんが私たちの関係に気づいているにしろそうでないにしろ、二人一緒に行けば、当然何かを思うはずである。そういう彼女の前でしゃんとして振る舞う気力が湧いてこなかった。木綿の絣を着ているのも気おくれがしており、何より、今日の万江島氏がずっと他人行儀なことや、私と二人きりで過ごすのではなく半七と三人で槙野さん宅へ行くつもりになっていたことに、私は悲しいを通り越して少々怒っていた。

「残念ですね。行くのやめましょうか」

「いいえ、槙野さんにはもう行くってお話しされているんですよね。私はまた来週こちらへ伺うのですから、どうぞお気遣いなく」

万江島氏はわずかに不満げな目つきを寄越すが、私はそれに気づかぬふりをする。

「じゃあ、さっさと準備を終わらせて私と一緒に出ませんか？　駅まで送ります」

「いいえ、どうぞお先に。後は私に任せてください。帰りは半七さんに送ってもらいます」

私が半七を見ると、半七があわてて「あ、ええ」と返事する。

「そうですか。じゃあ、すみませんがよろしくお願いします」

「はい。こちらこそ、来週もよろしくお願いします」

私たちは互いに畳に手をついて礼をした。笑みを浮かべることなく。

万江島氏が広間を出ていくと、半七があきれたように言った。

「あたしの前でなに痴話げんかしてんですか」

「してないですよ」

「何かあったんですか？」

含み笑いの半七はさっきの劣勢からすっかり立ち直っている。私は少し逡巡してから言った。

「北川すみれさんという方、ご存じですか」

「いいえ」

「ほんとに？」

「それ、万江島の旦那の元カノ？」

半七がからかう。

「知らないならいいです」

半七はポケットからスマホを取り出すと誰かに電話した。

「あっ艶子さん？　あのさあ、北川すみれっていう人知ってる？　……いや芸人じゃなくて、万江島の旦那の関係で……そうなの？　……わかりました、ありがとう」

通話を終えた半七は私に言った。

「ばあさんも聞いたことがないって。あの人、そういうことは隠したりしないから」

「わざわざ聞いてくださってありがとうございます」

むっつりしたままの私に、半七は言った。

「愉里子さんらしくないですよ。昔のことなんか気にして」

「……昔だったら気にしない」

半七が少し眉根を寄せる。それから小さくため息をついて、どこか遠くを見ながらつぶやいた。

「あたしは留都さんの亭主のことなんか、これっぽちも気になりませんよ。気にしたって何かが好転するわけでもなし、あたしがどうこうできるモンじゃありませんから」

私はこの話をもう切り上げたかった。

「あ、そうだ。今度ルツに会ったら、言っといてください。ルツがどんな選択をしても、私はそれを受け入れる。私たちの関係は変わらないって」

「……わかりました」

半七は私に笑顔を向けてから立ち上がり、ふらりと部屋を出て行った。

ひとり残った私は、北川すみれが、万江島氏と古くからつきあいのある艶子さんや半七にも知られていない、いや、知らされていない存在であることがわかり、なぜか暗い気持ちになった。北川すみれ自身は、誰をも寄せつけない二人だけの世界を築いていることに満足していて、私のこんな同情めいた感情などせせら笑うかもしれない。けれども、不倫のような関係でもないのに、彼女が最期を看取りたいとまで願っているその男性が、自分のことを親しい人にちっとも紹介してくれないというのは、さみしいことではないかと思った。

会社で仕事をしていてもどことなく鬱々としていたら、松岡から、話したいことがあるのでお時間いただけませんかと言われた。社内ではないほうがいいとのことなので、退社後に二人でタクシーに乗り、ワンメーターほど離れたところにある喫茶店に入った。

部長のモリジュンではなく、同僚の池田でもなく、中間管理職の私に相談するのだから、やはりこの二人に関することではないかと予想していた。ところが、松岡と向かい合わせに座ると、彼女が私をぐっと強く見据えたので、私は、自分が責められるのではないかとひるんだ。

「草野さんは、私の噂、聞いてないですか？」

「え？　聞いてない」

「いえ、いいんです。たぶん、そうじゃないかと思ってました。今、代理店の人たちの間で、私が大河内常務の愛人だって噂になってるんです」

想像もしていなかった話をされて私がすぐに反応できないでいると、松岡は「嘘に決まってるじゃないですか！　私、セクハラされたんです！」と訴え、仔細を語り始めた。

元製作部部長で資材担当だった大河内常務は、今でも製紙会社や用紙代理店に影響力があり、それらの会社の上層部と会食をしている。その席に、新実さんやモリジュンではなく、松岡が呼ばれて同席することが何度かあったという。

「私が若い女だから呼ばれたっていうのはわかってます。もし断ったら常務を敵にまわすことになりますから、私は断らずに従いました」

大河内常務は身贔屓の激しい人であり、彼に嫌われたことで、行きたくない部署に飛ばされたり私のようにずっと課長に留め置かれたままの社員は何人もいる。

ハイヒール愛用者の松岡は膝丈のスカートをはいていることが多いのだが、料亭の和室で大河内常務の隣に座っていると、彼が話の合いの手のように、彼女の太ももをぽんぽんとさわってくることがあったという。松岡はとても不快だったのだが、取引先がいる手前、露骨に嫌な顔をしたり手をどけたりできないのでやり過ごした。接待の後に常務にやめてほしいと抗議したところ、そのときはわかったと言うのだが、その後も改めることなくさわってきた。

そして先月初旬の接待の最中、隣に座っていた常務はついに太ももに手を置いたままにして、しばらくさわり続けたという。

「信じられなくて顔が強張ってしまったんですけど、私以外はなごやかに話をしていて声を上げられるような雰囲気じゃなかったので、必死に我慢したんです。でもそれが間違いでした。太ももにさわっていることに気づいた向こうの会社の人が、私が常務の愛人だって噂を流したんです。向こうの二人もおじさんです。その噂には、接待の後で二人がホテルに消えたとか、まるっきり嘘の話までくっついて広まってるんです。池田さんが『お前、めっちゃ話題になってるぞ』って笑いながら教えてくれました。池田さんはただの噂だから気にしなくていいって言いましたけど、私、何か、汚い泥をいきなり顔に投げつけられた感じでした……取引先の人に言われているのもすごくショックで、怖くて、こんなひどい噂を流されてしまうほど嫌われてたのかって落ち込みました。会社にいても、みんなが私の噂を知ってて、私のことそういう女だと見てるんだと思うといたたまれなくなって、仕事が手につかなくなりました」

「そうだったんだ……つらかったね」

松岡がハンカチを出して目をおさえながら言った。

「でもだんだんくやしくなって、友達に相談したらそれはセクハラだから、きちんと抗議したほうがいいって言われました。弁護士に相談すべきだって。でも、大ごとになって、噂を言った取引先も巻き込むことになったら、会社に迷惑がかかって私はもういられなくなるかもしれない。親にも迷惑がかかる……」

松岡は、親のコネで入社したと言われている。

「私、裁判沙汰にはしたくないんです。でも、このままでは納得できない。それで、このあいだ草野さんから声をかけてもらったのが心に残ってて……話を聞いてもらおうと思ったんです」

私は松岡が頼ってくれた気持ちをありがたく受け止めるように、大きくうなずいてから言った。

「あなたはまったく悪くないからね。会食を断らなかったのが悪い、常務の手をどけなかったのが悪い、っていう批判なんか無視していいから。だいたい、松岡さんが邪険にできない状況下でボディタッチするっていうのが狡猾《こうかつ》で悪質だよ。噂を流した人間も同罪。あの二人はあやしいとか愛人だとか噂するのはよくある話で、悪気はないって言うかもしれないけど、男同士で若い女をいたぶって面白がってるとしか思えない」

若い女である松岡が、おびえるような表情になった。

松岡は、華やかな容姿で高級ブランドの服をさりげなく着こなしている裕福なお嬢様であり、言わば高嶺《たかね》の花である。そんな手の届かない女性を引きずり下ろしたいという昏《くら》い願望を持つ男たちにとって、その女性の汚れた噂は、舌舐めずりするようなおいしい餌である。つまり、松岡のような女性は醜聞のターゲットにされやすいのである。

しかも松岡はハイヒール好きである。セクハラは、スカートが短いほど、ヒールが高いほどあいやすいと言われており、おそらく「会社は遊びの場ではないのだからそんな靴を履いているのが悪い」という陰口も叩かれるだろう。しかし、松岡がやっている仕事はハイヒールを履いていても何の問題もないデスクワークなのだ。

男性のエロ欲を刺激しないために、女性が好きな服を着たり仕事のモチベーションが上がるような格好をする自由を抑制しなければならないというのは、立場が弱い者に対する抑圧以外の何物でもないだろう。

「セクハラ加害者はほぼ全員リピーターって聞いたことがあるけど、大河内さんも、昔からそういうことをしてた人なんだよ。表立って言わないだけで、古参社員ならみんな知ってる。その取引先も大河内さんとは長いつきあいだから、彼の女性蔑視的な態度を知ってる。それを許しているから『常務が接待中にセクハラしてる』じゃなくて『あの若い女は愛人』なんていう、男をかばうようなふざけた噂を流すわけ。ゲスい男たちがタッグを組んだ結果なんだよ」

「そんなの許せないです！　どうすればいいですか！」

私はそこで黙ってしまった。

我が社は役員が全員男性であり、社風も保守的で男性優位である。そんな会社側に役員のセクハラを認めさせるとなると、かなりの困難が予想された。

「松岡さんの最終目的は何？　常務を懲らしめたい？　辞めさせたい？　損害賠償金？　取引先も罰を受けてほしい？」

「私は、常務に謝ってもらいたいです」

松岡はやっぱりお嬢様で、若くて、まっすぐだなと思う。

「大河内さんという人物を約三十年前から知ってて、直属の部下として働いた経験もあるけど、彼は誰に対しても謝ったことがないんだよね。面子《メンツ》にこだわって、若い女に頭を下げるくらいなら死んだほうがましって本気で思っているような人。だから、心から謝ってもらうというのが一番難しいと思う」

「えー、じゃあ、どれだったらできそうなんですか」

「例えば、常務のセクハラが明るみに出て、松岡さんが愛人だっていう噂が否定されたら、少しは満足できる？」

「ええ、まあ」

「常務がその後も会社に居続けることになっても、松岡さんは大丈夫？　働き続けられそう？」

「うーん。毎日顔を合わせるわけじゃないけど、社内にいればばったり会う可能性はあるわけですし、それはわかんないですね……でも常務を辞めさせるなんて無理ですよね」

「まあねえ……でも、いじめやツイッターの中傷もそうだけど、被害者が退学や退場して終わることが多いでしょう。加害者は改心することなくずっとそこに居続けて、また同じことを繰り返してたりする。それって間違ってると思うんだけど」

「私もそう思います。でも、被害者は少数派で弱くて、あっちのほうが圧倒的に力があるんですから」松岡は悄然《しょうぜん》としてつぶやいた。「やっぱ、無理ですね」

「そんなことない」

私が断言したので、松岡は驚いたようだった。

「大河内さんみたいな男性を社内にのさばらせてしまったのは、私たちのような昔から会社にいる女性にも責任があるんじゃないかと私は思ってる。今までこれに似たようなことがあっても、我慢したり、見て見ぬふりしたり、言っても無駄だってあきらめたりしてた。でも、そういうのはもうやめたいって、今はっきりと思った。私としては、松岡さんになるべく負担をかけないようにして、できる限りのことはやりたい。松岡さんの味方になって戦いたい。だから、作戦を考えるので、少し時間をもらえないかな」

松岡の表情がふわっと明るくなった。

「いいんですか？」

「うん。うまくいくかどうかはわからないけど、絶対に、泣き寝入りにはしない。いざとなったら、大河内さんの自宅に怒鳴りこみに行くから」

「いやそれはまずいですよ」

「冗談だって」

二人で笑う。

「やっぱり森さんじゃなくて草野さんに話してよかった」

その言い方が気になった。

「森さんには相談してないの？」

「もちろんです」

「どうして？」

「どうしてって、森さんは大河内常務に気に入られてるじゃないですか。男性上司に取り入って、波風立てずに仲良くして、うまく出世したって聞いてます。反対に草野さんは、常務が特定の代理店ばかり優遇するのを指摘して、もめたそうじゃないですか」

「それ、誰から聞いたの？」

「……いろいろです。森さんは役員を狙ってて、部長を引き受けたのもそのためだし、異性に甘くて同性に厳しいから気をつけろって」

松岡がモリジュンに距離を置いていたのは、そういう情報による先入観のせいだったのか。

私やモリジュンは、男女雇用機会均等法が施行された後に就職した「第一世代」の少し下の世代ではあるが、若い女性社員にとっては、ほぼ同じような古い世代の女性とみなされている。そういう世代のなかで、男性社会からはじき出されないように我慢して成功したモリジュンが疎まれ、男性たちからはじかれた分、自由に物申せた私が担ぎあげられるのは、最近の#MeToo運動の影響もあるのかもしれない。でも、サバイバルゲームのように女性社員が減っていくなかで、何とかして生き残ってきた私たちを、若い世代がそんなふうに簡単に善し悪しを決めて分断していくのは、どうにも看過できないものがあった。

「私の知ってる森さんは、そんな、女性の敵みたいな人じゃない。大河内さんともめた私は、単に、オレを立てろ、オレを褒めろっていうのがもろに伝わってくる、幼稚なあの男が嫌いだったからだよ」

松岡が不服そうな顔をするが、私は続ける。

「今となってみれば、私はどうしてもやりたいという仕事がなくて、自分の感情優先で、上司批判のやり方も下手で、ダメな会社員だったと思う。会社というところは役職が上がると裁量権が大きくなって、自分のやりたいことができる。編集の仕事が好きな森さんはやりたいことがあったから、その手段として周囲の男性と協調していくことを選び、編集長まで昇りつめた。私はそんな同期を尊敬する。モリジュンは、松岡さんが思っているよりいいやつだよ」

松岡は納得していない顔つきのまま、何か言いたいことがあるのを我慢するように紅茶カップを口に押し当てる。

私は、そうやってモリジュンの話をしながら、大河内常務のセクハラを告発するには何としてもモリジュンの力が必要なのだと改めて思ったのだった。

9

松岡と別れた後、私は急速に気が滅入っていった。

松岡からセクハラ被害を打ち明けられたときは、彼女を心から痛ましく思い、セクハラした常務に対して怒髪天《どはつ》を衝く怒りが湧いた。このセクハラをなかったことにするのは女としての仁義に反することであり、部下に頼られたこともうれしく、彼女の思いに何とか応えたいと思った。

しかし、加害者は私の天敵である大河内常務なのだ。もし彼のセクハラ行為を会社が認めず、彼に何のお咎めもなければ、私に対して報復人事が行われるのは間違いない。十中八九、私は閑職に回される。さまざまな手を使って退職に追い込まれる可能性もあるだろう。

つまり、役員のセクハラを会社に認めさせるだけでも難しいのに、彼を今の地位から引きずり降ろさないと、ささやかだけど充実していた私の会社員人生は終わってしまうのである。そんな困難極まる告発を、果たして私はやれるのか。部下のためにそこまでする必要があるのか。

今ならまだ引き返せる。

セクハラ案件に強い弁護士に一任したほうが満足のいく結果が出るようだ、あるいは、うちの会社は労働組合がそれなりに機能しているからまずはそこを通して動いたほうがいい、などとアドバイスして、自分が表立っては行動しないようにすることだってできる。

でも。松岡を社内で孤立させて、二次被害を与えてはいけない。同僚が彼女を守る必要があり、それはたぶん最も近くにいる私の役目なのだ。

何より今、私は自分が試されているような気がしている。草野愉里子、あんたはここで逃げるような女なわけ？　自分は手を汚さずに保身することで無事定年を迎え、ああよかったって心から満足するような女なの……？

私は腹を決めた。

この勝たなくてはいけない戦いに、必ず勝つ。

やるべきことが次々と思い浮かんだ。私は目に留まったカフェに飛び込み、手帳を広げると作戦を書き込んでいった。

協力を要請する際に、最も慎重さが求められるのがモリジュンだった。部長のモリジュンは女性社員の中で最も高い役職に就いており、女性週刊誌の元有名編集長だったこともあって社員への影響力は大きい。彼女が会社との交渉役に参加してくれれば、これほど心強いことはない。しかし、失敗した場合を考えると、今回の告発に彼女を深く関わらせたくないとも思う。

とはいえ、松岡の一番上の上司で且《か》つ女性であるモリジュン抜きでセクハラを告発するのも不自然であり、どういう形で彼女を関わらせるかが問題だった。しかも万が一、彼女が松岡側ではなく常務側に付けば、状況はかなり厳しくなる。モリジュンに今回の話をするタイミングを、充分に考えなくてはならなかった。

翌日から私は行動を開始した。

社内で不穏な動きをすれば、大河内常務の耳に入って早いうちにもみ消されてしまうかもしれない。私の第一の作戦である、自社の労働組合と共闘して社員の関心を集め、経営陣に揺さぶりをかけるのは、第二、第三の作戦のめどが立ってからということにした。

第二の作戦というのは、大河内さんにセクハラ行為をされた元女性社員の証言を、できるだけ多く集めることだった。若い頃の大河内さんは、今よりもずっと露骨でひどいセクハラ行為をしており、その実態を明らかにすることで、彼の松岡に対するセクハラ行為がほんの出来心ではなく、彼が悪質なセクハラリピーターであることを証明する。そして、このまま何の処分もなく社内で働き続けることが、いかに有害であるかを会社に訴える。現社員ではなかなか話せないことでも、元社員なら話してもらえる可能性が高いのではないかとも考えた。

私が真っ先に声をかけたのは、新入社員のときにメンター的存在だった滝本美鈴《たきもとみすず》さんだった。

今は結婚して姓が変わり、新興の化粧品メーカーの社長としてマスコミにもよく登場している。

彼女はかつて、社内で知らない人はいない優秀な広告ウーマンだった。が、三十三歳のとき宣伝部に異動になり、ほどなくして会社を辞めてしまった。その当時の宣伝部のトップが大河内さんであり、彼からいじめに近いことをされたというのは美鈴さんから聞いていた。私は、その一因は大河内さんからのセクハラにあるのではないかと思い、彼女に話を聞くことにしたのだ。

美鈴さんとは今でも年賀状のやりとりを続け、彼女も茶道を習っているので茶会で会うこともあった。しかし、過去のセクハラ被害について尋ねるのは、これが初めてだった。

現在五十九歳の美鈴さんは、大河内さんのセクハラ行為を淡々と語ってくれた。

「新聞社からの接待が終わると、大河内さんからもう一軒行こうと言われたの。こっちは異動して間もないから、無下には断れなかったのよね。彼は最初の接待の席で私にさんざん酒を飲ませておいて、次の店でもまた飲ませた。そして、ふらふらになったところでラブホテルに連れ込まれた。でも、下着に手がかかったところで正気に返ったから、バッグであいつをバンバン叩いて大声でわめきながら逃げた。……次の日、彼が謝るのかと思ったら、『男のメンツを潰してただで済むと思うなよ』って恫喝してきて、もうびっくり。私も勧められるがままに飲んでしまったのは事実だから、謝ってもらえればそれで気持ちも済んだのに、受け入れなかったのが悪いと言わんばかり。それからは、前にも話したかもしれないけど、大型企画の担当からはずされたり、ルーティンワークしかやらせてもらえなかったり、会議に私だけ呼ばれなかったりして、いやがらせの連続」

「そうそう！　私も、飲みに行くのを断った次の日、私だけ会議に呼ばれませんでした。こんなこと普通にやってるんだから、どんだけ精神年齢がお子ちゃまかって」

「他の部員が『あれ、滝本は？』って聞いたら、急ぎの用事があるって言ってた、なんて平気で嘘ついてたらしい。もうあきれちゃって、あの人の顔を見るのも苦痛で耐えられなかった。あー、久しぶりに思い出してムカムカしてきた！」

「すみません、いやなこと思い出させちゃって。でも……辞めるときに、会社に全部話して訴えるということは考えなかったんですか？」

　私がおずおずと尋ねると、美鈴さんはきつい表情になった。

「……自分の恥をさらすようで嫌だった」

　私はここが正念場だと思い、美鈴さんを見つめて言った。

「セクハラは明らかに加害者に非があるのに、こうして被害者が恥の意識や罪悪感を持たされてしまうのが何とも厚かましい犯罪です。そして、訴えた後もひどい目に遭うことが多いのが大きな問題なんです。今回の松岡さんの件も、『彼女にも隙があった』『拒否すれば済む話だった』などと言われ、訴えた彼女が傷つくだけ傷ついて終わり、大河内さんに『ほら見たことか』なんて思わせては絶対にだめだと思うんです」

「ええ、そうね」

「だから美鈴さん。今回、大河内さんのセクハラを告発する文書を会社に提出するにあたり、今の内容を実名で書かせていただくわけにはいかないでしょうか？」

美鈴さんの顔が強張った。

「私は、大河内さんからセクハラの被害にあった女性社員の証言を、できるだけ、いえ全員の分を、会社に提出したいと思っているんです。その中には、もしかしたら実際に性行為があった人もいるかもしれません。その方には匿名で、ということになるかもしれません。でも、そうでない方には実名でお願いしたいんです。ハリウッドのハーヴェイ・ワインスタインのセクハラ告発のように、実名で訴えないと効果がないんです」

美鈴さんは返事をしない。

「ワインスタインの件は、有名女優が被害を訴えたことで大事件に発展しました。今の経営陣で美鈴さんを知らない人はいません。他のOGも、あの美鈴さんが勇気をもって実名で証言したことを知れば、励まされ、後に続いてくれるのではないかと思うんです」

「……私に『旗振り役』になれってことね」

目の下の皺もほうれい線もない、スーパー美魔女の美鈴さんが私をにらんだ。

「英語では『チャンピオン』とも言うそうです」

美鈴さんはそれを聞いた後、アハハと大口を開けて笑った。

「今、私の頭の中で、フレディの歌声が鳴り響いてる」

「は？」

「オッケー。実名でいいです。私も、昔の後輩たちに電話して頼むから、愉里ちゃんは他の部署のほうを当たってね。いざとなったら、私も会社に行って社長の前で話します」

「ほんとですか？」

美鈴さんはチャーミングな笑顔を見せて言った。

「女もアラカンになると怖いものがなくなるのよ。セクハラを受けたすべての女性社員の名誉回復のために、戦うわよ！」

「ありがとうございます！」

それから私は、元女性社員たちにアンケート用紙を送った。松岡のセクハラの件、滝本美鈴さんが実名で証言することを約束した件を書き添え、大河内さんから受けたセクハラ行為について、できるだけ詳しく実名で書いてもらうようにお願いした。また、知り合いに元女性社員がいれば、アンケートに参加してくれるよう頼んでもらった。直接話を聞くのではなく、匿名での郵送可としたのは、つらい出来事の場合はそのほうが打ち明けやすいのではないかと思ったのだ。

美鈴さんと電話で打ち合わせしたとき、彼女は心配そうに言った。

「このアンケートを、会社が無視する可能性もあるのよね。大河内さんを常務に据えたのは社長だから、彼の非を認めると、社長の任命責任も問われる」

「ええ、それは私も考えました。ですから……」

私は美鈴さんに第三の作戦を打ち明けた。

「……なるほどね。でもそれは、信頼できる人にだけ話して、隠密に動いたほうがいいわよ」

「はい、わかりました」

私の第三の作戦は、元経営陣を味方に付け、現社長へ圧力をかけるというものだった。そのため、小澤さんを通して元広告局局長で執行役員でもあった宇山さんと会い、宇山さんの後輩にあたる前会長の堀越《ほりこし》さんと面談ができるようにお願いした。小澤さんの中学生の息子二人と宇山さんは、狛江の碁会所仲間なのである。

もし、大河内さんのセクハラ行為が長年に亘《わた》るものであったとすれば、それを放置していた歴代の上司や社長の責任も問われるはずであり、現社長一人だけの責任ではない。現経営陣が為すべきことは、現在や過去の被害者、加害者の事情聴取などを行って事実関係を確認し、大河内常務へ適正な処分を行うことである。それが元経営陣の多数意見であることを現社長の耳に入れておく、というのが私の狙いだった。

週末、宇山さんに連れられ、調布にある前会長の堀越さんの邸宅へ伺った。七十過ぎの堀越さんは禿頭《とくとう》も顔もつやつやしており、今は悠々自適の生活だという。女性週刊誌の編集長時代に、芸能スクープを連発して部数を飛躍的に伸ばしたやり手であり、とんとん拍子に社長、会長となった出世争いの勝者でもあった。

私にとって彼は、入社当時から雲の上のような人であり、その後もほとんど接点がなかった。そのせいか面と向かうと緊張してしまい、自分は根っからの会社員だなと自嘲する。

堀越前会長は、私の説明を聞き終わると平然と言った。

「大河内に関する悪い噂は、まあ正直、知らなかったわけではないよ。昔はこういう男、ざらにいましたよね」

堀越さんは宇山さんに同意を求め、実直な宇山さんが「いやあ、まあ……」とお茶を濁すと、私のほうに向き直った。

「でももう時代は変わった。あいつは昔から調子がいいだけで、たいして仕事はできなかったんだよ。宇山さん、いまだにこんなことをしてる役員がいるなんて、うちの会社の恥ですよ」

会社を辞めても「うちの会社」と言うんだな、と思う。

「草野さん、私も前会長として、セクハラ撲滅に協力しますよ。しかるべき時期に、安部《あべ》や加納《かのう》には私から連絡を入れておきます」

「ありがとうございます。心から感謝いたします」

私は深く頭を下げる。安部や加納というのは今の会長と社長のことである。

堀越さんは在社当時、大河内さんのことを嫌っていたというのを耳にしたことがあった。堀越さんが今回協力してくれるのは、セクハラ問題に関心があるわけではなく、これを機に、気に入らない奴を排除したいのだと思うが、私はそれでも構わなかった。

それと並行して松岡とも社外で打ちあわせをした。松岡は早く労働組合へ相談に行きたいと言ったのだが、私は、モリジュンと話をするまで待ってくれと頼んだのだった。

留都からは、彼女の家出を聞いた数日後に手紙をもらっていた。ホテルのロゴの入った便箋で、いつもの美しい楷書ではなく走り書きのような筆跡だった。内容も、まるで夜中に書いたラブレターのように、急に思いを吐き出したくなって書いたのではないかと思われた。


ゆーちゃん、私が家を出たことを聞いてさぞ驚いていることと思います。私自身も驚いています。でも夫と喧嘩した勢いで飛び出したわけではないんです。何かが私を突き動かしたというのが正しいです。

こうしてはっきりと伝えるのは初めてですが、十代のころの私は、お金のないことが心底つらかったのです。中学一年までは広い庭のある家に住んで、洋服もオーダーメイドだったりデパートであの服が欲しいと言えばすぐに買ってもらえた生活だったから、父の会社が倒産して小さなアパートに引っ越し、靴下一足買うのも何軒もまわって一番安い店で買うようになったのは本当にみじめだった。

高校生のときのゆーちゃんは、私のそんな状況を気にせず仲良くしてくれたけど、私、家に遊びに行ってお母様が広い茶室でお茶を点ててくださったとき、泣きそうになったの。娘の友達に対して大人と同じようにもてなしてくださったことはそれはありがたかったけど、片や、私の自慢だった美しい母は今、化粧もろくにしてなくて、心の病で働けない父に代わって借金を返すために朝から晩まで働きづめで、人生って何て不公平で理不尽なんだろうって思った。

私はお金の心配ばかりしている生活からとにかく抜け出したかった。でも、自分で稼ぐ方向には向かわなくて、一生お金の心配をしなくていい家に嫁ぐことにしました。馬鹿っぽいけど、私にとってそれが一番早くて確実な方法だったのです。

結婚によって、私は自分らしくあることをあきらめ、夫の世界に順応し、夫に従属しました。でも、お金の心配をしなくていいというのはこんなにも心安らかなのかと思い知りました。そのために自己主張を捨てたり、例えば政治やＬＧＢＴＱについて関心のないふりをすることくらい、何とも思いませんでした。

でも半七さんと出会って、私の心の奥底に隠していたもの、抑えていたものが、どんどん出てきてしまったのです。彼と話をしていると生き返ったような心地がします。彼とは、どんな話題であっても、いくらでも意見を戦わせることができます。嫁や妻が、積極的に意見を言うことを嫌う我が家とは大違いです。

アメリカにいる長男に「お母さんの口癖は『仕方ないわよ』だね」と憐れむように言われたことがあります。

夫はやさしくていい人です。義両親とも今はうまくやってます。家を飛び出すほど、家族に不満があるわけではないのです。

私は今、反抗期なのです。私が私に対して不満だらけで、反抗したくてたまらないのです。

ゆーちゃん、こんな私はへんですか？

いつも味方でいてくれてありがとう。また連絡するね。

留都

もしここに留都がいたらぎゅっと抱きしめていただろう。「反抗期」という言葉が心に残る。私が松岡のセクハラ告発を手助けするのも、これまでの私への反抗なのかもしれないと思った。

万江島邸での名残の茶事は、松岡からセクハラ被害を聞いて十日余り経った後に行われた。私は、日常業務だけでなくセクハラ告発の作戦準備のために忙しく、かなり疲れていた。けれども、そちらに関心が向いている分、北川すみれのことで悩むことは減り、万江島氏に対する焦れるような思いも少しおさまっていた。

当日は朝から小雨が降っていた。私は白大島で仕立てた雨コートを着て、最寄りの駅からタクシーに乗り、八時半ごろに万江島邸へ到着した。裏門から入り、傘をさして母屋に向かおうとすると、庭の隅のほうに万江島氏の後ろ姿が見えた。紺色のレインポンチョを着ており、私が来たことに気がつかないらしく、右手に花鋏《はなばさみ》を持ち地面にかがみこむようにして花を採っている。私は声をかけようとして、やめてしまう。

いつもと変わらぬ万江島氏の姿なのに、たくさんの樹々や草花が雨に濡れる裏庭にひっそりと立っているせいか、彼の背中が淋しそうに見えた。茶の湯の交わりで忙しく、彼の周囲には常に人がいるのに、孤独なひとり暮らし、という言葉が浮かんだ。彼が少しずつ衰えながら、この大きな屋敷でこれからもひとりで暮らしていくのかと思うと、いとしさのようないたわしさがこみあげる。でも、彼に近づこうとして、なぜかその一歩を踏み出せない自分がいた。

そうやって見ていると、万江島氏が急に振り向いた。

「あっ、愉里子さん」

彼は驚いて棒立ちのようになる。

「おはようございます。何してらっしゃるんですか?」

私はずっと見ていたことを悟られないように尋ねる。

「今日の花を選んでました」

万江島氏は、左手にある秋の草花を見せる。

秋海棠《しゅうかいどう》、吾亦紅《われもこう》、萩《はぎ》、河原撫子《かわらなでしこ》、白山菊《しらやまぎく》、上臈杜鵑《じょうろうほととぎす》……古希の男性が持つ花としてはアンバランスな、それでいてどこか似つかわしい感じがしたのは、その花々の控えめなたたずまいと彼の品のよい笑顔のせいかもしれない。

「ご自宅の庭でこれだけの茶花が揃うなんて素晴らしいですね」

「親が丹精していたのをただ守っているだけです」

「私だったらすぐに枯らしてしまいそう。なかなかできることじゃありません」

「私がいなくなったら、この庭はどうなるのかと思いますけどね」

万江島氏がぽそりとつぶやく。

何と返していいかわからず、私が黙ってしまうと、

「ああ、すみません。さあ、中に入りましょう」

万江島氏は明るく言って、母屋へ向かった。私も、彼の今の言葉を深く考えないことにした。

名残の茶事は、槙野さんを始めとする三人のご年配の客を迎え、つつがなく進行した。懐石のときは、お客様全員が酒好きということもあり、半東の私が席中に控え、必要なときはお酌をするという形となった。

強肴《しいざかな》を出した後、次客と三客の老年の男性が話に夢中になっている横で、正客の槙野さんが食べている途中でむせ始めた。

私はそっと槙野さんの後ろにまわり背中をさすったのだけれど、槙野さんは口を手で押さえたまま、顔が真っ赤になった。私は咄嗟《とっさ》に彼女の耳元へ「ここに吐き出してください」とささやき、着物の袂を彼女の右側に差し出した。どうにもこらえきれなくなった彼女は、私の袂の中に顔を近づけ、ぶわっと中身を吐き出した。

私は槙野さんの顔つきが平常に戻ったのを確かめ、すぐに胸元から懐紙を出して槙野さんに渡し、何事もなかったかのように退席した。

洗面所に行って袂の汚れを処理する。濡れた布で拭くとそこだけ目立ってしまうので、固形物と水分を取るだけにする。絹の長襦袢のおかげで、薄鼠の江戸小紋のほうのシミはそれほど大き

くはない。私はすぐに台所へ戻る。そこには、料理の盛り付けをしている菱沼さんと、椅子に座ってグラスの水を飲んでいる槙野さんがいた。

槙野さんは私を見るなり、相好《そうごう》を崩した。

「あなた、一生の恩人だわ。本当にありがとう。もしあなたがいなかったら、あのおじいさんたちの前で醜態をさらして、私、もう二度と茶事に行けなくなるところだった」

「いえ。それより、喉や胸に違和感があったり、痛かったりしてないですか」

誤嚥《ごえん》性肺炎を案じての質問だった。

「ええ、もう大丈夫よ。それより、お召物を汚してしまって……」

「どうぞお気になさらず。すぐに悉皆《しっかい》に出せば何の問題もありません」

「この御礼はまた改めてさせてくださいね」

槙野さんは立ち上がると、私の手を両手で取って小さく頭を下げ、また茶室へと戻って行った。まるで歌舞伎の女形のようなしぐさだが、槙野さんがやると不自然ではなく、何とも言えない可愛らしさと色気があった。

槙野さんが茶室に入ったのを確かめて、菱沼さんが言った。

「愉里子さん、あっぱれね。並みの人間ができることじゃないわ。これで槙野さんは完全に愉里子さんの味方ね」

「万江島さんはどちらに？」

面映ゆい私は話を変える。

「半七さんがいる洋間のほうに。半七さん、仕事の前なのにビール飲み始めちゃって」

「そうなんですか」

「こんなこと、今まで一度もなかったのに。何かあったのかしら」

「さあ……」

菱沼さんが半七と留都のことを知っているのかどうかはわからないし、私もそのことをあえて話したりはしない。

懐石が終わり、主菓子を客に出した頃合いで半七が台所へやってきた。一見すると酒を飲んだようには見えないが、着物の襟元のあたりがいつもよりゆるい。

半七は、廊下で二人きりになったとき、私にささやいた。

「留都さんの義理の親父さんが亡くなったそうです」

「介護施設にいたお義父《とう》さん？」

半七が小さくうなずく。

「留都さん、葬儀のために家へ戻って、しっかり鷹山家の嫁を務めてるみたいです。LINEしても既読にさえなりません」

半七は薄く笑い、私が何か言う前にその場を立ち去ってしまった。

私はもう少し話をしたかったのだが、その後、半七は高座を終えるとすぐに帰ってしまった。

私が想像していた以上に、半七は留都のことが好きであり、本気で結婚を考えていたのかもしれない。葬儀が一段落した頃に留都に連絡してみようかと思うが、あれだけの素封家ならば葬儀の後のほうが何かと大変かもしれず、やはり留都から連絡が来るまで待とうと思った。

茶事は午後四時過ぎに無事終わった。私と万江島氏は、菱沼さんが帰り、離れの和室で夕食を食べる段になってやっと、ゆっくり話をすることができた。

万江島氏は、槙野さんから例のむせた話を聞いたらしい。槙野さんが私に感服していたと話し、上機嫌だった。私が、ビールを飲んで落語を演《や》った半七を心配しても、万江島氏は一笑に付した。

「志ん生は泥酔して高座に上がって、途中で居眠りまでしたそうですね」

「半七さんはまだ二つ目です」

「まあまあ、そうかたいことは言わずに」

と言って私に日本酒を注ぐ。私は、万江島氏が真面目に取り合ってくれないのが不満だった。

万江島氏はゆったりと笑って言う。

「今日の演目は『幾代餅《いくよもち》』だったんですけどね。今までで一番良かったんじゃないかな。恋煩《わずら》いしてるとこなんか、軽くやってるんですけど説得力がありました。あいつが本気で恋をしてるなんて痛快です。本人は苦しいだろうけど、僕たちは静かに見守りましょう」

「……万江島さんは、北川すみれさんのことはどう思ってらっしゃるんですか？」

口からぽろりと出て、気がついたときはもう遅かった。万江島氏の箸の動きがぴたりと止まる。

万江島氏が他人の恋愛を面白がっているのが、妙に癇《かん》に障ってしまったのだ。

「……僕は彼女の『あしながおじさん』ですね」

「ジーン・ウェブスターの作品では、主人公の女の子とあしながおじさんは、最後にめでたく結婚します」

万江島氏のもったいぶった言い方に私が硬い表情で言い返すと、彼は困惑したように言った。

「僕が言ったのはある種の喩えです。私たちの間には、昔も今も金銭が介在しています」

「今も？　彼女は裕福なのに？」

「私なりのけじめです。私と彼女はそういう関係なのです。結婚などあり得ない」

彼の非情な一面が窺えた。私のために言ったのかもしれないが、彼女のことを思うとまったく喜べなかった。

「結婚しないのは、彼女がソープ嬢だったからですか」

万江島氏は私の視線から逃れるようにして言った。

「年老いた男が若い女と結婚するというのは、不潔な感じがします」

「どうして？　そこに愛があれば不潔とは思いませんけど」

「愛があろうがなかろうが、見た目が美しくありません」

万江島氏はすっと席を立つと台所へ行ってしまった。

私はこれまで、彼の美意識を好ましく思ってきた。海外でよくある大富豪の老人と若い美女の結婚も厚顔だとは思う。でも、今の彼の話はどこか言い訳めいていた。彼女への思いやりが感じられず、気分のよいものではなかった。

なのに、万江島氏がなかなか戻ってこないのをじっと待つうちに、自分を責めるようになった。ようやく二人きりの時間が持てたのに、そしてその時間を楽しく過ごしたいのに、なぜ北川すみれのことを話題にしてしまったのか。私たち二人の間に北川すみれのことは一切関係ないと言い切ったのは、この私ではないか。

「さあ愉里子さん、できました！」

万江島氏が両手にミトンをはめ、あつあつの大きな伊勢海老のグリルを運んできた。彼がことさら明るい声と笑顔であらわれたのは、「北川すみれの話はこれでおしまいにしましょう」という懇願であり、私はそこに、逃げとわずかなおびえも感じた。

「まあ、おいしそう！」

「これにあうスパークリングの日本酒もあるんですよ」

「いいですね、飲みましょう！」

私たちは暗黙の了解で結託して、先ほどのいやなムードを吹き飛ばした。私は万江島氏の願いを聞き入れ、自分のためにも、もう北川すみれのことは忘れると決めた。

そうして食事を終え、化粧直しのために洗面所に行ってポーチを開けたとき、潤滑ゼリーを忘れたことに気づいた。万江島氏は舌や指を使うから、ワセリンは使えない。でも、これまで彼とのセックスで濡れなかったことはないから無くても大丈夫だろう。とはいうものの、ゼリーはお守りのようなものであるから少し不安になった。

二つ敷いた布団の一つに二人で入ると、私たちはゆっくりと抱き合った。

唇を重ね、舌をからませあい、万江島氏の手が私の乳房や女性器へと向かう。私は待ちに待ったむつみあいを楽しむよりは、「濡れなければ」「濡れなかったらどうしよう」という気持ちが先行してしまう。すると、身体は素直にその緊張と不安に反応し、私は少しもうるおわなかった。

万江島氏もあせったのか、性器をさわる指の動きが激しくなる。私は気持ちよくなるどころか、痛くなる。ついに「ごめんなさい」と言って下半身をよじり、万江島氏の指から逃れてしまった。

一瞬にしてしらけた空気になった。

「……お茶事で少し疲れていて、今週は仕事も忙しかったから……ごめんなさい」

「いや、謝らなくていい」

万江島氏は仰向けの体勢に変わる。口調はやさしいが、隣の私を見ることはなく天井を見つめている。がっかりしているのがひしひしと伝わる。私と万江島氏はどこも触れ合うことなく、ただ無言で横たわっていた。

「ごめんなさい」

私は沈黙に耐えきれずまた謝ってしまう。私も無念だし、自分がはがゆくて情けない。男性が勃たないときはこういう気持ちなんだろうと、ようやく理解できたような気がする。

「いいから。今日はゆっくり休もう」

万江島氏が私に手を伸ばし、私の身体をやさしく抱いてくれる。私は万江島氏の胸に顔をうずめ、潤滑ゼリーを忘れたことを話そうかどうしようか迷う。

二か月前、濡れにくくなっていることは伝えたが、あのときはまだ身体を重ねておらず、お互いのことをもっと知りたいという初々しいムードがあった。でも今は三回目の夜で、相手の身体に飽きてしまうか、もっと慣れ合っていくかの境目のような時期である。ここで潤滑ゼリーなどという興ざめなことを話すのは気が進まなかった。若い北川すみれへの対抗意識もある。このまま何も言わずおとなしく眠ることにした。

翌朝、目が覚めると万江島氏はすでに起きていて、隣の布団は空だった。次の日の朝に激しく求められなかったことを残念に思うより、心からほっとしていた。

私の身体から性欲というものが少しずつ失せ始めているのかもしれなかった。

実家のある金沢には、名残の茶事が終わった翌週にようやく行くことができた。出発の土曜日に、元専務だった男性と会う予定が入りそうになったが、平日の夜に替えてもらっていた。父と妹の関係はますます悪くなっており、これ以上先延ばしするわけにはいかず、母の介護の様子を知るためにも日帰りにはしたくなかった。

北陸新幹線が金沢まで開通する以前は、上越新幹線を乗り継いで四時間近くかかっていた。でも今は「かがやき」に乗れば二時間半で行ける。ならばもっと頻繁に帰省すればいいのだけれど、実家にいる間はずっと、自分が介護に携わっていないという罪悪感に苦しみ続けることになる。

糸魚川《いといがわ》まで来たあたりでスマホに着信があり、何と万江島氏からだった。あわててデッキに行き、電話に出る。彼が快活に話し始めた。

「これから、ちょっと用事があって浅草まで行くんですよ。それで、夕方どこかで食事でもできないかなと思いまして」

どうしてこんなときに限って！

「今、新幹線で金沢に向かっていて、明日の夜、東京に戻る予定なんです」

「何かあったんですか？」

「いいえ。久しぶりに両親の顔を見に行くだけです」

「そうですか。ご両親もお喜びになるでしょう」

「せっかくお誘いいただいたのにとても残念です。すみません」

「いえいえ。また電話します。道中お気をつけて」

と明るい声で電話が切れる。こういう急なお誘いは初めてだった。たまたま用事ができたからかもしれないが、前回、何となくぎくしゃくしたまま別れたこともあって、万江島氏が気遣ってくれたのかもしれない。会えなくて悔しいが、彼の想いがうれしくて胸がほのぼのとする。

昼過ぎに金沢駅に着くと、それほど寒くはないので薄いコートを手にしたまま市バスの乗り場へ向かう。昔は父が車で迎えに来てくれたが、もう免許証を返納している。そんな父が妹に頼み、妹が車で迎えに来てくれたこともあったが、そのときにやんわりと「私も忙しいんだよね」と言われ、もう妹を当てにしないようにしようと思ったのだった。

バス停から自宅まで十分ほど歩き、数寄屋門をくぐって玄関に向かう。母が元気だったころは前庭には色とりどりの花が植えられていたが、今は茶色の土がむき出しになっている。定期的に妹が除草剤を撒いていると父が言っていた。

玄関のドアホンを押すと「はい、どなた?」という父の声がして、名前を告げる。かなり待たされてようやく父がドアを開ける。もしや父の身体が弱っているのではないかと身構えたが、その風貌は今年の春先に帰省したときとあまり変わっておらず、私が来るからか、髪の毛にもちゃんと櫛《くし》が入っていた。

「ようこそ、元気そうだね」

「うん。お父さんも変わりない?」

「まあ、何とかな」

上がり框《かまち》に足をかける父の足元はしっかりしているが、声に元気はなかった。私は玄関を入ってすぐ左手にある茶室へ入る。母は、昨年ごろからパーキンソン症候群のため徐々に歩行が困難になり、今はほぼ寝たきりである。そのため、訪問介護が受けやすいよう、介護ベッドを寝室から玄関に近い茶室へと移動したのだ。

　八畳の広間の真ん中にベッドがあり、どぎついピンク色をした花柄の毛布がまず目に入った。周囲には紙オムツのパックや着替えの入ったプラスチックケースなどが雑然と置いてあり、東側の縁側から見える、紅く染まった優雅な枝ぶりのベニシダレモミジとの落差に言葉が出ない。ベッドには、ひとまわり小さくなって髪も薄くなり、こめかみにしみの浮いた母が穏やかな顔で眠っていた。父が背後から声をかける。

「うつらうつらしてるだけだから、声かけてみて」

「お母さん、ユリコだよ」

　母はゆっくりと目を開けてこちらを見るが、表情が変わらない。

「もうあんまり会話ができなくなってきてる。孫の名前は、忘れてしまった。たまに、サホコのことも誰だかわからなくなる」

「毎日会ってるのに?」

「そう。だから、ユリコのこともわからないかもしれないけど、気にしないで」

　私は「ユリコだよ」とまた言って、母の目をのぞきこむ。母は真剣な目つきでこちらを見る。そして「ユ……リ……」とかすれるような声を出す。私は母の手を取る。母の手がぎこちなく私の手を握る。私だと気づいてくれたのではないか。そう思い込む。母の手をさすり、そうしていると目に涙がたまる。言いたいことはたくさんあるが、さすっているだけで胸がいっぱいになる。

「ママちゃん。ユリコと、一緒に、お茶飲もうか」

　父が母に声をかける。私と妹が小さいころ、父は母をママちゃんと呼んでいたのだが、その呼び方だと母の反応が良いらしい。

「お母さんの大好きな、とらやの羊羹《ようかん》買ってきたよ」

「とらや！」

母が目の色を変えてはっきりと声に出したので、私と父は大笑いしてしまう。それにつられたのか母も笑顔になり、そんな母を見ていると、まだまだ元気で生きられるのではないかと思う。

母用の、とろみをつけたお茶はすでに枕元にあるので、私は父と自分のお茶を用意するため一旦廊下に出て、居間と食堂を通って台所へ行く。

母から茶道を教わった茶室が、消臭剤の匂いが染みついた介護部屋になったことは受け入れるしかないが、居間や食堂までもがすっかり変わってしまったのには、驚きを通り越して胸が痛んだ。部屋に飾られていた絵画や陶器の置物が一切無くなっていた。以前は、父のゴルフクラブや読みかけの本や雑誌、湯呑、筆記用具、薬、お菓子の箱などが雑然と置いてあったものだが、それも無くなって生活感が消えていた。食器棚にあったマイセンのティーカップ、バカラのグラスなどは安物の器に代わっており、台所の引き出しには「スプーン・フォーク類」「ふきん」「ゴミ袋」などのラベルが貼ってあった。これらはすべて、身体介護や生活援助のヘルパーさんたちがこの家に出入りすることを考えての対策であり、最近、父に代わって母の介護を仕切るようになった妹がやったのだろう。

盗難防止や介護の効率化のためだと理解するものの、生活のあたたかみやうるおいのあった自宅がこんな殺伐とした雰囲気になったことを一番悲しんでいるのは父だろうと察せられた。妹は母の介護のことで頭がいっぱいになっており父の生活というものを尊重していないのではないか。

私は抹茶を点てようとしたが、抹茶茶碗が見つからなかったので焼き締めの飯碗《めし》で代用した。

ベッドの母を囲み、三人でティータイムを楽しみながら私は父に尋ねた。

「お父さんは普段、どこの部屋にいるの？」

「二階の、昔のユリコの部屋」

「あんな奥の狭い部屋！」

「あそこだとヘルパーさんが来てバタバタしててもあまり気にならないし……部屋に鍵がかかるから、勝手に人も入ってこない」

「一日に何度も階段上がったり下りたりして、大丈夫？」

「面倒だけど、まあ運動代わりだな。手すりも付けてある」

父が玄関に出てくるのが遅かったのは、二階から階段を下りてきたせいもあったのだ。以前の父は、常に母の近くにいたものだが、今はもうやめてしまったということか。そういえば、妹が電話で言っていた。介護のやり方で父ともめたことがあり、それ以来、父は夜のおむつ替えや見守りなどは続けているものの、母の介護からほとんど手を引いてしまったということを……。

「リビングの雰囲気もすっかり変わっちゃったね」

「まあしょうがないよ。それより、しょっちゅう人が来るほうが、落ち着かなくてかなわん」

聞けば、ほぼ毎日妹が顔を出し、平日は一日三回ヘルパーさんが来る。週三回は宅配弁当の人、週一回は庭掃除をしてくれるボランティアの人も来る。これもすべて、妹が決めたことだという。

父は元エンジニアで、一人でいるのが苦にならず話好きでもないから、今の生活スケジュールはストレスがたまることだろう。

夕方になると、妹と母の姉である伯母が来た。四人で一緒にすき焼を食べたのだが、父と妹が言葉を交わすことはなかった。

マイペースで思ったことは何でも口にする伯母は、自宅で介護してもらっている母のことをうらやましいと何度も言い、妹のことを褒めちぎった。すると、妹はまるで百点のテストを見せびらかす子供のような目つきを私に寄越した。一方で伯母は、妹とその長女が喧嘩し、長女が家を出てひとり暮らしを始めたことをうっかり口にして、妹をあわてさせた。

「喧嘩の原因は何なの？」

私が妹に尋ねると、妹は笑いとばすようにして言った。

「たいしたことじゃないの。あの子、仕事熱心で毎日帰りが遅いから、もう少し早く帰れないのって言ったら、じゃあ家を出るって。母親を心配させないようにね」

「父親のほうはひとり暮らしに反対しなかったの？」

「うん、もう大人だから好きにさせればって」

伯母はその後、私と二人になったときにこっそりと、「佐保ちゃんがいつもガミガミと口うるさいから、あそこの家族みんな、家に帰りたがらないのよね」と言った。

妹が母の介護に熱心なのは、母への愛情だけでなく、自分の孤独を埋めたり、人に褒められて満足感を得たり、自宅介護をやりきることで達成感を味わいたいからではないかと思った。たぶん父もそれをわかっていて気づかぬふりをしているのだろう。

私は次の日、妹に話をした。

「お母さんを自宅で介護したいというサホちゃんはえらい。私よりずっと母親思いだよ。だから、本当はつらかったり、今後苦しくなったりしたら無理する必要はまったくないけど、サホちゃんがやりたいんだったら私は最後まで応援する。必要ならば週末などにもっと帰省して、介護を代われるようにする。サホちゃんの介護のやり方に従うし、口出しもしない」

「ほんとかなあ……」

妹は、疑るような目で私を見る。

「ほんと。この二日間、お母さんが機嫌よく過ごしているのを見て、やっぱり自宅がいいんだろうなって思った。いたれりつくせりの世話をしてもらってるのも、サホちゃんのおかげだよ」

「まあね……私、介護のこと、ちゃんと勉強したから」

妹はようやく笑みを見せた。

「だけど、お父さんは、今のままでは毎日が楽しくなさそうに見えた。自分の家なのに、遠慮して暮らしている感じがした。もう八十二歳だし、今まで認知症になったお母さんの面倒を見てきたんだから、残り少ない人生を好きなように生きさせてあげたいと私は思う。だから、これは提案なんだけど、お父さんのほうが近所のアパートか、サービス付き高齢者住宅などの施設に住むというのはどうかな?　そしたらお父さんは自分のペースで暮らせるし、お母さんにも会いたいときに会える。お父さんは賛成してて、費用の面も何とかなるって言ってる。もし必要なら私もお金を出す。夜間の介護は、お父さんが夜だけ泊まってもいいって言ってるし、夜間対応の訪問介護を検討してもいいと思う。あとはサホちゃんの気持ち次第なんだよね」

妹はすぐに反対し、「お父さんが家を出たら、近所の人が何て言うかわからない」などと世間体ばかり口にした。でも、この方法が一番みんなが幸せになれるということを辛抱強く説明すると、態度が軟化し、「少し考えさせてほしい」と言ってきた。私は、結論は急がないけれどお父さんのことを思うならなるべく早いほうがいいと告げ、日曜の夜に東京へ戻った。


月曜の朝、出社するとモリジュンに声をかけた。

「朝っぱらからアレだけど、今日の夜、予定入ってる?」

池田も松岡もまだ来ていないので、タメ口になる。

「入ってないけど、何かあった?」

モリジュンも部長としてではなく、同期としての口調になる。

「相談したいことがあるから、食事しながらでも聞いてもらえないかなって」

「飲みながらじゃないの?」

モリジュンが親しげに笑いかけてくる。そういえば、私からモリジュンを誘うのは彼女が製作部に異動して以来初めてである。

「相談が終わったら飲む」

「それって松岡のこと?」

「えっ、何か聞いてる?」

耳聡《みみざと》いモリジュンが、すでにセクハラ告発のことを知ってるのではないかとたじろいだ。

「大河内さんの愛人だって噂が広まってて落ち込んでるんでしょ。池田から聞いた」

「それ以外にも何か聞いてる?」

「いや別に。なに?　松岡、かなりメンタルやばそうなの?」

「そうじゃないけど、やっぱりちょっと心配で」

「そんなヤワな女には見えないけどね……じゃあ、時間とかは後で」

モリジュンがさっと話を切り上げたので、フロアの入口に目をやると、松岡の姿があった。

昼食が終わった後、トイレに行くと松岡がひとりでいたので、今日の夜にモリジュンと話をすることを伝えた。

「はい、わかりました」

覇気のない、受け流すような返事だった。

「何かあったの？」

松岡はしばらく無言の後、言った。

「森さん、協力してくれますかね？」

私は、松岡の無言がモリジュンへの不信のあらわれだと思い込み、勢いこんで言った。

「大丈夫、私に任せて。何としてでも協力してもらうから」

「……」

「松岡さん？」

「あ、はい。告発、成功させないといけないですよね！」

「もちろん。明日、彼女と話した内容を報告するから、その後、組合の委員長と話をしてね」

そこへ同じフロアの女性社員が入ってきた。

松岡は、わかりましたという返事の代わりに頭を軽く下げて出て行った。私は松岡の様子が少し変なのが気がかりだった。明日の報告の際に、改めて話を聞こうと思った。

その後、私は個室に入って用を足したのだが、外性器がぴりぴりと痛んで顔をしかめた。万江島氏との性交に失敗して以来、排尿時に痛みがある。お風呂のときに陰部を石鹸で洗おうとしたら飛び上がるくらいの激痛が走ったこともあった。ストレスや疲れで抵抗力が落ちると、雑菌に感染して炎症を起こすことがあるのは知っていたが、膣が乾燥している感じもあった。ネットで調べてみたら、閉経前後によくある「老人性膣炎（萎縮性膣炎）」のようだった。その文字面を見ただけで、自分が一気におばあさんになったような気がした。

モリジュンとは、六時半に会社の玄関で待ち合わせだった。ところが、モリジュンの担当しているコミックスで印刷トラブルがあり、少し遅くなると言われた。それで一階の打ち合わせスペースで待っていると、スマホが鳴った。見ると、万江島氏からだった。

「愉里子さん、たびたびすみません。まだお仕事中ですか？」

「いいえ、もう終わりました」

「僕も今、用事が終わったところです。実は大手町のホテルにいるんですけど、これから一緒に食事しませんか？」

ああ、またタイミングが！　でもまた電話をくれるほど、私に会いたいんだ……。

いつもなら先約があるからと言って断るのに、私は猛烈に万江島氏に会いたくなった。鉄板のセットアップを着ているのも背中を押した。それに、めったにないお誘いを続けて断るのはまずいのではないか、これで断ったらもう誘ってもらえないのではないかとあせりのようなものも感じた。本音を言えば今日は下半身の調子が思わしくないこともあり、食事だけで帰りたいのだが、平日の夜だから食事だけで終わる可能性は高いと自分に都合のいいように考えた。たとえ部屋に誘われても今日は都合が悪いと断ればいいのだし、急な誘いなのだから万江島氏も納得してくれるだろう。

「ありがとうございます！　今からそちらに向かいます」

「じゃあ、ホテルに着いたら電話してください」

私は万江島氏との会話を終えると、すぐにモリジュンへ電話をし、急用が入ったので明日に変更してもらいたいと頼んだ。

「わかった。アタシのほうもちょっと時間がかかりそうだから、明日のほうがいいかも」

「そう。じゃあ明日、よろしくね」

私は会社を出るとタクシーに飛び乗った。後輩のセクハラ問題よりも自分の恋愛を優先したことに、後ろめたさがないわけではなかった。でもこの三週間近く、弁護士事務所へ相談に行き、元社員と連絡を取ってときには会い、着々と準備を進めてきたのだ。セクハラ告発が本格的に始まればさらに忙しくなるかもしれず、しばらくは万江島氏に会えないかもしれない。

事故で車が渋滞してしまい、やきもきする。気持ちを落ち着けるため、ホテル内のダイニングを検索する。今日はあっさりしたものが食べたいから和食がいいなあ、お鮨もおいしそうだけど金沢で食べたばかりだし……などと考えているうちに到着する。

ロビーで万江島氏に電話すると、彼は部屋の番号を告げ、そちらに来るように言った。

「ここはインルームダイニングもおいしいんですよ。部屋でゆっくり食べましょう」

それを聞いて私はあせった。部屋で食べるのがいやなのではない。店での食事ならばスマートに別れられるのに、部屋を取るなんて困る……と自分勝手なことを思う。少し前までの私なら、喜び勇んで部屋に行くはずなのに。

「すみませんが、どこかお店で食べるわけにはいかないでしょうか」

「どうしてですか？」

「それは……今日は早めに帰りたいと思ってまして……」

「長くは引き留めませんよ。とにかく部屋へ来ませんか」

私は迷った。万江島氏に会いたいしキスもしたい。でもセックスはしたくないのだ。性器の痛みもさることながら、気分的にセックスをする気にならない。部屋に行って性的なムードになったときに断るのが、気が重い。理由は言いたくない。うまく言い訳をするのも億劫だった。

「愉里子さん？」

私が返事をしないので、万江島氏が呼びかける。

「……わかりました。今、行きます」

私はつい無愛想な返事をしてしまい、そんな自分に舌打ちするように電話を切った。

万江島氏が私を部屋に呼ぶのは、私のことが好きだからだ。それがわかっているのにイライラしてしまう。自分でもわけがわからない。ついさっきまでは、万江島氏に会えるというだけで有頂天だったのに、今は、食事じゃなくてセックスが目的だったんだ、などと若い女のように怒っている。万江島氏からすれば理不尽な怒りであるのがわかっているのに、イライラが止まらない。

このまま部屋に行ってはいけないと思い、コンシェルジェのデスクへと歩き出す。そこに座っている、四十代くらいの仕事のできそうな女性に尋ねる。

「今から、指定の部屋にグラスシャンパンを届けてもらいたいのですが、その精算を、今ここで済ませてしまうということは可能でしょうか?」

「はい、承ります」

シャンパンが届いたのを確認してから、万江島氏のいる部屋へ向かう。意識して口角を上げ、チャイムを押す。少しして、ドアが開いた。

「愉里子さん、ありがとう」

万江島氏が、片手に持っているグラスを軽く掲げて出迎える。そして、部屋に入った私にもうひとつのグラスを渡した。

「かけつけ一杯、いきましょう」

「さっきはごめんなさい。少し仕事を引きずってしまってて」

仕事を言い訳にして、不愛想だった口調を謝った。

「そんなこと気にしてませんよ。お疲れ様でした」

私たちは、立ったままグラスを軽く合わせ、一口飲んだ。

万江島氏は私に顔を近づけ、短くキスをした。

「会いたかった」

「私も……」

一気に身体の力が抜け、先ほどの怒りも消えた。

「愉里子さんのオフィス・スタイルも素敵ですね。惚れ直します」

私は照れ隠しのようにまた一口飲んでから、言った。

「誘っていただいて、私がどんなにうれしかったかわかります?」

「顔を見ればわかります」

私がにっこり笑うと、万江島氏は私を熱く見つめる。彼はおもむろにグラスをテーブルに置く。次に、私のグラスとバッグを手に取りそれもテーブルに置く。そして覆い被さるように私を強く抱きしめ、激しく唇を求めてきた。私はそれに応えながら、困った展開になったと思う。万江島氏が私を抱え込むようにしてベッドのほうへと移動しようとしたとき、思い切って言った。

「今日はちょっと」

「ん、どうしたの？」

「あの、ごめんなさい。やっぱり仕事のことが気になって、時間だけじゃなくて気持ちも余裕がなくて……」

「そう……悪かった」

万江島氏はすぐにあきらめて、椅子に座った。私もテーブルを挟んで椅子に座るが、真正面から向き合わないように椅子をずらした。

こういうとき、万江島氏はあからさまにがっかりして無言になる。彼にしては大人げないというか、もっと気楽に振る舞ってほしいと思うのだが、それもまた自分勝手なのかもしれない。私だって、性欲が高まっているのに二回連続で断られたらむっとしてしまうだろう。でもそう思うのに、食事の前に身体を求めてきた彼に、嫌悪のようなものを感じたのも確かだった。

「つかぬことを伺いますが、月のものが始まったとか？」

万江島氏がさらりと聞いた。

「いいえ」

嘘をつけば丸く収まるのに、正直に答えた。

「愉里子さんは、私とセックスしたくないんじゃないですか?」

冷静な口調で核心を突かれ、私は動揺した。

「……いえ、そんなことはないです」

「でも、無意識に、身体が拒否しているような印象を受けます」

ここで素直に膣炎になったことを言えばいいだけなのに、言わざるを得ない状況に追い込んだ万江島氏に腹が立った。かつての自分を棚に上げ、この人はいい年してどうしてセックスばかり求めてくるんだと逆恨みさえした。

「たぶん……月見の茶事の後のセックスが、ひっかかってるんだと思います」

私は別の理由を思いついた。でも、私の身体が無意識に拒否している理由として正しいような気がした。

万江島氏は、どういうことだろう、と思い返しているようだったが、私には焼きごてを押されたような出来事だった。好きな男性との合意の上でのセックスなのに、まるで強姦されたような、男というものに蹂躙《じゅうりん》されたような、とても後味の悪いセックスだった。

「すみません。具体的に話していただけないでしょうか」

「……私の気持ちが置き去りになってしまったというか……一方的に攻められたのが、ショックでした」

「いや、僕にはそんなつもりはなかったんだけど」

「私は、セックスというのは、もっとお互いにゆっくりと慈しみあってするものだと思ってました。でも、あのときは、私がいくらやめてと頼んでも聞いてもらえず……」

「……そうだったかな」

万江島氏が曖昧につぶやく。

私があのセックスにわだかまりがあったことを多少なりとも気づいていると思っていたのに、この人は全然わかっていなかった。私が今、ショックだったと言っているのに、そんなつもりはなかったと言い訳をして、私がやめてと言ったことさえ覚えていない……私は初めて、万江島氏に幻滅した。

「あのときのあなたは、私の欲望には興味がなくて、自分の欲望を押しつけるだけでした。私はそういうセックスはしたくないんです」

万江島氏はしばし無言だった。それから立ち上がって言った。

「今日はもう食事はやめましょう。すみませんが、帰っていただけますか」

私は驚愕した。常に冷静で温和な万江島氏が、こんな態度を取るとは思ってもいなかった。かつて万江島氏は、セックスについて、女の人は我慢しないで正直に言ったほうがいいなどと言っていたのに！

でも私は、初めて目にした万江島氏の露骨な不機嫌に怖れをなし、その矛盾を指摘することができなかった。

「ごめんなさい。言いすぎました」

「いえ、愉里子さんの気持ちはよくわかりました。率直に言ってくださってありがとうございました」

私を見る目は冷ややかで、取りつく島もなかった。

「また、お会いすることはできますか？」

「こちらから電話します」

「わかりました」

私はバッグを持って立ち上がり、一礼して出口へ向かった。ドアを開け廊下に出た後に振り返ると、万江島氏が椅子の横に立ったまま私を見ていた。私に見向きもしないようであればもうおしまいだと思ったが、彼がこちらから視線をはずさないのが救いだった。私が十歳若かったら、いやあと三歳若かったら、彼に駆け寄ってもう一度話し合うだろう。その後、セックスして仲直りするだろう。でも、私はドアを閉めた。今日は疲れた。万江島氏に幻滅したのも悲しかった。早く家に帰りたかった。


翌日の製作部のデスクは、いつもとムードが違っていた。モリジュン、池田、松岡の三人全員が、私語を交わさず、お互いを意識しあい、私と距離を置いている。私が松岡にＬＩＮＥで、昨日のモリジュンとの約束が今日に替わったことを伝えたが、既読になったまま返信がない。しびれを切らした私は、モリジュンが席をはずした隙に、松岡に話があると声をかける。松岡と池田の視線が交差する。松岡は浮かない顔で私についてきた。

私は空いている会議室を探し、そこで松岡と並んで座った。

「松岡さん。池田さんと何かあったの？」

「……昨日、私と池田さん、帰りが一緒だったんです。向こうから声をかけてきて、噂のことも気にするなって励ましてくれて。それで、草野さんが森さんに話してることだし、私も先輩の池田さんに話しておいたほうがいいかなって思って、草野さんと協力してセクハラ告発のために動いてることを言ったんです。そしたら、池田さんがそれは絶対にやめたほうがいいって力説し始めて……」

「そんな、池田の言うことなんか気にしなくていいのに」

私は、池田にはまだ話さないように口止めしておかなかったことを悔やんだが、もう遅い。

「でも、池田さんの言うことも尤《もっと》もなんです」

池田曰《いわ》く、松岡がセクハラされたという物的証拠がない以上、告発は失敗する。愛人の噂を流した代理店の社員も大事な取引相手を失いたくないから、「大河内常務が松岡さんの太ももをさわったのは見ていない」と証言するのはほぼ確実である。そんな絶対的に不利な状況で騒ぎ立てれば、松岡が会社に居づらくなって損をするだけである。

「今回の松岡と似たような噂は昔もあったけど、しばらくすれば忘れられて今じゃ誰もそんな話はしない。でも、常務をセクハラで告発すればそれは後々まで残る。男性社員は私を避ける。そんなことをする女と一緒に仕事をしたいとは思わない。それが男の本音だって言うんです」

池田のしたり顔が浮かんで腸《はらわた》が煮えくり返る。池田は、自分を味方だと思わせて松岡を巧妙に操ろうとしているのだろうか。

「それに、草野さんが集めている元女性社員のセクハラ証言だって、証拠がないなら怪文書と同じだって言うんです。社長と常務は仲がいいし、社長が、私たちと大河内常務のどちらを選ぶかは歴然としている。常務を処分するなんてあり得ないって言うんです」

私は、第三の作戦である元経営陣との連携を含め、自分の行動のすべてを松岡には話していなかった。美鈴さんのアドバイスに従ったのだが、もし松岡に話していたらそれも池田に筒抜けになり、面倒な事態になっていたかもしれない。

「で、池田はどうすればいいって？　泣き寝入りしろって？」

「告発することを匂わせつつ、水面下で大河内常務と交渉すべきだそうです。私が前から希望していた書籍編集部に異動できるよう、仕向ける。それがサラリーマンの賢いやり方だって」

「松岡さんはそうしたいの？」

松岡が一瞬黙る。私は背筋がすっと寒くなる。松岡がイエスと言えば、これまでやってきたことはすべて水の泡だ。それどころか、セクハラされた元女性社員たちに嫌なことを思い出させただけで何の被害回復にもならず、さらに傷つけることになる。

「まさか」

松岡はきっぱりと言った。

「そんなことをしてでも異動したいのは池田さんであって、私はそこまで仕事に魂を売りたくないです。たとえ編集部に異動できても、やっぱり常務の愛人だったんだ、って言われるだけで、そっちのほうが吐き気がする。それに私いま、製作の仕事、嫌いじゃないですから」

私は胸のすく思いで松岡に笑いかけたが、彼女の暗い表情は変わらなかった。

「でも私、証拠がないじゃないですか。やっぱり、常務のセクハラを会社に訴えるのはやめたほうがいいんじゃないかって思ってて」

松岡は、知ったかぶりして先輩面で話す池田に惑わされ、すっかり弱気になっていた。

私は勇気づけるように言う。

「セクハラは証拠がなくても告発できるんだよ。こっちは弁護士からもアドバイスをもらって、しっかり作戦を立てて動いている。だから……」

「草野さんは本人じゃないでしょう！　攻撃されるのは私なんです！」

松岡が叫ぶ。そして、我慢していたものを吐き出すように、うっ、うっ、と声を詰まらせて泣きだした。

私は、はっとして頭を下げる。

「ごめんなさい……あなたが毎日つらい思いをしていること、不安になっていること、そういうことに鈍感になっていて本当に悪かった……今やってることは松岡さんのためなのだから、松岡さんがやめたいというなら、やめます」

私は、自分の立場ばかり考えていた自分を恥じた。

「……私、どうしたらいいかわかんないんです。怖いんです」

そう言って、ハンカチを出して涙を拭く。私は肩に手をまわそうとして、もしかしたらさわられるのはいやかもしれないと思い、やめる。ただ、声をかけることしかできない。

「私はどんなことがあっても逃げず、あなたに協力する。だから、もしよかったら、どうすればいいか、一緒に考えよう」

松岡は泣いている。私は彼女が何か言うまで待つことにする。

やがて彼女が話し出した。

「……先週末、私のインスタにすごい悪口が書かれたんです。今はコメントできないようにしましたけど、最初はただ、その人をブロックすればいいと思ったんです。でも、そしたら新しいアカウントでまた大量に書いてきて、結局、学生時代の友人やヴァイオリンを習ってるお仲間にも見られてしまいました」

「そんな、仕事と全然関係ない人にまで……」

私は顔を強張らせる。すると、松岡はぐっと怒りをこらえるような表情をしてから言った。

「あんなオヤジに股開いて恥ずかしくないのか、とか、この女はもう結婚無理だな、とか」

「ひどい……」

私は自分が誹謗中傷を受けたように胸が苦しくなる。これから結婚したいと願っている花も実もある若い女性を、ここまで辱め、陥れる人間がいることに激しい怒りを感じる。

松岡が針を飲みこんだような表情で続ける。

「親しい人はわかってくれてます。でも、ひとりずつ全員に事情を説明できるわけじゃないから、陰で何て言われてるかわからないし、そこからまた噂が広まってるみたいなんです。一番悲しいのは、その噂が本当か嘘かに関係なく、そういう噂を立てられる人間には関わりたくないって思われてることなんです。私はもう汚れた人間になってしまっていて、日曜日のデートもキャンセルになりました……いつまた誰かが攻撃してくるかわからない。この世の中は安心できる所じゃなくなりました。私の世界ががらっと変わって、もう二度と前のようには戻らないんです」

松岡の話を聞きながらこみ上げてくるものがあった。それをこらえながら松岡を見て、何度もうなずいた。私の上着にしずくがぽとりと落ちた。松岡も私を見て、うなずいた。

私は、ようやくセクハラの恐ろしさが理解できたのだった。

それまでの私の中には、どこか、太ももをさわられることくらい、行為自体としては大したことではないという気持ちがあった。でも、そういう行為を許してしまう女性やそれを面白半分にからかう男性が昔からずっといて、それが放置されたあげく、まさに今、よってたかって一番弱い立場の彼女を追い込み、叩きのめしているのだった。

私は松岡に言った。

「あなたがもうこれ以上つらい思いをしたくないのなら、会社に訴えるのはやめましょう。たとえ訴えても、加害者や会社が罪を認めてくれるかどうかわからないし、もっとつらいことが起こるかもしれない。でも、告発をしなければ、あの嘘の噂を受け入れたことになってしまう。松岡さんの名誉を回復するために今できることは、声を上げて戦うしかないと……私は思う」

松岡はしばらく考えていたが、涙にぬれた顔を上げて、言った。

「セクハラを告発することに決めました」

その毅然とした表情を、私は仰ぎ見るように見つめる。

「松岡さん、あなたの勇気を心の底から尊敬する」

そしてぴしっと右手を上げた。

「その勇気に応えられるよう、一緒に最後まで戦い抜くことを誓います！」

「やだ、草野さんたら」

松岡がここに来て初めて笑う。

「もうすでに、あの常務を倒すために、元会長を引っ張り出すことにしてるから」

「え、元会長まで！」

「ね、お昼に行かない？　私が元気の出るランチ奢るから、そこでゆっくり話そう」

「どこ行くんですか？」

「うなぎ屋」

「やった！」

松岡が両手を突き上げる。

私と松岡は別々に会社を出て、個室のある鰻の店に入った。私は、これまで準備してきたことを松岡に語り、彼女はそれを聞いてかなり気持ちが落ち着いたようだった。

一時を過ぎて私が先にフロアに戻ると、モリジュンが待ちかねたように声をかけた。

「これから三十分ほど、時間大丈夫？」

「いいけど……」

さっき、私と松岡が話をした会議室で、今度はモリジュンと話をすることになった。

「クサノさ、セクハラ告発から手を引きなよ」

単刀直入に言われた。

「それ、池田から聞いたの？」

「松岡は自業自得なんだよ。クサノまで動くことはない」

「モリジュン、今の発言はセカンドハラスメントに当たる。無知な池田がほざくのに今は構ってるヒマはないけど、部長のあなたがそんな古い価値観のままじゃ困る」

モリジュンは少しうろたえたような顔になるが、すぐに表情を改める。

「午前中、社長に直談判してきた。近いうちに『ハラスメント相談窓口』が設置されて、松岡の問題もそちらで対応することになる。組合の委員長にも話をしておいたから、事実関係の確認、事情聴取が終わるまでは、組合も勝手な動きをしないようになってる」

ああ！　モリジュンに先手を打たれてしまった。こうなると、大河内常務だと暗にわかるようなセクハラ告発ビラを、組合に大量に撒いてもらうのは無理だ。万江島氏とのデートを優先し、モリジュンへの根回しをしなかった私のせいだ。

私は、自分の愚かさと、モリジュンがこれほどまでに告発をやめさせようとしていることにいら立ち、モリジュンに敵意のある目を向けた。モリジュンはひるむことなく話し続ける。

「アタシも松岡の上司として協力する。クサノが集めている元女性社員たちのセクハラ証言も、アタシが預かる。だから、クサノが矢面に立つ必要はない」

そうすることで、証言を握りつぶそうと？

「いいえ、私も松岡と一緒に告発する。相談された私は、松岡を守る義務がある」

「何かっこつけてんの。常務に飛ばされるよ！　もっと自分のこと考えなよ！」

私はやっと気づく。モリジュンは、私のことを心配してくれているのだ。

「私、モリジュンのおかげで、告発する決心がついたんだよ」

「えっ？」

「……四十代までは、モリジュンが順調に出世して私が停滞したままなのがつらかった。同期として、友達として楽しくつきあってきたけど、嫉妬がなかったといえば嘘になる。大河内さんみたいな権力を持つ人に取り入ったりしない自分のほうが、人として真っ当だなんて思ってたこともある」

モリジュンは口を真一文字に結んで聞いている。

「でも、モリジュンが製作部に来て、ああ、この人にはかなわないなと思った。手抜きばかりうまくなるベテラン社員や、製作の仕事を下に見ている編集者も多いのに、製作の仕事を少しでも覚えようと、毎朝早く出社して勉強してる。モリジュン言ったよね、子育てしてるときは仕事をセーブしなきゃいけなくて、行きたい出張を男に取られてくやしかったことも多かったけど、子供が手を離れた今は、働くことに没頭できて、新しい仕事にチャレンジできるのが楽しいって。こんな五十代、めったにいないよ。私は、閑職に飛ばされたらおしまいだと思ってた。でもモリジュンみたいに、とまではいかないけど、どこの部署に行っても卑屈にならず、目の前にある新しい仕事にしっかり取り組めばいいんだってわかった。だから、大河内さんなんか、怖くない」

モリジュンは眉間に皺を寄せたまま、何も言わない。

「モリジュン。ちょっとここで待っててくれる？」

私は自分の席に戻り、鍵のかかる引き出しから書類を出して、また会議室に行った。

モリジュンに渡した書類は、大河内さんからセクハラを受けた約三十人の元女性社員たちが書いたアンケートだった。

「今回の告発は、この会社の過去が問われ、未来がかかってる。私たちの、女性としての良心が問われてる。この場でこれを読んでから、あなたの立場を決めてほしい」

大河内さんのセクハラは、食事に誘い酒を飲ませて性的な行為に及ぶというのがパターンだった。酔いながらお尻を撫でられた、別れ際にスカートの下に手を入れられてキスをされた、駅まで送ると言いながら途中でホテルに誘われた、などの証言があった。また、補修のテープが何枚も貼ってあるしわくちゃの無署名の用紙が一通あった。それは、フレンチレストランで飲めないワインを飲まされたせいで気分が悪くなり、少し休んだほうがいいと言われてホテルに行き、そのまま裸にされて性行為に至ったというものだった。

その最後には次のように書かれていた。「最初は、このアンケートの大河内さんの名前を見ただけで気分が悪くなり、怒りがこみ上げ、アンケート用紙を破り捨てました。でも、その後で思いました。このことをいま吐き出さなければ、私は死ぬまで、恨みを抱え込んだまま生き続けることになると。」

モリジュンは、途中で読むのをやめた。

10

私はモリジュンが何を言うのか、息を詰めて待っていた。

モリジュンはアンケート用紙を会議室の大きなテーブルの上に置き、それを無言で見ていた。他人事として冷ややかに眺めているというのではなく、自分の内に渦巻く感情を抑えて冷静になろうとしているようであり、その表情の底には怒りが感じられた。

「……今さら言ってどうすんの」

モリジュンがぽつりと吐き出した。

私は自分が勘違いしていたことに気づいた。モリジュンの怒りは、セクハラ行為をした大河内さんに対してではなく、大河内さんのセクハラに声を上げた女たちへ向けられていたのだ。しかし、その表情は苦しげで余裕がないように見えた。

「セクハラされてすぐに抗議できるほど強い女は、モリジュンか私くらいだよ」

わざと冗談を言ってみた。モリジュンは笑うどころか言い返しもせず、硬い表情を崩さなかった。その瞬間、私は思った。あの大河内さんのことだから、女性として魅力的なモリジュンにも当然セクハラ行為をしたはずであり、モリジュンは抗議などせず受け入れたのではないか。かくいう私は、大河内さんと仲が悪かったため、セクハラ行為をされる機会すらなかったが。

ひと昔前はセクハラという言葉もなく、男性からの性的な行為をうまくあしらうのが賢い女性の振る舞いとさえ言われていた。ましてや若い頃のモリジュンは、生き馬の目を抜く週刊誌の世界でさまざまな事件を追っていたのである。社外も社内も圧倒的な男性優位社会であり、男性からのからかいや嫌がらせにいちいち声を上げていたら仕事にならなかっただろう。

おそらくかつてのモリジュンは、大河内さんのセクハラ行為などたいしたことではない、私はこんなことで傷つくような弱い女ではないと自分に言い聞かせ、大河内さんを味方につけるほうを選んだのではないか。

私は冷静に尋ねた。

「女を酔わせ、同意がないままセックスしようとする大河内さんは悪くないって思うの？」

「そんなこと思わない」

すぐに否定の言葉が返ってくるが、その声に力はない。いつもならそのあと持論をまくしたてるのに、何も言わない。

モリジュンは、権力を持つ男にあからさまに媚《こ》びたり、強者の側にいる男に同化して自分も強くなったような気になっている馬鹿女ではない。だから、セクハラされた女たちを非難したり、セクハラ男を擁護したりはしない。女性週刊誌の編集長だったときは、セクハラを告発するキャンペーンまで展開していたのだ。

なのに今、モリジュンは女たちと連帯しようとはしない。彼女が出世できたのは実力だけでなく大河内さんという後ろ盾があったからであり、そう簡単に彼を告発する側に回れないというのは理解できる。しかし、それが一番の理由ではないような気がする。モリジュンは、大河内さんからのセクハラ行為を容認して会社員人生を生き延びてきたのであり、セクハラ行為を憎んでいるのに、身近な女たちと一緒に「私も大河内さんにセクハラされたんです」と声を上げられない立場にあることに、自分自身が苦しみ、引き裂かれているのではないか。

私だって取引先からのセクハラ行為を黙って受け入れたことがある。この国で働き続けている女性のなかで、セクハラ的な言動を一度も受けたことがない人はほぼいないだろう。私たちはみなどこか、そういう後ろめたさや悔しさを抱えているのだ。

「モリジュンは、この元女性社員たちのアンケートをどうするつもりなの？」

私が質問を変えると、モリジュンはあきらかにほっとしたようだった。

「『ハラスメント相談窓口』に提出するけど、実名は出さないほうがいいと思う。窓口担当は総務部の誰かになるだろうけど、万が一、どこでどんな風に情報が漏れるかわからない。情報が漏洩して悪用されたら、この女性たちに迷惑がかかる可能性がある」

「だったら窓口は通さない。この告発は実名じゃないと意味がない。私が社長に直に提出する」

「だからクサノはもう動かなくていいって！　それに、セクハラは三年で時効、身体的危害があっても五年だよ。昔の罪をいくら積み上げても、彼を罰することはできない」

「それは、損害賠償のために訴えた場合だよね。今回協力してくれた先輩たちは、自分のためだけに証言したわけじゃない。この会社から二度とセクハラ被害者を出さないため、もし何の処分もなければOGが黙っていないことを示すため、勇気を出してくれたんだよ」

モリジュンはアンケート用紙の束を見つめて言った。

「……よくみんな、実名で書いてくれたね」

実名を出してセクハラ被害を訴えるのが、いかに恐怖を伴うことであるかを、取材経験のあるモリジュンは知っている。

そう、私たちは知っているのだ。日本という国に生きる女性は、男性に批判的な言葉を公にした途端、バッシングされ、遠巻きにされ、あらゆる局面で不利になるということを、知っている。そんなことはせず、男性に歯向かわないように沈黙していれば、手のひらを返したように生きやすくなるということを、知っている。

「アタシは最初、大河内さんを処分するなんてあり得ないと思ってたけど、このアンケートや、滝本美鈴さんの『会社の対応が不十分であれば積極的な抗議活動をします』いう文章を読んで、会社側が処分をする可能性はあると思うようになった。でもね、」

モリジュンは説得するような調子で話し始める。

「今回の処分の対象は、あくまでも松岡に対するセクハラ行為のみ。それも太ももをさわる程度だから、せいぜい戒告までじゃないかな。セクハラに厳しい会社なら降格処分もあるだろうけど、うちの会社だと難しいと思う。それに、もしそれ以上の重い処分をすれば、逆に不当な懲戒処分として訴えられる可能性がある。たとえ戒告でもプライドの高い大河内さんにとっては屈辱かもしれないし、うちの会社でセクハラ行為による処分は初めてだから、前例を作ったということで意義があるかもしれない。でも、たぶん大河内さんは意地でも会社を辞めずにいて、ほとぼりが冷めたら報復人事をする。報復ではないという理由を無理矢理こしらえてでも、やる。彼は執念深いから必ずやる……」

大河内常務は、かつて反抗的な部下であった広告部課長の昇格を阻止し、たいして仕事ができるわけでもない後輩部員を広告部副部長に据えたことがあった。

「そうなれば、セクハラ告発などしないほうがいいという悪い見本を社員に提示することになり、逆効果にしかならない。そういう結末でもいいってこと？」

モリジュンが懇願するように訴える。昔は、大物芸能人や強面《こわもて》の権力者など怖れることなく、どうやったら取材を受けてもらえるか必死に策を練っていたのに、今は、あきらめろと言わんばかりだ。

「じゃあ、もう何もするなってこと？」

「クサノはちゃんとお膳立てをした。後はアタシに任せてほしい。案外、当事者の松岡にとっては、大河内さんから直接お詫びしてもらうほうが怒りもおさまって納得できる解決策なんじゃないかな？　もし松岡がそれを望むんだったら、アタシが何とか大河内さんを説得する」

松岡の最終目的は、「常務に謝ってもらいたい」だった。私には一〇〇％不可能なことでも、モリジュンならばできるかもしれない。あれほど告発を迷った松岡のことを考えるなら、モリジユンに従ったほうが正しいのではないか……。

「モリジュンは大河内さんを説得できる自信があるの？」

「難しいとは思うけど、後々まで事実が残るような戒告という処分が下されるより、謝ったほうが得策だと言えば……」

「得策って何それ」

私が食ってかかる。

「いやだから、そう言ったほうが説得できる」

「それじゃただの形式的な謝罪じゃない」

「あの大河内さんだよ？　謝っただけでもすごいことだよ」

モリジュンは平然と言う。

「それって要するに、内々で謝ることで幕引きして、社内での公表も大河内さんへの処分も無しってこと？」

「それなら報復人事もないし、大河内さんだってこれに懲りてやらなくなるよ」

「そんなことわからない。楽観的すぎるよ。第一、松岡が望んでいるのは心からの謝罪であって、反省のない謝罪なんて意味がない」

「クサノ。理想は置いといて、現実的な落としどころを探ろうよ」

私は思わず声を荒らげた。

「そんなの現実的でも何でもない！　ただのおためごかしだよ！　そんなに常務が怖いの？　もしかして常務と何かあるの？」

「まさか！」

モリジュンが怒ったように言う。

大河内さんとモリジュンは、かつてあったアイドル誌編集部のデスクと編集者であり、モリジュンが三十手前、大河内さんが四十そこそこくらいのその当時、二人だけで飲みに行くことがあったのは私も知っていた。今もそういうつきあいがあるのかは知らないが、大河内さんをかばうのが彼に対する好意でないなら、それは保身である。

私はモリジュンにがっかりして、「そんなに出世したいの？」と言いそうになる。でも、それを言ったらおしまいだ。有能な人間が、出世を望まないわけがない。モリジュンは天職と言っていた編集の仕事を外されても会社に残ったのであり、今の仕事に対するモチベーションのひとつは間違いなく、さらに役職が上がることである。

片や私は、早くから出世街道を外れ、保身をする必要がない。砲弾が飛んでこない安全地帯にいる人間だ。そんな私が、戦闘地域の先頭に立っているモリジュンに「逃げるな、戦え」「自分の身を守るより大事なことがあるだろう」と言うのはあまりにもおこがましい。保身は褒められることではなく美しくもないが、普通の人が息をするようにやっている行為である。しかし私は、畏友《いゆう》のモリジュンがそんじょそこらの普通の人であってほしくなかった。

「あなたの立場は理解できるけど、私の知ってるモリジュンは、セクハラで傷ついて、泣いて、怒っている女を見て見ぬふりをするような、そんな女じゃない」

モリジュンは私から視線を外し、自分の内を見つめているような目をしている。

「さっき、大河内さんに飛ばされてもいい、みたいなこと言ったけど、それは最悪の場合を想定しただけだから。私は本気で、常務を会社から追い出す」

静かに言い切ると、モリジュンが叫んだ。

「そんなこと無理だよ！」

モリジュンは私の落ち着き払った態度を見て、探るように言った。

「身辺調査して、彼の弱みでも握った？」

マスコミの最前線にいた人らしい発言である。

「そんなあくどいことはしない。今回は、セクハラ以外の理由を用いることなく、正当な手段を使って、彼には自主的に会社を辞めてもらう。これはセクハラ被害者と加害者の戦いであり、私と大河内さんの戦いでもある。私は負けるつもりはない」

私は表情を緩め、親しみを込めてモリジュンに言った。

「部長としてではなく友人として私の味方になってもらいたい。モリジュンがいてくれれば、これほど心強いことはないよ。でも常務側に付くというなら、引き留めない」

モリジュンと目が合った。すると、困ったような、恥ずかしそうな顔をされた。

「……アタシが老獪《ろうかい》な人間だって知ってるよね？　クサノの言う、正当な手段というのを聞かないと判断できない」

私は笑ってしまう。これこそ山下達郎や神田松之丞（後の六代目神田伯山《はくざん》）と同じ豊島区池袋育ちのモリジュンだ。一癖も二癖もある彼女が、素直に女の友情のほうが大事などと言うわけがない。

「まあね、青春ドラマじゃないもんね」

「アタシはいくら親友の頼みでも、事業計画も聞かずに開業資金を貸したりしない女なんだよ」

モリジュンもくだけた調子になったので、それに乗じてジャブを打ってみる。

「でも作戦聞いて、大河内にばらされたら困るなあ」

「そこまで疑うならやめていいよ」

モリジュンもすかさず反撃。試されているのはこちらも同じということらしい。

私は、現時点で進行している作戦を話し、モリジュンに頼みたい新たな作戦も話した。モリジュンが私を恐ろしいものを見るような目つきになる。私はそんな怖い顔をしているのだろうか。

いくつか質問されてそれに答えた後、モリジュンは言った。

「悪くない作戦だね。クサノの味方になる」

「ありがとう。そう言うと思ってた」

私はようやく心から笑うことができた。そんな私を見て、モリジュンが真顔で問う。

「大河内さんのセクハラ行為は許されることではないけど、彼には家族思いの一面があって、娘さんとも仲が良くて、そこまでするのはかわいそうな感じもするんだけど……クサノはそんなに大河内さんを恨んでんの?」

「あのね。セクハラ加害男性の多くは『仕事ができる人』『家庭を大切にする人』『普通の人』なんだって。そのなかでも、男性優位の考えが抜きがたくしっかりと根付いている人、相手の立場がわからない共感性に欠ける人が、セクハラをする男になる……ここ、大事だから。相手の気持ちがわかるなんていう高度な共感性は求めてない。立場が下の人間は、上の人間に逆らえなくてつらいってことを都合よく忘れるな！　立場が下の人間を自分のストレス解消の標的にするな！

ってことなんだよ」

と、ついきつい口調になってしまう。しかし私が、彼という人物のある一面だけを捉えて断罪しているのは確かである。だから今度は穏やかに言う。

「恨みがあるのかどうかはわからないけど、恩義を感じていないから、ここまで非情になれるのかもしれない。これがもし新実さんだったら違うような気もする……」

「まあねえ。仮に大河内さんが辞めたとしても、子供はみんな巣立ってるし、退職金だってもらえるし」

退職金のことまでは考えていなかった。支給を止めることはほぼ無理だろう。

「元女性社員に強姦同然の性被害を与えても、退職金はしっかりもらえるんだから、ある意味逃げ切ったとも言えるね」

私が冷ややかに言うと、モリジュンが驚いて言った。

「それ、どういう意味?」

「え? 一枚だけ匿名の回答用紙があったでしょ、しわだらけの」

モリジュンがあわててアンケート用紙を手に取り、その一枚を見つけて読み始める。途中でアンケートを読むのをやめていた彼女は、全ての用紙を読み終わると大きく息を吐き、つぶやいた。

「……大河内さんは罰を受けるべきだね。かわいそうでも何でもない」

そのまま沈痛な面持ちで黙り込んでいる。私はそんな彼女を見て衝動にかられ、話し始めた。

「モリジュンは私と違って大河内さんに仕事を教えてもらい、彼のいいところも知っているから、アンケートを読んでつらいだろうと思う。実は私、モリジュンが大河内さんと親しすぎて、たとえこちらの話を聞いても最終的に彼のセクハラを認めないんじゃないかってことも考えてた」

モリジュンは反駁《はんばく》することなく聞いている。

「でももしそうであっても、モリジュンのことは否定しないようにしようと思ってた。私は、モリジュンがどれほどの思いで今の地位をつかんだかを知ってる。取材先の男に、土下座して靴を舐めたら教えてやるって言われて、ほんとに舐めてスクープを取って、でも全然うれしくない、そんな人間になってしまったって泣いたことを覚えてる。だから常務側についても、そこにはモリジュンなりの人生がかかっていることもわかってる。でも、モリジュンは私の話もアンケートの内容もしっかり受け止めて、最後は告発に協力すると言ってくれた。さすがだよ」

モリジュンはあらぬ方向を見て何かを考えているようだったが、決心したようにこちらを見て、放り出すように言った。

「アタシ、昔ちょっと大河内さんとつきあってた」

私は、驚くことなくうなずく。そうかもしれないという邪推はしていた。でもまさか本人から告白されるとは思ってもいなかった。

男の趣味が悪いなあとは思うものの、そんな昔のことで彼女を軽蔑したり責めたりはしない。むしろ、恋愛関係があったならばなおさら、彼のセクハラ行為だけでなく、そんなセクハラ男とつきあっていた自分を受け入れるのは難しいのではないかと思う。しかし彼女はそれを受け入れ、彼にきちんと罪を償わせようとしている。編集長時代にセクハラ撲滅キャンペーンをやった自分に対して筋を通す、気骨がある。

「まあ、若気の至りってやつですか」

「だね」

私たちは中年同士、しみじみとした表情になる。男女関係において、昔好きだった男のことを今では何とも思っていないどころか、大嫌いになっていたり、どうして好きだったのかさえ思い出せないというのは、まあまあよくあることではある。

私はモリジュンに言った。

「大河内常務は、女性にセクハラ行為をしても出世できるという社内風土の象徴であり、この会社が、セクハラ問題を重要視せず、女性の地位向上にも取り組んでいないことの証でもある。だから今回、大河内常務が会社を辞めることになれば、社内外に対して、セクハラ行為はもう許されないという明確なアピールにもなるよね。私たちが戦う相手は大河内常務だけでなく、会社の経営陣でもある。今回のことが成功すれば、この会社の改革になると思わない？」

モリジュンはうなずく。

「私には元女性社員たちからアンケートを託された責任があり、私なりの野望もある。それに、モリジュンに頼んだ新しい作戦のためにも、モリジュンこそ表立って動かないほうがいい。だからこのアンケートは私が会社側に渡す。これは絶対に変えない」

「私なりの野望って何よ」

「告発が成功したら話す」

「じゃあ何としてでも成功させなきゃね。これからすぐ動く」

モリジュンが席から立ち上がる。私は思い切って、モリジュンに手を差し出す。芝居がかっているとは思ったけど、なぜか、相手の肉体に触れて何かを確かめたかった。モリジュンは苦笑いをして手を差し出す。手をぎゅっと握り合う。長年のつきあいなのに握手は初めてだった。いかにも男性的な所作だった。女同士ならではの新しい形が欲しいと思った。

私が金沢に帰省したときに提案した「父が実家を出て別の住まいを探す」件に関して、妹は意外と早く承諾の返事をくれた。ところが、妹が安否確認サービスのある高齢者向け住宅を希望しているのに対し、父はアパートでひとり暮らしをしたいらしく、また二人が対立してしまった。妹は、サ高住のほうがとにかく安心で、父を世話する自分の負担も軽くなり、賃貸アパートに住まわせるよりは世間的な聞こえも良いと思っているようだった。

父のほうは、まだ頭も身体もしっかりしているからひとりで暮らすのは可能であり、朝と昼の時間は別宅で過ごし、夜には本宅に泊まって母の介護をするつもりだから（父は「別宅」「本宅」という言葉をうれしそうに口にした）、賃料の高いサ高住に住むのは不経済であり、本宅に毎日行くことで自分の安否確認にもなる、と言うのだった。

父がアパート暮らしにこだわっているようなので、電話をかけて理由を聞くと、何とアマチュア無線だった。

「いちおう、若い頃に免許取ってんだよ。当時はキング・オブ・ホビーなんて言われてて」

私の学生時代にはもう古い趣味とされており、周囲には文系の友人しかいなかったせいもあり、誰ひとりそんなことはやっていなかった。

「でもうちに無線機とかなかったよね」

「独身時代に使ってたのがあったけど、ずいぶん前に処分した。仕事は忙しいし、クルマやゴルフも好きだったからずっと離れてたけど、いつかまたやりたいとは思ってたんだよ。アパートに引っ越して新しい生活を始める今が、最後のチャンスなんだ」

父の声に、珍しく力が入っている。

アマチュア無線なら「本宅」でも再開できると思うのだが、ひとり暮らしのアパートという独身時代のような生活に戻って再開するというのが、父にとってのロマン？　なのかもしれない。

「私、そういう世界わかんないんだけど、このＩＴの時代でもやってる人いるの？」

「そりゃいるさ。日本だけでなく世界中の知らない人と交信できるし、何より災害に強い。地震や台風でスマホが使えなくなっても、確実に情報が得られるんだぞ」

「へえー、そういうときはお父さんの無線が頼りになるのか」

近ごろは、年を取ると生活を縮小整理し、なるべくモノを持たないのが賢明であり、後に残された子供のためにもなると言われている。私は、そういう断捨離の逆張りを行く父の話を聞き、何とはなしに明るい気持ちになった。たとえ八十過ぎようが九十過ぎようが、意欲とお金があるなら、新しいことを始めたり新しくモノを買ったりするほうが人生楽しいに決まっている。ひきこもり気味で孤独に見えた父が、知らない人と無線で交流したいと思っているのも喜ばしいことだった。

しかし、高齢者にアパートを貸す大家が少ないというのはよく耳にするから、今から探し始めたほうがいいだろう。妹にもサ高住の物件を探してもらい、どちらがいいか具体的に比較したほうが建設的かもしれない。

「私は、お父さんがアパートに住むのは賛成です。でも、家から近くてお父さんが気に入るような部屋は、すぐには見つからないかもしれない。私もネットで調べてみるけど、お父さんも時間に余裕のあるときに不動産屋さんを訪ねてみてほしい」

「そうか。じゃあ明日、不動産屋に行ってみる」

「お父さんがひとりで住むって言ったら、やめときなさいとか、貸せませんとか言われるかもしれないけど、それって普通だから、断られてもあまり気にしないようにね」

「うん。それより、アンテナ立てるのにできるだけ高い階に住みたいんだけど」

「じゃあ、アパートじゃないよ、マンションだよ」

「あ、そうか」

「エレベーターのない所はダメだからね！」

「あ、それもそうだ」

ひとりで不動産屋に行かせて大丈夫なのだろうかと思うが、とりあえず様子を見ることにした。


十一月は炉開きの季節であり、昔から「亥《い》の月・亥の日」に炉開きをすると良いと言われている。陰陽五行説によると、亥は「水」にあたるため「火」に強く、火を使う炉開きを水の日に行うことによって「火伏せ＝防火」の意味を込めているとも言われている。

万江島氏も毎年亥の日に炉開きの茶事を行っており、茶の湯友達の多い彼だから他の日にも炉開きの茶事はしているはずだが、ホテルで言い争いをして以来、お呼びはかかっていない。

松岡のセクハラ問題でも相変わらず忙しかった。会社がすぐに「ハラスメント相談窓口」の担当者を決めてくれないため社内的には動きたくても動けない状況だが、松岡と共にセクハラ支援団体代表の若い女性に話を聞きに行き、モリジュンと新しい作戦について打ち合わせをした。

万江島氏から連絡がないのはずっと気になっているが、今はセクハラ告発の準備に集中しようと思った。私のなかで、北川すみれの存在や彼とのセックスへのわだかまりに決着がついていない間は、彼と会わないほうがいいような気もしていた。

そしたら、北川すみれからまた会社へ連絡が来た。今週の土曜に会えないかと言う。

「すみませんが、ご用件はどういったことでしょう?」

「会ってから話します」

「あの……難しいというか、込み入った話になるでしょうか」

「んー、たぶんそうじゃないと思う」

急に、少し甘えのまざった友達口調になり、面食らった。何にせよ、万江島氏に関する話であることは間違いなく、会わないわけにはいかない。承知の返事をして電話を切った後、なぜかひとりでに笑みがこぼれた。たぶんそれは、北川すみれの口調にこちらへのほのかな親しみを感じたからだった。そして私も、憎《にっく》き恋のライバルであるはずの北川すみれに会うのがそれほどいやではなかった。

それなのに、北川すみれに会う前の晩、突然不安になり眠れなくなった。

彼女のあの親しげな口調は、ひょっとしたら、彼女が私より優位に立っていることのあらわれだったのではないか。万江島氏はもう私との関係を終わらせることに決めていて、それをわざわざ彼女が知らせようとしているのではないか。それだったら結論は出ているのだから、込み入った話にはならない。それをおめでたくも私は、北川すみれに好かれていると解釈してしまったのではないか。

そうに違いない、いや、それは私の考えすぎだ、と二つの考えを行ったり来たりして、疲れ果て、いつのまにか浅い眠りについていた。

目覚めたときの気分は最悪だった。睡眠不足はてきめんにこたえ、目の下のたるみは目立ち、着物やスーツのようなきちんとしたものを身にまとう気力が湧かなかった。でも指定された場所は、浜松町にあるホテル内の成金的ゴージャスな内装のラウンジなのだ。疲れた顔の五十女がそんなところへカジュアルな服装で行けば目も当てられぬ惨状になるだけであり、ローヒールに黒のロングワンピースというあたりに落ち着く。

今日は彼女が先に来ていた。ここはアフタヌーンティーが有名であり、友達同士で来ている女性客、若いカップルで満席だった。そのなかに、北川すみれはひとりで座ってスマホを見ていた。前回と同じヴィンテージ風の大きなサングラス、黒の革ジャンに白いTシャツ、細身のブルージーンズ、白いダッドスニーカー。どれもおそらく高級ブランドで、新品のように汚れひとつなくぱりっとしていて、光沢のあるファブリックを使ったソファに負けていなかった。

前回に会ったときは大人びて見えた北川すみれだったが、身体のラインが出る服を苦もなく着こなし、若い客にすんなり溶け込んでいるのを見て、私よりはるかに年下なのだと改めて実感する。周囲の騒がしい量産型女子を遮断するような孤高の雰囲気を漂わせていた。

三人は座れそうなゆったりとしたソファの真ん中に座っていた北川すみれは、私の顔を見るなりサングラスをはずしてにっこり笑い、少し脇にずれて、「ここ、座ってください」と自分の隣をぽんぽんと叩いた。

なぜ隣に、と思ったものの、目の前のローテーブルがやたらと大きく、テーブルをはさんだソファとチェアとの間が一メートル半くらい離れていた。早口や小声だと聞き取れないことが増え、声量も乏しくなってきた私にとって、会話しづらいのは一目瞭然だった。私は少し間隔を開け、北川すみれの右隣に座る。主張の強いオリエンタル・フローラル系の香水が鼻をかすめる。身体がふかふかのソファに沈み込んで落ち着かないので、これみよがしに飾り置いてあった小さいクッションをつかんで腰に当てる。

「着物のほうが素敵かも」

いきなり北川すみれに言われるが、気の利いた返しもできずに黙っている。身体のだるさと慣れない場所のせいでぼうっとしているところに、革ジャンで隠しているとはいえ、横を向けば異様な迫力のバストラインが目の前にちらついて、女の私ですら落ち着かなかった。若い男性だったらひとたまりもないだろう。

二人ともアフタヌーンティーに興味がないことがわかり、北川すみれがグラスシャンパンをすすめるのでそれに従った。美しいフルートグラスのシャンパンがサーブされ、ウエイターがいなくなると、北川すみれはミネラルウォーターのようにさっさと飲み始めた。乾杯めいたこともせず、普段から飲みなれている感じだった。

私が話し出さないので、北川すみれのほうが口火を切った。

「すごく疲れてるみたいですけど、巽さんと喧嘩したせいですか?」

またもやストレートな物言いで、ちょっとイラっとしてしまう。

「万江島さん、あなたに何か話したの?」

「いいえ。でも、もう三週間近く会ってないですよね。何となくそうじゃないかなって」と言って、北川すみれは太ももの幅分、距離を詰めた。

「それより草野さん。巽さんに、彼のセックスのやりかたについて何か言いました？」

私はびっくりしてそのまま表情が固まってしまった。

彼女は声を上げて笑った。

「当たった〜。だって巽さん、私に『僕とのセックスに何か不満はある？』なんて聞くんだもん。そんなこと初めて！　それにね、さりげないふりしてるんだけど、目が笑ってなくて真剣で、これはもう草野さんに何か言われたんだろうなって思うしかないでしょ」

北川すみれがあまりにも無邪気に尋ね、彼女の言葉に私へのリスペクトまで感じたので、私は正直に答えてしまった。

「うん、言った」

「うわっ、すごっ。何て言ったの？」

「別にたいしたことは言ってない。自分の欲望を押しつけるだけじゃなくて、女の欲望にも興味を持ってほしいって言っただけだから」

相手の笑みがすうっと消え、私は気づく。

北川すみれは、男の欲望を一方的に押しつけられ、それに抵抗することが許されない職業だったのだ。

そういうこととは別に、私の世代に比べると今の三十代女性は保守的であり、専業主婦が憧れの的だったり、「モテ」や「愛され」を重視するあまり男性に従順な傾向があったりすることも知っている。雑誌「anan」のセックス特集も、昔は「自分（＝女）が気持ちよくなる」ことが優先されていたのに、二〇〇〇年代以降になると「相手（＝男）を気持ちよくさせる」ことが優先され、女のセックスが「お仕事化」しているのだそうだ。

「あの巽さんにそんなことが言えるなんて、信じらんない」

私を責めているのではなく、心から驚いているようだった。

「まあね、お前は何様かって」

「どうしてそんな強気になれるの」

「うーん……」

北川すみれが強気になれないのは、万江島氏を神様のように崇《あが》めて愛しすぎていて、嫌われるのが怖いからだろう。では私は、万江島氏に嫌われても怖くないのだろうか。

「私だって昔は、好きな男性に遠慮して言いたいことも言えなかった。でも、だんだん無理がきかなくなって、図々しくなって、我慢するのは心にも身体にも良くないって思うようになった」

「その結果が喧嘩したまま会えないなんて、そんなのつらすぎる！」

悲痛な表情を浮かべた北川すみれを見て、ああ、若いなあ、と心のなかで感嘆する。今の私は、万江島氏のことは常に気にしていても、他に考えることが多すぎて恋愛だけを悩み続けられない。それでも、昨晩のように悩み出すと止まらないときもある。

「私はあなたの話を聞いて、万江島さんに率直に言って良かったと思ってる。大抵の男性は、もし自分のセックスが批判されたらムカついて、ひどい男だったら女を殴りつけたりして、自己反省なんかしないと思う。あるいは、立ち直れなくなってセックスができなくなるとか。でも万江島さんは、それを聞いて最初は不機嫌にはなったけど、私の要求をきちんと受け止めて、あなたにも意見を聞いている。そういう男性はなかなかいないよ」

「……それって巽さんの性格もあるけど、やっぱり、アレが思うようにならなくなったことが大きいんじゃないかな」

北川すみれが遠慮がちに言う。

「……なるほど」

「その前はもっと、自分本位だったっていうか」

「そうなの？」

「店で働いていたとき、お客さんはマグロがほとんどだけど、彼は自分から動く珍しい人だったのね。攻めることに、楽しみや喜びを感じるタイプみたい。ただ、たまにエスカレートすることがあって……」

「痛いときあるよね」

北川すみれが小さく二度うなずいて続ける。

「あと、男の人って年を取ると舌が硬くなるんだけど彼は柔らかいでしょ。だから指のときよりはいいんだけど、攻めるポイントがちょっとずれてて、でも言えなくて……」

今度は私が声を上げて笑う番だった。

「そう！　ちょっとずれるときがあるの！　惜しいの！」

「やっぱり！」

「でもその最中は言えない」

「言えなーい」

「終わった後はもっと言えない」

「後で言うって、一番あかんやつ！」

言葉をぽんぽんやり取りしながら、北川すみれが興奮して私の腕をつかみ、私もそれに応えるかのように北川すみれの膝を叩き、二人ではしゃぐ。

隣のテーブルの若い女性たちがこちらを見たので、私は声を潜めて言う。

「ここで、まさかこんな話をするとは」

「私、なんか今、すごくすっきりしてる」

「ついでに聞きたいことがあるんだけど……」

と、さらにひそひそ声になる。北川すみれがグラスシャンパンを追加してくれる。お酒を飲みながら、私は膣内が痛んだときの対処法や万江島氏の性感帯などについて尋ね、彼女は上品ぶることなく丁寧に教えてくれた。そういうことに関して、北川すみれは最強の先輩である。

そして、私は尋ねた。

「あなたは彼のインポテンスについて、不満はないの？」

「まったくない」

北川すみれは、一点の曇りもない笑顔を見せた。万江島氏がここにいたらさぞ感激するだろう。私は、たとえ強がりであろうとそう言い切れる三十四歳に感服した。

北川すみれはその美しい笑顔で続けた。

「でもセックスのことで、ここはもっとこうしてほしいっていうのはあるから、それは草野さんが言ってくださいね」

「何で私が」

「そういうの上手でしょ？　私は無理」

「ったく調子いいんだから。私は言いません！」

「え〜、お願いしますぅ」

北川すみれが大きなバストを揺らしながら頼む。

その後も、まるで共通の「推し」について語りあうように万江島氏のことを話し、ＬＩＮＥも交換した。一体、私たちは何をしているのだろうか。

北川すみれが三杯目のシャンパンを飲みながら、私に言った。

「私がソープで働いてたときも辞めた後も、みんなが私にどうしてソープ嬢になったのって必ず聞くわけ。あれはもう、脊髄《せきずい》反射っていうか、パブロフの犬ね。特に男はドラマを求めてて、親の借金とかレイプされたとか、もう悲惨であればあるほど食いつきが良くて、ますますヨダレ垂らしちゃって、そういう不幸せな女が大好物って男は一定数いる。ほんとの理由をてめえなんかに話すかっつーの。女の場合は、やたらと同情したり聞いたくせに反応できなかったりして、うざい。でも草野さんは、そういうつまんないこと聞かないでセックスの話ばっかりして、そこが好き」

私も北川すみれがだんだん好きになっていた。ひたむきで、根は真面目な正直者だから不器用でもある。自分の愛する男の人について思う存分話せるのが楽しくてたまらないという様子は、今まで誰ともそんなことができなかったことを窺わせ、彼女の口の堅さや長年の孤独が察せられた。また、元風俗嬢の彼女にどう接すればいいかという不安も、話をしていくうちにどこかへ消えていた。それは、私のなかの差別や偏見が消えたということではなく、ただ彼女と話していて楽しかったということなのだと思う。

ホテルを出た後、北川すみれが、どこかで晩御飯食べません？　と言ってきたので、何気なく尋ねた。

「料理はするの？」

「ぜーんぜん。私んち貧乏だったし、母親も料理しない人だったから、私、料理のセンスゼロなんですよ。白いごはんがあればいいって感じで」

「若いのに、お米好きなの？」

「もうめっちゃ好き。炊き立てのごはん見てると、幸せな気持ちになりません？」

私はふいに思いついて言った。

「……マヨネーズごはんとか、好き？」

「えーっ！　草野さんも好きなんですか！　マジで！」

北川すみれに、うなずいてみせる。

「あれ最高ですよね！　うちの冷蔵庫、マヨネーズだけは切らさないんですよ。えーうれしいな、これ、わかってくれる人、ほんっと少ないし」

私は北川すみれが大喜びしているのを見ながら、用事があるから残念だけどまた今度ね、と告げて別れた。

そしてどこにも寄らず、家に帰った。

十二月になった。会社からはいまだに「ハラスメント相談窓口」の担当者が決まったという知らせはない。私やモリジュンは年末進行に向けて前月から忙しく、それをいいことに、会社側はこの窓口の運用開始を来年に先送りすることに決めているように見えた。

そこへ爆弾を落としたのが、ほかならぬ松岡だった。松岡は、同期の女性社員に協力してもらい、社員のなかで大河内常務からセクハラを受けたことのある女性を探し出し、実名で告発するように粘り強く説得を続けていたのだった。その結果、二名の女性が名乗りを上げ、松岡は彼女たちとの連名で「某役員のセクハラ行為に対する早急な措置を講じることを会社側に要求します」というビラを朝イチで社内中のデスクに置いた。セクハラ行為については「太ももを撫でられ続けた」「頬を舐められた」「ラブホテルに入ろうとして無言で腕を引っ張られた」といった具体的な内容が、日時や場所を含めて詳細に記されていた。某役員と書かれていてもそれが大河内常務であることは自然と全社員が知るところとなり、社内はどこもこの噂で持ち切りとなった。

大河内常務はもちろんのこと、会社側も激怒しているようだが、このビラは私やモリジュン、労働組合にも知らされておらず、あくまでも松岡が勝手にやったこととする、松岡なりの作戦と思われた。私は「この手があったか!」と快哉を叫んだが、社長にかけあったモリジュンとしては面子をつぶされた形になった。しかも社長に呼びつけられ、かなり叱責されたらしい。

私は、モリジュンが万に一つでも常務側へ寝返るのを怖れ、すぐに彼女に声をかけ、会議室で話をした。

モリジュンは「勝手なことしてくれちゃってさあ」と愚痴りつつも、松岡に対してはそれほど怒ってはおらず、「ここまでしないと会社は本気で動かないってことだね」と冷静に言った。

「モリジュンも、会社側がセクハラ事情聴取をずるずると先延ばしして、こちら側の意欲が失せるのを待っている感じがした？」

「まあね……会社側の考えなのか、大河内さんの考えなのかわからないけど、まずは当事者同士で話し合って解決したほうがいいんじゃないかってことで、先月、大河内さんが松岡に、会って話をしよう、慰謝料も払うから、って持ちかけてたらしい」

「えっ、そんなことがあったんだ」

「松岡は断固拒否したらしいよ」

「……そうか、がんばったんだね」

松岡がそれを私に知らせなかったことについて、何も思わないわけではない。でも、すべては私の身から出た錆《さび》なのだ。

今回のセクハラ告発が「ハラスメント相談窓口」を通さざるを得なくなったのは、元はと言えば、私が万江島氏とのデートを優先してモリジュンに根回しできなかったのが原因である。そこから、私に対する松岡の不信は始まっていたような気がする。また、私があくまでもモリジュンと協力してセクハラ告発をしようとしているのも、彼女には不満なのだろう。

そして何より、私のなかにたとえわずかでも、松岡をコントロールし、自分の計画通りに動かそうという気持ちがあることに彼女が気づき、私から距離を置こうとしたのではないか。

というのも、先日、セクハラ支援団体の若い女性が、「セクハラ被害を上司に相談したとき、『今後、何かあったら全部自分に報告しろ』『他の社員に話すときは私を通せ』『外部には勝手に話すな』などと言って、被害者の行動を制限してくる上司は信頼しないほうがいい」という話を私たちにしたのだった。

「大河内さんがアタシに、松岡を辞めさせるにはどうしたらいいかって相談してきて」

「何それ」

「大丈夫。そんなのできませんって一蹴したから。人間、追い込まれると本性が出るんだね」

モリジュンは沈んだ顔でつぶやき、大河内さんに対する情のようなものがまだ消えていないように見えた。が、そのこととセクハラ問題は別だということを彼女はわかっているはずだと思い、それ以上の話はしなかった。

ビラを撒いた後の松岡は、こちらが舌を巻くほど落ち着いて仕事をしていた。日頃から差別的発言の多い定年間近の販売部の男性から「大したことじゃないのに騒ぎすぎじゃない？」と言われたときには、にっこり笑って「セカンドハラスメントの実例集とその対策」というプリントを相手に手渡していた。ただ、池田が男性社員に聞こえよがしに「女って怖えーな」と言ったときだけは、「セクハラネタで常務を強請《ゆす》れって言った男のクズが、くだらないこと言ってんじゃねーよ！」と怒鳴り、池田は顔を醜くゆがませてフロアを出て行った。

私と松岡は昼休みに近くの喫茶店へ行き、私は彼女に謝った。

「会社側の出方を窺ってばかりで、年明けになってもしょうがないと思っていた私が悪かった。こんなんじゃ頼りにならないよね、申し訳なかった」

松岡は鷹揚に笑った。

「いいえ。私、せっかちなんですよ。この前会ったセクハラ支援団体の人たちって、みんな二年とか三年とか、平気で戦い続けてるじゃないですか。そこの被害者たちはすでに学校や会社を辞めてるし、裁判になると長引くものなんだろうけど、私はそこまでやれる精神力とか持久力は無いなあって。年末年始をはさむと、何かもういいや、会社辞めちゃえーってなっちゃいそうで、怒りがマックスになっている今、やれることをやろうって思っただけで」

「仲間を探して、説得して、こんな思い切った行動ができるなんてたいしたもんだよ。びっくりするほどたくましくなった」

松岡は落ち着いた表情で紅茶をひと口飲んで、言った。

「元女性社員のアンケートを集めたとき、草野さん言ったじゃないですか。人脈なんかなくても、熱意と誠意でひとりの人を動かすことができれば、後に続く人が必ず出てくるって。だから私も同期に相談して、そしたら、その子が協力してくれたんです」

「……同期だからこそ分かち合えることもあるしね」

私がモリジュンのことを念頭に置いているのがわかったからか、松岡の口調が変わった。

「草野さんは、森さんのことを信頼しているみたいですけど、私は違います。先月、大河内常務が急に、話し合おうって私に接近してきたんですけど、森さんの入れ知恵だと思ってます」

「いや、それは違う」

私が強く断言したので、松岡は反論しなかった。

「とにかく、そうやって陰で動かれるのは不快です。『ハラスメント相談窓口』と称して、密室で処理されるんじゃないかって不信感もあるんです。だから、社員全員にこの事件を知ってもらって、今後の経過もビラで報告することによって可視化して、みんなに監視してもらおうと思ったんです。実際、あのビラを見て、応援するって声をかけてくれた社員もたくさんいるんです」

「ビラに関して、森さんと話をした？」

「いいえ。森さんから特に何も言われてないですし」

「森さんは、今回のビラのことで社長から叱責されている。でも、あなたにそんなことは話さない。あなたへ圧力がかからないように守ってくれてもいる。だから、余計なお世話かもしれないけど、松岡さんから森さんにひと言、これからもよろしくお願いしますって言えば、森さんもまた気持ちよく協力してくれるんじゃないかな」

「……すみません、少し考えさせてください」

その後、モリジュンにそれとなく尋ねたが、松岡から声をかけられたということはなかったようだった。私は単に、モリジュンと松岡の関係が少しでも良くなることを願って言ったのだが、松岡にとってはこれも、自分をコントロールしようとしている発言なのかもしれなかった。

松岡のビラによって状況が動き出した今、私は会社側を一気に攻めるべきだと判断した。まず、その日のうちに宇山さんを介して前会長の堀越さんと連絡を取り、現会長と社長に対して、今回の告発を含む大河内常務のセクハラ行為について迅速に対応すること、旧経営陣は大河内常務の処分を望んでいることを伝えるよう、お願いした。そしてその二日後に、社長室にひとりで乗り込み、元女性社員たちのアンケートを手渡した。もし社長が堀越さんと話をしていれば、このアンケートのことを知っているはずなのだが、社長はまったく知らなかった。演技しているようにも見えなかった。社長は受け取ってぱらぱらめくりながら、アンケートの概要を尋ねた。私はそれについて説明し、また、他社におけるセクハラ行為に対する懲戒処分事例も話した。今回のケースは、社内の女性三名が実名で告発し、過去のセクハラ被害者も名乗りを上げている以上、加害者の常習性は高く、事実関係を確認した上でかなり厳しい処分が必要なことを訴えたのだが、社長は、ただ黙って聞いていた。

私は最後に言った。

「我が社は自社発行の女性週刊誌上でも積極的にセクハラ根絶を訴えています。その社内でセクハラが横行しているのは恥ずかしい限りです。社長。どうか、然るべき監督責任を果たしてくださいますよう、お願いいたします」

深々と下げた頭を上げると、社長は先ほどまでのむっつりした顔のままで言った。

「今回のことは私も遺憾に思っている。慎重によく検討するようにいたします」

いかにも慇懃無礼な返答だった。その鈍い反応は、私たち女がいくら騒いでも男社会はそう簡単には動かないことを暗示するようでもあった。

ビラが撒かれて一週間経ったが、会社側は相変わらず、まずは「ハラスメント相談窓口」を設置し、事実関係を調べてから対応策を検討しますという回答を繰り返した。

それどころか、松岡を始めとする告発した女性社員三人の実名がＳＮＳでさらされ、中傷され、会社に悪質ないたずら電話もかかってくるようになった。告発した三人のうちの一人は、会社を休んでしまい、もう一人は出社しているが、まわりに迷惑をかけているのがつらいと訴えている。松岡は気丈に振る舞っているが、大河内さんの息がかかっている紙の代理店の社員たちは、松岡を避けたり、必要最低限のメールしか寄越さなくなったらしい。

前会長の堀越さんもとんだ食わせ者だった。モリジュンが探りを入れたところ、堀越さんは現会長にも社長にも連絡を取っていないらしい。モリジュン曰く、「まだ様子見なんだよ。でも、クサノは催促しないほうがいい。そういう女からの要求をあえて無視するタイプだから。大河内さんが瀕死状態になったら、喜び勇んでトドメを刺しにくるよ」ということだった。

私は、男たちの意識改革、会社側の自浄能力に期待していた自分が甘かったことを思い知らされた。もう、新しい作戦を決行するしかない。

それは、日本で一番影響力のある週刊誌に、我が社のセクハラスキャンダルを報じてもらうというものだった。モリジュンとその週刊誌の編集長はお互いに駆け出しの編集者のころからつきあいがあり、定期的に酒を飲み交わす仲なのだ。

最初にこの作戦をモリジュンに提案したとき、彼女は懸念を示した。かつてセクハラ撲滅キャンペーンを行っていた出版社によるセクハラスキャンダルが発覚すれば、雑誌の売り上げ減少や広告主の引き上げも有り得る、それでもいいのか、と。

私は、その記事では松岡の告発だけでなく大河内常務の長年のセクハラ行為を書いてもらうつもりだと言い、モリジュンに尋ねた。

「無理やりレイプされた人の尊厳の回復より、会社の売り上げのほうが大事なの?」

モリジュンは黙ってしまった。私は続ける。

「セクハラに限らず、企業に問題が起きたときに重要なのはその後の対応だと思う。スキャンダルに対して沈黙したりただ謝罪して終わるのではなく、例えばうちの女性週刊誌で検証記事を出したりして迅速かつ積極的に信頼回復に取り組めば、話題にもなり、逆にイメージが良くなるかもしれない」

「……そんなこと、この会社ができるかな」

「それこそ、私たち当事者以外の人間がやるべきことじゃない？　私は、松岡たち女性三人の勇気ある行動がうやむやにされて、冷笑されて終わるのが一番怖い。社員たちが『この会社は年寄りが牛耳《ぎゅうじ》ってて何をやっても変わらない』って愛想を尽かしたり、若い女性が『がんばって声を上げても無駄』ってあきらめてしまうかもしれない。そうして、この会社の将来が、日本の未来がどんどん暗くなることより、目先の売り上げが大事なの？」

モリジュンは首を振り、作戦を承知した。そして、我が社のセクハラスキャンダル記事の掲載に向けて、着々と準備してくれたのだった。

私はモリジュンに、その週刊誌の編集長に掛け合い、今から間に合う号で記事を掲載してもらうように頼んだ。「セクハラ撲滅キャンペーンで有名な女性週刊誌版元の重役、三十年以上もセクハラやり放題！」というようなタイトルで、被害者は匿名であるが、加害者は実名である。前もって取材を受けたのは滝本美鈴さんと松岡であり、彼女たちの許可も得ている。

そして私は社長と面談し、近いうちにその週刊誌が我が社のセクハラ事件を記事にすることを伝えた。それを聞いた社長のうろたえようは情けないものだった。出版人である彼に女性の人権への配慮はないに等しく、所詮、世間体でしか動くことができない俗物だった。

しかし、その記事が掲載されることはなかった。

社長に話した翌日、大河内常務が辞表を出し、会社を辞めたのだ。社長や会長や前会長が総出で彼を説得かつ恫喝し、詰腹を切らせたのだろう。

私は社長を始めとする会社側にかなり腹を立てていたので、大河内さんが辞めても予定通り記事を出せばいいのではないかと思った。だが、松岡が反対した。大河内さんが、会社からの処分は無いにせよセクハラ加害によって辞職せざるを得なくなったのは一応の成果であり、その成果を得たのだから、これ以上記事によって誹謗中傷がひどくなるのは避けたいという。当事者がそう言っているからには、掲載中止は当然だった。

大河内さんが会社からいなくなると、火が消えたように騒ぎはおさまった。幕切れがあっけなかったせいか、敵に勝ったという高揚感もなかった。

松岡からは、「セクハラ告発したことを私は後悔していません。草野さんに相談してよかったと思っています。大河内常務からの謝罪に関しては、慰謝料を払うという内容のメールを読んだときに、心からの謝罪は無理だろうなって思いましたし、二度と常務の顔を見たくないので、もう必要ありません。ありがとうございました」と言われ、私もまた松岡に感謝を伝えたのだった。

私もモリジュンも松岡も、今回のことを総括する暇もなく年末進行になだれ込んだ。松岡と池田が決定的に仲違いしてどちらかが異動するしかなくなっていること、「ハラスメント相談窓口」がいまだに開設されていないこと、セクハラ告発者への誹謗中傷がまだ続いていること、モリジュンと松岡だけでなく、実はモリジュンと私の関係もぎくしゃくしていることは、すべて来年へ持ち越しとなった。


クリスマス・イブの一週間前の夜、万江島氏から電話があった。

「ご無沙汰してます。急な話で恐縮ですが、愉里子さんは二十四日の夜はもう予定が入っていらっしゃいますか」

一か月以上連絡もせず私を放っておいたことなどまるでなかったかのように、相変わらずビジネスライクな、礼儀正しい口調で尋ねる。

私は、ついに来た！　と心の中で叫ぶ。はじけるような喜びと同時に全身がほどけたようになる。彼から連絡がなくて本当はずっとつらかったのであり、今ようやくそれから解放されたのだ。

それでもひと呼吸おき、彼の口調を真似るように言う。

「いいえ。いつも通り、仕事をして帰宅するつもりです」

「どうして電話くれなかったの？」と、責めるような声も甘えるような声も出さない。ひそかに二十四日を空けて待っていて、でもその日は平日だからその前の土日も空けておいた、ということも言わない。

「仕事は何時くらいに終わりそうですか」

「たぶん、七時には会社を出られます」

「ではあなたの会社の近くに園充院《えんじゆういん》という寺がありますので、その前に車を停めて待ちたいのですがよろしいでしょうか。たぶんそこなら、あまり目立たないかと」

彼が所有している車はプリウスとアストンマーティンだが、今の話からすると後者でやってくるということかもしれない。

「はい……お誘いくださり、ありがとうございます」

「久しぶりにお会いできるのを楽しみにしてます。では」

いつものようにそっけなく電話を切られてしまった。

店やホテルでの待ち合わせではないから、車でどこかへ向かうのだろうか。確かめたいのは山々だったが、ここで尋ねるのは無粋だと自分を押しとどめた。年を取っても、クリスマス・イブは特別だから。どこへ行くか言わないのは、私へのサプライズなのかもしれないから。

でも翌日も通常通り出勤だから、あまり遠くへは行きたくないのが本音である。もし都内を離れて泊まるならば、翌日会社に着ていく服も持っていかなくてはならない。そう考えた時点で面倒だなあと思ってしまい、そういう自分に愕然とする。

11

五十一歳の独身女がクリスマス・イブの夜にデートの予定があるのだけど、浮かれているのが会社の人たちに決して悟られないような仕事服、というものを紹介している日本のファッション誌やネット記事は存在しない。無論、そんなトピックスをネット上にあげようものなら、おばさんをバカにすることで精神衛生を保っている者どもが蠅のように集《たか》ってくるのは間違いない。

翌日に着る服まで持っていくのは面倒、と思ったのは束の間、デート用の服と翌日の服を持って出勤し、仕事が終わったらデート用の服に着替え、翌日の服はロッカーにしまい出社後に着替える、ということまで考えた（出勤時はコートを着ているから前の日の服でも大丈夫）。

しかし、長年の経験から、このように気合いを入れすぎるとたいてい肩透かしをくらい、ひどいときはデートそのものがドタキャンになることも知っている。だから、デート用の服も翌日の服もやめ、黒のVネックニットにグレーのワイドパンツという無難な格好にした。今年の夏、素材違いのグレーのワイドパンツで万江島氏と割烹でデートしたときにとても楽しかったので、ゲンをかついだとも言える。つまり、あえて不測の事態（遠出して一泊）に備えないことで、そうなったら困るけどうれしい、むしろそうなることを願うというような、ねじくれたおまじないめいたことをしたのだった。

約束通り、七時には退社できるように仕事を片付け、オフィスの壁時計を見てふーっとひと息つく。視線を感じて横を向くと、松岡が意味ありげに笑っている。池田は定時に退社しており、モリジュンは席をはずしていた。

「草野さん、やっと終わったあって顔してますね」

「そう？」

「今日は朝から顔がぴかーって輝いてるし、たぶんこれからどっか行くんですよね、バレバレですよ～」

松岡がこんなに気安く話しかけてきたのは久しぶりなので、この会話に乗ることにする。

「も～、松岡さん、鋭いから」

「誰も気づかなくても、私にはわかるんです、お疲れ様でした！」

「お先に失礼です！」

私はバッグとコートを持つと急いでトイレに入り、ホワイトパールと天然石を組み合わせたロングネックレスを出す。留め金をはずしながら、松岡のことを考える。

大河内さんが辞めてセクハラ事件がとりあえず収束した後も、松岡は池田と一切口をきかず、モリジュンとも最低限のやりとりしかしなかった。来年春の人事異動で、おそらく池田か松岡のどちらかが動くだろうから、部内の雰囲気が最悪なのもそれまでの辛抱なのだが、私は松岡がその前に退社してしまうのではないかとはらはらしていた。社員のなかには陰で、大河内さんを庇《かば》い松岡を責める人も少なくない。セクハラ被害者が会社に居づらくなって辞めてしまったら、この会社のハラスメント対策はまったく改善しなかったも同然である。

松岡の笑顔を見たのも久しぶりだったので、私はいくらかほっとした。そしたら急に、今日の松岡の服装がいつもより地味だったことが思い出された。さっきの会話も、こちらに質問する隙を与えないよう、すぐに「お疲れ様でした」と言って切り上げたのではないか。松岡は自分のプライベートをぺらぺら話すタイプではないが、これでは先輩と後輩が逆である。やはり今日の自分はどこか浮かれているようで、恥ずかしくなる。

会社を出ると、薄暗い一方通行の道を駅とは反対方向に歩く。向かい側から車のエンジン音が聞こえ、赤いＢＭＷが私の横をスピードも落とさず通り過ぎようとする。車のライトがアスファルトの窪んだところに溜まっていた水を映した瞬間、私は反射的に上体を車とは逆のほうへねじる。が、ビシャッという音とともに水たまりの飛沫を全身に浴びた。

屈辱的な気持ちで車を目で追うが、品川ナンバーのその車はあっという間に遠ざかる。私はすぐにハンカチを出して顔をおさえ、今日のために買ったブルーグレーのノーカラーコートの濡れた部分をハンカチで軽く叩く。それほど泥は含まれておらず、コートの素材がウールということもあってシミにはならないようだ。それでも、不快な気分がおさまらない。湿ったハンカチをバッグに突っ込んで、再び歩き出す。

待ち合わせの園充院は、昼間、建物の前を通ったことがある。住宅街の中に突如としてあらわれる間口の狭い寺だが、小さいながらも立派な山門があり、その後ろにはこんもりとした木立も見えた。グーグルマップで調べると、意外と広い寺院のようだった。日が落ちてからは来たことがなく、寺院の前は真っ暗かと思いきや、山門の下には灯りがともっていた。門の前に万江島氏の車は停まっておらず、その代わり、黒い作務衣《さむえ》のようなものを着て銀縁のメガネをかけた坊主頭の男がぽつんと立っていた。私が門の前で立ち止まると「草野さんですか」と声をかけてきた。

「はい」

「じゃ、こっちへ」

ぞんざいな言い方で、すたすたと歩き出した。

「ちょっと待って。万江島さん、お寺の中にいらっしゃるの？」

「あー、はい」

「あなた案内役なら、そういうこと最初にちゃんと言いなさいよ！」

思わず怒鳴ってしまい、若い男がおびえたように「すみません」と頭をさげる。

男が山門をくぐる後についていく。五、六段ほどの階段を上がったところで、いつのまにか彼は手燭を持っていた。少し参道を歩くと正面に本堂があり、左に折れて鐘撞《かねつき》堂を見ながら本堂の裏手へまわるように進む。

境内にも灯りがともっているが、全体的に薄暗く、人けもなく、クリスマス・イブの夜に寺の奥へと向かっているこの状況も不可解である。私は怖がりではないので、普段だったらこの趣向も面白がるはずなのに、今はただ、イライラしていた。すぐに会いたかったのに、万江島氏は出迎えてもくれず、こんなもったいぶったやり方をするのが気に入らなかった。さっきのＢＭＷに対する怒りも引きずっていたため、何の関係もないこの男に声を荒らげてしまい、そんな自分にも腹を立てていた。

最近、感情の起伏が激しく、しかもその荒波がなかなかおさまらず、わかっていてもどうしようもないときがある。いつまた誰かに暴発するかわからないと思うと、そら恐ろしくもなる。

本堂の裏手に出ると、境内の灯りが届かなくなったが、すぐに、ところどころに足元行灯《あんどん》が置かれている庭が見えた。石灯籠にも灯りがともっている。もしやと思いながら、若い男の手燭に導かれて夜露に濡れた石畳を歩いていると、その薄暗がりのなかから小さな茶室があらわれた。

男は躙口《にじりぐち》まで私を案内すると、「こちらから入ってください」と言い、来た道をそそくさと戻って行った。物慣れぬ寺男が、半東として茶室まで案内し、中で亭主の万江島氏が待っているということがわかると、少し気持ちが落ち着いた。

躙口のそばにも行灯が置いてあったので、私はそれを持ち、少し下がって茶室全体を眺める。京都とは違い、東京で寺院の敷地内に独立した茶室があるというのは珍しい。銅板葺の屋根に大《だい》徳寺垣《とくじがき》、躙口の上には下地窓がある。土壁は胡桃《くるみ》色で、朽ちたり欠けたりしたところはない。茶室自体はそれほど古いものではなく、昭和の時代くらいに建てられたものではないか。扁額《へんがく》は暗くて見えず、スマホのライトを点けて頭の上へかざせば確認できるだろうが、そんなことはしたくなかった。

行灯を元の位置に戻し、脱いだコートを手に持って躙口の引き戸を開けようと屈んだとき、胸元でロングネックレスが揺れる。すぐにそれをはずしバッグへしまう。茶道を嗜んでいるのでマニキュアはしたことがなく、指輪も、左手の薬指を避けてつけることに屈託があった時期にやめて以来、つけなくなっている。引き戸を開け、室内を窺う。躙口の右側は壁になっており、正面に床の間、その前には手燭が置いてある。手燭に立てられた蠟燭《ろうそく》の淡い光によって、床の間に、背の低い円筒形の黒い花入と一輪の白い花があるのが見える。少し首を伸ばして左側をのぞきこむと、灯火のともった竹檠の下の部分と、釜のかかった炉の一部が見えた。釜からは白い湯気がゆるやかに立ちのぼっている。亭主は炉の向こう側に座っているはずなので、茶室に入らないと万江島氏の姿は見えない。私は靴を脱いで中に入り、コートとバッグを隅に置き、一旦引き戸のほうへ向いて靴の位置を直す。引き戸を閉めてから正座のまま躙り、床の間に向かって座る。そのままゆっくりと首だけ左に向けると、点前座に和服を着た万江島氏が座っていた。竹檠から広がるほの暗い灯りが彼の顔を下から照らしている。いつもと変わらぬ彼の穏やかな微笑みを見て、ようやく心が静まる。すると茶室に焚きしめてあったお香も聞こえるようになった。あたたかみのある、まろやかで上品な香り。

何だか夢のなかで会っているようだ。

私は茶会のマナーに則《のっと》るべきか、デートの気分に従うか、迷った。

「床を拝見してよろしいでしょうか」

茶会では無言で床を拝見するが、私は彼に尋ねることでデートの気分をそれとなく示す。

「どうぞご覧ください」

万江島氏は両手の指先を畳につけて亭主らしくおじぎをする。彼は一客一亭の茶会のつもりのようである。

私は床に一礼してから花入と花を見る。花入は古びた味わいのある小ぶりの漆桶《うるしおけ》、花は丸みを帯びた花びらを持つ一重《ひとえ》のクリスマスローズだった。この時期に咲いているということは、早咲きの品種かもしれない。漆桶とは、漆の木から漆を採る「漆掻き」の際、樹液を溜める木製の容器である。漆の液を幾重にも纏《まと》ったために、しっとりとした漆黒《しっこく》色になっている。その花入に、洋花ではあるけれど、うつむき加減に咲く純白のクリスマスローズがよく似合っていた。

「和と洋が美しくとけあってますね」

「そう言っていただけるとうれしいです」

私は花入をしばし見つめ、すると気づいたことがあった。

私の通った幼稚園はキリスト系で、クリスマスには毎年キリスト降誕の芝居をみんなで演じた。そういった芝居では必ず、生まれたばかりのイエスが飼葉桶《かいばおけ》に藁《わら》を敷いた上で寝ている。

この漆桶は、単に「桶」つながりで飼葉桶を連想させるだけではない。どちらも庶民が使う素朴でありふれた生活道具であるが、たとえ手の込んだものや高価なものでなくとも、尊く美しい存在を置くに足るものであることを教えてくれる。

「花入を見て、キリスト降誕の場面を思い出しました」

「日本の飼葉桶は丸形が多いですから。漆桶と形状は同じです」

「外国の飼葉桶が丸くないのは、どうしてなんでしょうね」

キリスト降誕場面を再現した絵画や置物では、イエスが眠っている飼葉桶は長方形か楕円形であり、決して丸形ではないのだ。

「うーん……丸く作るのが面倒だから」

万江島氏が苦し紛れのように答える。

「そうかもしれないです！　日本は木造建築が主流で、日本人は木を扱うことに長《た》けているでしょうし」

「でも、キリストが生まれたのは約二千年も前ですから、その当時の飼葉桶、つまり馬槽《うまぶね》はずっと簡素なものだったでしょうね。しかも、紀元前後の日本はたしか弥生時代ですから、そのころはまだ、日本列島に馬はいなかったはずです」

「え、そうなんですか？」

「古墳時代に、朝鮮半島から持ち込まれたらしいです」

私たちは久しぶりに再会したのに、キスどころか抱擁することもなく、正座して飼葉桶や馬について話をしている。でも、私はどんどん楽しくなってくる……なぜ？

床の拝見が終わると、私は手燭を亭主のほうへ返す。そして座っていた位置に戻り、今度は炉を正面に見るように座る。私と万江島氏は畳二畳分、直線距離で二メートルほど離れている。万江島氏の離れにある二畳の茶室に慣れているせいか、万江島氏を遠く感じる。

「突然、こんなところにお招きして失礼しました。この寺の住職は昔からの知り合いなんです。愉里子さんの会社から近いことがわかったので、食事に行く前に、まずここで薄茶を一服召し上がっていただきたいと思ったのですが、いかがでしょうか」

「はい。茶の湯好きにとっては何よりのクリスマスプレゼントです。ありがとうございます」

「では始めさせていただきます」

私たちは主客総礼をする。それから万江島氏は柄杓をかまえ、蓋置《ふたおき》を炉の隅に置くと柄杓の合《ごう》をそこへ落とす。見れば、中柱の向こうの点前畳にはすでに道具が定位置に置かれてあり、すぐに点前を始められるようになっていた。時間の短縮というだけでなく、立ったり座ったり、水屋と茶室を何度も往復することで、たわやかな炎だけがゆらめく静謐な空気をかき乱すことがないように、という配慮なのだろう。もっと言えば、たった一回でも襖を開けることなく、外界を遮断し、二人だけの世界を壊さないようにしていると感じられた。

万江島氏はつつましく点前を行い、私は無心でそれを見る。日々の煩わしい出来事や、心の内の喧騒が消えていく。

「お茶を入れる、その入れ方が次第に儀式化していくというのは、生きていることの不安によるものではないか」と言ったのは、たしか赤瀬川原平ではなかったか。万江島氏が私にお茶を点てているのは、あくまでもおもてなしなのだろうが、私にとっては、さまざまな不安を取り除き平静を取り戻すための、思いがけない、ありがたい儀式だった。

万江島氏の点前を客として見るのはずいぶん久しぶりだった。私はこの人の、けれん味のない清潔な点前が好きである。そういう、邪心のない人はめったにいない。ある程度茶道を嗜んでいる年配の男性の点前に、自己の誇示のような、茶道に通じている自分への陶酔のような、妙な臭みを感じることは少なくない。

「お菓子をどうぞ」

亭主が菓子器を客付きに出す。

「あの……もしよろしければ、一碗の茶をおもあいでいただきませんか」

客から亭主に声をかける。炭を熾しているとはいえ、暖房のない茶室は底冷えがする。ここでずっと私を待っていた彼にも、あたたかい茶を飲んでもらいたい。

「ありがとうございます。ではそうさせていただきます」

私は菓子器を引き取る。砂張盆《さはりぼん》に雪輪を象《かたど》った打ち物と柊《ひいらぎ》の州浜《すはま》。懐紙も添えてあった。

万江島氏は点前を続ける。茶杓が茶碗を打つ音、茶碗へ湯を注ぐ音、茶筅が茶碗に擦れる音が、まるで遠くから聞こえる音のように伝わってくる。薄闇のなかで普段より物音がさえざえと聞こえるはずなのに、それらの音はやわらかく、すべてはこの私たちの一碗のためである。

点て終わった茶碗が出される。灯火の角度で亭主の手元がよく見えず、白っぽいとは思っていたが、灯りに照らされたその茶碗は、まるで雪玉のようだった。さらさらした粉雪を女性の掌におさまるくらいの小さな玉にして中をくりぬいたようであり、茶碗の土の成分に因《よ》るものなのか、不思議な青白い光を放っていた。

手に持って眺めると、どこもかしこも、天から降ったばかりの雪のような濁りのない白さである。おそらく、今日初めて使う現代作家の作品ではないかと思われた。ゆっくりと茶を飲むと、抹茶を味わうというよりも、あたたかいものが身体を流れる感覚がより強かった。

飲み終わって、万江島氏を見る。万江島氏も私を見る。私が彼のまなざしでしっとりと押し包まれる。この人にたしかに愛されているという喜び。十全に受け入れられているという安心感。このまなざしさえあれば何もいらないと思う。

私は茶が冷めないうちに茶碗を亭主に戻し、亭主は茶碗を取るとすぐに残りの茶を飲みほす。指先が触れることもなく、言葉を交わすこともなく、私たちはあうんの呼吸で茶碗を受け渡しし、一つの茶碗でお茶を飲む。ただそれだけのことなのに、青白く光る魂のようなものが行ったり来たりするなかで、その魂からこぼれる血を飲み合い、二人が一体化するようだ。

私は、ここから出たくない、と強烈に思った。

ゴージャスな食事もめくるめくセックスも、もういらない。私たち二人を最も深く強く結びつけるのは、こうして茶の湯の世界で遊んでいるときなのだ。茶室の内にいるときだけ、私は外界のことをすべて忘れ、万江島氏は私だけのものだと思える。でも一歩外に出れば、北川すみれにおびえ、消えることのない不安につきまとわれる。二人の女性を同時に愛する万江島氏に、苦しみ続ける世界が待っている。このままではいやだと叫びたくなるときがあるのに、平気なふりをする私に戻らなくてはならない。

「このままここにずっといられるといいのに」

万江島氏を見て静かに言う。

「とても良い茶室ですよね。でも外に出たら、もっと楽しいことが待ってますよ」

万江島氏がほがらかに答える。

私は、この狭い茶室に万江島氏を閉じ込めることを想像する。すると、若い女を監禁する男の気持ちが忽然と理解できる。監禁する男を支配するのは、自己に対する絶望的なほどの自信のなさだ。私も、生身の北川すみれを目の前にして、こんな女性と比較され続けるのかと思うと死にたくなる。

万江島氏が茶碗の湯を建水に捨てると、私は「お仕舞いください」と言う。言ったそばから気づいて「お茶碗の拝見をお願いいたします」と続けると、万江島氏がくだけた調子で言う。

「私は、一服差し上げたからにはすぐにここを出て、早くあなたのそばに行きたいんです。この茶碗は、あなたに今日差し上げるために選んだものですから、後でゆっくり見てください」

「ああ、それで……。今日の一服にふさわしい茶碗ですが、万江島さんがお持ちの茶碗とは、少し趣が違うような気がしてました」

「この茶碗は、愉里子さんのように優美で愛らしいですから」

私はこの、かなり高価と思われる茶碗をプレゼントされることがわかると、胸が苦しくなった。感激したからではない。

今までたくさんの茶事を手伝い、やがて私たちは結ばれたが、万江島氏は私に形に残るような贈り物をしたことはなく、代わりに、形に残らない素晴らしい時間をつくってくれたのだった。でも、こうして初めて形に残るモノを贈られると、私と彼がどこにでもある通俗的な関係になってしまったような気がした。また、二人の関係が決してうまくいっているわけではないということを、彼もまた察しており、それを補うためのモノのような気もした。何より、どうしてなのか、これをうれしそうに家へ持って帰る自分が想像できないのだった。

「ごめんなさい……私、この茶碗を受け取れません」

「遠慮だったら無用ですよ。あ、それとも、何か気になることでもありますか」

万江島氏は茶筅を清めながら尋ねる。

「いいえ、この茶碗はこれまで見たことのない斬新で美しい茶碗です。私はそのお気持ちだけで充分です。でももし、私に贈り物をしてくださるというなら、別のものがいいんです」

万江島氏の手がほんの一瞬止まる。が、私の図々しい申し出に気を悪くする様子はなく、「それはなんでしょう？」と笑みを浮かべて尋ねる。

私は胸の内にあらわれたことをそのまま口にする。

「結婚してください……北川すみれさんと」

「は？」

「万江島さんは北川すみれさんと添い遂げてください」

そう頼んでいる自分に自分で驚いているが、そのこと自体は以前から考えていた。

今度こそ、万江島氏の手が止まった。

「私は万江島さんが好きです。こんなに好きになった人はいないと思っています。だから、万江島さんが結婚というものを恐れず、ひとりの女性を真実幸せにすることを決心されるなら、私はもっとあなたを好きになり、尊敬します」

万江島氏は点前をやめ、両手を膝に置いて言った。

「私が彼女と結婚したら、愉里子さんはどうされるのですか」

「お二人の前から消えます」

「では、私が彼女と結婚しなかったら？」

「……どちらにしろ、私はこの茶室を出たら、もうあなたとお会いすることはないと思います」

「どうして！　どうして急にそんなことを言うんですか」

万江島氏の声には怒りが含まれていた。

これからクリスマス・イブのデートに向かうというときに突然こんな話をしたのだから、怒って当然だと思う。私自身、あれほどクリスマス・イブのデートを楽しみにしていたのに、こんな風にぶちこわしている自分が不思議でならない。この茶室で一服の茶を飲むうちに、私の知らないもうひとりの私が突如としてあらわれ出たようである。身勝手な自分があまりに申し訳なくて、下を向いてしまう。

「僕も愉里子さんが好きです。愉里子さんと一緒にいると楽しくて、幸せすぎて、僕はこの半年間、たくさんのクラウドファンディングに参加してしまいました。愉里子さんと出会った幸運を独り占めして罰が当たらないよう、この幸福がさらに続くように、願掛けしてるようなものです。こういう小心者の男なんです。お願いですから、消えるなんて言わないでください」

万江島氏は、自分が見せてしまった怒りを取り繕うように、この場の空気を和らげるように、自嘲めいた調子で訴える。

「私も弱い人間なんです。この茶室に来てわかったんです。できることなら、私は万江島さんとずっと茶室に閉じこもって過ごしたい。外になんか行きたくないんです」

「でも、茶室のなかではあなたを抱けません」

万江島氏の口調には、さっきの少しおどけた感じが残っていた。

「それでもいいんです。ここなら、他の女の人のことなど一切考えなくなりますから」

万江島氏の表情が、変わった。

「すみれと別れてほしいということですか」

「できますか?」

反射的に聞いてしまい、しまったと思う。でも、ほんのわずかな望みにかけてしまった。

「……難しいですね」

予想通りの返事が来て、万事休すだった。

北川すみれは、「巽さんと別れることになったら、私、死にますから」と宣言した。万江島氏はそんな彼女の激しさを熟知しており、別れるのは困難だと言ったのだろう。しかし私は何となく、彼自身も、北川すみれとの関係を完全に断つつもりが無いような気がしている。

私と彼の関係より、彼女と彼の関係のほうがはるかに長く、濃密かつ強固であり、いろんな意味で蠱惑《こわく》的である。私が頼んだり泣いたりして、北川すみれと〝表面的にでも〟別れてもらうことはできても、心の紐帯《ちゆうたい》を切るのは無理だろう。でも、わかっていても止められず、いつか彼を追い込んでしまうかもしれない。

「北川すみれさんと別れなくていいんです。私はたしかに彼女に嫉妬してますけど、でも彼女のことは好きです。彼女に幸せになってもらいたいという気持ちも嘘じゃないんです」

「それで、彼女と結婚してほしい、ですか」

彼が一転して鼻白んだように言う。

「万江島さんにとっては、結婚なんて無意味だったり、あるいはとてつもなく面倒なことなのかもしれません。でも彼女にとっては、おそらく人生最大の幸福でありかなえたい夢です。それを実現できるのはこの世でただ一人、万江島さんしかいないんです……私は誰とも……万江島さんとも結婚したいとは思いませんが、彼女には結婚願望があります」

彼の表情が厳しくなる。

「私にはよく理解できませんね。あなたは、私よりもすみれのほうが大事なんですか」

「そういうことではないんですが……」

おぼろげにわかるのは、私は私が一番大事ということである。北川すみれと万江島氏との三角関係を続けるには精神的な強さが必要であり、今でさえ余裕のない私は、いつか自滅してしまうに違いない。そうなる前に退場して、自分を守ろうとしているのである。二人の結婚も私のためである。正式に結婚してくれれば、気持ちにも踏ん切りがつく。

一方で私は、あの、美貌もお金も自由もふんだんにある北川すみれが、三十以上も年の離れた老人（万江島氏を客観的に言うとそうなる）を最後まで面倒みたいと望んでいることに、素直に感動していた。

北川すみれと会ったときに、思い出した短歌があった。

けふもまたこころの鉦《かね》をうち鳴《なら》しうち鳴しつつあくがれて行く

若山牧水の作である。鉦というのはお遍路さんが手にしている持鈴《じれい》であり、あくがれるとは、何かに心を奪われ魂が肉体から離れる感じのことをいう。この歌は漂泊の思いであるとか恋心を歌っているとかさまざまな解釈があるようだが、私は北川すみれのそばにいると、彼女が昔も今も鳴らしている「こころの鉦」のりんりんとした音が胸に響いてくるように感じた。ときに強くも弱くも聞こえる細く澄んだ音色は、男に対する一途な想いのあらわれであり、救いをもとめる祈りのようでもある。鉦を鳴らすことで、本当は弱い自分を自分で励ましているようにも聞こえた。

おそらく、万江島氏もそういう北川すみれの核の部分を感じ取っている。そしてそれを愛している。だからこそ、彼は一人でマヨネーズごはんを食べるのだ。

「……ますか？」

万江島氏の声が聞こえたような気がする。

「何ですか？」

「いえ、いいです」

そう言うと、黙ってしまった。

「すみません。ぼんやりしていて聞こえなかったんです。もう一度言っていただけますか」

闇に釜の松風だけが広がり、その杳《くら》さがさらに濃くなっていく。

「あなたの決断は、私のインポテンスと関係ありますか」

その言葉に私は虚を突かれた。彼もまたごく普通の男性であることを知るが、こうして率直に尋ねるのは、私たちが今まで性的なことを積極的に話し合ってきたからこそともいえる。

「いいえ。むしろ、私のほうがセックスについて問題を抱えてます。最近の私は、濡れなくなっただけでなく性欲自体がなくなってきていて、セックスするのが苦痛になってるんです。若いときのようにセックスを楽しめなくて、セックスするのが怖いんです。求められると、うれしいけどつらいんです」

「今日もそうなんですか？」

私は思い出す。会社を出る前にトイレに入り、注射器型の潤滑ゼリーを膣に注入し、会社のゴミ箱に捨てるのは憚《はばか》られるので使用済みのものをバッグに仕舞ったときの、何ともいえない気持ち。あのとき私はため息をついた。今夜、万江島氏とセックスしたいと思いつつ、本心ではセックスするのが億劫なのだ。

「頭ではセックスしたいけれど、心と身体が追いついていない感じです」

「そういうのを義務感っていうんですよ」

万江島氏がすっぱりと言う。

「そうですね、ごめんなさい……だからインポテンスは関係ないです。この前、私は万江島さんに『自分の欲望を押しつけないでほしい』と言いましたが、私のほうにあなたの欲望を受けとめる力がなくなっているせいもあると思います……私はとてもセックスが好きなのに、こうなってしまって残念です。しかも、この状態はまだしばらく続き、もっと悪化する可能性もあります。私はこういう心身の状態で万江島さんと会いたくないんです……自分がだんだんみじめになってしまうんです。私の気持ちをわかっていただけますでしょうか」

「……そこまで話していただいて、かえって恐縮しています」

私が話していることに偽りはないが、すべてを話しているわけではない。

あくまでも仮定だが、もし万江島氏が、自らの男性器の挿入・射精で満足が得られるのであれば、私は、挿入される・射精させるということだけに特化して対応することで、この困難を乗り切れたかもしれない。しかし、インポテンスの彼は、時間をかけ、男性器の挿入以外の性戯で女性を喜ばせようとし、その喜ぶさまを見て性的満足を得ようとする。それは本来、女性本位の素晴らしいセックスであるはずなのに、今の私を疲弊させ、尻込みさせる。欲しかったセックスがようやく手に入ったとき、自分はまさに更年期に突入してしまったという皮肉。

しかも、七十代の彼はまだ性欲が旺盛であり、セックス無しの関係でも充分満足できるとは思えない。むしろ勃たないからこそ、粘り気のある性の執着のようなものがこちらに迫ってくる感じさえある。彼が、北川すみれという恋人がありながら私のような中年女性ともつきあうのは、あの若くて激しい女性からの逃避であり、安息場所を求めてなのかと思った。が、私に対しても攻めのセックスをし、会えばセックスを求めており、そこに、セックスによる男としての自己確認のようなものも感じられた。

そして、意外と大きな理由かもしれないのだが、私はそういう攻められるセックスがあまり好きではない。痛いのも苦手で、SM的な趣味もない。そういう意味では、私と万江島氏はセックスの相性が良くないのかもしれない。

「愉里子さんと一緒にいて、楽しかったです」

万江島氏があの穏やかな笑顔で言った。もう引き留めるのは無駄だと悟ったようだった。

「私もです。今まで、ありがとうございました」

ここでぐずぐずしてはいけない。私はすべてを断ち切るように一礼し、躙口から外へ出た。

頬をぴしゃっと叩くような冬の冷気が気持ちよかった。自分で自分を褒めたい気分になる。これでよかったのだ。でも、そう思ったのは一瞬だった。肌寒いのにコートも着ず、足元にあった行灯を持ってすぐに歩き出した。万江島氏が茶室を飛び出して追いかけてくるはずもないのに、期待している自分がいた。それがいやで足早になった。聞こえるのは私の足音だけだった。

歩きながら考える。あの潔い態度は彼の美意識ゆえだろう。醜い愁嘆場《しゅうたんば》にならなかったのはありがたかった。一方で、私に対する愛情はその程度であり、もうセックスできないんだからしようがないとすんなり納得したのかと思うと、自分から切り出したことなのに憎らしく感じた。

山門の手前で行灯の火を消して門の隅に置き、コートを着て寺を出た。会社の人間に出くわしたくないので駅とは反対方向へ歩く。どこに向かっているのかわからないけど、歩く。動いていないと負の感情に取り込まれる。言ってしまった！　終わってしまった！　どうしよう！

私はとんでもない間違いを犯したのではないか。本来なら二人で楽しく食事をしているはずなのに、なぜ暗い道をひとりでとぼとぼ歩いてる？　今日じゃなくてもよかったんじゃない？　激しい後悔。女としての人生が終わってしまったような恐怖。なぜ別れを言ってしまったのだろう？　歩きながら同じことを何度も考える。ふと我に返ると、どこを歩いているのかわからなくなる。スマホを取り出して自分のいる位置を確認する。

明るい大通りに出ると急に歩くのがいやになり、タクシーに乗って自宅へ向かう。外で憂さを晴らすと自己嫌悪の上塗りになるのがわかっているので、おとなしく帰る。強いお酒の買い置きがないことに気づき、自宅に近いコンビニの前で降りる。コンビニに入ると、普段は素通りする棚の商品をじっくり見てしまう。本当は家に帰りたくないのだ。でもギルビーのウオッカの小瓶を持ってレジに向かう。並んでいるとまた後悔が押し寄せてきて、それにかかずらっているうちに順番が来る。スマホ決済しようとすると残高が足りないことがわかる。タクシー料金を払ったときにチェックしていなかった。現金で払おうとするがバッグの中から財布が見つからず、捜そうとひっかき回していると膣の潤滑ゼリーの空容器が床に落ちる。あわてて拾ってまた財布を捜そうとすると、後ろから「チッ」という舌打ち音。振り返ると、長い列。さらにあせる。やっと支払いを済ませる。買ったのが酒の小瓶だけというのも恥ずかしく、商品をすぐにバッグにしまい、店を出る。

知らないうちに視界が滲《にじ》んでくる。急ぎ足でマンションへ向かう。エレベーターを待っていると、開いた扉から、モンクレールの黄色いダウンベストにジーンズという七十代女性が大きなゴミ袋を手にあらわれた。気難しいと評判の古い住人。たまにマンション内で顔をあわせれば、挨拶する程度の関係である。

明日は燃えるゴミの日だったなと思いながら、形式的に頭を下げる。すると、女性は私を見るなり言った。

「まああなた、そのコート、よく似合ってて素敵！」

すぐに反応ができず固まってしまった私に、彼女はニッと笑って去っていった。

私はエレベーターに乗り、さっきの言葉と彼女の笑顔を反芻する。小瓶のウオッカを全部飲むつもりでいたが、二杯だけにしようと思った。

年末年始は、金沢の実家に帰った。若いころは実家に寄り付かなかったが、母の調子がおかしくなってからは毎年そうしている。このところの母は、認知症の症状は進んでいるものの健康状態は悪くなく、家族でなごやかに過ごせた。父の「別宅」がまだ見つからないため、年越しは両親と三人で紅白を観て過ごし、新年は妹一家が加わっておせちを囲んだ。誰も私が失恋したことなど知らないし、私もそんなそぶりは見せない。

父と妹は、以前のひと言もしゃべらないような険悪な状態からは脱したようだった。というのも、八十を越えた父がひとりで住まいを探すのはやはり難しく、妹がネットや地元の情報網を駆使してこまめにマンションやサ高住の物件を探し、一緒に内覧にも行ってくれたのだ。すると、父は妹を見直し、頼りにもするようになったのである。父も私たちも、実家からなるべく近い場所というのが譲れない条件であり、北陸地方では雪がとけて春にならないと物件が動かないらしいので、今年の春が終わるころまでには決めようと話をしている。

それよりも、今回の帰省で印象に残ったのは六十歳になった妹の夫だった。大手機械メーカーの営業職である彼は、五十代になった頃は定年後に脱サラして違う仕事をしたいなどと言っていたのに、今年、雇用延長を決めたのだった。

「役職定年で給料下がって、六十でまた下がって、やってることは変わんないのにもらう金額は半分以下になるんだから、やる気なくなるよなあ」

ここ数年、彼はいつも給料のことで愚痴っている。

「六十歳で会社を辞めた人ってどれくらいいるんですか？」

「ほぼいないね。みんなこのまま六十五まで働くんじゃない？　昔と違って再就職先を世話してもらえるわけじゃないし、そもそも見つかんないし、かと言って今さら新しい仕事ってのもね」

「でも副業は認められるんですよね？　だったら働きながら、ちょこっと起業してみるとか」

「ああ、そういうのやった奴、だいたい失敗してんだよね」

「じゃあ、いっそ小遣い稼ぎと割り切ってアルバイトするとか」

彼は私を鼻で笑った。

「アルバイトお？　今さらそんなの、やれないでしょ」

それでもう、彼と話をする気がなくなってしまったのだった。

現状にしがみつき不満を垂れ流すだけで、新しいことは何もしない。お金がほしいくせにプライドだけは高くて、会社の外に出たら知力体力に乏しいただの中高年であるという自覚がない。

しかし、それはそのまま定年後の私の姿かもしれなかった。ついこの間まで万江島氏との恋にうつつをぬかし、将来のことなどどうにでもなると思っていた。でもそれが終わってしまい、急に現実が迫ってきた。老婆になってもひとりで生きのびていくための将来設計を、今から本気で考えなくてはいけない。それが私が金沢から持ち帰った、重たすぎるお土産だった。


会社にいる私は、以前と変わらなかった。でも、仕事から離れたときがまずかった。突然、かなしくなる。あるいは突然、自分が正直に生きていることに安心し、明るい気持ちになる。でもそれはすぐに消える。

クリスマスが終わった段階で、万江島氏からメールが来ないか、頻繁にチェックするのもやめていた。もう後戻りできないのはわかっていたが、それでも気持ちを切り替えることができず、ぐずぐずしていた。

一月末、松岡と共に大河内さんのセクハラを告発した女性社員のうちの一人が、会社を辞めた。先月から体調不良で会社を休んでいたが、結局そのまま退社を決めたようだった。私は、この退社に松岡がショックを受けているのではないかと心配したが、松岡は後輩にあたる当の本人と連絡を取ったらしく、「彼女は、会社を辞めると決めたら心が穏やかになったそうです。だから引き留めないほうがいいと思いました。でも、逆に励まされて、こっちは辞められなくなっちゃいました」としんみり笑った。告発した被害者が会社を辞めてしまったのは非常に無念だが、彼女と松岡の信頼関係が壊れなかったことに、私は安堵した。

それから一週間後、ようやく、「ハラスメント相談窓口」開設の知らせがあった。被害者の退社が影響したのかどうかはわからない。それでも、総務部に相談窓口を置くだけでなく、外部窓口としてハラスメント関係に強い弁護士事務所と連携することになったのは、私や松岡が会社側にそれを強く要求したのが功を奏したといえよう。

そして、いよいよ人事異動の内示が始まった。基本的には他言無用だが、製作部全員がすぐにそれを知ることとなった。

部長のモリジュンは、局長として役員に昇進。我が社初の女性役員が誕生することとなった。池田は宣伝部に異動、松岡は異動せず製作部のまま、そして私も異動せず製作部課長のままとなった。製作部部長には広告部副部長だった男性が昇進し、くも膜下出血で休養中だった新実元部長は、総務部の副部長として復帰することになった。

会社としては、セクハラ告発者の松岡のほうが、池田よりも異動させにくかったのだろう。異動先によっては報復人事と受け取られる可能性があり、また、いまだに大河内さんに同情的な社員も多いなか、異動先で彼女がうまくやっていけるという保証もない。これまで通りの製作部であれば、私という味方もいる。大河内さんと親しかった製紙会社や代理店は受注側なので、それほど問題はない。

モリジュンが役員というのは意外ではなかった。セクハラ問題に関して、彼女は最後まで会社のために汗水流したと社長が判断したのであり、女性初の役員を誕生させることで、女性を大事にしているということを社内外にアピールしたいという会社の思惑の結果、気前よく昇進となったのだろう。片や私については、今後一切昇進させる気はないのがはっきりした。総務部部長から「社内問題を他誌にタレコミしたってことで降格させる話も出たんだけど、ハラスメント問題が注目されている今、さすがにそれはまずいということで現状維持になったんだよ」と耳打ちされたのだった。

大河内さんのセクハラを告発すると決めた時点で、冷や飯を食う覚悟はできていた。しかし現実として、同期のモリジュンが役員、自分がおそらく課長で会社員人生を終わることがわかると、自分はそれほどひどい社員でもなかったのになあ、というむなしさみたいなものを感じた。

小澤さんは、新実さんの復帰を知るとすぐさま私に知らせてくれた。

「あいつ、リハビリがんばったし、認知行動療法も受けて感情のコントロールがかなりできるようになったから、たぶん復帰しても問題ないと思う」

「八か月ほどで戻れるなんて素晴らしい」

「草野ちゃんの手紙も効いたと思うよ」

私はセクハラ告発などでなかなか新実さんに会いに行けず、代わりに手紙を送ったのだった。

「セクハラの件、会社と一番戦ってくれたのは草野ちゃんで、その結果が今回の人事だって、私たちみんなわかってるからね」

小澤さんは私の肩にやさしく手を置いた。

そして松岡は、私をわざわざ喫茶店に誘い、文句をぶちまけた。

「森さんが役員ってどういうことですか！　草野さんと比べて贔屓じゃないですか！　裏でやっぱり何かしてたんですよね」

「どうだろ、よくわからない」

モリジュンのことは、あまり松岡に話したくなかった。

「あの人、大河内さんの味方のふりして最後に裏切ったんですよ」

「さあ……。でも、結果的に大河内さんは辞めて、私たちも異動することなく、ハラスメント相談窓口もできたんだからいいじゃない。大河内さんが今でも会社に居座って権力を振るってることを想像したら……私たち、よくやったよ」

「それはそうですけど」

松岡は、池田が異動して自分が製作部に残ったことについては満足しており、不満はひたすらモリジュンに向けられている。

「草野さん。前から思ってたんですけど、何でそんなに森さんに気を遣うっていうか、庇うんですか。プライベートとかで、何か世話になってたりするんですか?」

「そんなの、ないよ」

私は苦笑する。私とモリジュンは、貸し借りなしの友達である。松岡は私の苦笑が癇に障ったのか、むっとした表情で言った。

「私もう草野さんと、森さんの話はしないことにします。草野さんのことまで嫌いになりそう」

「じゃあ今日でやめよう。彼女が現場を離れれば、話題になることもないだろうしね。それより、また資材担当が替わるのが困るよね」

「今度の部長って、何かチャラそうじゃないです?」

「そうそう!」

私は喜んで話題を変える。

陰で悪口を言い合うのが、人と人とが心を通じ合わせる一番簡単な方法ではある。でも、昇進しなかった人間が出世した同期を悪く言うなんて、どう考えても見苦しい。相手が部下なら、なおさら言いたくない。とはいうものの、自分の嫌いな人間を、相手も嫌いであってほしいと思う気持ちはわかる。自分が大嫌いな人間を相手が褒めたり庇ったりしたら、その相手のことまでだんだん嫌いになるという経験は私にもある。だから、黙って嫌いになられるよりは、それを素直に言ってくれたほうが断然ありがたい。

松岡は、人の好き嫌いは激しいけれど仕事はできる。私に似てる？　と思った途端、松岡が今の私みたいにならないといいけど、と余計な心配をする。その一方で、今後の私の役割は、自分の知識と経験を松岡に引き継ぐことであり、会社で新しい仕事に取り組む必要がないならば、それを別の場所で実行すべきだと思った。

そこで私が始めたのは、ファミレスのホール係のアルバイトだった。私の勤める会社では正社員のすべてに副業が認められているけれども、会社にはとりあえず黙っていることにした。

なぜファミレスかといえば、第一の理由は、会社勤めをしながら週一日だけでも働ける仕事だから。第二は、どこかの会社の経営者が、今も自分が人に頭を下げることができるかを確かめるために、接客業のアルバイトを始めたというのをネットで読んだことがあり、会社では発注側である自分も頭を下げることができるか確かめてみようと思ったから。第三は、定年後の生き方を調べていると、「流しの仲居」として全国の旅館を渡り歩いている女性が紹介されており、もし仲居になるならまずは接客の仕事を経験しておいたほうがいいと思ったから。第四は、週末にひとりぼっちで家にいるとアルコール依存症になりそうだから。

自宅から自転車で通える範囲の店に、まずは電話して問い合わせてみた。一軒目は最低二日は出勤してほしいと言われ、二軒目は店長の対応が横柄な感じだったのでやめ、三軒目で面接を受けて決まった。土曜の十六時から二十一時という夜シフトで始めることにしたのは、それなら土曜の昼は出かけられるし、次の日曜は休養に充てられるからだ。仕事開始時間をもっと遅くしたかったのだが、いきなり忙しい時間から働き始めるのは無謀だと店長に言われ、事実その通りだった。しかも週一日の勤務では仕事のスキルが一向に上がらないので、結局、しばらくは日曜の昼間も働くことにした。幸か不幸か、週末に予定が入ることはほぼなかった。

お客様に頭を下げることは、当たり前のようにできた。重い料理を運んだり立ちっぱなしだったりすることにも、徐々に慣れた。が、テキパキ動けないことを何度も注意されるのがこたえた。オーダーを取りながら、料理を運び、空いた食器を片付け、レジで会計をして、順番待ちの客への対応もしながら、テーブルのセッティングを整え、簡単な盛り付けもする。慣れないのでもたもたしているだけでなく、私の動きがのんびりして見えるらしく、ベテランアルバイトの四十代女性に「ここは高級レストランじゃないんだから」と厭味も言われた。

茶道では、何事もあわてず、ひとつひとつの動きを丁寧に、と言われることが多く、自然とそうなってしまっていたのかもしれない。そのベテランさんに「もっと走りなさい」と言われたときはさすがに、お客様のいる店内を走るのはどうよ、と思ったものの、一人前に動けるまでは何も言えない。最初の一、二か月は自分の能力の低さに愕然とし、落ち込み、日曜は仕事が終わると疲れ切って寝てばかりいた。けれども、一緒に働いている三十代女性や男子大学生が気のいい人たちで、積極的に助けてくれたこともあり、辞めるまでには至らなかった。

モリジュンとは、三月末の製作部の送別会の前に、二人だけで飲んだ。

昇進の内示が出たところで一回飲もうということになったのだが、彼女の大学生の息子がバイクを運転中に転倒して肩を骨折し、手術や入院などで彼女も忙しく、延び延びになっていた。

二人とも早めに仕事を終わらせた金曜の夜、神楽坂にあるモリジュンの行きつけのイタリアンへ向かった。

食前酒のシャンパンで乾杯するとき、私はモリジュンの役員昇進を祝って、とグラスを掲げた。

「モリジュンが、早く役員になってよかった」

モリジュンが私を見つめて言った。

「アタシが役員になれたのは、クサノ、あなたのおかげです。ありがとう」

お互いに笑って、グラスをあわせる。私たちは、それだけでもうよかった。

セクハラ告発の際、私が社長にアンケートを提出して直談判し、モリジュンは表立って動かないようにしたのは、モリジュンが会社側の人間であることをはっきりさせるためであり、近い将来、モリジュンを女性役員にするという私の野望のためだった。

日本の社会において女性の地位を向上させるためには、意思決定の場にいる女性の数を増やすことが必須である。女性週刊誌を発行している会社に女性役員がひとりもいないのは、私たち女性社員もふがいないのであり、役員に一番近いポジションにいるモリジュンを出世レースから脱落させるわけにはいかなかった。それは、もはや見込みのないおのれの出世よりも大事なことだった。

そういう私の考えに、モリジュンは、いつからかわからないが気づいていたと思う。モリジュンがすごいのは、そこからさらに自分が有利になるように動いたことである。

大河内さんのセクハラを週刊誌にスクープさせるという案を考えたのは私であり、それをお膳立てしたのはモリジュンだった。そして私は、会社側に一泡吹かせ、困らせ、大河内さんを辞めさせることしか考えていなかったため、会社側に予告することなく記事を掲載するつもりだった。しかし、モリジュンがそれを止めた。元女性週刊誌編集長である彼女は、予告なしの掲載は思わぬトラブルを引き起こすことがあるから社長へ事前に知らせたほうがいいと言い、編集経験のない私はその通りにした。結果、記事は掲載されず、大河内さんは辞職した。それは、モリジュンが私の与り知らぬところで社長と相談し、記事の不掲載と大河内さんの辞職のために動いたのであり、その働きが役員昇進への決め手となったのである。

私はそのことを知ったとき、モリジュンに対して水臭いと思い、正直なところ不快だった。しかし、しばらくするうちに別の考えが浮かんだ。モリジュンがセクハラ記事の掲載を予告するように言ったのは、大河内さんのため、そして彼の家族のためだったのではないか。

大河内さんもその妻も娘も、セクハラ記事が一旦世間に出てしまえば、一生その傷を負って生きなければならなくなる。そういう一つの記事の重み、怖さを、現場にいたモリジュンは十二分にわかっている。だから、彼らを傷つけないように守ったのかもしれない。

どちらにしろ、今の私はモリジュンの行動が正しかったと思っている。記事が出ないことで、取材を受けた松岡や美鈴さんへの二次被害も回避できた。だから今さらその理由を確かめるつもりはない。と思いつつも、スピアナータを食べているモリジュンに尋ねた。

「大河内さん、今どうしてるのか知ってる?」

「知らない」

突き放すような言い方だった。それで質問を変えてみた。

「彼は、こんなことになって少しは反省してるのかな」

「してないね」

「どうしてそう思うの」

モリジュンは厳しい表情で話し始めた。

「彼が辞職する前、最後に話したときのことなんだけど、彼のなかには、何でこんなことで辞めなきゃいけないんだっていう怒りしかなかったんだよね。俺は恥をかかされたとか、後ろで誰が糸を引いてんのか教えろとか、社長だって誰々とうまいことやってたとか、まあ、反省の言葉なんか出てきやしない」

「そうか」

しおらしく反省しているとは思っていなかったので驚きはない。

「被害者の女性を完全に見下して、罪の意識がないのにあきれちゃって……これがもし自分の夫とか息子だったら、アタシはどうするんだろうなあって考えちゃった」

「セクハラという行為について調べてたとき、セクハラ加害者の妻は、夫のことをまったく理解してないって書いてあったけど」

モリジュンが眉をつりあげた。

「妻が夫のことを百パー理解できるわけがないし、理解できなくて当たり前だよ。女はただでさえ、子供が問題起こすのは母親のせい、夫が浮気するのは妻にも原因があるとか言われるわけじゃない。そのうえダンナのセクハラは妻にも問題があるなんて言われたらたまったもんじゃない」

モリジュンの強い口調は、夫の浮気が原因で離婚してシングルマザーになった彼女自身が、過去に言われたことに対して怒っているように感じられた。

「妻も悪いなんて言ってない。ただ、もし妻がセクハラした夫をかばったとしたらもやもやする」

「それはわかる。百歩譲って、もし妻が愛する夫をかばいたいとしても、被害者がどれほど傷ついたかを考えたら口をつぐむしかないでしょ。それが女の仁義ってもんよ」

私はうなずきながら白ワインを口にする。

「あれ、クサノって意外と白髪多いんだね」

それを聞いて私がきまり悪そうな顔をしたからだろうか、モリジュンはあわてて「ごめん、白髪なんか見たことなかったから」と言い訳した。私は美容院で白髪染めをしているが、以前はこまめに通っていたのに、今は一か月以上も放置していた。そのせいで根元にちらほら白髪が見えている。私は、「ちょっと忙しくて……」と言いながら、これはいいタイミングだと思って打ち明けることにした。

「実は、ファミレスでアルバイト始めたんだよね」

「うっそ！　なんで！」

私が理由を説明すると（第四の理由は除く）、モリジュンは言った。

「定年後、本気で『さすらいの仲居』やんの？」

「一度はやってみたい。あの業界は人手不足だから年齢は不問のところが多いし、接客経験のある人は歓迎される。そろそろ魚がおいしい季節だから東北行くかーとか、もう寒いのヤだから九州の温泉につかりに行くかーとか、楽しそうでしょ。それにね、何を隠そう、私は小さいころから親に連れられて片山津《かたやまづ》、山代《やましろ》、山中《やまなか》、粟津《あわづ》温泉の宿に泊まってきたから、仲居さんの仕事については少々うるさいのよ」

「いやー、地に足が着いてんだか着いてないんだかよくわかんないけど、五十過ぎでもうそんなこと考えてんのがえらい。それに、出版社勤務のワタシっていうのをぱっと切り離して、経済的に厳しいわけじゃないのにそういうバイト始めるって、なかなかできないよ」

「続けられるかどうかわからないから、しばらく内緒ね」

「確定申告はちゃんとしたほうがいいよ」

「わかってる」

「立ち仕事、大変でしょ。腰とか膝とか大丈夫?」

「それがさあ」

私は自分がいかにベテランアルバイトにしごかれ、一方でまわりのチームワークに助けられているかを話した。

「その大学生がいい子なのよ。まだ若いのに向こうからいろいろ話しかけてくれて、コミュニケーション能力が高い」

「イケメン?」

「いたって普通。っていうか、こんな息子ほしいって感じ」

「ま、二十代はアレだけど、いい感じの男がいたら一緒に飲みに行ったりすればいいじゃない」

あれ？　以前は、恋愛やセックスのことを話すのもうっとうしいという感じだったのに。

「私、モリジュンの言ってたことが最近になってよくわかった。生理がなくなるにつれて性欲もなくなって、こうやって女を引退していくんだなあって」

「クサノ、心配しなくていい」

「え？」

「復活するから」

モリジュンは私の腕を引き寄せて自分の顔を近づけ、アタシこないだ数年ぶりにオナニーした、と言ったのだった。聞けば、モリジュンには最近お気に入りの韓国の俳優がいて、彼のドラマを観ているうちにセクシーな気分になり、息子が入院していてひとりだったので、まわりを気にせず思う存分没頭したのだという。

「ちゃんと濡れたし、イケたし、前よりも快感が深くなったような気もする。そしたら何だか、また男の人とつきあってみたいなあって思うようになった」

「そうなんだ……」

「だから、クサノが今、男なんかいらん！　って思ってるんだったら、無理しないで他のことを楽しめばいいよ。それにね、仲居の話聞いてたら、クサノって着物似合うし、たぶん女将さんに間違われるくらいおもてなしできるだろうし、もしかして金持ちのジイさんあたりに見初《みそ》められて結婚しちゃったりして、なんてさ～」

「ありえない～」

と笑いながら私は万江島氏のことを思い出してしまい、次は赤を頼もうとワインリストをモリジュンに渡す。トリッパも頼んだ後は、モリジュンが始めた介護脱毛や、私が使っている女性器にやさしいけものの石鹼について情報交換する。そうしながらまたたくまにボトルを空けたが、どれだけ酔っても万江島氏のことは口にしなかった。

金沢の桜が満開になるころには、父の「別宅」問題も思わぬ展開で解決した。結論から言うと、父は以前と変わらず、母を介護しながら実家に住んでいる。

アマチュア無線を再開したいという父の希望を知った妹が、物件探しと並行して、ジモティーで「高齢の父のためにアマチュア無線のアンテナを設置してくれる人さがしてます」という掲示を出していた。すると、六十代のベテラン「アパマンハム」(アパートやマンションに住んでいるアマチュア無線家)が名乗りを上げ、父の相談に乗ってくれた。

彼が言うには、アンテナ設置を禁止している物件は多く、ベランダの方角によってはアンテナを立てても受信感度が悪くて使えないことがある、従って、この一軒家の敷地内で好きな場所に好きな高さのアンテナを立てるのが一番良いとのこと。父はそれを素直に聞き入れ、自宅の庭にアンテナを立ててもらい、自分の部屋でアマチュア無線を楽しんでいるというわけである。

父にとっては、妹との関係が改善したことによって自宅の居心地は良くなっており、しかもアパマンハムという友人もできた。旧コールサインを復活させ、若い頃に交信していた海外の人と六十年ぶりに繫《つな》がったというサプライズもあり、「別宅」へのあこがれはすっかり冷めたようである。結果としては引っ越しせずに元のままだったけれど、父も妹も満足しており、大騒ぎした甲斐《かい》はあったといえる。

そして、私のまわりでも大きな変化があった。

留都と半七が結婚を決め、近々入籍するという。

留都からＬＩＮＥで報告があり、もし会えるなら会って話をしたいが、気が進まないなら会わなくてもいいし、今はそっとしておいてほしいということであれば返信もしなくていいから、と書いてあった。たぶん半七から、私と万江島氏が別れたことを聞いているのだろう。

私はすぐに、会いたいと返事をした。久しぶりにスカッとするようなうれしい知らせだった。留都を僻《ひが》んだり心配したりする気持ちは出てこなかった。二十歳以上も年下の男のために離婚するなんて頭がお花畑、結婚したら苦労して結局は捨てられる、などとありがちなことを言う人たちは、そう話す自分の顔つきの卑《いや》しさに気づくことなく、危険を回避しまくって、一生つまんない人生を送っていればいいのである。

土曜日の昼、私たちの行きつけである青山のオープンカフェにあらわれたのは、半七だった。

「そんな、困ったような顔しないでくださいよ」

半七が微笑みながら言う。坊主頭に黒ずくめという相変わらずいかつい姿だったが、その表情には今まであったカドが取れたような柔和さがあった。

私は心がざわつく。半七を見れば、どうしても万江島氏を思い出してしまう。ついこの間も、夢に出てきた万江島氏が現実よりもやさしく、私だけを大切にしてくれていて、目覚めた後、しばらく動くことができなかった。

「ルツは？」

「後から来ます。いえね、ばあさんから急に、留都さんに紹介したい人がいるから今から家に来てほしいって電話がありまして。その方が待ってるっていうんで、留都さんはそちらに向かい、待ち合わせに遅れる分、あたしがその間の時間をつないでおきましょうってことになりました」

「……わざわざすみません」

「あたしだって愉里子さんに会いたかったんですよ」

軽口をたたく半七に、曖昧に笑い返す。おそらく半七は、万江島氏の話をするためにここへ来たのだろう。私としては、万江島氏との間にあったことは話したくないが、彼が今、どうしているのかは知りたい。でも自分からは聞きづらい。

梅雨の合間の晴天で、風もなく、樹々の葉の緑が瞳をやさしくうるおした。私はホットコーヒー、半七はアイスカフェラテを頼む。注文を取った女性店員がさわやかな笑顔を残していく。私はとりあえず、万江島氏のことは一旦頭から追い出すことにした。

「艶子さんはお元気ですか?」

「ええ。こないだもビフテキ一枚ぺろりとたいらげて、やっぱり肉が好きな年寄りは元気ですよ。今日はたぶん、ばあさんと仲のいい、ビルをたくさん持ってるオーナー社長と留都さんを引きあわせて、フラワーアレンジメントの仕事を頼もうと思ってんじゃないかと」

あくまでもネット情報だが、サラリーマンの父と教師の母という半七の両親は、もともと半七とはうまくいっていないらしく、いまだにこの結婚を認めていないという。でも、艶子さんが二人の後ろ盾になっているのだろう。

「改めて、結婚おめでとうございます。たとえ世の中のすべての人間を敵にまわしても、私はルツと半七さんの側に付くから」

「さすが愉里子さん、そうこなくっちゃ」

とすぐに合いの手を入れたあと、半七は「……いやあ、うれしいなあ」としみじみ言う。その口調から、さまざまな毀誉褒貶《きよほうへん》にさらされているのだろうと思う。

「ルツと連絡が取れなくなってから今まで、一体何があったの」

「まあ、あたしから動いたっていうか、言ってみればストーカーですよ。自宅の前で待ち伏せして、彼女が外に出てきたら声をかけて、一緒になりましょうって言い続けました。で、彼女が決心したところで車でもってかっさらって、今は二人で狭いアパートに住んでます」

こんなふうに愛する人の情熱にさらわれるというのは、最上級の生きる歓びではないかと思う。

「半七さん、やったね」

「そりゃもう、ここであきらめたら一生後悔するって思いましたから」

「結婚なんかするもんじゃない、って言ってたのに」

「結婚して一人前、なんて考えはもう古いと思いますよ。でもね、今回は、あたしの本気、男の誠意が、結婚ってえもんに集約されてんです」

半七がテーブルに置かれたアイスカフェラテを、ストローを使わずに片手で取って一口飲む。万江島氏とはまるで違う、白魚《しらうお》のような繊細な手。甘さと冷たさが混在している目鼻立ち。見た目は酷薄な色男だが、中身は意外と真面目なのだろう。

「でも留都さんは、結婚に積極的じゃありませんでした。長男は母親の気持ちを理解してくれたそうですけど、次男は今も再婚だけは受け入れられないと言ってて、そりゃそうだろうなと思います。それに、相続でさんざん嫌な思いもしたみたいで……。あの家からは出たかったんでしょうけど、何ていうか、あたしは、あの人が人生をやり直すためのきっかけに過ぎないような気もするんですよ」

私は留都からの手紙を思い出す。でも、普段は自信たっぷりな半七がこうして弱気になっているのを見ると、ただもう元気づけたくてたまらなくなった。

「あのね、ルツは若い男と結婚できた自分に舞い上がったり、それで商売するような女じゃないでしょ？　今回の離婚と再婚で、これまで築いた信用やステイタスを失い、しかも男の何百倍もの逆風にさらされ、女としての老化の恐怖も爆上がりする。結婚してもいいことなんか何もない……と私なら思う。でもルツは結婚を決めた。そんなもの蹴散らすほど、心底あんたに惚れてるからに決まってんじゃない！　そんな、女房を疑うようなさみしいこと言わないの！」

「……はい、承知しました」

半七がどこか安心したような顔になる。やはり不安があり、留都のいないところで私に何か言ってもらいたかったのかもしれない。

たとえ半七の言ったことが留都の本心であったとしても、半七が留都というひとりの人間の人生を変えたのは事実であり、そういう意味では、彼はとてつもなく大きな「きっかけ」なのである。そして留都はその彼と入籍し、相手と共に生きる人生を引き受けるのだ。そういう責任から逃れ続けている自分勝手な私からすれば、そこに愛情がないわけがない。

そんなことを考えていると、半七が唐突に言った。

「愉里子さん、新しい彼氏ができたってわけじゃないんですよね」

私は目を見開いて、視線を半七に戻す。

「万江島の旦那から、ふられたって聞いたとき、そうなのかなって思ったんですけど」

「新しい彼氏ができてウキウキって感じ、しないでしょ」

「ええ、まあ」

ゆるっとしたパーカーにバギーパンツという格好は、バイトによるストレスや更年期で体重が増えているのを隠すためであり、手抜きメイクは最近の緊張感のなさのあらわれである。正直、こんな日に半七と会いたくなかった。

「万江島さんを嫌いになったわけじゃないんだけど……私自身の生活でもいろんなことがあって、彼とつきあい続けるのがつらくなってしまったというか」

北川すみれの存在が一番の理由なのだろうけど、素直に口にすることはできなかった。自分の身体の不調も、今ここで、半七にうまく伝えられそうになかった。

「旦那もつらそうでしたよ」

返事ができない。

「あたしも残念だけど、でもまあ、しょうがない」

半七がさっぱりと言う。理由を深追いしないのがありがたかった。

「今の旦那がやってることってその反動だと思うんですけどね」

半七が浮かない調子で言う。

「何か良くないことでも？」

「あの大邸宅、売却するそうです」

「ええっ！」

「会社の持ち株も茶道具も全部手放して、身軽になって、例の元カノと結婚するそうです」

私は絶句する。

万江島氏が私の願いをかなえてくれたことはうれしかったが、それらの行為に畏《おそ》れも感じた。

彼の潔癖さ、激しさ、強さがそこにあった。

彼は由緒ある資産家の生まれだから、北川すみれと再婚する前に財産を整理することで、親族に文句を言わせないようにするという意図もあるのだろう。会社を離れ、茶の湯友達とも疎遠となることで、うるさい外野の声をシャットアウトしようともしているのだろう。何より、年老いた男と若い女が結婚するのは不潔だと言い放った彼自身が、強い意志でもって、今回の再婚をできるだけ不潔でないものにしようとしていると感じた。

私が最も打撃を受けたのは、あれほど愛好していた茶の湯の世界から離れるという彼の決断だった。単に茶の湯のつきあいを断つだけでなく、私とも二度と会うつもりはないという宣言だろう。これまでの人生を一切捨てるという覚悟すら感じる。私はただ、北川すみれの夢をかなえたかっただけだが、万江島氏は「あなたが北川すみれと結婚してほしいと言ったことは、つまり、これほどのことなのですよ」と私に突きつけているようにも思った。

「すみませんね、こんな話。でも、愉里子さんが知りたいことだろうから」

半七がいたわるように言う。

「教えてくれてありがとう。家も茶道具も処分するっていうのはびっくりしたけど、結婚するのは良かったと心から思ってる」

「ほんとに？」

「ええ」

私は自然に笑みがこぼれてしまう。

「なんで、そんなふうに笑えるんですか」

半七が不満げな口調で尋ね、私はふと思い出す。

松岡の前でモリジュンのことを話していたときも、松岡がこんな感じだった。

私はなぜ、モリジュンの出世や北川すみれの幸福を望んだのだろうか。

他人から見れば、自分の気持ちをごまかしている、善人ぶってる、かっこつけてる、としか思えないかもしれない。

そう望んだのはたぶん、私が孤独だからだろう。独身だとか家族の有無に関係なく、私にとって現実はいつも少し、さびしい。でも、大きなものにすがったりもできなくて、ひとりだということをかみしめながらこれからもひとりで生きていく。

だから誰かと、モリジュンや北川すみれと、一緒に未来をつくりたかったのかもしれない。

そう思ったけど、私は半七にまた、ふふん、と笑うだけだった。

エピローグ

お盆の上に載せているのは、織部の俎板皿《まないたざら》に盛り付けられた鰆《さわら》の幽庵焼と、青磁桜型鉢から木の芽の香りがたちのぼる筍《たけのこ》と鯛《たい》の子の炊き合わせだった。

私は鳥の子色の色無地を着て、料理を運ぶ。ここの建物は、調理場のある母屋から離れに行くには渡り廊下を通らなければならない。黒光りするこの廊下は無垢の松を使った立派なものだが、少々滑りやすく、白足袋の足先に力をこめて歩く。

お客様に焼物と預鉢《あずけばち》を運び終えると、一息つく。これでしばらくは母屋と離れを行ったり来たりしなくてもいい。私は渡り廊下の窓から見えるぼってりとした八重桜を眺めながら、先月の槙野さんとの会話を思い出していた。

そもそも槙野さんと再会したのは、万江島氏と別れて丸一年たった、昨年の一月のことだった。半七から「槙野さんが愉里子さんに、茶の湯のことで頼みたいことがあるっておっしゃってんですけど、どうします?」という連絡があり、私と槙野さんは、鎌倉にある槙野さんのご自宅で会うことになった。そこで槙野さんは、自分が亭主となって自宅で開く茶事を毎回手伝ってもらえないかと、私に持ちかけたのだった。

「万江島さんにはあなたのようなスーパー半東さんがいて、私、それがとーってもうらやましかったの。だから、万江島さんがお茶をお辞めになるのを聞いて、すぐにでもあなたに声をかけたかったんだけど、我慢しました。あなたもいろいろと気持ちの整理が必要だと思いましたからね。でも、半七さんに仲立ちしてもらって、ようやくあなたとのご縁をつなぐことができました。私は、あなたの半東で茶事ができるなら、こんなにうれしいことはないの。これからどんどん茶事をやっていきたい私を助けると思って、手伝っていただけないかしら」

私は一も二もなく承知した。茶道の稽古は、万江島氏と別れてからも続けていたけれど、茶事は手間がかかるので社中ではなかなか行われず、私の周囲にも茶事をする人はいなかった。万江島邸で毎月茶事を手伝い、それによって季節を深く味わっていた身としては、うるおいやいろどりがなくなった味気ない生活だった。水屋仕事を含む半東は、いわば縁の下の力持ちだが、私は自分が主役になるよりもはるかに楽しく、槙野さんならば喜んでお手伝いしたいと思った。

それ以来、ファミレスのアルバイトは辞め、茶事が催されるたびに彼女の自宅へ馳せ参じていたのだが、今年の春になって、槙野さんから折り入って相談したいことがあると言われた。

「私は今年で古希を迎えるんですけど、これから十年をまた楽しく生きるために、今の旅館は娘に任せ、新しい宿を造ろうと思ってるんです」

深紫色に染めた蛍ぼかしの小紋をさらりと着こなし、まだ脂分が感じられるむっちりとした頬が若々しい槙野さんに、私は感嘆の表情を向けた。

「土地は稲村ヶ崎のほうにもう用意してあります。建物は、再来年の春くらいの完成に向け、信頼している棟梁に頼んで一から造るつもりです。私が前々から考えていたのは、一日一客で、茶事を最初から最後まで行う、茶室のある旅館なの。茶の湯っていうと、茶碗をくるくる回して抹茶を飲むだけって思ってる人が多いけど、あれはほんの一部分でしょ。茶事こそが、茶の湯の醍醐味であり、日本のおもてなしの粋《すい》だと思うのよ。まず、茶室に入って床の間の掛物を見て、お湯を沸かすために炭をつぐところも見て、お酒つきの料理のフルコースを味わい、デザートの和菓子を食べてから、一旦庭に出る。また茶室に入ると今度は花が飾られていて、エスプレッソのような濃茶を静かに飲んだ後、最後は一転して、軽やかな干菓子と薄茶をいただきながらおおいに語りあう。その豊かなひとときを、茶の湯を知らない人にもぜひ味わっていただきたいの」

「茶事体験のできる旅館というわけですか」

「そう。最低限のマナーはお教えするけど、正座はやめて、かたくるしい作法も無しで、くつろいで楽しんでもらう。もちろん、懐石料理は料理旅館並みのものを出すつもりよ」

「いいアイディアですね！　そんな旅館、日本ではまだまだ珍しいですよね」

「それで、オーナーとして経営するのは私だけど、その宿を取り仕切る女主人を愉里子さんにやってもらいたいの」

まさに青天の霹靂《へきれき》だった。

「あなた、立ち居振る舞いもお点前もきれいだし、名残の茶事で私が大ピンチだったとき、機転をきかせて助けてくださったでしょう。私、それ以来あなたの大ファンになって、こういう日本女性にこそ海外の人をもてなしてもらいたいと思ったのよ」

「……せっかくのありがたいお申し出ですけど、私は海外の人をおもてなしできるほどの英語はできません。ですから……」

「じゃあ、今から英会話学校に通えばいいじゃない。二年あれば大丈夫でしょ、費用もこちらが出します」

「いえ、そんな」

「先行投資ですよ。新しい宿は私の道楽じゃなくて、しっかり利益を出すつもりですし、世界の人に茶の湯の素晴らしさを知ってもらうためにも、最低十年は続けたいと思ってます。それに、はっきり申し上げると、今のあなたがもらっているほどのお給料は出せませんから、それくらいのことはいたします」

私が不安げな表情をしていたのだろうか、槙野さんは年下の女性である私へあたたかな視線を向けた。

「旅館の仕事が未経験でも、これだけ半東ができれば大丈夫だから。女主人にはあなたがぴったりだって、この道五十年の私が太鼓判を押してるの。引き受けてもらえるわよね?」

社長である槙野さんは少々ワンマンなところがあると見え、私が断ることはあまり考えていないようだった。

「あの、槙野さんは半七さんから、私の会社での立場や定年後のことなど、何かお聞きになっていらしたんですか」

「いいえ。半七さんとは、この件についても話をしたことはないですけど……何か?」

「まるで、私が旅館の仕事に興味があることをご存じみたいだったので」

「まあ!」

私はその話を引き受けることに決め、今年いっぱいは会社と英会話学校の二本立てで行くことにしたのだった。

そして今日の茶事は、槙野さんの古希祝いの茶事・第三回であり(一回目は家族、二回目は友人を招待した)、新しい宿の建築家、棟梁、料理長が招かれ、言わば主要スタッフの初顔合わせであった。

建築家は新進気鋭のほがらかな三十代女性で、八十代男性の無口な棟梁、六十代男性の神経質そうな料理長の間に座らされても、臆することなく二人に話しかけていた。途中、半七が「大工調べ」をやるという余興もあり、そこで建築家と棟梁の話がはずみ、座は一気になごんだ。薄茶の席では、新しい宿の茶室の大きさについて、槙野さんと建築家の意見が割れ、槙野さんには棟梁が、建築家には料理長が味方について議論を戦わせ、さながらこのプロジェクトのキックオフミーティングが始まったような様相を呈した。

午後四時過ぎ、約五時間にわたる茶事が終わると、水屋にいた私へ槙野さんが声をかけた。

「お疲れ様でした。すみませんが、半七さんに一服、お薄をさしあげてくださいな」

「槙野さんも御相伴されますか」

「来客が待ってますので私は結構です。お二人でごゆっくり」

離れにある広間の茶室をのぞくと、洋服に着替えた半七が中に入ろうとしていた。私は半七が座ったのを確かめると、改めて襖を開けて一礼し、点前を始めた。

「半七さんがお茶を召し上がるの、珍しいですね」

私が話しかけると、半七は一拍置いて、言った。

「愉里子さんが点てる茶を飲むのは、万江島の旦那のとこで以来かな」

万江島氏の名前が出て、心臓が一瞬きゅっと縮まったような気がするが、平然と点前を続ける。

「旦那のおかげで、こうして愉里子さんと知り合い、留都さんと結婚できたんですからねえ」

そう言われても、私は半七に無言で微笑むだけである。半七はあきらめたように話を変える。

「聞きましたよ、愉里子さんが新しい宿の女主人になるって。華麗なる転身じゃないですか」

「カレイは加齢臭のカレイ？」

「何言ってんですか」

「半七さんこそ新人落語大賞おめでとうございます。ルツ、自分のことみたいに喜んでた」

私は棗を清め終わり、茶杓を取る。

「へえ、あたしの前ではクールでしたよ。あなたが取って当然だって」

「それって、のろけ？」

「いやいや……」

半七は胸元からスマホを取り出し、画面を確認してから立ち上がった。

「ちょっとすみません。すぐに戻りますんで」

そう言って、茶室を出て行ってしまった。私は点前をやめ、座って待つことにする。十分ほど待っただろうか、ようやく襖が開き、半七と——万江島氏があらわれた。

万江島氏は、白いシャツにベージュのスーツというオーソドックスなスタイルだが、シャツの襟元からのぞくピンクのアスコットスカーフというのは北川すみれの趣味だろう。

半七は万江島氏へ「敷居の段差がありますよ」と声をかけ、万江島氏は敷居を跨《また》ぐと半七の片腕に掴まって和室に入った。万江島氏はそのまま半七に誘導され、「ここに座ってください」と言われた場所で正座した。

万江島氏は顔つきも足どりもしっかりしている。けれども、瞼はずっと閉じたままである。半七は私に目配せだけして、何も言わず出て行ってしまった。

万江島氏は背筋を伸ばして正座しているが、瞼を開くことはない。私は思いもよらぬ状況に頭が混乱し、ただ彼を見つめるだけで言葉が出なかった。もしかして、彼は……。

万江島氏が口を開いた。

「こちらでお茶を一服いただけると聞いたのですが」

ああ、なつかしい声！

「はい、私が点てさせていただきます」

「……愉里子さんですね」

その口調は、私がいるのを予期していたかのようだった。

「そうです。ご無沙汰しております」

「目が見えなくなってしまいましてね。お顔を拝見できないのが残念です」

万江島氏は目を閉じたまま、顔だけこちらに向ける。私をしっとりと抱きしめてくれたあのまなざしは、永遠に失われてしまったのだ。私は、心が決壊しそうになるのをかろうじてこらえる。声を上げ、涙を流すのは、傲慢に思えたから。

点前を始めるために茶杓を持つが、その手がふるえる。粗相をしそうで、一旦茶杓を茶碗に置く。そのとき、わずかに音を立ててしまい、それをきっかけに万江島氏が話し始める。

「一昨年の秋に、加齢黄斑《おうはん》変性という網膜の病気が発覚しました。その前から、見えにくくなってきたなあという自覚はあったんですけど、年を取ればみんなそうですし、昔からかすみ目や飛《ひ》蚊《ぶん》症もありましたから、さほど気にしていなかったんです。それに、当時は半年ほど海外に行ってましたので、医者に行くのが遅れ、最終的には手遅れでした。今の医療では、視力が正常に戻ることはないそうです」

「……それは、大変なことでしたね」

「神様は、私に対して、見るべきほどのことは見つ、と思われたのでしょうね」

万江島氏がゆったりと答える。

「身の回りのことはすみれさんが？」

「ええ。よくやってくれてます。頭と身体を動かさないと老化が早く進むと言って、点字の学習や白杖《はくじょう》歩行訓練も毎日させられてます。すみれはスパルタですね」

「それは意外です。でもすべては万江島さんのためですから」

私は自分の気持ちが口調に反映しないよう、努めてなごやかに返答した。

おそらく、先ほどの万江島氏の「半年ほど海外に行って」というのは新婚旅行だろう。そして彼の「すみれ」と言う口調には、以前とは違って身内である妻を呼ぶときの親しみのこもったぞんざいさが感じられた。それらを耳にするたび、心にどぼんと石を落とされた気持ちになる。少しさざ波が立ち、波紋が広がるが、やがてそれは消える。ただ、石は奥深くに沈んで無くなることはない。私はその石をなるべく思い出さないようにして生きていくのだろう。

また、すみれが予想通りの献身ぶりを発揮していることに安心する一方で、何とも複雑な気持ちにもなった。

もし、万江島氏が北川すみれと結婚しないまま失明していたら、今ごろどんなことになっていたのか。そして私はどうしていたのか。

そんな「たられば」を考えてもしょうがないとは思うものの、人の運というものや天の配剤ということを考え、粛然とした気持ちになる。

「万江島さんがこちらにいらしたのは、槙野さんの古希祝いということですか?」

万江島氏がそれを聞いてふっと笑う。

「あなたもご存じのように、私は、半七も含め誰とも連絡を取っておりませんが、槙野さんはどういうつてを頼ったのか、私の居所をさぐりあて、連絡を寄越してきたんです。それで私が、失明しましたし、もう私のことはお気になさらぬようにと言ったのですが、彼女は次に、すみれと直接連絡を取ったようです。二人の間でどういう話があったのかは知りませんが、すみれが、槙野さんの古希のお祝いを兼ねて夫婦でご挨拶に行きたいと強く言いますので、私はそれに従いました。そしてここへ伺うと、槙野さんはすみれと二人で話がしたいと言い、私は半七に茶室へ案内されました。私は半七が出てきた時点で、これは何かあるな、と予感がしたんです」

「私はまったく気づきませんでした」

「槙野さんに一杯食わされましたね」

槙野さんは、私のために画策してくれたのだと思う。

「ありがたく、これからお茶を点てさせていただきます」

私は点前を再開する。しかし万江島氏は、道具の取り合わせも私の点前も見ることはできない。

「今日のお道具の説明をいたしましょうか?」

「いいえ結構です。もうそういう関心は失せました。私にとって大切なのは、あなたと今ここにいて、一碗の茶を飲むということだけです」

「はい」

私は茶を点てることだけに集中しようと決める。でも胸がいっぱいになる。呼吸が浅くなり、手の動きも早くなる。それによって生ずる音や気配により、万江島氏は何かを感じ取るかもしれない。落ち着こうと思うが、点前を続けられなくなる。手が止まる。万江島氏が失明してしまったこと、それでもすみれによってこうして元気でいること、何より今、ずっとずっと会いたかった万江島氏が目の前にいることに心が乱れる。すべてをかなぐり捨てて彼にしがみつき、大声で泣きたい衝動にかられる。でも、あのクリスマス・イブの日に、身勝手なことを言って彼と別れたのはこの私なのだ。だから堪《た》えるしかない。

「愉里子さん」

「……はい」

「私は今、幸せです。あなたはどうですか」

その言葉に、はっと気づかされる。

万江島氏は、ただ、私が茶を点てるのを待っている。

「失礼いたします」

私は立ち上がると、道具を移動し、自分の座る位置を変えた。

「二畳の茶室のつもりで、点てさせていただきます」

「ああ、これなら亭主の動きをより近くで感じることができますね」

この茶室は四畳半切だが、私は、二畳の隅炉《すみろ》における点前座の位置に座るようにして、亭主と客の距離を近づけたのである。亭主は床の間に向かって点前をすることになるので、本来ならば、右横を向かないと客の顔は見えないのだが、半七が万江島氏を少し上座寄りに座らせたおかげで、私は万江島氏の横顔を見ながら点前をすることができた。

私と万江島氏は、お互いに手を伸ばせば触れられる距離に座っている。その緊張感によって逆に、私は彼に触れたくなる欲望を抑えられた。また、私が手を伸ばして触れようとして、もし彼がそれをいやだと思っても、彼はそれを「見て」瞬時に避けたり言葉で制したりすることはできない。だから余計に、勝手に触れてはいけないとも思う。

私は彼の存在を濃厚に感じ、おそらく、彼もそうである。私たちは触れ合うことなく、ただ茶の湯の世界に没入していく。見えない二畳の茶室に座り、お互いの存在をさらに感じるため、お互いの思いを通じ合わせるために、一碗の茶を通いあわせる。

そして私はまた思う。この世界にいるときだけ、万江島氏は私だけのものであり、この世は私たち二人だけになる。

茶を点て終わると、万江島氏の正面に茶碗を置く。

私が何も言わなくても、彼はその音と気配によって正確に茶碗の位置を把握し、「お点前頂戴します」と一礼した後、右手を伸ばして茶碗を左手に載せ、作法通りに茶を一口飲んだ。

「懐へ帰ったような、落ち着きを感じます」

彼は茶を吸い切ると茶碗を畳に置き、両手を膝に載せる。私はそれを合図に茶碗を自分の膝前に戻し、万江島氏を見る。誰にも、彼自身にもはばかることなく、好きなだけ彼を見つめることができる。そうやって、眼で彼を抱きしめる。二度と会えないはずの人に再会できた喜びに浸り、同時に、すぐにまた別れが来ることを思い、胸に鋭い痛みが走る。

茶碗にお湯を入れ、それを捨てた後に「もう一服いかがですか」と尋ねると、「どうぞお仕舞いください」とあっさり言われる。向こうの母屋にはすみれがいる。私は「お仕舞いいたします」と礼をして、点前を進める。

彼は満ち足りた顔をしている。二年という時の流れは感じるものの、失明という禍難《かなん》があったのにその傷跡のようなものは感じられず、向日的《こうじつ》で清潔感のある彼の良いところはそのままである。それはまさにすみれのおかげである。

「愉里子さん。茶の湯というのは、目が見えない者をすんなりと受け入れてくれる世界ですね」

「五感のうちの視覚がなくても、それ以外の感覚でわかるということでしょうか」

「ここに座っているだけで、驚くほどあなたという人が私に伝わってきます」

「まあ、怖いですね」

私は明るい声で言う。

「愉里子さんが今、幸せだということがわかってよかったです。私はこれからもあなたの幸せを願っていますし、あなたを忘れることはありません」

今日をきっかけに、また茶の湯を始めたり、槙野さんや私との交流を再開したりすることはないのだろう。それはすみれのためであり、私のためでもある。

私が釜に仕舞い水を注いでいると、スマホのバイブレーション音がした。すると万江島氏が「すみません」と断って胸元からスマホを出し、耳を寄せて相手の言葉を聞いた後、「ああ、いいよ」と返事した。

「半七が、こちらに来ます」

「なるほど。先ほどの半七さんも、スマホでやりとりしてらっしゃいました」

「槙野さんとしては、半七を使って、すみれにわからぬように私と愉里子さんを会わせているつもりなんです」

つもり、ということは、その目的は果たせていないということだろうか。

「でも、すみれさんは気づいているということですか？」

「勘のいい子ですからね。もしかしたら、ここに来る前から気づいていたかもしれません」

茶室の襖の向こうから足音が聞こえ、「失礼します」という声と共に襖が開く。

半七は、万江島氏と私が四畳半の真ん中で膝を突き合わせんばかりに近づいて座っているのを見て、一瞬うろたえた表情になる。そして、正面にいる私に向かって神妙な顔つきで言う。

「そろそろお時間ということでございますので……」

何だかおかしくて、私は笑ってしまう。

万江島氏も破顔して言う。

「半七。お世話かけました、ありがとう」

そして畳から立ち上がろうとする。半七は、私が手を差し伸べるだろうと思って、手を出さないでいる。私は座ったまま動かない。彼に少しでも触れてしまえば、たとえ半七の前でもこれまで抑えていたものがあふれだしてしまいそうだから。

万江島氏は自力ですんなり立ち上がり、それから半七は万江島氏を介助する。

「万江島さん、お元気で」

「愉里子さんも」

二人がゆっくりと茶室を出ていく。

私も茶室を出ると、渡り廊下の窓のそばに立った。この窓からは、母屋の玄関を出て外の門に向かうまでのアプローチが見えるのだ。

やがて、万江島氏とすみれが並んで歩いているのが見えた。万江島氏は右手で白杖をつき、左手をすみれの腕に添えている。すみれは栗色のゆるく巻いたロングヘアで、万江島氏のアスコットスカーフと同じピンク色の、たっぷりとフリルのついたパフスリーブブラウスに、太ももが見えるくらい大胆なスリットの入った白のロングタイトスカートという若々しいファッションだった。率直に言って、二人は父娘《おやこ》にしか見えない。けれども、無理に夫婦らしく見せたり、貞淑な女性を演じようとはせず、自分の好きな服装で槙野さんに会ったすみれを、私はますます好きになった。

私は槙野さんの気持ちを無にしないよう、すみれに声をかけることもせず、ただ二人を見ていた。すると彼女が私の視線に気づいたらしく、私と目が合った。

すみれは、私に笑いかけ、小さく手を振って去っていった。

私は茶室に戻った。

引用文献

『はだか　谷川俊太郎詩集』谷川俊太郎著　筑摩書房
『もしも利休があなたを招いたら　茶の湯に学ぶ〝逆説〟のもてなし』千宗屋著　角川新書
「或る小石の話」宇野千代著　『不思議な事があるものだ』所収　中公文庫
「山下太郎のラテン語入門」https://aeneis.jp/?p=5962
『千利休　無言の前衛』赤瀬川原平著　岩波新書

参考文献

『あちらにいる鬼』井上荒野著　朝日文庫
『決定版　茶の湯歳時記〈春〉』千宗室監修　淡交社
『実用　灰形をつくる5』淡交社編集局編　淡交社
『壊れる男たち　セクハラはなぜ繰り返されるのか』金子雅臣著　岩波新書
『図解でわかる　職場のハラスメント対策　いちばん最初に読む本』山田芳子著　アニモ出版
『法改正対応！　職場のハラスメント防止策と事後対応がわかる本』大槻哲也監修　コンデックス情報研究所編　成美堂出版
『アンアンのセックスできれいになれた？』北原みのり著　朝日新聞出版
『牧水の恋』俵万智著　文春文庫

参考ＨＰ

「東邦大学医療センター　大森病院　リプロダクションセンター（泌尿器科）」
https://www.lab.toho-u.ac.jp/med/omori/repro/patient/sexual_impairment/index.html
「ＥＤ治療ナビ」https://www.edsnv.com
「アンファー　からだエイジング」https://www.angfa.jp/karada-aging/movie/menopause/renovaexperience/
「大学のハラスメントを看過しない会」http://dontoverlookharassment.tokyo
「労働問題.com」https://www.roudoumondai.com

初出「小説推理」
二〇二〇年七、十月号
二〇二一年一、四、七、十月号
二〇二二年一、四、七、十月号
二〇二三年一月号

単行本化にあたり、加筆修正しました。

田中兆子●たなか ちょうこ

1964年富山県生まれ。2011年、短編「べしみ」で第10回「女による女のためのR-18文学賞」大賞を受賞する。14年、同作を含む連作短編集『甘いお菓子は食べません』でデビュー。19年『徴産制』で第18回「Sense of Gender賞」大賞、23年に本作で第3回「本屋が選ぶ大人の恋愛小説大賞」を受賞。その他の著書に、『劇団42歳♂』『私のことならほっといて』『あとを継ぐひと』がある。

今日《きょう》の花《はな》を摘《つ》む

2023年6月24日　第1刷発行
2024年3月19日　第4刷発行

著　者―― 田中兆子

発行者―― 箕浦克史

発行所―― 株式会社双葉社
東京都新宿区東五軒町3-28　郵便番号162-8540
電話03(5261)4818〔営業部〕
03(5261)4831〔編集部〕
http://www.futabasha.co.jp/
(双葉社の書籍・コミック・ムックが買えます)

DTP製版―株式会社ビーワークス

印刷所―― 大日本印刷株式会社

製本所―― 株式会社若林製本工場

カバー印刷―― 株式会社大熊整美堂

落丁・乱丁の場合は送料双葉社負担でお取り替えいたします。
「製作部」あてにお送りください。
ただし、古書店で購入したものについてはお取り替えできません。
［電話］03-5261-4822（製作部）

定価はカバーに表示してあります。

ISBN978-4-575-24638-4 C0093